Die Pilgerreise

Ralph Keim, geboren 1964 in Mainz, arbeitet seit 1986 als Journalist, u.a. für eine Mainzer Tageszeitung. *Die Pilgerreise* ist der zweite Roman des in Mainz lebenden Journalisten. 2003 erschien im Grenz-Echo Verlag sein Debütroman *Die Weinstube am Dom.* Ralph Keim ist verheiratet und hat einen Sohn.

Allmächtiger, ewiger Gott, der du das Menschengeschlecht gegründet und erneuert hast, du hast deinen Knecht Abraham geheißen, aus dem Land seiner Geburt fort und in das Land seiner Verheißung zu ziehen; das Volk Israel hast du unter vielen Wundertaten durch die Wüste ziehen lassen, damit es dich anbete. Du mögest die, die zu den Schwellen des heiligen Jakobus ziehen, um dich dort zu verehren, aus allen Gefahren befreien und aus den Verschlingungen der Sünder und Sünden lösen. Gott, der du denen, die auf dich vertrauen, der wahre Weg bist, ebne ihren Weg, damit sie inmitten der Wirren dieser Welt durch deinen Schirm geschützt werden. Herr, sende deinen Engel, den du dem Tobias, deinem Knecht, als Begleiter zugesellt hattest, damit sie in ihm auf ihren Wegen einen Verteidiger gegen die Nachstellungen aller sichtbaren und unsichtbaren Feinde haben.

(Pilgersegen)

Oppenheim

13. Mai 1196

Viel zu schnell waren die dunklen Wolken vom Odenwald herangezogen. War der Himmel eben noch blau gewesen, braute es sich jetzt pechschwarz über dem Rhein und den Feldern zusammen. Am Horizont zuckten Blitze nieder und ließen ohrenbetäubende Donnerschläge folgen.

Frieder schaute besorgt zu seinem Sohn, der am anderen Ende des kleinen Nachens saß. Doch Volker schien seinen Vater überhaupt nicht wahrzunehmen. Fast teilnahmslos blickte er auf das jetzt bleigraue Wasser, das vom Wind aufgewühlt wurde. Es schien, als sinnierte er, unbeeindruckt der Naturgewalten, über die Wunder dieser Erde. Frieder wollte seinem Sohn die Warnung zurufen, er solle sich gut festhalten. Doch plötzlich erfasste eine heftige Sturmböe das Boot. Der erfahrene Fischer konnte sich gerade noch an der Bootskante festhalten. Sein zwölfjähriger Sohn allerdings kippte wortlos vornüber und fiel in die Fluten.

Fassungslos musste Frieder zuschauen, wie Volker, obwohl seit seiner Kindheit ein guter Schwimmer, sofort im Rhein versank. Nur noch die Finger ragten aus den Fluten. Verzweifelt beugte sich der Fischer über den Rand des Nachens, um seinen Sohn zu retten. Doch er konnte dessen Hand nicht erreichen.

„Vater, hilf mir!"

Wieso konnte er die Stimme seines Sohnes hören, wenn Volkers Kopf doch schon unter Wasser war?

Wieder und mit aller Anstrengung versuchte Frieder nach den fünf Fingern zu greifen, die sich ihm entgegenspreizten. Doch er konnte sich noch so sehr strecken und lang machen, immer wieder verfehlte er sie knapp.

„Vater, hilf mir! Vater, hilf mir!"

Jetzt wurde die Stimme leiser, und auch die Hand versank immer weiter.

„Vater, hilf mir!"

Jetzt war der Hilferuf kaum noch zu vernehmen. Volker war verschwunden. Der Regen peitschte auf das Wasser, Blitze zuckten aus den Wolken, Donnerschläge krachten, der Sturm heulte. Es schien, als war die Welt dem Untergang geweiht. Der heftige Wind rüttelte an dem kleinen Nachen, und Frieder, der schon einige Unwetter erlebt hatte, konnte das Boot kaum noch in der Balance halten. Wenn er jetzt nicht aufpasste, würde er selbst ins Wasser geschleudert.

„Vater, warum hast du mir nicht geholfen?"

*

Mit einem Aufschrei schreckt der Frieder hoch. Heftig atmend blickt er um sich. Er liegt im Bett in seiner kleinen Kammer. Durch die breiten Ritzen der Fensterlade dringen die Strahlen der aufgehenden Sonne und veranstalten auf der gegenüberliegenden Wand ein munteres Spiel. Kein Donner, kein Regen ist zu hören. Von der Straße hört Frieder geschäftigen Lärm. Ein Leiterwagen rumpelt über die unebene Gasse, mehrere Menschen unterhalten sich lautstark. Er erkennt die meckernde Stimme des alten Seppel aus der Schmiede und das wiehernde Lachen des Winzers Gunter. Der Seppel erzählt gerade von seinem Neffen, der schon wieder Vater wird, zum sechsten Mal mittlerweile. Diese wohl vertrauten Stimmen holen den Fischer endgültig in seine Welt zurück.

Erschöpft lässt sich der Frieder wieder zurück in sein Strohlager fallen und schluckt gegen seine ausgedörrte Kehle an. Er hat fest geschlafen, doch der Schlaf ist keine Erholung für seinen geplagten Körper gewesen. Erneut taucht das Bild der aus dem Wasser ragenden Hand seines Sohnes vor seinem geistigen Auge auf und lässt ihn erschaudern. Frieder reibt sich über die Augen. Es ist nur ein Traum gewesen, sagt er sich, während sich sein heftig klopfendes Herz nur langsam beruhigt. Ein Traum, wie er ihn nur zu gut kennt, den er aber schon eine Ewigkeit nicht mehr geträumt hat. Warum haben diese schrecklichen Bilder ihn ausgerechnet jetzt wieder heimgesucht? Daran, dass er heute sein Versprechen einlösen will, kann es nicht gelegen haben. Oder ist es eine letzte Mahnung gewesen, es auch wirklich anzugehen? Es wäre nicht notwendig gewesen, denn an diesem Mittag will er losziehen.

Noch einmal streckt der Fischer seine müden und steifen Glieder und erhebt sich schließlich umständlich von seiner Schlafstatt. Von unten dringt der Lärm des geschäftigen Treibens in der Küche nach oben. Die lebhafte Stimme Volkers ist deutlich zu vernehmen, auch die seiner ältesten Schwester Mechthild. Das Scheppern eines Topfes folgt, danach ein lautes Schimpfen. Katharina, zwischen den beiden geboren, ist bestimmt auch irgendwo im Haus. Wahrscheinlich verliest sie wieder Linsen, oder sie geht einer anderen Beschäftigung nach, bei der sie nicht viel reden muss. Vielleicht betet sie ja auch wieder einmal den Rosenkranz.

Langsam klettert Frieder die steile Stiege runter. Es ist, als will er sich vor einer anstrengenden Arbeit drücken, dabei hat er sich noch nie vor irgendeiner Anstrengung davongestohlen. Nur eines hat er immer wieder hinausgeschoben, obwohl die Träume ihn anfangs fast jede Nacht mahnten: den Herrn nicht herauszufordern.

Der Allmächtige würde niemals etwas vergessen, haben alle gesagt. Der Gerber aus der Klostergasse, der Schneider, der seine Werkstatt in der Nähe der Stadtmauer hat, und die alte Hildegard, die dem Frieder und seiner Familie zu Hand geht, seitdem Gesine – des Fischers Weib für mehr als ein Vierteljahrhundert – vor mehr als drei Jahren eines Nachts nach kurzer Krankheit von ihnen gegangen ist.

„Bist endlich von den Toten aufgewacht, Vater", nickt ihm Mechthild lächelnd zu und reicht ihm einen Napf mit dickem Brei und einen Lederbecher, gefüllt mit dünnem Bier.

Auch die anderen Geschwister begrüßen den Frieder. Volker scheint etwas zu bedrücken, während Katharina scheu an ihrem Vater vorbei schaut. Ohne viele Worte setzt sich der Fischer auf die Herdbank und trinkt erst einmal von dem Bier. Seine ausgetrocknete Kehle lechzt förmlich danach. Der Schlaf steckt ihm noch immer in den Gliedern, erst ein herzhaftes Gähnen vertreibt endlich das bleierne Gefühl. Mechthild ist auch an diesem Morgen – wie stets – als Erstes auf den Beinen gewesen und hat bereits vor Sonnenaufgang die Herdstelle befeuert. Nachts ist es immer noch empfindlich kalt. Die älteste Tochter weiß: Der Vater schätzt es, wenn es schon frühmorgens schön warm im Haus ist. Die Holzvorräte des Winters sind zwar schon fast gänzlich zur Neige gegangen, doch bald wird der Sommer Einzug halten.

Siebenundvierzig Jahre zählt der Frieder nun, eigentlich ein Alter, in dem man besser keine großartigen Pläne mehr schmiedet. Denn wie lange hat einer wie er noch zu leben, der sich tagaus, tagein krumm machen muss, um seine Familie zu ernähren? Seit fünfunddreißig Jahren fährt er nun jeden Tag auf den Rhein hinaus, um Fische zu fangen, anfangs mit seinem Vater und dessen Vater, längst jedoch allein oder mit seinem Jüngsten, der das Familiengewerbe einmal weiterführen soll. Besonders in den garstigen Monaten, wenn auf dem Rhein eine klamme Kälte liegt, spürt Frieder, dass sein Herbst des Lebens längst angebrochen ist. Manchmal kann er kaum noch die Finger seiner rechten Hand krumm machen. Erst im vergangenen Februar plagte ihn ein fürchterlicher Husten, der ihn zehn Tage und Nächte durchschüttelte. Und wenn er sich im ruhigen Wasser sein Spiegelbild anschaut, sieht er schütter gewordenes Haar. Noch vor wenigen Jahren zierte sein Haupt ein dunkelblonder Schopf.

Frieder weiß es genau: Bald wird er seine Augen für immer schließen. Steinalt werden nur die nichtsnutzigen Waschweiber und die Pfaffen. Und ausgerechnet heute soll ein Lebensabschnitt beginnen, der ihm noch einmal alles abverlangen wird. Davon ist der Frieder überzeugt, und er ist auch auf dass Schlimmste gefasst. Aus diesem Grund hat er sein Testament gemacht, hat vor Gericht die Rechte an seiner durchaus ansehnlichen Hütte und den beiden Nachen an seine älteste Tochter abgetreten. Mechthild muss die Familie in der nächsten Zeit zusammenhalten, vielleicht sogar für immer. Denn wer weiß schon, ob ihn nicht vielleicht schon hinter Mainz, das nur wenige Stunden von Oppenheim entfernt liegt, der Schlag treffen wird. Und was kann da erst auf dem restlichen Weg nach Aachen und wieder zurück geschehen?

Doch das alles beunruhigt den Frieder nicht mehr. Eine seltsame Ruhe hat ihn ergriffen. Noch vor wenigen Tagen ließ bereits der Gedanke an die nächsten Wochen und Monate sein Herz rasen, dass er manchmal glaubte, es würde jeden Moment in seinem Brustkorb zerspringen. Manchmal war ihm schwindlig geworden bei der Vorstellung, was ihn erwarten konnte, und einmal kotzte er sich am Flussufer aus Furcht vor der Ungewissheit sogar den Leib aus.

An diesem Morgen empfindet er gar nichts mehr. Die Entscheidung ist gefallen, und sie ist unumstößlich.

„Hast du es dir wirklich gut überlegt, Vater?“, fragt ausgerechnet in diesem Moment sein Jüngster. „Meinetwegen musst du nicht ...“

„Ich habe ein Versprechen gegeben, vor Gott“, unterbricht ihn Frieder mit harter Stimme. „Nichts und niemand kann mich jetzt noch aufhalten. Heute beginne ich meine Pilgerschaft.“

*

Frieder reagierte auf das Unwetter, das an jenem Aprilmorgen im vorigen Jahr aus Richtung des Odenwalds gezogen war, tatsächlich zu spät. Dabei hatte es ihm schon sein Vater immer gepredigt: Gewitter, die vom Odenwald heranziehen, sind die schlimmsten. Sie bringen zwar den ersehnten Regen, aber auch Unglück und Verderben.

Der Bruder des Vaters, so hatte es dieser dem Frieder oft genug erzählt, verlor bei solch einem Unwetter sein Leben. Auf einem Feld erschlug ihn der Blitz. Anno 1148 war das gewesen. Überhaupt nicht mehr zu erkennen war der halb verkohlte Leichnam, den sie erst am nächsten Morgen fanden. Nur an dem kupfernen Kreuz, das direkt neben dem verbrannten Körper auf dem Acker lag, erkannte Frieders Vater in der Leiche seinen älteren Bruder.

Und ein solches Unwetter schien Jahrzehnte später auch Frieders Familie heimzusuchen. Bevor die Katastrophe geschah, hatten er und sein Sohn mit einem prall gefüllten Netz zu schaffen gehabt. Näher und näher kam das Unwetter, und Frieder spornte seinen Sohn immer lauter an, nicht die Kraft zu verlieren. Im Netz zappelten mehr Fische, als sie in einer Woche verkaufen konnten. Kurz vor dem Osterfest versprach der Fang klingende Münzen, und für die Familie würde ebenfalls noch genug übrig bleiben. Die Vorräte für den nächsten Winter schienen gesichert.

Nur noch das Netz mussten sie einholen, dann das sichere Ufer ansteuern. Doch bereits die erste heftige Böe schleuderte den am Bug des Nachens sitzenden Volker ins Wasser. Obwohl der Junge bereits seit seinem achten Lebensjahr mit dem Vater auf dem Rhein zum Fischen ging und vieles dabei gelernt hatte, so genügte ein Moment der Unachtsamkeit.

„Vater, hilf mir!"

Dieses verzweifelte Rufen würde Frieder bis an sein Lebensende nicht vergessen, und wenn er älter als der blöde Hildebrand werden würde. Dieser ständig sabbernde Knecht des Baders Ratbert aus der Rohrgasse war mit weit über achtzig Jahren der älteste Mensch, den Frieder kannte.

„Vater, hilf mir!"

Frieder griff sofort nach der ausgestreckten Hand seines Sohnes, doch die starke Strömung hatte Volker, der verzweifelt um sich schlug, schnell abtreiben lassen. Bald kam seine Stimme kaum noch gegen den brausenden Sturm an. Der Fischer riss sich Jacke und Hose vom Leib und sprang mit einem Satz ins Wasser, um seinen Sohn zu retten. Doch als er wieder auftauchte, war an der Stelle, wo der Volker eben noch ums Überleben gekämpft hatte, nichts zu sehen außer bleigrauen Wellen. Nichts war zu hören, außer dem Tosen des Sturms und dem Platschen der dicken Regentropfen, die auf das Wasser niederprasselten.

Noch einmal atmete der erfahrene Fischer tief ein und tauchte unter. Doch in dem von aufgewühltem Schlamm getrübtem Fluss sah er nicht einmal mehr die Hand vor den Augen. Es hätte den Frieder fast selbst das Leben gekostet, denn nur mit viel Mühe konnte er wieder zurück in das heftig schaukelnde und schon weit abgetriebene Boot klettern.

Wie er völlig durchnässt, aber heil ans Ufer gelangt (das Netz mit den Fischen war längst verloren) und wie er schließlich nach Hause gekommen war, wusste er später nicht mehr zu berichten. Er sah die fragenden Gesichter seiner beiden Töchter, in denen sich schon die Ahnung abzeichnete, und hörte noch, wie Katharina nach seinem stummen Kopfschütteln in Tränen ausbrach, dann war nur noch schwarze Nacht.

Hatte er es tatsächlich so gemeint? „Wenn der Volker jetzt durch diese Tür kommen würde, gleich heute Mittag würd' ich auf Pilgerschaft gehen."

Früh morgens, als immer noch keiner schlafen wollte und alle in Gedenken an den verlorenen Sohn und Bruder zusammen um die Herdstelle saßen, sprach er diesen Satz aus. Eigentlich hatte er sich nichts dabei gedacht. So wie er sich nie etwas dabei dachte, wenn er sich seine geliebte Frau Gesine zurückwünschte und dafür sogar seinen rechten Arm opfern würde. Er wusste, dass dies nicht geschehen konnte, und doch sprach er diesen Satz ständig aus.

Mechthild hatte einen kleinen Napf voller Nüsse aus der Speisekammer geholt, die sie gedankenverloren aßen. Jeder hatte seine ganz besonderen Erinnerungen an Volker. Mechthild fiel wieder der Abend ein, als ihr Bruder einen dicken, glitschigen Frosch in ihren Schlafsack gesteckt hatte. Eine schallende Backpfeife hatte sie dem Volker gegeben und danach tagelang kein Wort mit ihm gesprochen, was sie jetzt mit bitteren Tränen bereute.

Und Katharina erinnerte sich wieder an den Tag im September vor zwei Jahren, als sie nachts stundenlang mit Fackeln nach ihm suchten. In den Weinbergen hinter Oppenheim hatte Volker sich damals versteckt, weil er eine große Kanne Milch umgeworfen hatte und sich vor der Strafe fürchtete.

Volker kam an diesem trüben Morgen nicht durch die Tür. Doch der Herr ließ das verzweifelte Flehen des Oppenheimer Fischers und seiner Töchter nicht unerhört. Die Glocken der Oppenheimer Kirche läuteten gerade die Vesper ein, als sie den Jungen nach Hause brachten. Drei Flößer aus Geinsheim, einem kleinen Dorf auf der anderen Rheinseite, hatten ihn am Flussufer gefunden. Ohne sich zu rühren und mit einer blutenden Wunde am Kopf, lag er halb im Wasser, halb am Ufer, erzählten sie atemlos. Und die Flößer, allesamt starke Kerle mit mächtigen Oberarmen, dachten schon, es sei wieder nur eine arme, namenlose Seele, die den Kampf gegen das Wasser verloren hatte. Einer von ihnen wollte sich schon anschicken, den Pfarrer des Dorfes zu holen, als sie ein leises Stöhnen vernahmen. Es dauerte einige Zeit, bis sie aus dem Jungen herausbrachten, wohin und zu wem er gehörte. Eine gute Stunde später saß Volker zu Hause auf der Ofenbank. Die Kopfwunde hatte der Bader Ratbert mit frischen Eichenblättern und einem dicken Verband versorgt. Volker aß und trank, als habe er tagelang gefastet, und Frieder, der die Retter seines Sohnes mit reichlich Fisch beschenkt hatte, spürte die Blicke seiner Töchter auf sich ruhen. Für die fromme Katharina gab es keine Zweifel: Nachdem der Vater im Morgengrauen ein Gelübde ausgesprochen hatte, rettete der Herr in seiner unermesslichen Güte ihren Bruder, indem er ihn auf das sichere Geinsheimer Ufer treiben ließ.

Doch in den kommenden Wochen und Monaten war der Frieder dem Thema immer wieder ausgewichen. Mal reagierte er auf Nachfragen überhaupt nicht, mal hatte er nur herrische Antworten übrig.

Doch Katharina mahnte ihren Vater jeden Tag. „Du weißt, was für ein Versprechen du gegeben hast. Ein Versprechen vor Zeugen und vor Gott."

Am Anfang gab sich der Frieder nur abfällig. „Der Volker war schon immer ein guter Schwimmer. Als ich dieses Versprechen gab, lag er schon am Geinsheimer Ufer." Und wie verächtlich sprach er das Wort „Versprechen" aus.

Irgendwann ließ Katharina ihren Vater in Ruhe. Sollte er doch sehen, wie er sich einmal für sein nicht eingehaltenes Versprechen vor dem Schöpfer rechtfertigte. Für ihre Schwester Mechthild, von beiden Töchtern schon immer die vernünftigere, war es von Anfang an Wahnwitz gewesen, hätte der Vater seine Pilgerschaft angetreten. Wie sollte eine einfache Fischerfamilie überleben, deren Ernährer monatelang, wenn nicht gar auf Jahre hin, unterwegs auf Pilgerschaft war?

Doch dann kam im Juni zum ersten Mal der Traum. Und auch in den folgenden Wochen suchte er den Frieder heim. Es war stets derselbe Traum, in dem der ertrinkende Sohn den Vater anklagte, dass er ihm nicht helfe. War das die Mahnung des Himmels, seinem Gelübde endlich auch Taten folgen zu lassen?

Irgendwann fiel es Frieder ein. War es nicht Hildegard gewesen, die schon lange vor dem Unglück einmal von dem Schuster erzählte, dessen Frau fast an Wundbrand gestorben wäre? Jede Woche eine Kerze wollte der Schuster in der Kirche anzünden, wenn sein geliebtes Weib bald wieder genesen sollte. Auch der Schuster versprach es lauthals unter Tränen im Kreis der Familie, so die Worte der Hildegard. Die Schusterin kam tatsächlich wieder zu Kräften, doch die Opferkerzen (es hätten auch billige aus Talg getan) hatte ihr Mann schnell wieder vergessen. Nicht eine einzige zündete er an, trotz aller Mahnungen, die er lachend in den Wind schlug. Und keine drei Monate später befiel den Schuster ein heftiges Fieber. Im Wahn beschwor er Gott, Jesus Christus und sämtliche Heiligen, wiederholte sein Versprechen, bereute sein Versäumnis. Doch es war zu spät. Vier Tage vor Johannis trugen sie ihn aus der Hütte und begruben ihn nahe der Kirchmauer. Auch der Frieder sah ein: Das war die Strafe Gottes dafür, dass der Schuster sein Versprechen nicht eingehalten hatte. Wahrscheinlich schmorte seine arme Seele noch immer im Fegefeuer, wenn der Teufel sie sich nicht schon längst geholt hatte.

Was war, wenn es auch den Frieder unter diesen Umständen dahinraffte? War seine Seele für immer verdammt oder würde der Herr ein Einsehen haben? Doch die Abstände zwischen den Träumen wurden immer länger, die Erinnerung an die Geschichte mit dem wortbrüchigen Schuster verblasste immer mehr.

Schließlich geschah etwas, wovor selbst der unerschrockene Frieder nicht die Augen verschließen konnte. Wieder war es ein heftiges Unwetter, das den Fischer, der alleine unterwegs war, diesmal an Land überraschte. Mit der ledernen Kapuze über dem Kopf, die Reuse über den Rücken geschultert, wollte er auf dem schnellsten Weg nach Hause laufen, als keine zehn Schritte von ihm entfernt ein Blitz in eine mächtige Eiche einschlug, die ganz in der Nähe der Stadtmauer stand. Das grelle Licht (für Frieder eindeutig vom Teufel geschickt) spaltete den mächtigen Baum, der seit Generationen an dieser Stelle stand, von oben bis unten. Der Knall klang dem Frieder noch tagelang in seinen Ohren nach, und es war ihm wie der feine Gesang der Engel vorgekommen. Denn nur durch deren Hilfe war er dem sicheren Tod entronnen. Keine zwei Wochen waren seitdem vergangen.

Am nächsten Tag ging er noch einmal zu der Stelle, an der er beinahe, wie schon einst der Onkel, sein Leben verloren hätte. Die halb verbrannte Eiche sah nun aus wie ein mahnendes, schwarzes Kreuz. Vorsichtig näherte sich Frieder dem Baum und berührte ihn mit seinen Fingerspitzen. Und da hörte er die eindringliche Mahnung, seine Pilgerschaft endlich anzutreten. Heftig fuhr der Fischer herum, doch niemand stand hinter ihm. Überhaupt war kein Mensch in der Nähe zu sehen gewesen. Nur ein paar Raben zogen krächzend ihre Kreise. Und doch hatte er die Stimme ganz deutlich gehört. Kurze Zeit später unterrichtete er seine Kinder davon, dass er nun endlich seine Pilgerreise antreten wolle. Von der geheimnisvollen Stimme, die er an der Stadtmauer gehört hatte, sagte er kein Wort.

Am selben Abend noch suchte er den Pfarrer auf, um mit ihm seinen Plan zu bereden. Der Geistliche schlug ihm nach kurzem Überlegen vor, nach Aachen zu pilgern, wohl weil er selbst schon einmal in jungen Jahren die Route in die alte Kaiserstadt genommen hatte. Auf alten Handelswegen, die vor tausend Jahren bereits die Römer nutzten, sei er damals nach Aachen gelangt, stets unter der Führung gottesfürchtiger und wegekundiger Mönche, erinnerte er sich. Eine Pilgerschaft nach Aachen sei der Rettung eines Sohnes angemessen, besonders, wenn es der Einzige ist, der einmal das Erbe antreten soll, meinte der alte Geistliche. Für die Rettung einer der Töchter hätte es auch Trier getan, das nicht ganz so weit liegt, ergänzte er trocken.

Frieder stimmte zu, obwohl er keine Ahnung hatte, wie weit diese Stadt Aachen, von der er bislang noch nie etwas gehört hatte, von Oppenheim entfernt lag, welchen Weg er nehmen musste und wie lange er von seinem Zuhause weg sein würde. Der Pfarrer war zu alt, um sich an weitere Einzelheiten zu erinnern. Selbst die Zeit, wie lange er damals unterwegs war, vermochte er nicht mehr zu sagen. Er wusste nur noch, dass es ein kalter Tag war, als er loszog, und dass es ein nicht minder kalter Abend war, als er endlich wieder nach Oppenheim zurückkehrte. Fast ein halbes Jahrhundert war seitdem vergangen. Johann, seit vier Jahren der Knecht im Pfarrhaus, könne ihm mehr über das Pilgern erzählen. Doch der schlafe bereits. Frieder versprach, ihn am nächsten Tag aufzusuchen und seinen Rat einzuholen.

*

„Ich habe vor Gott ein Versprechen abgeben“, wiederholt der Fischer und schlägt dabei fast trotzig mit der flachen Hand auf den Tisch. „Ich will jetzt nichts mehr davon hören.“

Erst jetzt fällt ihm auf, dass die Tischplatte abgenutzt und voller Löcher ist. Wie lange will er schon eine neue Tafel schreinern lassen! Unwillkürlich lässt er den Blick durch den großen Raum schweifen. Es gibt einiges, das er eigentlich bis zum nächsten Frühjahr erledigt haben wollte. Da ist die Fensterlade an der Herdstelle, die sich kaum noch in den losen Angeln halten kann. Beim leisesten Windhauch klappert sie.

Die Feuerstelle und der Abzug darüber müssen ebenfalls ausgebessert werden. Auch die Umzäunung des Hühnerstalls bedarf dringend einer Reparatur. Wenn sich wieder ein Fuchs blicken lässt, hat er leichte Beute.

Dieses Haus hatte sein Vater (ebenfalls getauft auf den Namen Frieder) gebaut, als der noch ein junger Mann war. Hier kam der Frieder an einem Apriltag 1149 auf die Welt. In dieser Hütte erblickten auch seine fünf Schwestern, von denen keine mehr lebte, das Licht der Welt. Vor dreizehn Jahren starb in dieser Hütte seine Mutter, vier Jahre später sein Vater und vor drei Jahren und sechs Monaten sein eigenes Weib. Das Haus ist der Mittelpunkt des Lebens, und der Frieder hat nie Zweifel daran gehabt, dass sie auch ihn eines Morgens aus dieser Hütte tragen werden. Dass er einmal im Rhein ertrinken könnte, ist für ihn völlig ausgeschlossen. Er wird, davon ist der Frieder immer überzeugt gewesen, hier in der Hütte sterben. Und dann werden sie ihn auf dem Friedhof an der Kirche begraben. So ist der Lauf der Dinge, und das schon seit Beginn der Zeiten.

Bei diesen Gedanken krampft sich alles in ihm zusammen. Was, wenn er irgendwo in der Fremde starb? Werden sie ihn dann einfach in eine namenlose Grube schmeißen und mit ungeweihter Erde bedecken, so wie sie Strauchdiebe und anderes Gesindel und Selbstmörder begraben?

„Alles ist geregelt, von jetzt an liegt es in Gottes Händen“, murmelt in diesem Moment Katharina, die sich tatsächlich eine Schüssel mit Linsen geschnappt hat und die ganze Zeit mit dem Verlesen beschäftigt ist.

Dabei – wie auch beim Sprechen – schaut sie nicht von der Schüssel auf. Der Tod ihrer Mutter hat in ihr eine Frömmelei zutage gebracht, die ihrem Vater manchmal zuwider ist. Nicht nur, dass sie oft mehrmals am Tag die Kirche oder eine Kapelle aufsucht. Auch zu Hause versinkt sie regelmäßig in ein tiefes Gebet, ständig leiert sie den Rosenkranz herunter.

Katharina hätte keinen Augenblick gezögert, auf Pilgerschaft zu gehen, schießt es dem Frieder verächtlich durch den Kopf.

„Von wegen“, erhebt jetzt Mechthild ihre Stimme.

Sie hat immer nur schwach gegen das Vorhaben ihres Vaters protestiert, weil sie sofort einsah, dass er fest entschlossen war, obwohl sie den Stimmungsumschwung nicht begreifen konnte. Mechthild hat nach dem Tod der Mutter deren Rolle übernommen, wenngleich sie, im Gegensatz zu ihrer Mutter, kaum gegen die Sturheit des Frieder ankommt. Doch es war Mechthild, die den Vater nachts aus der Dorfschänke holte, wo er sich nach dem Tod seiner Frau jeden Abend volllaufen ließ. Während Katharina in der Kirche um das Seelenheil der Verstorbenen betete und kaum noch Sinn für die weltlichen Geschehnisse zeigte, rettete Mechthild ihren Vater, indem sie ihn ins Leben zurückholte. Doch nie verlor sie darüber ein Wort, nie machte sie dem Frieder Vorwürfe. Während Volker den Tod der Mutter seltsam gelassen ertrug, machte sie ihrem Schmerz dadurch Luft, indem sie ab und zu in die Weinberge lief und dort, unbeobachtet von den anderen, bitterlich weinte.

„Erst muss der Vater einmal richtig ausstaffiert werden. Denn im Nachthemd lass ich ihn nicht wallen."

Mechthild hat Recht. Das Versprechen zu pilgern, und der Wille, es auch in die Tat umzusetzen, sind das Eine. Pilgerwege gibt es in alle Himmelsrichtungen. Die großen Routen führen nach Rom, nach Jerusalem und nach Santiago de Compostela. In Jerusalem hat Jesus Christus gelebt, hier ist er vor fast eintausendzweihundert Jahren erst am Kreuz gestorben und dann wieder auferstanden. In Rom wirken seit Jahrhunderten seine Stellvertreter auf Erden. In Santiago de Compostela wird Jakobus der Ältere verehrt, der erste Apostel, der ein Martyrium durchlitt. Doch wer sich auf den Weg zu einer dieser berühmten Pilgerstätten macht, der muss damit rechnen, auf Jahre von seinem Zuhause fernzubleiben. Auf dem Weg nach Santiago de Compostela und auch nach Rom versperren hohe Gebirge den Weg. Diese bergen Gefahren, die sich ein normaler Mensch kaum vorstellen kann. Bei dem ewigem Schnee, der hoch oben in den schroffen Bergen das ganze Jahr über liegt, ist jeder Schritt ein nicht zu kalkulierendes Risiko. Ganz abgesehen von den wilden Tieren, die überall lauern. Das sind – diese Kunde ist sogar bis ins kleine Oppenheim gedrungen – fürchterliche Bestien mit mächtigen Klauen und messerscharfen Zähnen, die einen Menschen bei lebendigem Leib fressen und nicht einmal die Knochen übrig lassen.

Und das heilige Jerusalem liegt so weit entfernt, dass sich Frieder keine Vorstellung davon machen kann, ob es zwei, drei oder gar vier Jahre dauert, bis man am Ziel ist. Er hat nur irgendwann einmal gehört, dass die Pilger Gegenden zu durchqueren haben, in denen monatelang kein Regen fällt, und wo die Sonne so heiß vom Himmel brennt, dass man das Gefühl hat, bei lebendigem Leib geröstet zu werden. Kein Wunder, dass selbst die mutigsten Ritter mit dem Leben abschließen, wenn sie sich dazu durchringen, in die heilige Stadt zu ziehen.

Doch es gibt auch in deutschen Landen genug Pilgerstätten, die nicht so weit entfernt liegen: Trier, Marburg, Einsiedeln, Altötting, Köln, Fulda. Wer die Wahl hat, hat gleichzeitig auch die Qual.

Doch ganz gleich, ob man ans Ende der Welt oder nur einen Tagesmarsch über die Grenzen der Stadt hinaus pilgert, die richtige Ausstattung ist mindestens genau so wichtig wie die innere Einstellung.

Da sind zum einen der Pilgerhut und der Pilgerstab. Beides hat Mechthild vor einigen Tagen dem alten Johann, dem bereits erwähnten Knecht im Pfarrhaus, für wenig Geld und einen geräucherten Fisch abgeschwatzt. Johann ist ein lustiger, aber auch überaus frommer Mensch und hat in jungen Jahren schon Trier und Magdeburg gesehen, wobei ihm der Hut, gefertigt aus unverwüstlichem Filz, sowie der mannshohe Eichenstecken immer treue Dienste erwiesen haben. Beides hat er eigentlich bis zu seinem Tod aufbewahren und nicht hergeben wollen. Doch als er hörte, dass der Frieder, den er schon immer geliebt hat wie seinen eigenen Sohn, nach Aachen pilgern wolle, hat er sich gern davon getrennt.

Der Hut mit seiner breiten Krempe schützt nicht nur vor Regen, Schnee, Kälte und starkem Sonnenschein. Er ist mit seiner kegelartigen Form auch ein weithin sichtbares Zeichen, dass der Träger als Pilger unterwegs ist und unter dem ganz besonderen Schutz des Herrn steht.

Der Pilgerstab sei ihm immer dann eine wertvolle Hilfe gewesen, wenn die Beine ihren Dienst zu versagen drohten, hat der alte Johann eifrig berichtet. Aber auch gegen so manches bösartige Tier habe der Stock ihn geschützt; einmal habe er sogar einen vorlauten Bettler damit in die Flucht geschlagen. Und wenn es notwendig ist, einen Bach oder Fluss zu durchqueren, was während einer Pilgerschaft oft genug vorkommt, kann man damit die Untiefen des Wassers ausloten.

Wichtig sind auch die Schuhe. Aus festem Leder und mit einer besonders dicken Sohle sind sie für teures Geld gefertigt worden. Als der Johann davon hörte, dass der Frieder für die wundersame Rettung seines Sohnes auf Pilgerschaft gehen wollte, berichtete er ihm als Erstes von den unmenschlichen Qualen, die die Füße aushalten müssen. Dicke Blasen würde die Haut schon nach zwei Tagen werfen, darauf müsse sich der Frieder gefasst machen. Und schnell würde der kleinste Stein, auf den er tritt, höllische Qualen verursachen, prophezeite der alte Johann. Und wenn der Frieder einen unachtsamen Schritt mache, würde er sich schnell das Fußgelenk brechen, was die Pilgerschaft auf Wochen oder gar Monate unterbrechen würde, wenn der Frieder nicht gleich elendig am Wegesrand krepierte und in einem namenlosen

Erdloch verscharrt würde. Immerhin würde man ihm dann ein schlichtes Kreuz am Wegesrand aufstellen, eine Zusicherung, die den Fischer allerdings kaum beruhigen konnte.

„Die Schuhe sind das wichtigste, Frieder", mahnte Johann gleich mehrmals, und der Fischer hat sich breitschlagen lassen. Eine halbe Monatseinnahme und einige seiner schmackhaftesten Fische legte er für das Paar samt Ersatzsohlen hin, und der Schuster bekam leuchtende Augen. Sofort nahm er Maß und fertigte innerhalb weniger Stunden das neue Paar an.

Vor den Unbilden des Wetters (selbst jetzt im Mai konnte es noch immer bitter kalt werden, ja sogar schneien) soll den Frieder ein dicker Umhang aus Schafswolle schützen, den sie bei einem der fahrenden Trödler erstanden haben, die ständig vor der Stadt lagerten. Nachts, wenn der Frieder vielleicht auch einmal unter freiem Himmel lagern musste, würde der Mantel als warme Decke dienen.

Die schwierigste Aufgabe bestand darin, dem Frieder ausreichend Geld mit auf den Weg zu geben. Sicherlich, die Familie hat ein wenig gespart, doch wie viel soll man auf einer solchen Reise mitnehmen? Nach einigem Hin und Her einigten sie sich schließlich auf eine Summe, mit der ein kräftiger Mann, wie es der Frieder war, ein knappes Jahr auskommen kann, wenn er nicht gerade jede Woche fette Würste, geräucherten Schinken oder fangfrischen Fisch isst.

„Du gehst auf Pilgerschaft, Vater, vergiss das nicht", konnte es Katharina nicht unterlassen, den Frieder ausdrücklich zu ermahnen.

Jeder wusste, worauf die Fromme in der Familie hinauswollte. Pilgerschaft war für sie auch und besonders verbunden mit Askese und Selbstkasteiung. Wenn es nach ihr ginge, sollte der Vater die ganze Zeit nur trockenes Brot essen und schales Wasser trinken.

„Ab und zu will ich auch einmal in einen würzigen Schinken oder einen frischen Käse beißen", meckerte der Frieder bei diesen Worten und steckte mit einem vorwurfsvollen Blick auf seine jüngste Tochter fünf Münzen mehr ein. Das Geld wurde auf vier Beutel verteilt, die an unterschiedlichsten Stellen mit dem Mantel und dem Beinkleid sicher vernäht wurden. Ginge ein Beutel trotzdem verloren, wäre somit wenigstens nicht alles Geld weg. Bei gedungenen Räubern, die noch nicht einmal Pilger und Bettelmönche verschonen, würde diese Vorsichtsmaßnahme allerdings nichts nutzen.

Auch dazu wusste der alte Johann eine Geschichte zu erzählen. Vor einigen Jahren war er zum Binger Rupertsberg gepilgert, der drei bis vier Tagesmärsche von Oppenheim in westlicher Richtung am Rhein liegt. Dort angekommen, berichtete man ihm sofort von einer Gruppe Wallfahrer, die ebenfalls zum Rupertsberg wallfahren wollten, dort aber nie ankamen. Die vier Männer und zwei Frauen aus Limburg waren kurz hinter Nieder-Ingelheim von einer Horde Straßenräuber ausgeraubt worden. Normalerweise hätten diese die Bedauernswerten einfach ihrem Schicksal überlassen, wenn sich nicht eines der Weiber hysterisch kreischend auf einen der Halunken gestürzt hätte. Der hatte kurzen Prozess gemacht und ihr die Kehle durchgeschnitten. Vom mörderischen Tun ihres Kumpans angesteckt, stürzten sich auch die übrigen Räuber auf die völlig verängstigten Pilger und machten ihnen in sadistischer Lust den Garaus. Nur einer der Limburger überlebte schwer verletzt, weil er sich tot stellte. Er konnte sich zum nächsten Gehöft schleppen, von wo aus ihn barmherzige Bauern zum Rupertsberg brachten, wo er im dortigen Nonnenkonvent gesund gepflegt wurde.

Frieder verzog erschrocken das Gesicht, als er den Worten des alten Pilgers lauschte. Wieso führt der Herr dann eine Gruppe frommer Menschen ausgerechnet mit einer Horde gottloser Räuber zusammen, hatte sich der Fischer gefragt und darauf keine Antwort gefunden. Er weiß, dass der Dolch, den er beim Fischen immer bei sich trägt und den er auch mit auf seine Pilgerreise nehmen will, keinen ausreichenden Schutz gegen Mördergesindel bietet. Viel wichtiger und unentbehrlich ist er für die täglichen Verrichtungen, die nichts mit Singen und Beten zu tun haben. Deshalb hat der Frieder ihn dem Scherenschleifer überlassen, der für sein Tun ebenfalls einen geräucherten Fisch bekommen hat.

In einem Lederbeutel führt Frieder Wasser mit sich, in einem anderen, wesentlich größeren Beutel kleine Mengen an Fleisch, Käse, Brot und getrocknetem Fisch, außerdem die Ersatzsohlen, Ersatzbeinkleider, ein Hemd und einen Löffel. Frieder ist es gewohnt, ständig größere Lasten mit sich zu schleppen. Er traut es sich zu, dieses Bündel jeden Morgen neu zu schultern.

Vom alten Johann kam auch der Rat, Angelhaken und Schnur mitzunehmen. „Wenn einer Fische fangen kann, dann doch du, Frieder", meinte er und zwinkerte mit den Augen. „Es ist immer gut, wenn man sich in einer Gruppe unentbehrlich machen kann. Und Fische kann man nicht nur in Oppenheim verkaufen."

Weiter berichtete ihm der Knecht, dass er auf seinen Reisen manchmal tagelang keinem einzigen Menschen begegnet war. Oft lagen zwischen den kleinen Gehöften und den Dörfern lange Wegstrecken auf kaum auszumachenden Pfaden, die durch dichte Wälder, einsame Hohlwege oder weite Heidefelder führten, in denen sich sonst kein menschliches Wesen verirrte.

„Dann meint man, der einzige Mensch auf Erden zu sein", beschrieb es der Johann mit Ehrfurcht in der Stimme.

Und doch führten selbst die unscheinbarsten Pfade irgendwann auf einen größeren Weg, der wiederum in eine Straße mündete, die von den Römern schon vor mehr als tausend Jahren angelegt wurde.

Die Sonne erreichte gerade ihren Zenit, als der Frieder abmarschbereit am Tisch sitzt. Zuvor hat er noch einmal die Beichte abgelegt und sich das Empfehlungsschreiben ausstellen lassen. Das schlichte Dokument bezeugt – vor Gott –, dass der Inhaber dieses Schreibens, der Fischer Frieder aus Oppenheim am Rhein, nach Aachen pilgern und die heiligen Stätten dort – und auf dem Weg dorthin – andächtig besuchen und ehren wolle. Auch bescheinigt dieses Schreiben (der des Lesens unkundige Frieder konnte nur glauben, was ihm der Pfarrer erklärte) die tadellose Gesundheit des Pilgers. Das Schreiben soll ihm in den Pilgerherbergen, Klöstern und Kirchen wertvolle Dienste erweisen. Denn – auch das war eine Erfahrung, die ihm der Johann zuteil werden ließ – Pilger dürfen nicht geschröpft werden, zumindest nicht von ihren geistlichen Gastgebern. Zwar müssen sie mancherorts auch in Klöstern und Pfarrhäusern einen Obolus für die Übernachtung entrichten. Doch der ist wesentlich geringer als der, den Kaufleute, fahrende Händler und umherziehende Handwerker zu zahlen haben, die ebenfalls an die klösterlichen und kirchlichen Pforten klopfen. Etwas anderes ist es mit den weltlichen Herbergen, in denen nicht selten Wuchersummen verlangt werden, für die man nur ein fauliges Strohlager, einen Krug Brackwasser und zum Essen höchstens einen dünnen Brei bekommt. Da nützt auch das Empfehlungsschreiben nichts, selbst wenn es der Kaiser höchstpersönlich ausgestellt hätte.

Zur Feier des Tages hat Mechthild noch einmal aufgetischt, wie sie es ihrer Familie sonst nur zu Weihnachten und am Ende der Fastenzeit gönnt. Geräuchertes und Gepökeltes hat sie aus der Speisekammer geholt und zusammen mit würzigem Wein dem Frieder vorgesetzt. Der kommt sich angesichts des Überflusses vor wie ein Todgeweihter, dem sie gnädigerweise noch einmal seine leiblichen Gelüste erfüllen wollen. Richtig schmecken will es ihm sowieso nicht, denn in seinem Hals hat sich jetzt doch ein mächtiger Kloß gebildet. Auch spürt er, wie sein Herz wieder heftig schlägt. Jetzt kommt doch noch einmal die Angst vor der Ungewissheit in ihm hoch.

Statt zu essen schaut Frieder seine drei Kinder an. Nie hat er sich in all den Jahren Gedanken über sie gemacht. Sie sind da, weil Gott es wohl für richtig hält. Denn die im September 1178 geborene Katharina kam in jener Nacht eigentlich sieben Wochen zu früh. Ein kleines Würmchen war sie, auf das keiner in der Familie einen Pfifferling gab. Doch Gesine hatte das Neugeborene genährt, wie es ihre Mutterpflicht war. Und tatsächlich: Katharina wuchs und gedieh doch noch prächtig. Acht Jahre zuvor war Gottes Wille in einer völlig anderen Weise unergründlich gewesen. Frieder, der erstgeborene Sohn der Fischerfamilie, war zwei Tage nach der Taufe gestorben. Tot fanden sie ihn morgens in seiner Wiege, obwohl er noch am Abend kräftig Milch getrunken hatte und mit rosigem Gesicht in einen tiefen Schlummer gefallen war. Die Taufe hatte ihn davor bewahrt, dass seine junge Seele auf ewig in der Hölle schmoren musste. Mechthild kam im April 1174 auf die Welt. Sie zeigte von Anfang an einen zähen Überlebenswillen, der ihr half, die vielen Krankheiten, die sie heimsuchten, zu überstehen.

Plötzlich erinnert sich der Frieder wieder an das Osterfest des Jahres 1175. Fünf Tage und Nächte hustete die gerade einmal ein Jahr alte Mechthild und spuckte dabei zähen Schleim. Sie hatten schon den Pfarrer kommen lassen, der dem kranken Kind die letzte Ölung gab. Doch wie ein Wunder erholte sie sich wieder. Zwei weitere Kinder verlor die Familie, bevor diese laufen konnten. Im November 1183, in einer stürmischen Herbstnacht, kam schließlich Volker und mit ihm doch noch der Erbe der Familie auf die Welt.

Frieder hatte sich in den vergangenen Jahren oft gefragt, warum Gott ausgerechnet diese drei am Leben hielt und drei andere Seelen aus seiner Familie und schließlich die Mutter so früh zu sich gerufen habe. Ob er die Antwort darauf wohl auf seiner Pilgerschaft erfahren würde?

Jetzt ist der Moment des Abschieds endgültig gekommen. Katharina flennt bereits Rotz und Wasser, während Mechthild nur die Zähne zusammenbeißt, um nicht ebenfalls loszuheulen.

Volker schaut die ganze Zeit auf den Boden. „Wenn ich doch damals bloß nicht ...“, will er anfangen, doch der Rest des Satzes geht in einem wahren Sturzbach von Tränen unter. Es ist dem Bub anzusehen, welche Gewissensbisse ihn plagen.

„Fahr nicht, Vater. Du kannst einen Gewerbspilger an deiner statt nach Aachen schicken. Es findet sich bestimmt einer, und wenn nicht hier, dann in Mainz“, sagt jetzt ausgerechnet die gute Katharina, die an solch eine List normalerweise noch nicht einmal im Traum dachte.

Frieder lächelt schwach. Er hat durchaus schon selbst daran gedacht, einen Gewerbspilger loszuschicken. Für ausreichend Geld würde der an Stelle des Frieder bis nach Santiago de Compostela oder bis nach Jerusalem pilgern, im Namen des Oppenheimer Fischers beten und die heiligen Stätten und Reliquien besuchen. Doch wer weiß schon, auf wen man sich bei solch einem Geschäft einlässt. Doch in Frieders Fall hätte sich das Geschäft gelohnt. Das Geld, das für die Pilgerschaft nach Aachen eingeplant ist, gibt ein Fremder aus, der Frieder kann zu Hause weiter seinen Geschäften nachgehen und die Familie versorgen. Gleichzeitig kümmert sich ein anderer um sein Seelenheil.

Der Pfarrer, dem er den Gedanken schon vor einigen Wochen anvertraute, verzog nur kurz den Mund und schaute dem Frieder in die Augen. „Wie willst du denn wissen, Frieder, ob der Fremde für dich tatsächlich bis nach Aachen pilgert oder das Geld nicht gleich im nächsten Dorf versäuft", redete er dem Fischer ins Gewissen.

Dann sei es doch die Schuld des Gewerbspilgers, der sich versündige und dafür büßen müsse, versuchte der Frieder noch, dagegen zu argumentieren, doch der Blick des Pfarrers ließ ihn schnell verstummen. Der erinnerte den Frieder daran: Schon Abraham hatte sich auf Gottes Geheiß hin aufgemacht, in ein fremdes Land zu ziehen. Und Jesus Christus sei schon mit zwölf Jahren erstmals anlässlich des Paschafestes nach Jerusalem gepilgert. Daran solle sich der Frieder gefälligst ein Beispiel nehmen und nicht rumjammern. Überhaupt habe er es schon eingerichtet, dass sich der Frieder einer kleinen, aus Worms kommenden Gruppe von Pilgern anschließen kann. Der Zufall wolle es, dass auch ein Grundherr, der vor den Stadtmauern Oppenheims einen ansehnlichen Hof bewirtschaftet, auf Pilgerschaft gehen will. Dieser vornehme Herr, der den Namen Raimund trägt, werde sich der Gruppe ebenfalls anschließen.

Frieder schüttelt energisch den Kopf. „Es gibt kein Zurück mehr."

Und um seinen Worten Ausdruck zu verleihen, steht er entschlossen auf, setzt den Hut auf den Kopf, wirft sich mit Schwung den Mantel über die Schulter und packt seine Bündel. Mit einem Ruck öffnet er die Tür und erlebt noch einmal eine Überraschung. Zahlreiche Freunde und Bekannte aus der Nachbarschaft sind inzwischen gekommen, um sich von dem Fischer zu verabschieden, den viele schon seit Jahrzehnten kennen. Unter ihnen ist auch der Henne, mit dem der Frieder seit zwei Jahren über Kreuz liegt. Der Anlass des Streits war eigentlich eher nichtig gewesen. In der Schänke des alten Hoppe saßen sie an einem warmen Abend zusammen, und der Henne, eigentlich ein

Freund des Fischers seit Kindestagen, machte sich darüber lustig, dass der Frieder nach dem Tod seiner Gesine wohl kein anderes Weib mehr finden werde. Der Henne sagte dies, seiner sieben Sinne eindeutig verlustig, im Suff, was er im nüchternen Zustand niemals getan hätte. Doch der Frieder, damals von Wein und Bier wie so oft ebenfalls umnebelt, knallte ihm den halbvollen Krug an den Kopf. Es folgte eine üble Keilerei, erst in der Schänke, dann weiter auf dem Dorfplatz. Danach gingen sie sich monatelang aus dem Weg, bis es an Johannis erneut zu einem Händel zwischen den beiden kam, den erst der Schultheiß Seitz einigermaßen schlichten konnte. Danach schwor sich der Frieder, nie mehr in seinem Leben ein Wort an den Henne zu richten, woran er sich auch gehalten hat.

Doch jetzt steht sein Freund aus alten Tagen vor der Hütte und macht ein betretenes Gesicht. Auch der Henne ist gekommen, um den Fischer zu verabschieden. Nach einem kurzen Zögern geht der Frieder auf ihn zu und reicht ihm die Hand. Henne schlägt ein, und dann liegen sich die beiden Streithähne sogar versöhnlich in den Armen. Die anderen lachen erleichtert, klopfen dem Frieder auf die Schulter und wünschen ihm alles Glück der Erde und Gottes Segen.

Und wenn er bald wieder gesund heimkehre, werden sie ihn schon in Nierstein, dem in nördlicher Richtung nächstgelegenen Dorf, empfangen, ihn in einem feierlichen Zug nach Hause geleiten und ihm in Oppenheim unter der Linde ein Fest bereiten, das sogar eines Kaisers würdig sei, kündigt der Seitz mit seiner Fistelstimme an, und alle stimmen ein begeistertes „Bravo!" an. Doch in vielen Gesichtern steht geschrieben, dass sie nicht damit rechnen, den Frieder, dessen Familie im Rhein bei Oppenheim schon seit vielen Generationen Fische fängt, noch einmal wiederzusehen.

Nur kurz dreht sich der Frieder zu seinen Kindern um. Die Tränen in den Augen verschleiern seinen Blick, und er hört wie aus weiter Ferne die mahnenden Worte des Schultheiß, dass er am nördlichen Stadttor bereits erwartet wird.

Frieder atmet tief durch. Er muss sich zwingen, den ersten Schritt zu machen.

Rüdesheim

17. Mai 1196

„Ich will davon nichts mehr wissen“, lallt der Grauhaarige immer wieder, und der Wirt der kleinen Schankstube, in der der Grauhaarige bereits seinen vierten Becher Wein in sich hineinkippt, schüttelt nur noch mit dem Kopf.

Wieder einmal hat sich Gertrude, das schamlose Weib von Gerfried, einem fleißigen und kreuzbraven Schmied von achtunddreißig Jahren, dem Müller des Dorfes an den Hals geworfen. Jeder in Rüdesheim, einem kleinen Dorf im Rheingau, weiß, dass sie es regelmäßig in der Mahlkammer treiben. Bis nach draußen dringen dann die Lustschreie. Beim Müller mag man das ja noch verstehen. Der ist nun schon zum zweiten Mal Witwer geworden, und das mit gerade einmal siebenundzwanzig Jahren. Während sein erstes Weib samt dem Jungen, den sie gebar, im Kindbett gestorben war, bekam die zweite Frau bereits ein halbes Jahr nach der Hochzeit pfeifende Lungen. Nichts schlug bei der Armseligen an, noch nicht einmal der Aderlass. Kurze Zeit später musste der Müller erneut eine Ehefrau zu Grabe tragen.

Seitdem hat er nicht mehr gefreit, dafür schielt er jedem Rock in Rüdesheim hinterher. Doch die Gertrude ist das Weib von Gerfried, einem herzensguten Mann, der trotz seiner Muskeln keiner Fliege etwas zuleide tun kann, auch nicht der Frau, die ihn schamlos hintergeht. Allerdings, auch das munkelt man im Dorf, geht der Schmied schon seit geraumer Zeit nicht mehr seinen ehelichen Pflichten nach. Seine Manneskraft habe ihn vorzeitig verlassen. Selbst das regelmäßige Essen von besonders fettem Fleisch, was bekanntlich die Potenz sehr fördert, nutze nichts.

„Gerfried, wie lange willst du noch Augen und Ohren verschließen?“, fragt der Wirt mit leiser, aber fester Stimme. „Stelle dein nichtsnutziges Weib endlich zur Rede, und wenn sie nicht hören will, dann jagst du sie raus aus deiner Schmiede. Eine Bessere als sie findest du doch allemal. Soll sie doch beim Müller bleiben, diese Hure.“

Gerfried ballt seine mächtige Faust und wirft dem Wirt einen vorwurfsvollen Blick zu. Der nickt, verzieht dabei aber keine Miene. „Du hast Recht. Deine Gertrude ist keine Hure, denn Geld nimmt sie für ihr Treiben bestimmt nicht.“

Mit einer unbeherrschten Handbewegung fegt Gerfried den halbvollen Becher vom Tisch. „Du redest von der Frau, die ich liebe“, brüllt er jetzt voller Zorn. „Sie ist das Einzige, was ich noch habe.“

Der Wirt weiß nur zu gut, was der Schmied meint. Innerhalb weniger Wochen sind vor zwei Jahren alle aus dessen Familie weggestorben: seine beiden jüngeren Schwestern, sein älterer Bruder, schließlich auch seine Mutter. Nicht vergessen kann der Gerfried auch die vier Kinder, die sein Weib in den ersten Jahren ihrer Ehe gebar, von denen aber keines das Kindbett überlebt hat. Ausgerechnet die Gertrude ist tatsächlich die Einzige, die ihm noch geblieben ist.

Der Wirt versucht, den Aufgebrachten zu beschwichtigen. „Aber Gerfried, wir sehen doch alle, wie sie dich nur verhöhnt. Glaubst du, wir wissen nicht, was sie im Dorf über dich erzählt. Dass du überhaupt nicht mehr deinen Pflichten als Ehemann nachkommst. Dass du abends nach der Arbeit wie ein Sack in dein Strohlager fällst, während sie am Herd sitzt und Däumchen dreht. Wenn sie Recht hat und dies vor Gericht auch beweisen kann, darf sie rumhuren, so lange sie Lust hat. Und der Müller reibt sich nur die Hände, weil er in ihr ein geiles Stück Fleisch gefunden hat, mit dem er sich vergnügen kann, wann immer er will. Der möchte doch gar nichts anderes.“

Jetzt ist Gerfried nachdenklich geworden. Schweigend starrt er auf den Becher, der auf dem Boden liegt. Ohne ein weiteres Wort verlässt er die Weinstube.

„Hoffentlich kommt er bald zur Vernunft und bringt seinem Weibsstück endlich die Flötentöne bei“, murmelt der Wirt und hebt den Weinbecher auf.

Gerfried weiß, die Mühle seines Nebenbuhlers liegt nur wenige Augenblicke von der Weinstube entfernt. Seine Gedanken wirbeln durcheinander. Da ist einerseits der unbändige Wunsch, es den beiden heimzuzahlen, ihre Demütigungen endlich zu bestrafen. Da ist aber auch das Gefühl der Liebe, das er immer noch seiner Frau entgegenbringt.

Wehmütig erinnert er sich: Vor zehn Jahren nahm er die einzige Tochter des Winzers Reibold, damals ein ausnehmend hübsches Geschöpf mit langen blonden Haaren im zarten Alter von gerade einmal sechzehn Jahren, zur Frau. Die Warnungen, die von allen Seiten kamen, dieses unreife Ding werde ihm nur auf der Nase herumtanzen, hat er immer wieder beiseite geschoben. Doch der Gerfried musste schnell begreifen, dass die mahnenden Stimmen Recht hatten. Den ganzen Tag ließ sich das Weibchen bedienen, selbst zum Ausfegen der

Hütte und der Werkstatt war sie sich zu schade und musste immer wieder daran erinnert werden. Auch das, was sie kochte und briet, ließ meist zu wünschen übrig. Und um die Kinder kümmerte sie sich nur nach deutlicher Überwindung. Als diese nach und nach starben, hatte sie immer nur ein Achselzucken übrig. Irgendwann fand der Gerfried sich damit ab. Denn die Gertrude hatte etwas an sich, das in dem Schmied in den ersten Jahren immer wieder die Gier und die Lust anstachelte. Wenn Gertrude nur bei ihm blieb, wollte er über manches hinwegsehen. Und der Wein half ihm dabei.

Plötzlich findet sich der Gerfried, der eine Weile ziellos durch die Gassen gelaufen ist, vor der Mühle wieder. Der Wirt hat Recht gehabt. Bis nach draußen dringen auch jetzt wieder die Lustschreie, und es ist eindeutig seine Gertrude, die sich dem sündigen Treiben hingibt. Die beiden haben sich auch heute nicht einmal die Mühe gemacht, ein verschwiegenes Plätzchen irgendwo in den Weinbergen vor den Toren von Rüdesheim aufzusuchen, wo es genug Hütten und Verschläge gibt, in denen die Winzer ihre Werkzeuge aufbewahren. Nein, sie treiben es hier, mitten im Dorf, und jeder, der vorbeikommt, kann es hören.

Gerfried schließt verzweifelt die Augen. Dann atmet er die klare Luft ein und öffnet mit einem Ruck die Tür. Wie durch einen Schleier sieht er seine Frau über einen hölzernen Bock gebeugt, hinter ihr stehend der Müller, dessen Hintern sich mit schnellen Stößen bewegt. Der Nebel vor seinen vor unbändigem Zorn tränenden Augen verdichtet sich, doch er sieht auch den schweren Schürhaken, der neben der Tür hängt.

*

„Was hast du getan?“

Das Weibsstück, unverhofft aus seinem geilen Treiben gerissen und notdürftig die Blöße bedeckend, scheint überhaupt nicht zu begreifen, was plötzlich geschehen ist. Vor ihr liegt der Müller mit eingeschlagenem Schädel. Sein nackter Körper zuckt noch ein paar Mal, dann regt er sich nicht mehr. Stattdessen breitet sich eine Blutlache auf dem groben Holzboden aus. Der jetzt über und über mit Blut besudelte Gerfried hält noch immer den schweren Schürhaken in der Hand. Wie zur Salzsäule erstarrt steht der bullige Schmied mitten in der Mahlkammer und starrt mit glasigen Augen auf die Leiche.

„Ja, was habe ich getan?“, flüstert er nach einer Weile. „Ich hab einen Menschen erschlagen!“

Während Gertrude schluchzend ihre Kleider zusammenrafft und überstreift, lässt ihr Mann den Schürhaken fallen. Mit leeren Augen blickt er seine fassungslose Frau an. „Ich hab den Müller erschlagen! Deinetwegen, du verdammte Hure, hab ich einen Menschen auf dem Gewissen."

Drohend hebt er seine rechte Hand, als will er jetzt auch sein untreues Weib niederschlagen, dabei wirkt er hilflos wie ein kleines Kind. Doch dann lässt er die Pranke, die mühelos einen schweren Schmiedehammer heben kann, wieder sinken und fängt an zu weinen. Langsam dreht er sich schließlich um und torkelt auf die Tür zu. Noch einmal schaut er zurück – auf seine völlig entgeisterte Frau und den leblosen Müller, der in einer riesigen dunkelroten Blutlache liegt.

„Ich hab einen Menschen erschlagen!"

Er stürzt ins Freie und rennt weg.

Gertrude geht neben dem Leichnam ihres erschlagenen Liebhabers in die Knie, achtet nicht auf das Blut, das sich in ihren Rock saugt, betastet vorsichtig sein verschmiertes Gesicht und schluchzt jetzt ebenfalls hemmungslos. Im Kopf des Müllers klafft ein riesiges Loch. Er muss schon nach dem zweiten der vier oder fünf Schläge tot gewesen sein. Wie von Sinnen hat der Gerfried auf den Müller eingeschlagen und dabei seine in all den Jahren angestaute Wut entladen.

Erst nach einer Weile richtet sich die Gertrude wieder auf und wankt nach draußen. Vor der Mühle humpelt gerade der alte Schorlepp vorbei, der mit zusammengekniffenen Augen die immer noch fassungslose Frau und ihren besudelten Rock mustert. Doch bevor er etwas sagen kann, hastet Gertrude kopflos an ihm vorbei. Sie sieht nicht, wie der Schorlepp seinen Kopf durch den offenen Türrahmen der Mahlkammer steckt und sich vor Entsetzen die Hand vor den Mund hält.

*

„Du hast schwere Sünde auf dich geladen."

Es geht schon auf Mitternacht zu, und Gertrude sitzt noch immer beim Pfarrer Egbert in der Stube. Er ist der Einzige im Dorf, dem sie sich in diesem Moment anvertrauen kann. Nachdem sie begriffen hat, was geschehen war, ist sie wie von Sinnen durch die Gassen und die nahen Weinberge gelaufen, bis sie irgendwann bei Einbruch der Dunkelheit vor der Kirche stand. Der Geistliche, ein Mann mittleren Alters, hat ihr erst einmal die blutverschmierten Hände und notdürftig den Rock gereinigt. Danach gab er ihr einen Krug Wasser, aus dem sie gierig trank. Stundenlang brachte Gertrude keinen vernünftigen Satz heraus, doch der Geistliche wartete geduldig, bis sie ihm endlich erklären konnte, dass ihr Mann in blinder Eifersucht seinen Nebenbuhler erschlagen habe. Und dass sie nicht wisse, wo er sich jetzt aufhalte und dass sie Angst davor habe, ihm zu begegnen. Mit Sicherheit werde er auch sie erschlagen oder niederstechen.

„Der Gerfried wird sich vor einem weltlichen Gericht, aber auch vor Gott verantworten müssen, Gertrude. Du hast ebenfalls eine schwere Sünde auf dich geladen. Vergiss das nicht“, wiederholt er.

„Nur wenn du aufrichtig bereust ...“, will der Pfarrer fortfahren, als Geschrei ihn unterbricht. Er späht durch die Lade und sieht, dass sich vor der Tür mehrere Männer versammelt haben. Sie tragen Fackeln und schreien wild durcheinander.

„Wenn die Gertrude bei Euch ist, Pfarrer Egbert, soll sie rauskommen. Die Hure soll rauskommen“, fordert einer mit einer Stimme, die alle anderen übertönt, und nach und nach fallen die übrigen in das Rufen ein. „Die Hure soll rauskommen!“

Am ganzen Körper zitternd zieht sich die Ehebrecherin in den hintersten Winkel der kleinen Kammer zurück. Dafür tritt Egbert vor die Tür. Er ist ein hoch gewachsener Mann mit sorgsam gestutztem Bart, der bei allen im Dorf Respekt und Ansehen genießt. Augenblicklich verstummen die Männer.

„Ja, die Gertrude ist bei mir. Sie bereut ihre Sünden“, sagt er bestimmend. „Aber wichtiger ist doch, was jetzt mit dem Gerfried geschieht. Er muss sich vor dem Dorfgericht verantworten. Und er muss gefunden werden, bevor er weiteren Unschuldigen Schaden zufügt.“

Der Anführer der Gruppe stößt verächtlich die Luft aus. „Der Gerfried muss sich nur noch vor Gott verantworten. Wir haben ihn gefunden. Zerschmettert am Fuß des Kirchenstücks lag er, wo er sich in die Tiefe stürzte. Zuvor hat er in der Weinstube vom Kemper randaliert, dabei herumgebrüllt, er habe den Müller auf dem Gewissen, und das Blut an seinen Händen und seiner Jacke gezeigt. Dann hat er alles kurz und klein gehauen. Zwei Männern, die ihn beruhigen wollten, hat er die Zähne eingeschlagen; der Winfried hat sich ein blaues Auge eingefangen. Danach ist er davongestürzt. Keiner hat den Gerfried jemals so toben sehen. Er mag den Müller erschlagen haben. Doch Schuld hat eine andere. Der Schorlepp hat gesehen, wie sie aus der Mahlkammer gelaufen kam. Kaum etwas am Leib hatte sie. Die Hure, die in Eurem Haus sitzt, hat zwei Männer auf dem Gewissen. Sie gehört an den Pranger.“

Er macht einen Schritt nach vorn und hebt drohend die Fackel. „Schickt das feige Weibsstück raus, Egbert, sonst müssen wir ..."

„Sonst was? Ihr werdet doch nicht so aberwitzig sein, mit Gewalt in ein geistliches Haus einzudringen!"

Doch die Gruppe scheint zu allem entschlossen zu sein. Mit düsteren Mienen kommen die Männer näher und halten erst inne, als der Pfarrer drohend seinen rechten Arm hebt. „Ich warne euch ein letztes Mal. Die Gertrude, deren Kopf ihr fordert, mag Schuld auf sich geladen haben, aber sie steht jetzt nicht nur unter dem Schutz der Kirche, sondern auch unter meiner ganz persönlichen Protektion. Wenn ihr noch einen Schritt näher kommt, lasse ich es euch spüren, dass meine Hände nicht nur den Segen erteilen und das Weihrauchfass schwenken können. Du solltest deine Freunde lieber zurückpfeifen, Toni, sonst werdet ihr es alle noch bereuen. Habt ihr mich verstanden?"

Die sichtlich aufgebrachten Männer der Gruppe schauen sich unschlüssig an. Jeder von ihnen kennt den Pfarrer als einen besonnenen Mann, der in der Kirche kein Blatt vor den Mund nimmt, wenn es sein muss. Jetzt erleben sie eine völlig neue Seite. Der resolute Geistliche würde sich nicht einfach beiseite schieben lassen. Er würde sein Haus und damit auch die Gertrude notfalls mit den Fäusten verteidigen. Jeder Einzelne hätte es mit drei Halunken gleichzeitig aufgenommen. Doch mit Gewalt gegen den Pfarrer vorgehen? Das trauen sie sich dann doch nicht.

„Ich wundere mich sowieso, Toni, dass ausgerechnet du so vehement den Kopf der Gertrude forderst", setzt der Pfarrer listig nach.

Der Angesprochene fühlt sich ertappt und macht ein verlegenes Gesicht. Dann gibt er den anderen ein Zeichen. „Wir gehen und treffen uns noch einmal beim Kemper in der Schänke! Doch wir warnen Euch, Pfarrer Egbert. Ewig kann sie sich nicht bei Euch verstecken. Irgendwann werden wir mit ihr abrechnen."

Seine Kumpanen folgen ihm murrend. Wenige Augenblicke später sind sie im Dunkel der Gassen verschwunden und es kehrt wieder Stille ein.

Der Pfarrer geht mit einem erleichterten Aufatmen in seine Stube zurück, wo ihn Gertrude mit immer noch angsterfüllten Augen anblickt. „Für heute habe ich sie noch einmal beruhigen können. Doch ich fürchte, sie werden nicht von ihrem Vorhaben ablassen. Sie sind wild entschlossen, dich büßen zu lassen."

Er schaut die Ehebrecherin traurig an. „Ach Gertrude, ich kannte dich schon, da warst du noch ein kleines Kind. Immer etwas frecher als die anderen, nie um eine Antwort verlegen. Ich weiß noch, wie du einmal während des Gottesdienstes kleine Steine nach vorn geworfen hast, um mich zu ärgern. Und ich weiß noch, als wäre es gestern gewesen, wie du dich mit dem Toni eingelassen hast."

Nickend erwidert er Gertrudes überraschten Gesichtsausdruck. „Ja, ich hab euch an jenem warmen Augustabend aus der Scheune kommen sehen. Ihr habt mich allerdings nicht bemerkt, zu sehr wart ihr beide noch umnebelt von dem, was ihr in der Scheune getrieben hattet. Keine vierzehn warst du damals gewesen und hast dich schon mit einem jungen Mann aus dem Dorf abgegeben, der sich heute übrigens an das Abenteuer nicht mehr so gerne erinnert. Nie hast du bei mir deine Sünden gebeichtet. Doch jetzt ist der Zeitpunkt gekommen, meinst du nicht auch?!"

Eine Stunde später verstummt Gertrude endlich. Ihr ganzes Leben hat sie dem Pfarrer offenbart und nichts ausgelassen. Es war, als wollte sie ihre Seele von einer unsäglich schweren Last befreien.

„Wie geht es nun weiter, Vater Egbert?", fragt sie zaghaft, nachdem sie der Pfarrer von ihren Sünden freigesprochen hat. „Kann ich den Menschen im Dorf jemals wieder in die Augen schauen? Muss ich mich jetzt, da es den Gerfried nicht mehr gibt, nicht bis an mein Lebensende als Tagelöhnerin verdingen?"

Der Pfarrer kneift nachdenklich die Lippen zusammen. „Ich glaube, es wäre an der Zeit, eine Bürde aufzunehmen, die nicht leicht sein wird. Doch es wird die einzige Möglichkeit sein, dein verpfuschtes Leben wieder ins Lot zu bringen."

Nieder-Ingelheim

18. Mai 1196

Wie Recht hat der alte Johann gehabt!

Frieder zieht stöhnend seine Schuhe aus und betrachtet umständlich die Sohlen seiner Füße. Drei dicke Blasen am rechten Fuß, sogar fünf am linken. Seit seiner Kindheit kennt der Frieder nichts anderes, als ständig dicke Schwielen an den Händen zu haben. Die waren es gewohnt, das schwere und nasse Fischernetz einzuholen, was besonders im Winter, wenn das Seil schnell vereiste, eine fürchterliche Qual war. Und nicht selten holt er sich heute noch dabei blutige Striemen. Doch seine Füße haben nie so viel leisten müssen wie in den vergangenen Tagen.

„Wenn du willst, öffne ich sie dir. Geht ganz schnell."

Der kleinwüchsige Kaplan der Gemeinde von Nieder-Ingelheim lässt das scharfe Messer blitzen, das er in der rechten Hand hält. Als Frieder keine Antwort gibt, zuckt der Pfaffe nur mit den Schultern, lässt es mit einer blitzschnellen Bewegung niedersausen und sticht die laut quiekende Sau ab, die er die ganze Zeit festgehalten hat. Mit einem mächtigen Strahl schießt das Blut aus den Adern des todgeweihten Viehs und besudelt den geistlichen Schlächter von oben bis unten.

„Ich freue mich schon auf die Blutwurst. Dazu einen schönen Wein und frisch gebackenes Brot", frohlockt der Kaplan mit der Zunge schnalzend, ohne zu ahnen, was er damit auslöst.

Denn im selben Moment meldet sich Frieders Magen mit einem mächtigen Knurren. Und der Kaplan fährt fort, den Frieder, wenn auch unbewusst, zu quälen, während er die Sau schlachtet.

„Du musst wissen, wir haben hier einen ausgezeichneten Rotwein, der jedes Jahr prächtig gedeiht. Hab mir sagen lassen, dass ihn die Römer einst aus ihrer Heimat hierher brachten. Gott sei es gedankt, der Pfarrer hat nichts dagegen, dass ich mich ab und zu an seinen Vorräten gütlich tue."

Er zwinkert verschmitzt mit dem rechten Auge und hängt mit einem kräftigen Ruck das tote Schwein an einen Haken. Noch einmal hebt er das scharfe Messer und schlitzt dem Tier den Leib auf. Gedärme und

Organe quellen nach draußen, und der Frieder, der in seinem Leben schon unzählige Fische aufgeschnitten hat, muss einen plötzlich aufkommenden Brechreiz unterdrücken.

„Blutwurst, ein bisschen Schmalz, frisches Brot und dazu einen jungen Roten."

Der kleine Pfaffe schnalzt noch einmal mit der Zunge und reibt sich über den Bauch. In seinem runden Gesicht steht ganz deutlich die Vorfreude geschrieben. „Wo kommt Ihr eigentlich her?"

„Aus Oppenheim."

Bei diesen Worten beginnen des Kaplans Augen zu leuchten. „Ihr habt auch einen ausgezeichneten Wein in Oppenheim. Ich kenn mich aus, hab schon welchen getrunken. War ein feines Tröpfchen. Dazu ein kräftig gewürztes Wildbret."

Das ist dem Frieder jetzt doch zu viel des Guten. Mit einer entschuldigenden Handbewegung wendet er dem kleinen Kaplan, der die Innereien des Schweins sorgsam in einen Topf füllt (vieles lässt sich in der Pfanne zu einem schmackhaften Gericht zubereiten), den Rücken zu und beschäftigt sich weiter mit seinen Blasen.

Vor geraumer Zeit schon sind sie, eine Gruppe von jetzt zehn Pilgern, in Nieder-Ingelheim angekommen, wo man ihnen ohne zu zögern Obdach gewährt hat. Doch zu essen haben sie, sehr zum Leidwesen des Frieder, der mehrmals täglich eine kräftige Mahlzeit gewohnt ist, noch nichts bekommen.

Zu dritt sind sie in Oppenheim aufgebrochen: Neben Frieder haben der besagte Grundherr, den er nur flüchtig vom Hörensagen kennt, und ein Fremder, der die ganze Zeit ein seltsames Bündel mit sich herumschleppt, in Oppenheim ihre Pilgerschaft begonnen. Sie haben sich acht weiteren Pilgern angeschlossen, die an einer kleinen Kapelle außerhalb Oppenheims kurz Station gemacht haben und von einem Mönch namens Adalbert aus Worms angeführt werden. In Mainz, so hatte der Mönch (ein kräftiger Kerl, etwa Frieders Alter, vielleicht ein wenig älter) sie unterrichtet, werden einige ihre Pilgerschaft beenden, andere werden zu ihnen stoßen. Und so werde es den ganzen Weg bis nach Aachen gehen. Er selbst wolle bis nach Trier wallen und die Gruppe bis zu der alten Römerstadt leiten. Dann sei mehr als der halbe Weg bis nach Aachen geschafft.

Von der Kapelle außerhalb Oppenheims nahm die Gruppe den Weg zum Rhein hin, dessen Verlauf sie bis nach Mainz folgten. Sie passierten Nierstein und Nackenheim, später Bodenheim. Hier war für Frieder die bekannte Welt zu Ende. Noch nie war er mit seinem

Nachen weiter als bis nach Bodenheim gefahren. Nachdem sie die Dörfer Laubenheim, wo sie eine kurze Rast einlegten, und Weisenau passiert hatten, war es nicht mehr weit bis nach Mainz. Doch schon bei Weisenau hatte Frieder bei jedem Schritt, der ihn höllisch schmerzte, an den alten Johann denken müssen. Nach nichts mehr als nach seinem ersten Nachtlager auf seiner noch jungen Pilgerschaft sehnte er sich.

Am frühen Abend waren sie schließlich durch das südliche Stadttor in Mainz eingezogen. Noch nie in seinem Leben hat Frieder die Stadt, von der er schon so viel gehört hatte, gesehen. Nierstein und Nackenheim kannte er, und auch Dienheim – die Dörfer in unmittelbarer Nähe von Oppenheim. Doch Mainz war immer unerreichbar weit weg gewesen. Wenn sie im Sommer abends unter der großen Linde nahe der Kirche saßen, erzählte der alte Johann oft von Mainz, eine der größten Städte nördlich der Alpen. Unzählige Klöster und Kirchen stünden in der Stadt, hatte der Johann atemlos berichtet, die größte sei der Dom, in dem schon viele Herrscher des Reiches zu Königen gekrönt wurden.

Die Sonne stand bereits dicht über den Häusern, als die kleine Pilgergruppe endlich das mächtige Stadttor passierte. Und wie hatte Frieder gestaunt! Im Vergleich zu Mainz war Oppenheim ein unbedeutendes, ein winziges Dorf. Unzählige Menschen schienen die Straßen, Gassen und Plätze zu bevölkern.

Frieder hätte nie gedacht, dass so viele Menschen auf so engem Raum zusammenleben können. In diesem Teil der Stadt standen die Hütten und Häuser dicht beieinander. Auch staunte der Fischer nicht schlecht über die Baukunst der Mainzer. Manche Häuser waren in seinen Augen eines Königs würdig.

Mit weit aufgerissenen Augen ließ er seine Blicke schweifen. Gaukler führten Kunststücke vor, Bettler hielten stumm die Hände auf, Waschweiber keiften um die Wette, Bäuerinnen boten Obst und Gemüse feil. Auf einem Platz war sogar ein riesiger Bär angeleint, den die Menschen mit gebührendem Abstand bestaunten. Nur ab und zu näherte sich ein vorwitziges Kind, das das mächtige Tier mit einem drohenden Brummen schnell wieder in die Flucht trieb.

„Sie dürfen die Hunde auf ihn hetzen“, murmelte wie zur Erklärung der Grundherr, der auf dem ganzen Weg nach Mainz noch kein einziges Wort an seine Mitpilger gerichtet hatte. Als Frieder ihn fragend anschaute, fuhr er fort. „Wer einen Hund hat, darf ihn auf den Bär hetzen und darauf Geld setzen. Bekommt es dieser mit der Angst zu tun, darf sich der Besitzer des Hundes auf den doppelten Einsatz als Entlohnung freuen.“

Frieder fragte sich, welch tieferer Sinn dahinter steckte. Der Bär, den sie aus sicherer Entfernung passierten, war größer als ein ausgewachsener Mann. Ab und zu fletschte er seine mächtigen Zähne, dass ein Raunen durch die Umherstehenden ging. Selbst der größte Hund sollte ihm eigentlich keine Angst einjagen. Doch bevor der Fischer weiter darüber nachdenken konnte, wurde er von dem Anblick des alles überragenden Doms abgelenkt. Von diesem Bauwerk, eines der mächtigsten im Reich von Kaiser Heinrich VI., hatte ihnen der Mönch Adalbert bereits auf dem Weg nach Mainz einiges berichtet. Nach vielen Jahrzehnten des Bauens sei es am Vortrag seiner Weihe, anno 1009, von einem Feuer zerstört worden. Erst 1036 sei es gelungen, den augenblicklich begonnenen Wiederaufbau zu beenden. Frieder konnte sich überhaupt nicht vorstellen, dass Menschen in der Lage waren, ein solches Gebäude zu errichten. Und doch stand es hier, gleichsam als Zeugnis der Macht, die Gott den Menschen gegeben hatte.

Im Vorbeigehen deutete Adalbert auf die imposante Tür. Die sei in einem Stück aus Bronze gegossen, erzählte er stolz, als habe er dieses handwerkliche Kunststück eigenhändig vollbracht.

Wie mag es im Innern dieses mächtigen Gotteshauses aussehen, gegen das sich die Oppenheimer Kirche wie eine bescheidene Kapelle ausmaß, fragte sich Frieder. Bestimmt waren die Altäre aus Gold und die Kreuze mit edlen Steinen besetzt. Der Mönch hatte so etwas angedeutet. Doch den Dom, so hatte Adalbert alle Hoffnungen zerstreut, sollten sie nicht aufsuchen. In St. Quintin, einer nicht weit vom Dom gelegenen, weitaus kleineren Kirche, wollte die Gruppe mit den Mainzer Pilgern zusammentreffen, gemeinsam ihre Andacht halten und dort auch übernachten. Von Quintin aus sollte es am nächsten Morgen weitergehen.

Doch erst am übernächsten Tag waren sie von Mainz nach Finthen, einem Dorf auf einem knapp zwei Stunden entfernt gelegenen Hügel, weitergezogen. Auf zwei weitere Pilger mussten sie nämlich warten, auf einen baumlangen Kerl und einen alten Mann, der es kaum noch vermochte, sich auf seinen Beinen zu halten und der dringend einen Tag der Erholung brauchte. Die meisten der Gruppe nutzten die Gelegenheit, sich in der Stadt umzuschauen und in das geschäftige Treiben einzutauchen. Auch Frieder, der nach einer geruhsamen Nacht wieder bei gewohnten Kräften war, streifte durch die Straßen und Gassen – immer auf der Hut, den Weg zurück nach Quintin nicht zu verlieren.

In Oppenheim, wo vielleicht fünfzig oder auch sechzig Familien lebten, kannte er praktisch jeden. Jedes Gebäude, jedes Haus, jede Hütte; jeder Winkel war ihm seit vielen Jahrzehnten vertraut.

Hier in Mainz kam er sich vor wie in einem fremden Land, obwohl er dieselbe Sprache wie seine Bewohner sprach. Er fühlte sich verloren und überall fehl am Platz. Selbst als er an einer Bude vorbeikam, in der ein altes Weib tranigen Fisch verhökerte, beschlich ihn das Gefühl der Beklemmung.

„Feinster Fisch, frisch im Rhein gefangen", pries die Alte den Fang an, als sie Frieder näher kommen sah.

Dem gelang ein abfälliges Grinsen. „Frisch gefangen, sagst du? Dieser Salm ist doch mit Sicherheit schon etliche Tage alt, und der Hecht ist auch schon am Übergehen."

Die Hökerin sah ihn mit einem erstaunten Gesichtsausdruck an. „Was hast du denn für eine Ahnung, und von woher kommst du überhaupt?", begann sie schließlich mit sich überschlagender Stimme zu keifen.

Dem Oppenheimer war die Aufmerksamkeit, die die Alte mit ihrem Geschrei erregte, unangenehm. Unsicher lächelnd blickte er nach rechts und links.

Doch die Alte gab keine Ruhe. „Verschwinde, wenn du nichts kaufen willst, und sieh zu, dass du Land gewinnst."

Frieder trollte sich tatsächlich und nahm wieder den Weg zurück nach St. Quintin. In dem kleinen Pfarrgarten, in dem zwei Kirschbäume blühten, hatte er wenigstens seine Ruhe. Bereits zu diesem Zeitpunkt begann er sich zu fragen, ob es richtig war, eine solche Reise auf sich zu nehmen.

Als der bereits erwähnte Greis sich endlich erholt hatte, ging es über Finthen und Wackernheim weiter nach Nieder-Ingelheim. Neun Männer und eine Frau waren sie jetzt, und sie alle glaubten, in das Paradies zu schauen. Von der Anhöhe des winzigen Dorfes Wackernheim (nur ein paar armselige Hütten um eine kleine Holzkapelle geschart) sahen sie das silbern schimmernde Band des Rheins, der sich am Horizont zwischen den Bergen des Rheingaus schlängelte. Rechts und links des Wegs blühten und grünten die Obstbäume; die Reben der Weinberge leuchteten schon in einem satten Grün. Zu Hause hatte Frieder keine Zeit, sich an den Schönheiten der Natur zu erfreuen, an denen es auch in der Umgebung von Oppenheim mit Sicherheit nicht mangelte. Hier, am Anfang seiner Pilgerschaft, konnte er sich kaum satt sehen daran. Es war, als gab es kein Leid, keine Mühsal und keine Pein auf dieser Erde – wenn da nicht die Blasen an den Füßen des Frieder gewesen wären.

Wenige Stunden später wurden sie in Nieder-Ingelheim empfangen, wo der Pfarrer gerade schlachten ließ, allerdings nicht für die Pilger. Denn die versammelten sich erst einmal in der Kirche zur Andacht und wurden danach sich selbst überlassen.

*

Während der kleine Kaplan die mittlerweile ausgeblutete und ausgenommene Sau auseinander schneidet, muss Frieder überlegen, wann er zum letzten Mal etwas Herzhaftes gegessen hat. Es war an seinem Abreisetag in Oppenheim gewesen, wenngleich er damals nur lustlos in seinem Essen gestochert hat, wie er sich nun wehmütig erinnert. Was gäbe er jetzt für solch eine Tafel, wie Mechthild sie ihm zum Abschied vorbereitet hat. Nur wenige Tage sind seitdem vergangen, und doch scheint es ihm, als sei in der Zwischenzeit ein halbes Lebensalter ins Land gegangen.

Mit was Mechthild, Katharina und Volker wohl jetzt beschäftigt sein mögen? Ob sie oft an ihn denken?

„Blödsinn", reißt sich der Frieder zusammen. Seine Pilgerschaft hat gerade erst begonnen und er benimmt sich wie ein altes Waschweib, deren Sohn auf Nimmerwiedersehen in die Fremde gezogen ist. Natürlich denken sie oft an ihn, schließlich ist er ihr Vater, der sich immer um sie gekümmert hat.

Das schartige Geräusch, das das Messer verursacht, als es in die dicke Haut des Schweins eindringt, lenkt ihn von seinen Gedanken ab. In den nächsten Tagen werden der Pfarrer und sein Kaplan in Überfluss und Völlerei schwelgen, denkt Frieder neidisch. Wie gerne würde auch er mit zulangen.

Aber für ihn und seine Mitpilger wird es wieder nur Brei geben. Seine Vorräte, die er in Oppenheim eingepackt hat, sind mittlerweile fast völlig zur Neige gegangen. Er hätte vielleicht etwas vernünftiger damit haushalten sollen. Doch der ungewohnte Tagesablauf hat ihn immer wieder in den Beutel greifen lassen. Freilich, er kann auch das Wirtshaus des Dorfes aufsuchen. Dort gibt es bestimmt Schinken, Wurst oder auch Käse. Und vielleicht frisch gebrautes Bier. Sofort fängt sein Magen wieder an zu knurren. Aber Frieder denkt auch an das Geld, das er mitgenommen hat. Nur knapp die Hälfte darf er bis Aachen ausgegeben haben, lautet seine Kalkulation, die er im Geiste stets aufs Neue durchgeht. Schließlich will er den ganzen Weg zurück auf keinen Fall laufen, sondern möglichst weite Strecken mit dem Schiff zurücklegen. Die Fahrt mit einem Schiff ist aber teuer, und wenn es gegen den Strom geht, langen die Schiffer noch kräftiger zu. Wenn der Wind zu schwach ist, müssen Treidler eingesetzt werden, die zusammen mit starken Pferden das Schiff von Land aus ziehen. Und die verlangen für ihre kräfteraubenden Dienste gutes Geld.

Auch muss er an seine Mitpilger denken. Was sollen sie von ihm halten, wenn er sich bereits in der ersten Woche in ein Wirtshaus absetzt und den lieben Gott einen guten Mann sein lässt? Nein, er wird sich in Geduld üben und warten müssen, bis der Pfarrer sie endlich verköstigt, mit was auch immer.

In Gedanken geht er die einzelnen Mitglieder der Gruppe durch, wie sie in Mainz aufgebrochen ist. Von keinem einzigen kennt er den Grund für die Pilgerschaft. Er weiß nur, dass der Oppenheimer Grundherr Raimund bis nach Trier wallen will. Auch von dem Fremden, der seine Pilgerreise ebenfalls in Oppenheim begonnen hat, hat er nichts in Erfahrung bringen können. Dieser Fremde ist höchstens Anfang dreißig und kommt auf keinen Fall aus Oppenheim, so viel weiß Frieder von dem Kerl, der bislang nur durch seine finstere Miene und sein seltsam langes Bündel aufgefallen ist. Vorräte sind darin mit Sicherheit nicht aufbewahrt, denn kein einziges Mal hat es der Fremde geöffnet. Allerdings achtet er so sorgsam darauf, als hüte er einen wertvollen Schatz. Welches Schicksal mag ihn, einen hochgewachsenen, unglaublich muskulösen Kerl dazu bewogen haben, auf Pilgerschaft zu gehen? Aber aus ihm ist einfach kein Wort herauszubringen. Selbst Adalbert hat seine Bemühungen schnell aufgegeben. „Nur Gott weiß, welches Geheimnis ihn umgibt", waren seine Worte, als sie aus Mainz auszogen.

Weitaus redseliger ist nur die einzige Frau, eine Witwe namens Annegret aus Mainz, die seit dem Tod ihres Mannes vor nunmehr zehn Jahren regelmäßig eine Pilgerreise antritt. Sie hat wohl keinen bestimmten Grund, mutmaßt der Fischer. Schon in Trier und in Magdeburg sei sie gewesen, hat sie dem Frieder gleich nach dem feierlichen Auszug aus St. Quintin auf dem Weg nach Finthen brühwarm erzählt. Diesmal laute ihr Ziel Aachen, die Stadt von Kaiser Karl dem Großen.

Das kann ja heiter werden, fährt es Frieder durch den Kopf. Ihm ist es nicht entgangen, dass die Witwe durchaus keine frömmelnde Einsiedlerin ist. Sie scheint eine lebenslustige Person zu sein, die immer etwas zu erzählen hat, auch wenn sie sich dabei ständig wiederholt.

Bereits zweimal hat sie dem Frieder erzählt, dass ein hartnäckiger Husten sie beinahe von dieser Pilgerreise abgehalten hätte. Und jedes Mal hat sie gehustet, dass man das Gefühl hatte, es reiße ihr jeden Moment die Lungen aus dem Leib.

Dann ist da noch der baumlanger Kerl, dem ein Ohr und an der linken Hand drei Finger fehlen. Aus ihm ist ebenfalls kein Wort herauszubringen. Selbst an den gemeinsamen Gebeten und Liedern beteiligt er sich in stiller, aber nicht zu übersehender Wut. Bei ihm hat die Witwe als Erstes versucht, ihre Geschichten loszuwerden. Da er ihr noch nicht einmal mit Blicken zu verstehen gab, dass er kein Interesse an ihr hat, stellte sie ihre Annäherungsversuche schnell ein.

Frieder wird den Eindruck nicht los, dass den Baumlangen, wie er in der Gruppe schnell genannt wurde, ein Geheimnis umgibt. Das liegt auch daran, dass er den alten Mann begleitet, der sich, wie bereits erwähnt, nur mühsam aufrecht halten kann. Frieder schätzt das Alter des Greises auf mindestens siebzig Jahre. Auch dieser Alte beteiligt sich an keinem der Gespräche, sondern hält sich immer an den Baumlangen, dem er ab und zu kurze Anweisungen gibt. Was die beiden ungleichen Männer miteinander verbinden mag, fragt sich nicht nur Frieder. Ob sie Sohn und Vater sind oder vielleicht Graf und Leibeigener? Der Alte ist zumindest der Grund dafür gewesen, warum sie in Mainz eine Nacht mehr verbringen mussten und warum es überhaupt so langsam voranging. Immer wieder mussten sie auf dem Weg nach Nieder-Ingelheim Pausen einlegen, weil die Gruppe auf ihn und seinen stummen Begleiter warten musste. Doch Adalbert, der Mönch aus Worms, hat in Mainz klargestellt, dass die Gruppe stets zusammenbleibt und es immer nur so schnell voran geht wie der Schwächste es vermag.

Auch drei dürre Mönche pilgern seit Mainz mit. Sie gehören, das hat Frieder bei ihren Gesprächen mitgehört, dem Orden der Norbertiner an. Diese Glaubensgemeinschaft, so haben sie es den anderen Mitpilgern bereitwillig erklärt, ist nach Norbert von Xanten benannt, einem Adligen, der bereits in seiner Jugend eine Kanonikerstelle im Xanter Stift bekleidete. Zeit seines Lebens, das anno 1134 endete, kritisierte Norbert, der ein Leben als Eremit führte, die Lasterhaftigkeit mancher Kleriker. Er und seine Getreuen wandelten barfuß durch die Lande, sich ausschließlich nach dem Evangelium richtend.

Jetzt erinnert sich der Frieder, dass die drei Mönche tatsächlich keine Schuhe tragen. Ihre Sohlen müssen mit einer dicken Hornschicht überzogen sein, dass sie diese Strapazen ertragen, ohne sich ständig die

Fußsohlen aufzureißen. Die drei haben wahrscheinlich keinen besonderen Grund, die Mühsal einer Pilgerschaft auf sich zu laden. Es gehört für sie einfach zur Pflicht ihres Daseins auf Erden.

Zur Strapaze ist die Pilgerschaft für Frieder bereits jetzt geworden. Spätestens am frühen Nachmittag sind seine Beine immer schwer wie Blei und er muss sich zwingen, einen Schritt vor den nächsten zu setzen. Und er muss der Versuchung widerstehen, sich einfach am Wegesrand ins Gras oder unter einen Baum zu legen und die anderen ohne ihn weiterziehen zu lassen.

Dies alles geht dem Frieder durch den Kopf, während der kleinwüchsige Geistliche noch immer mit der Sau beschäftigt ist. Noch einmal betrachtet der Frieder seine Blasen und streicht vorsichtig mit der Fingerkuppe darüber.

„Es geht wirklich ganz schnell“, sagt der Kaplan noch einmal, als er Frieders unterdrücktes Stöhnen hört.

Der Oppenheimer Fischer nickt bereitwillig, und wenige Augenblicke später hat der Kaplan die Blasen mit geschickten Schnitten geöffnet. Und es hat noch nicht einmal geschmerzt.

„Lass dir im Pfarrhaus von der Sieglinde zwei Binden geben“, rät er dem Frieder, der von dannen humpelt. „In spätestens drei Wochen haben sich deine Füße daran gewöhnt. Darauf kannst du dich verlassen“, ruft er ihm fröhlich nach.

Nachdem Frieder seine Füße verbunden hat, sucht er noch einmal die Kaiserpfalz auf. Schon beim Marsch von der Wackernheimer Anhöhe hinunter nach Nieder-Ingelheim war sie allen aufgefallen. Die Pfalz ist das mächtigste Bauwerk im weiten Umkreis und stellt sogar die meisten Kirchen in den Schatten, die Frieder bislang gesehen hat. Wieder erfuhren sie von Adalbert, dass der Frankenherrscher Karl der Große, der seit dreihundertachtzig Jahren in Aachen ruht, den Bau der Pfalz schon vor vierhundert Jahren in Auftrag gegeben hatte. Der König und spätere Kaiser habe sich gern in Ingelheim aufgehalten und wollte hier eine Residenz schaffen, die seiner würdig war, hat der Wormser Mönch erzählt, der überhaupt einen gebildeten Eindruck macht. Was er über die Pfalz und Karl den Großen (er war erste Kaiser des Reiches) zu berichten wusste, hat die Mitglieder der Gruppe in Staunen versetzt. Er erzählte ihnen, dass Karl am frühen Morgen des 25. Dezember anno 800 in Rom zum Kaiser gekrönt wurde. Papst Leo III. setzte dem betenden König einfach die Krone auf und erklärte ihn zum erhabenen, von Gott zum Kaiser der Römer gekrönten Herrscher des weströmischen Reiches.

Nur der Greis hörte mit einem spöttischen Lächeln zu, ganz so, als wusste er es besser, wollte dies aber keinem verraten. Auch der Fremde zeigte sich ziemlich unbeeindruckt von den blumigen Schilderungen des Mönchs.

Frieder hat die Pfalz erreicht und muss den Kopf in den Nacken legen, um das gewaltige Bauwerk überschauen zu können. Es erinnert den Fischer entfernt an den Mainzer Dom, den er erst vor wenigen Tagen gesehen hat. Hohe Mauern, in die große Fensterbogen eingelassen sind, ragen in die Höhe. Der Fischer schätzt, dass seine Hütte in Oppenheim viele hundert Male in der Pfalz, die verlassen wirkt, Platz fände. Er ist beeindruckt.

Und ob dieses Kunstwerk vieler Generationen von Baumeistern eines Herrschers würdig sei, fährt es ihm andächtig durch den Kopf.

Er versucht sich vorzustellen, wie der kaiserliche Tross hier einst einzog. Denn auch das erfuhren sie von Adalbert: Die Kaiser, und nicht nur Karl der Große tat es so, ziehen ständig durch die Lande, meist in kriegerischer Mission. Es war und ist die Aufgabe der Pfalzen, die über das gesamte Reich verstreut liegen, dem Herrscher, seinen Getreuen und dem mitziehenden Volk ein festes Dach über dem Kopf zu bieten. Man hält sich wenige Tage, einige Wochen oder auch auf Monate hin in der Pfalz auf und zieht dann wieder weiter. Und nicht selten, so hat es der Mönch lächelnd erzählt, seien die Menschen der Stadt froh, wenn der Kaiser und sein alles verschlingender Tross endlich wieder weg waren. Vielleicht wird irgendwann einmal wieder der Kaiser auch nach Nieder-Ingelheim kommen.

„Sie ist in der Tat beeindruckend“, hört der Fischer in diesem Moment eine schwache Stimme hinter sich.

Als er sich umdreht, sieht er zu seiner Überraschung, dass der alte Begleiter des Baumlangen ihm gefolgt ist. Erst jetzt, in Abwesenheit der anderen Pilger, fällt Frieder auf, wie gebrechlich der Mann wirkt. Sein früher wohl stark rötlich schimmernder Bart ist durchsetzt mit unzähligen weißen Härchen. Seine Haut ist runzlig, das Haupthaar schütter. Und doch strahlt der Alte eine Aura aus, der sich Frieder nicht entziehen kann. In seinen Augen scheint die ganze Weisheit der Menschheit zu liegen.

„Sie ist wirklich beeindruckend, ich hatte es fast schon vergessen“, wiederholt der Alte.

Frieder räuspert sich unschlüssig. Er sieht, dass die Augen des Mannes einen fast wehmütigen Glanz bekommen haben und sogar feucht schimmern. Irgendetwas verbindet ihn mit diesem Bauwerk, dem die Jahrhunderte, im Gegensatz zu den Menschen, nichts anhaben konnten.

„Ihr seid schon einmal hier gewesen?“, fragt Frieder mit stockender Stimme. Eine seltsame Beklemmung hindert ihn daran, mit dem alten Mann so zu sprechen wie mit jedem anderen Menschen.

„Es sind seitdem mehr als vierzig Jahre vergangen“, murmelt der Alte, womit er Frieders Frage indirekt bejaht. „Ich traf damals hier in Nieder-Ingelheim mit einer faszinierenden Frau zusammen. Hildegard war ihr Name.“

Jetzt muss Frieder lächeln, weil er unwillkürlich an die Hildegard aus Oppenheim denkt. Die ist mit Sicherheit nur unwesentlich jünger als sein Gegenüber. Bestimmt wird ihm der Alte jetzt die Geschichte einer längst vergangenen Liebe erzählen.

Der andere scheint die Gedanken des Fischers erraten zu haben. „Nein, nein, ich habe damals weder um ihre Hand angehalten noch sonst um ihre Zuneigung gebuhlt. Diese Frau hatte sich ganz und gar der Liebe zu Gott verschrieben. In dieser Hinsicht konnte man sie ruhig eine Fanatikerin nennen. Sie würde mir diesen Ausdruck verzeihen, da bin ich mir sicher.“

Er seufzt. „Wir standen viele Jahre in engem brieflichem Kontakt miteinander. Ihre Meinungen waren nicht einfach zu akzeptieren. Doch sie war eine Frau, die es verstand, andere davon zu überzeugen oder zumindest so weit zu bringen, dass man sie doch wenigstens tolerierte.“

Frieder fühlt sich jetzt doch unbehaglich. Er spürt, dass der Greis etwas loswerden will. Doch er zweifelt, dass ausgerechnet er der richtige Gesprächspartner ist. Er räuspert sich verlegen.

Der Alte schaut ihn abwesend an. „Warum seid Ihr auf Pilgerschaft, guter Mann?“, wechselt er abrupt das Thema.

Frieder erzählt ihm von der wundersamen Rettung seines Sohnes Volker und dass er sein Gelübde eigentlich viel zu lange vor sich hergeschoben hat. Die Frage, wer sein Gegenüber ist, was ihn beschäftigt und warum er in diesem hohen Alter noch einmal diese Mühsal auf sich nimmt, brennt ihm regelrecht auf der Zunge. Doch Frieder wagt es nicht, sie zu stellen.

„Ich scheine dazu verdammt zu sein, über diese Erde zu wandeln“, murmelt der Greis. „Doch jetzt will ich es endlich zu Ende bringen.“

Wieder wechselt er unverhofft die Richtung des Gesprächs. „Habt Ihr auch einen solchen Hunger wie ich? Ich könnt’ einen ganzen Hirsch verdrücken, aber ich glaube, den werden wir hier nicht serviert bekommen. Wenn wir Glück haben, wird es eine fette Suppe mit ein paar Brocken Fleisch sein."

Frieder nickt erleichtert. „Das könnt Ihr mir glauben. Mein Magen knurrt, dass er einen schlafenden Bär wecken könnte."

„Na, dann wollen wir einmal zurück zu den anderen. Ihr habt sicherlich bemerkt, dass ich nicht mehr ganz so schnell zu Fuß bin. Aber bis zum Pfarrhaus sind es ja nur wenige Schritte."

Einem spontanen Impuls folgend, greift Frieder dem Alten unter die Arme. Der nimmt die Hilfe dankbar an. „Mein Name ist Frieder, Fischer aus Oppenheim."

Doch darauf erwidert der andere nichts. Den Rest des Wegs gehen die beiden, ohne noch einmal ein Wort zu wechseln. Am Pfarrhaus werden sie von dem baumlangen Begleiter des Alten empfangen, der bereits ungeduldig gewartet hat. Als habe Frieder einen wertvollen Schatz oder eine holde Prinzessin entführen wollen, drängt ihn der Baumlange von dem Alten weg und legt diesem schützend den Arm um die Schulter. Dabei murmelt er etwas in einer nicht verständlichen Sprache.

Bevor Frieder weiter darüber nachdenken kann, lenkt ihn das Rufen der Witwe ab. „Setz dich zu mir, Frieder", winkt sie ihn heran.

Der nimmt bereitwillig an ihrer Seite Platz, auch deswegen, weil er dadurch den Baumlangen und den Alten besser beobachten kann, die sich etwas abseits der Gruppe niedergelassen haben.

Der Frieder atmet tief durch und saugt die milde Luft in sich ein. Es ist ein wunderschöner Tag. Die Sonne scheint von einem tiefblauen Himmel und über dem Pfarrgarten liegt der feine Hauch des nahenden Sommers. Wieder fällt Frieder auf, dass er den nahenden Sommer noch nie so intensiv gespürt hat. Wenn er die Augen schließt, kann er ihn förmlich fühlen. Jetzt hat eine nie gekannte innere Ruhe von ihm Besitz ergriffen. Er weiß, dass er am Nachmittag nicht noch einmal auf den Rhein muss. Er weiß, dass er in den nächsten Wochen nur eine Verpflichtung hat, nämlich Gott zu loben und ihm für die wundersame Rettung seines Sohnes zu danken. Irgendwie fühlt er sich von einer Last befreit. Wenn da nur nicht die schmerzenden Füße wären ...

Der Pfarrer, ein kränklich wirkender Mann mit ungesunder Gesichtsfarbe, hat die Tafel im großen Garten aufschlagen lassen. Er beherberge oft Pilger, erzählt er mit schleppender Stimme, die ständig von einem trockenen Husten unterbrochen wird. Erst vor wenigen Tagen habe ein Mann aus Koblenz bei ihm übernachtet, der sich allein auf dem Weg nach Magdeburg gemacht habe, ein sehr gefährliches

Unterfangen. Mehr ist aus dem Pfaffen nicht herauszubekommen. Mit schlurfenden Schritten zieht er sich zurück. Die Pilger müssen allein tafeln.

Eine Magd hat inzwischen aufgetragen. Es gibt, wie Frieder es befürchtet hat, dicken Brei mit unsäglich dünnem Bier und keinesfalls eine fette Brühe mit Fleisch. Während er mit den anderen das Tischgebet murmelt, denkt er wehmütig an die Blutwurst, die wohl bald im Pfarrhaus gekocht wird. Doch sein Magen knurrt noch immer höllisch, und so lässt sich Frieder nach dem gemeinsamen Gebet nicht lange bitten. Innerhalb weniger Augenblicke hat er den Brei verschlungen. Er spült noch einmal mit dem schon schal schmeckenden Bier nach und reibt sich halbwegs zufrieden den Bauch. Das Essen hat nicht schlecht geschmeckt und hat, das war das Wichtigste, das lästige Hungergefühl vertrieben. Doch bei der nächsten Gelegenheit, so nimmt es sich der Fischer inbrünstig vor, wird er sich ein paar getrocknete Würste und etwas Käse besorgen.

„Frieder!", unterbricht die laute Stimme der Witwe seine Gedanken. „Du hast mir noch gar nicht gesagt, warum du auf Pilgerschaft bist."

Jetzt verflucht der Oppenheimer, dass er sich neben dieses dümmliche Plappermaul gesetzt hat. Mit einem gequälten Lächeln erzählt er der Annegret die Geschichte von der wundersamen Rettung seines Sohnes und dass er sein Gelübde eigentlich viel zu lange vor sich hergeschoben hat.

„Willst du wissen, warum ich schon so oft auf Pilgerschaft gegangen bin?", unterbricht ihn die Witwe nach kurzer Zeit und wartet eine Antwort gar nicht erst ab. Ihr verstorbener Mann, so ereifert sie sich mit hochrotem Kopf, weil sie ein wenig zu viel von dem Bier getrunken hat, sei ein ordentlicher und ehrlicher Mainzer Kaufmann gewesen, der ihr nach seinem Tod ein ansehnliches Vermögen hinterlassen habe. Doch schon in der ersten Nacht nach seinem Dahinscheiden sei er ihr im Traum (vielleicht war es auch gar kein Traum) erschienen und habe sie davor gewarnt, das von ihm verdiente Geld, das er ihr vererbt habe, sinnlos zu verprassen, erst recht nicht mit einem anderen Mann. Nur auf einer Pilgerreise, habe er ihr eindringlich aufgetragen, dürfe sie sein Geld ausgeben, ansonsten werde er ihr jede Nacht erscheinen und ihr das Leben auf Erden zur Hölle machen.

Aus dem Mund der Witwe klingt die schauerliche Geschichte wie eine lustige Anekdote. Interesse heuchelnd nickt der Frieder mit dem Kopf. Einer inneren Eingebung folgend betrachtet er die Witwe jetzt etwas genauer. Ein rundes Gesicht hat sie, eine ebenso schiefe wie breite

Nase, nur noch einige wenige Zähne im Mund. Das aschfarbene Haar hängt ihr in kraftlosen Strähnen vom Kopf herunter. Der schlichte Umhang verdeckt kaum ihren dicken Oberkörper, dem zwei stämmige, kalkweiße Beine folgen. Frieder schätzt ihr Alter auf Mitte dreißig.

„Kannst du dir das vorstellen, Frieder?", sprudelt es aus ihrem Mund munter weiter. Auch wenn die Annegret wahrlich keine Schönheit ist, so muss der Fischer feststellen, dass sie doch ein sonniges Gemüt hat. Er bezweifelt, dass er unter den Pilgern Freunde finden wird. Doch die Annegret ist zumindest keine unangenehme Erscheinung.

„War zeit seines Lebens immer ein guter Mann und will mir nach dem Tod das Dasein schwer machen", erzählt die Mainzerin unbekümmert weiter, wohl nicht ahnend, welche Gedanken ihr Gegenüber hegt. „Und das, obwohl ich immer gut für ihn gesorgt und ihm seine kleinen Sünden immer verziehen habe."

Schelmisch zwinkert sie mit dem rechten Auge. Bevor Frieder etwas entgegnen kann, plappert die Witwe auch schon weiter. Sie habe sechs Kinder geboren, die jedoch alle starben, bevor sie zehn Jahre alt waren. Der Herr habe es nun einmal so gewollt, dass sie nun allein sei, und sie wolle ihre Bürde demütig tragen. Das müsse ja nicht bis an ihr Lebensende so weitergehen. Sie habe auf den beschwerlichen Pilgerreisen auch durchaus ihren Spaß gehabt, sagt sie und zwinkert dabei noch einmal.

Frieder verzieht den Mund zu einem schiefen Grinsen und gießt sich noch ein wenig Bier ein. Es scheint, als habe die Witwe die Warnung ihres verblichenen Gatten schon mehr als einmal in den Wind geschlagen, ohne dass der ihr erschienen ist. Denn davon hätte sie mit Sicherheit schon längst erzählt. Der Blick in ihre Augen verrät, dass sie auch dem Frieder durchaus willfährig wäre. Doch der Fischer sehnt sich jetzt schon nach einem ruhigen Nachtlager, nach Ruhe für seine geschundenen Füße, die er vorher noch einmal in lauwarmer Seifenlauge baden will, und hofft, dass auch hier, wie schon in St. Quintin in Mainz, Männlein und Weiblein sorgsam voneinander getrennt schlafen.

Rüdesheim

20. Mai 1196

Die Gertrude versucht, sich so unscheinbar wie möglich zu verhalten. Die drei Männer, die mit ihr und Pfarrer Egbert am Rheinufer warten, haben sie sofort von oben bis unten gemustert. Und ihre abfälligen Blicke sprechen auch jetzt noch Bände. Sie sieht, dass die Fähre, die sie auf die andere Rheinseite nach Bingen bringen wird, gerade erst am gegenüberliegenden Ufer ablegt. Es wird noch eine Weile dauern, bis sie auf der Rüdesheimer Seite ankommt.

Die letzten Tage hat die Gertrude im Haus des Pfarrers verbracht, wo sie vor den aufgebrachten Dorfbewohnern erst einmal sicher war. Die waren nach dem nächtlichen Vorfall am nächsten Tag noch einmal aufgetaucht, und erneut hatte der Geistliche sie vertreiben können. Doch die eigentliche Prüfung stand ihr noch bevor. Ihr geistlicher Beistand hatte ihr tatsächlich aufgebürdet, auf Pilgerschaft zu gehen.

„Nur so kann dein Herz endlich reingewaschen werden“, wollte Egbert ihr einschärfen.

Doch zunächst hatte sich alles in Gertrude gegen dieses Vorhaben gewehrt. Auf Pilgerschaft gehen! Hatte der Alte völlig den Verstand verloren? Sollte er sie doch gleich in den Tod schicken oder den Dorfbewohnern ausliefern, was auf dasselbe herauskam. Wie von Sinnen getobt und trotzig geschwiegen hatte sie, doch der Pfarrer ließ nicht ab in seinen Bemühungen, sie auf den rechten Pfad der Tugend zu bringen.

Noch zweimal waren die Männer des Dorfes vor seiner Hütte erschienen und hatten ihn lautstark aufgefordert, die Hure endlich vor die Tür zu setzen.

„Sie werden keine Ruhe geben, Gertrude! Du wirst hier im Dorf kein geregeltes Leben mehr führen können“, sagte er am zweiten Abend eindringlich. „Du kannst froh sein, dass dich der Gerfried nicht des Ehebruchs angeklagt hat. Dein Leben wäre längst verwirkt. Ich habe in die Gesichter der Männer geschaut. Sie wollen dich an den Pranger stellen, so viel steht fest. Aber du kannst dich nicht ewig hier im Haus verstecken.“

Schließlich gab das Weib doch nach und willigte ein. Gleich am nächsten Morgen solle sie aufbrechen, mit der Fähre nach Bingen übersetzen und sich dort auf dem Rupertsberg der nächstbesten Gruppe anschließen, bläute Egbert ihr ein. Gertrude war nur noch in der Lage, teilnahmslos zu nicken. Was sollte sie von ihrem Leben anderes erwarten? Sie könnte sich ihr Brot auch als Hure verdienen oder als Bettlerin, irgendwo am Wegesrand. Für sie machte das keinen großen Unterschied.

„Und dass du mir ja nicht dein Versprechen brichst", redete der Geistliche der Sünderin noch einmal ins Gewissen. „Die Strafe Gottes wäre furchtbar. Verdammt wärest du, und bis ans Ende aller Zeiten müsste deine arme Seele in der Hölle schmoren, ohne Aussicht auf Rettung."

Danach ging er in seine kleine Schlafkammer und suchte nach dem, was er der Gertrude mit auf den Weg geben konnte. Viel war es nicht: ein alter, schon löchriger Umhang aus störrischem Filz, ein Beutel mit ein paar Naturalien, ein klein wenig Geld und das Empfehlungsschreiben, im schwachen Licht einer Kerze notdürftig auf ein altes Stück Pergament aufgekratzt. Den Rest der Nacht lag die Gertrude wach auf ihrem Strohsack. Es gelang ihr nicht, den Schlaf zu finden, nach dem ihr Körper verlangte.

Die Sonne war noch nicht aufgegangen, als beide im Schutz des fahlen Dämmerlichts das Haus verließen. An der Stelle, an dem die Fähre anlegte, warteten drei Männer, dem Anschein nach Tagelöhner, die auf der anderen Rheinseite nach Arbeit suchen wollten. Mit ordinärem Grinsen reagierten sie auf das Kommen des Geistlichen und der Frau.

„Was glaubt ihr, wohin will denn der Pfaffe mit diesem Weibsstück?", ruft in diesem Moment einer der drei und greift sich dabei in den Schritt. Seine beiden Kumpanen stimmen ein ordinäres Grölen an und lassen wie auf ein Kommando ihre Hosen herunter.

Egbert legt der jetzt völlig verängstigten Frau beruhigend die Hand auf den Arm. „Bald bist du ganz auf dich allein gestellt", flüstert er ihr zu. „Es ist jetzt ausnahmsweise nicht verkehrt, wenn du dich wieder auf deine alte Tugend besinnst." Dabei lächelt er ihr verschwörerisch zu.

Zuerst begreift Gertrude überhaupt nicht, was er gemeint haben könnte, doch dann nickt sie grinsend. Vor Männern hat sie noch nie Angst gehabt, und waren sie noch so ungehobelt. Mit einem entschlossenen Blick und mit schnellen Schritten geht sie auf die drei Tagelöhner zu, die sie verdutzt anschauen.

„Na schön, wer von euch drei Waschlappen will anfangen?", fordert sie die Männer heraus und schaut einem von ihnen verächtlich ins Gesicht. „Du bist doch dafür schon zu alt. Und du Grünschnabel", sie wendet sich an den Nächsten, „kriegst ihn dafür überhaupt noch nicht richtig hoch.“

Beim dritten deutet sie auf dessen verkrüppelte rechte Hand. „Was bei dir sonst noch vermurkst ist, kann ich mir schon vorstellen.“ Mit einer blitzschnellen Bewegung greift sie dem verdatterten Kerl zwischen die Beine. „Hier scheint ja wohl nicht allzu viel vorhanden zu sein.“

Das burschikose Verhalten zeigt seine Wirkung. Beschwichtigend heben die Männer ihre Hände und wenden sich ab. Es ist ihnen anzumerken, dass sie damit nun wirklich nicht gerechnet haben. Egbert kann ein Schmunzeln nicht unterdrücken. Das ist die Gertrude, wie er sie kennt. Die würde sich auch in der Fremde nicht unterkriegen lassen, davon ist er überzeugt.

Jetzt endlich legt die Fähre knirschend am Rüdesheimer Ufer an. Egbert umfasst Gertrude noch einmal an den Schultern, sieht ihr fest in die Augen und nickt. „Gott sei mit dir“, verabschiedet er die Ehebrecherin, die durch ihr schamloses Treiben zwei Männer in den Tod getrieben hat.

Viele Worte sind jetzt sowieso nicht mehr möglich, denn der Fährmann winkt bereits ungeduldig mit der Hand. Man solle jetzt nicht trödeln, sondern sich sputen. Egbert drückt dem Alten eine Münze in die Hand und winkt der Gertrude zu.

„Möge Gott wirklich mit dir sein“, murmelt er, als die Fähre bereits wieder ablegt. „Wahrscheinlich werden wir uns nie mehr wiedersehen.“

*

Mit leerem Blick beobachtet Gertrude, wie das Rüdesheimer Ufer immer kleiner wird. Sie sieht, dass Pfarrer Egbert ihr noch einmal zuwinkt, sich dann umdreht und sich zurück auf den Weg ins Dorf macht. Schwer wie Blei kommen ihr ihre Arme vor, und sie ist nicht in der Lage, das Winken des Pfarrers zu erwidern. Eine unglaublich schwere Last scheint auf ihr zu liegen.

Während sie auf das grünlich schimmernde Wasser des Rheins starrt, läuft in ihrem Kopf noch einmal ihr ganzes Leben ab. Ihre glückliche, unbeschwerte Kindheit im elterlichen Weingut, der Tod ihres älteren Bruders Rüdiger, als sie fünfzehn Jahre alt war. Dann die Hochzeit mit Gerfried zu einer Zeit, als auch ihr Vater bereits todkrank war. Drei Wochen nach der Hochzeit, wohlwissend, dass seine Tochter in guten Händen war, starb der alte Mann. Gertrudes Mutter, eine herzensgute Frau, folgte ihm zwei Monate später. Da es einen Erben nicht mehr gab, wechselte das Weingut den Besitzer. Doch Gertrude war ja mit einem durchaus angesehenen Mann aus dem Dorf verheiratet und musste sich deswegen nicht als Küchenmagd oder Tagelöhnerin verdingen.

War sie denn nie glücklich mit Gerfried gewesen? Unwillkürlich schüttelt sie den Kopf. Am Anfang fühlte sie so etwas wie Glück und Geborgenheit, davon ist sie auch jetzt noch überzeugt. Gerfried, der nur nach außen grobschlächtig wirkte, hatte sich von Anfang an um sie bemüht und ihr bei jeder Gelegenheit den Hof gemacht. Doch seine Versuche, seiner jungen Frau so etwas wie Zärtlichkeit zu geben, wirkten stets linkisch und täppisch.

Schon bald nach der Hochzeit fing Gertrude, die ihrem Mann in der Hochzeitsnacht mit einem simplen Trick ihre Jungfrauenschaft vorgaukelte, wieder an, anderen Männern den Kopf zu verdrehen. Sie hat schon immer bezweifelt, dass alle vier Kinder, die sie in den ersten Jahren ihrer Ehe ihrem Mann gebar, auch tatsächlich dessen Bälger waren. In den letzten Jahren verging kaum ein Dorffest, bei dem sie nicht bereitwillig in irgendeinem Schuppen oder im dichten Gebüsch die Beine für einen Kerl breit gemacht hat, während ihr Gerfried bereits weinselig im Schlummer lag. Leichtes Spiel hatten im Herbst die Tagelöhner, die bei der Weinlese halfen. Die stellten keine Fragen, waren immer notgeil und spätestens Ende November wieder weg. Und sie kamen meist nicht mehr zurück nach Rüdesheim. Nie hat sie sich Gedanken über ihr sündiges Treiben gemacht. Doch jetzt war es zu spät. Zwei Menschen, beide angesehene Männer des Dorfes, mussten deswegen ihr Leben lassen.

Und jetzt steht sie auf einer Fähre, die es ihr ermöglicht, das immer kleiner werdende Dorf und ihr altes Leben hinter sich zu lassen. Denn sie hat keinen Zweifel daran, dass sie nie mehr nach Rüdesheim zurückkehren wird. Sie ist überzeugt: Selbst in hundert Jahren werden sie alle von ihr nur verächtlich als „die Hure" reden, die den herzensguten Gerfried und den fleißigen Müller auf dem Gewissen hat.

Gertrude atmet tief durch. Ja, sie will Buße tun und ein neues Leben beginnen, egal wo. Ein unterdrückter Schrei reißt sie aus ihren Gedanken. Als sie sich umdreht, sieht sie gerade noch, wie sich einer der drei Tagelöhner auf sie stürzt. Doch es ist zu spät, dem Kerl auszuweichen.

„Dir werd ich zeigen, wozu ich noch Kraft hab", stößt der atemlos hervor, während er zusammen mit Gertrude auf die harten Holzplanken der Fähre fällt.

Gertrude stößt mit dem Hinterkopf auf den Bohlen auf und verliert für einen kurzen Moment fast das Bewusstsein. Der Kerl hat leichtes Spiel. Er schiebt der Wehrlosen den Rock hoch und öffnet mit einem Griff seine Hose.

Seine Kameraden johlen anfeuernd und klatschen in die Hände, und auch der Fährmann grinst über das ganze Gesicht. Das verheißt eine kurzweilige Überfahrt nach Bingen. Weitere Aufmerksamkeit kann er dem Gerangel auf dem Plankenboden allerdings nicht schenken, denn an dieser Stelle des Rheins, dem Binger Loch, wie es im Volksmund auch heißt, hat der Fluss eine reißende Strömung. An zahlreichen Felsen brechen sich die Wellen, es entstehen gefährliche Strudel und die weiße Gischt schäumt. Nur das Geschick und die Bärenkräfte eines erfahrenen Mannes kann die Fähre, die schnell zum Spielball des nassen Elements wird, sicher an das andere Ufer bringen.

Gertrude fehlt jegliche Energie, sich zu wehren. Normalerweise hat es bis jetzt noch keiner geschafft, sie gegen ihren Willen zu nehmen, und davon gab es wahrlich einige. Doch jetzt spürt sie das harte Glied des Tagelöhners zwischen ihren nackten Beinen und seinen stinkenden Atem in ihrem Gesicht. Der Kerl hat ihre beiden Arme fest im Griff, sodass sich die Rüdesheimerin kaum bewegen kann. Es ist keine Angst, die sie spürt, sondern Resignation und Gleichgültigkeit darüber, dass sie ausgerechnet zu Beginn ihres neuen Lebens schon wieder von einem fremden Kerl genommen wird. Doch dann besinnt sie sich darauf, was der Pfarrer ihr erst vor wenigen Augenblicken gesagt hat. Nein, das will sie sich nicht bieten lassen, so einfach will sie es dem Kerl nicht machen. Irgendwie gelingt es ihr, sich zu entspannen und ihrem Gesicht einen lüsternen Ausdruck zu geben. Mit ihrer Zunge fährt sie sich leicht über die Lippen und verdreht die Augen. Sie weiß, auf was die Kerle reinfallen, da macht ein hergelaufener Tagelöhner keine Ausnahme. Sofort spürt sie, dass sich der schwere Körper ihres Vergewaltigers entspannt.

„Na also, ich wusste doch, dass es dir ebenfalls gefallen würde“, grinst der schmierig. „Dann tut es auch nicht so weh.“

Das ist der Moment, auf den Gertrude gewartet hat. Bevor ihr Vergewaltiger zustoßen kann, befreit sie mit einem Ruck ihren rechten Arm, drückt den Kopf des Tagelöhners herunter und beißt mit aller Kraft in dessen Kehle. Sie hört ein leichtes Knacken und den unmenschlichen Schrei ihres Peinigers, der sich sofort jaulend zur Seite dreht. Mit purem Entsetzen in ihren Gesichtern sehen seine Kameraden die blutende Wunde und wie sich ihr Kumpan wie von Sinnen auf den Planken wälzt.

„Sie hat mich gebissen. Diese Drecksau hat mir in den Hals gebissen. Ich blute wie ein abgestochenes Schwein“, schreit der Verletzte immer wieder.

Gertrude wischt sich das Blut vom Mund und sieht sich gehetzt um. Sie weiß, dass der Tanz noch nicht zu Ende ist. Doch auf der Fähre hat sie keine Möglichkeit zu fliehen. Mit einem wütenden Aufschrei will sich der jüngere der beiden anderen Tagelöhner auf sie werfen, doch die ist jetzt auf der Hut. Mit einem gezielten Tritt in den Schritt des Angreifers wehrt sie den Kerl ab. Der stolpert rückwärts und wirft dabei den Fährmann mit um.

Vom sicheren Griff des erfahrenen Mannes befreit, hat das reißende Wasser nun leichtes Spiel mit dem Ruder. Wie eine dünne Holzbohle hüpft die Fähre über die Wellen. Der am Hals verletzte Tagelöhner wird über Bord geschleudert und geht sofort unter. Gertrude gelingt es gerade noch, sich an einer einfach gezimmerten Bank halbwegs sicheren Halt zu verschaffen. Mit hilflosem Entsetzen muss sie mit ansehen, wie die Fähre jetzt pfeilschnell auf einen mächtigen Felsen zuschießt. Der unvermeidliche Aufprall in der hier tosenden Gicht des Binger Lochs zerreißt die Fähre geradewegs in zwei Teile. Die beiden anderen Tagelöhner werden jetzt ebenfalls ins Wasser geschleudert. Verzweifelt rudern sie mit ihren Armen, um sich über Wasser halten zu können. Es ist offensichtlich, dass sie kaum schwimmen können. Sie hätten sich vielleicht auf den Felsen retten können, wenn die Gewalt der Fluten nicht den kleineren Teil der Fähre erneut mit voller Wucht auf das glitschige Gestein geschleudert und die beiden hilflosen Männer zerquetscht hätte.

Die Gertrude sieht, wie der Fährmann sich mit unmenschlicher Kraft zurück ans Ruder zieht und den verbliebenen Rest seiner ehemals ahnsehnlichen Fähre halbwegs wieder auf Kurs bringen kann. Noch einmal prallt sie auf einen Felsen, hält der Wucht jedoch glücklicherweise stand. Noch einmal wird die Rüdesheimerin zu Boden geschleudert. Doch sie kann sich gerade noch an der Bank festhalten und kommt mühsam wieder auf die Beine. Es grenzt an ein Wunder, dass der Fährmann das kümmerliche Überbleibsel seiner Fähre an das Binger Ufer manövrieren kann.

Sich seine rechte Schulter haltend, torkelt der Alte auf den Sand und lässt sich ächzend auf die Knie fallen. Keuchend geht sein Atem, sein Gesicht ist schmerzverzerrt. Auch Gertrudes Lungen geben pfeifende Geräusche von sich. Eine Armlänge vom Fährmann entfernt fällt sie ebenfalls in den Sand. Keuchend liegen die beiden eine Weile da, ohne sich zu bewegen. Sie wissen, dass sie nur mit viel Glück dem sicheren Tod entronnen sind.

Nach einer Weile hebt der Fährmann seinen Kopf und schaut die Rüdesheimerin an. „Du hast drei unbescholtene Männer in den Tod getrieben und meine Fähre zerstört", stößt er keuchend heraus. „Ich weiß nicht, wer du bist. Aber ich will dich hier nie mehr wiedersehen, sonst bringe ich dich um, das schwöre ich dir."

Mit letzter Kraft versucht er, nach der Gertrude zu schlagen, doch er verfehlt sie. Stattdessen fällt er mit dem Gesicht in den weißen Sand. „Verschwinde von hier, du Teufel", japst er nach einer Weile und dreht sich auf den Rücken.

Gertrude rappelt sich auf und blickt auf das Wasser. Von den drei Tagelöhnern ist nichts zu sehen. Wahrscheinlich wird man ihre Leichen in ein oder zwei Tagen irgendwo flussabwärts am Ufer finden, wenn überhaupt. Sie schließt die Augen. Erst der Müller, dann ihr Mann und jetzt diese drei Fremden. Innerhalb weniger Tage hat sie fünf Männer auf dem Gewissen.

Wie weit muss ich dafür pilgern, denkt sie verächtlich und dreht sich um. Sie weiß, dass sie als Erstes den Weg zum Rupertsberg finden muss. Alles Weitere würde sich schon geben oder auch nicht.

Kloster Sponheim

6. Juni 1196

Seit einer halben Ewigkeit sitzt Georg nun schon auf dem Abort. Hier stinkt es das ganze Jahr über fürchterlich, und Georg hält sich auf dem Holzbalken immer nur so lange auf, wie es notwendig ist. Doch so sehr er diesmal auch presst, außer den Schweißperlen, die sich auf seiner Stirn gebildet haben, verweigert sich sein Körper. Der junge Mönch, er ist gerade einmal knapp über zwanzig Jahre alt, spürt, wie ihm der Schweiß den Rücken hinunter rinnt. Es ist der erste heiße Sommertag in diesem Jahr, doch er findet keine Muße, sich an der Lieblichkeit dieser Jahreszeit zu erfreuen. Immer wieder muss er an die Geschehnisse der zurückliegenden Nacht denken – Erlebnisse, auf die sein Darm mit hartnäckiger Verstopfung reagiert. Ein ungeduldiges Pochen an der Tür reißt ihn aus seinen Gedanken.

„Einen kleinen Augenblick noch", ruft Georg, obwohl er weiß, dass ihn auch diese Frist nicht erlösen wird.

„Bruder Georg!" Es ist die heisere Stimme von Arnulf, dem Cellerar des Klosters. „Bruder Georg, der Abt erwartet dich in der Sakristei. Du sollst sofort erscheinen."

Georg erhebt sich seufzend. Außer ein paar Tropfen Urin hat er seinem Körper nichts abpressen können. Flüchtig ordnet er seine Kutte, wischt sich den Schweiß von der Stirn und öffnet die Tür.

Der Cellerar, ein dicklicher Mönch von vielleicht sechzig Jahren und einem stets zu kurzen Atem, macht ein bedeutendes Gesicht. „Bruder Bardo scheint schon sehr ungeduldig zu sein. Überall hat er dich suchen lassen, sogar im Karzer. Hier hat er dich wohl nicht vermutet."

Georg reibt sich seinen Unterleib. „Es plagt mich schon seit geraumer Zeit", sagt er, und sein Konfrater nickt verständnisvoll.

„Ist mir neulich auch so ergangen. Hast du es schon mit Melisse aus deinem Garten versucht? Du erinnerst dich vielleicht, dass du mir neulich zu Melisse geraten hast. Und ich muss dir sagen, dein Ratschlag war Gold wert. Schon am Abend war ich von aller Pein befreit und konnte endlich wieder einmal richtig durchschlafen. Ich habe dir dafür noch gar nicht gedankt. Schließlich warst du es ja auch gewesen, der mir erklärt hat, was Verstopfung im Körper eines Menschen alles anrichten kann. Auch Bruder Dankwart ..."

Georg schüttelt den Kopf und unterbricht den Redefluss des Cellerars. „Ich bin noch nicht dazu gekommen, mir einen Sud zuzubereiten. Das werde ich sogleich nach der Non tun. Auch um Bruder Dankwart werde ich mich kümmern, sei unbesorgt. Doch jetzt werde ich erst einmal Bruder Bardo aufsuchen."

Ohne ein weiteres Wort drückt er sich an Bruder Arnulf vorbei und sucht mit klopfendem Herzen die Sakristei auf. Was kann der Abt von ihm wollen? Es ist mit Sicherheit kein Zufall, dass er ihn ausgerechnet jetzt sprechen will. Ein Gedanke schleicht sich in ihm hoch, bei dem sofort wieder der Schweiß ausbricht. Mit zitternder Hand klopft er an die Holztür der Sakristei.

„Tritt ein!" Die Stimme von Bardo verrät nicht, was in ihm vorgeht.

Als der junge Mönch eintritt, steht der Abt mit seinem Gesicht dem Kreuz zugewandt in dem kleinen, dunklen Raum, in dem es wenigstens angenehm kühl ist. Georg verschließt die Tür und bleibt stehen.

„Wie lange bist du jetzt schon bei uns?" Der Abt dreht sich nicht um, sondern schaut weiter das Kreuz an.

„Sechs Jahre, drei Monate und einige Tage", antwortet Georg.

Jetzt dreht sich der Abt langsam um und schaut Georg in die Augen. Der ist überrascht von dem milden Gesichtsausdruck. Bruder Bardo hat die Fünfzig schon überschritten, aber besitzt für sein Alter noch außerordentlich junge Gesichtszüge. Die Kutte, das weiß Georg, verbirgt einen schlanken Körper, der, im Gegensatz zu den meisten Konfratres, kaum Fett aufweist. Ein sorgsam gestutzter Bart ist wie das dichte Haupthaar des Abtes von eisgrauer Farbe und verleiht dem markanten Gesicht zusätzliche Autorität. Georg gehört zu den wenigen im Kloster, den der groß gewachsene Abt nicht um Haupteslänge überragt. Der ist bei allen Mönchen in dem vor siebzig Jahren gegründeten, einem halben Tagesmarsch von der Nahe entfernt gelegenen Benediktinerkloster geachtet und geschätzt. Erst vor zwei Jahren hat er seine Gedanken über die Lebensregeln des heiligen Benedikt niedergeschrieben und mittlerweile in dutzendfacher Ausfertigung in der Schreibstube vervielfältigen lassen.

„Ich weiß noch, wie mir dein Vater den Brief zukommen ließ, in dem er für dich um Aufnahme in diesem Kloster bat", fährt der Abt bedächtig fort.

In diesem Tonfall erinnert er an einen Herrscher, der einem Untergebenen, dem ein Missgeschick unterlaufen ist, großzügig verzeiht. Georg wird das Gefühl nicht los, dass der Abt keineswegs mit ihm über alte Zeiten plaudern will.

„Ich tat es gerne, schließlich verbindet deinen Vater und mich eine mittlerweile fast fünfzigjährige Freundschaft, wie du ja selbst weißt. Zusammen wuchsen wir bei Rhaunen auf, aber auch das muss ich dir eigentlich ja nicht erzählen. Ich war übrigens erst dreizehn, als ich in dieses Kloster hier eintrat. Vier Jahrzehnte sind seitdem vergangen, damals regierte schon unser mächtiger Friedrich, den sie wegen seines rötlichen Bartes auch Barbarossa nannten. Ein Jahr zuvor war er von Papst Hadrian zum Kaiser gekrönt worden. Wusstest du eigentlich, dass ich im selben Jahr und Monat in dieses Kloster eintrat, als Rainald von Dassel Reichskanzler wurde? Im Mai 1156 war das gewesen."

Georg schweigt unschlüssig. Seine Aufgabe im Kloster hat es nie erforderlich gemacht, dass er sich für die große Politik interessieren musste. Was er weiß, und das ist bestimmt nicht wenig, hat er in der Schreibstube bei der Arbeit seiner Konfratres aufgeschnappt. In der Schreibstube des Klosters Sponheim entstehen in aufwändigen Prozeduren Chroniken, die alle wichtigen Ereignisse und Entscheidungen für die Nachwelt festhalten. Einiges hat sich Georg merken können, anderes längst wieder vergessen. Warum kommt ihm der Abt ausgerechnet heute und jetzt damit? Wenn er ihn prüfen will, dann mit anderen Fragen. Doch Bruder Bardo hat es nie sonderlich interessiert, dass man mit bestimmten Kräutern bestimmte Krankheiten sehr viel besser kurieren kann als mit Aderlass und Selbstkasteiung. Eine Zeit lang wurde gemunkelt, dass der Abt manchmal zur Geißel greift, um sich selbst zu züchtigen. Seit der letzten Nacht hat sich Georg seine eigene Meinung über dieses Gerücht gemacht.

„Der damalige Abt, Gott hab ihn selig, hat mich sofort unter seine Fittiche genommen", fährt Bardo weiter fort, ohne weiter auf das Thema einzugehen. „Was folgte, waren manchmal schmerzliche Erfahrungen und intensive Zweifel. Doch ich habe diese immer als die Prüfungen angesehen, die der Herr für mich bestimmt hatte."

Georg verspürt ein unangenehmes Drücken in seinem Unterleib. Jetzt muss er alle Anstrengungen unternehmen, dem Inhalt seines Darms keinen freien Lauf zu geben. Gleichzeitig klopft sein Herz bis zum Hals und der Schweiß rinnt erneut in Bächen seinen Rücken hinunter.

„Ich hätte auch dich unter mein persönliches Protektorat stellen können, aber irgendetwas hat mich immer davon abgehalten. Vielleicht war es gerade die langjährige Freundschaft zu deinem Vater. Jetzt habe ich eine ganz bestimmte Aufgabe, die, wenn du sie in meinem Sinne erfüllst, dich stärken wird, in diesem Leben und vor Gott."

Er macht eine Pause. Georg schweigt weiter abwartend. Ein leichtes Schwindelgefühl steigt in ihm hoch, doch er will es sich nicht anmerken lassen. Mit einer schnellen Handbewegung wischt er sich den Schweiß von der Stirn.

„Ich möchte, dass du auf Pilgerschaft gehst. Ich möchte, dass du bis nach Santiago de Compostela wallst und von dort weiter nach Jerusalem. Von unterwegs wirst du unserem Kloster per Brief von deinen Eindrücken und Erlebnissen berichten. Du weißt, wir leben in unruhigen Zeiten. Kaiser Heinrich muss seine Macht erst noch festigen, und es wird bestimmt noch Jahre dauern, bis im Reich wieder Ruhe einkehrt. Wie du vielleicht auch weißt, befindet sich die heilige Stadt Jerusalem noch immer in der Hand der Ungläubigen. Deine Berichte werden mit dazu beitragen, dass nachfolgende Generationen diese Zeit bewerten können. Du wirst durch deine Pilgerschaft, die, das möchte ich nicht verschweigen, gefährlich und lange sein wird, zu einem Chronisten dieser Jahre. Du hast deine Aufgabe im klösterlichen Kräutergarten zu unser aller Zufriedenheit erfüllt. Aber du wirst zugeben, dass die Aufgabe eines Chronisten sehr viel mehr Gewicht hat, als die, ein paar Ellen Erde mit Blumen und seltsamen Pflanzen zu pflegen, von denen sowieso kaum einer weiß, wozu sie eigentlich nütze sind. Wie du siehst, warten noch weitaus bedeutendere Aufgaben auf dich."

Georg geht unwillkürlich einen Schritt zurück und lehnt sich benommen an die Tür. Er weiß nicht, was er sagen soll. Seine Gedanken wirbeln durch den Kopf. Nach Santiago de Compostela pilgern? Und von dort aus weiter nach Jerusalem? Chroniken führen und Briefe schreiben? Er hat nur eine ungefähre Ahnung von dem, was der Abt da von ihm verlangt. In die Fremde soll er ziehen, jeden Tag neuen Gefahren und Entbehrungen ausgesetzt. Auf Jahre hin soll er dem Kloster fernbleiben, wenn er überhaupt jemals wieder zurückkehrt. Er atmet tief durch. Schlagartig ist ihm klar, warum der Abt ihn ausgerechnet jetzt auf diese Mission schickt. Bruder Bardo hat es äußerst geschickt eingefädelt, denn er hat durchaus Recht. Die Lage im Reich ist noch immer weit von der Stabilität früherer Jahre entfernt. Der Schrecken über den unerwarteten Tod von Kaiser Friedrich Barbarossa, geschehen am 10. Juni 1190, steckt manchen noch immer in den Knochen. Ausgerechnet auf seinem dritten Kreuzzug ertrank der mächtige Staufer in einem Fluss namens Saleph in Kleinasien.

Bis in die Schreibstuben der unbedeutendsten Klöster ist diese Kunde gedrungen. Und mit klopfenden Herzen schrieben die Chronisten in den folgenden Monaten und Jahren nieder, was ihnen überliefert und zugetragen wurde: Wie Barbarossas Sohn Heinrich sich mit Heinrich dem Löwen aus dem Hause der Welfen um den Thron streiten musste und dass diese Auseinandersetzung bis zum 15. April 1191 dauerte. An diesem Ostermontag krönte Papst Cölestin III. in Rom Heinrich und dessen Gemahlin Konstanze zum Kaiserpaar. Fortan regierte der hartherzige Staufenspross als Heinrich VI. das Reich.

Georg glaubt zu wissen, dass sich der Kaiser in den Folgejahren nur selten in Deutschland aufgehalten hat. Es liegt gerade einmal fünf Jahre zurück, als der Staufer sich erneut mit Heinrich dem Löwen in harten Auseinandersetzungen messen musste. Ein Jahr später ereignete sich eine für Heinrich glückliche Fügung. Bei seiner Rückkehr von einem entbehrungsreichen Kreuzzug wurde der englische König Richard Löwenherz in Österreich gefangen genommen und an den deutschen Kaiser ausgeliefert. Heinrich VI. nutzte die Gelegenheit und presste dem englischen Hof eine gewaltige Summe Lösegeld ab. Es hieß, dass in England sogar die Steuern erhöht werden mussten, um das Geld an den deutschen Herrscher auszahlen zu können. Damit hatte der mächtige Staufer ausreichende Mittel im Rücken, um seine Stellung in Sizilien zu festigen. Inzwischen hatte der Kaiser dort wichtige Positionen mit deutschen Getreuen besetzt, die ihm seine Macht auch südlich der Alpen sicherten. Es hieß, es sei nicht ausgeschlossen, dass Heinrich den südlichen Teil seines Machtbereichs mit dem nördlichen, weitaus gewaltigeren Territorium zusammenführen wolle. Damit würde er sich unweigerlich mit dem Papst anlegen, der angesichts eines solch gewaltigen Einflussgebiets, das den Vatikanstaat wie eine Faust umschließen würde, um seine Macht fürchten muss.

Georg erinnert sich davon gehört zu haben, dass der Kaiser nun in Deutschland weilt, um seine Nachfolge zu regeln. Gerüchte kursieren, wonach Heinrich VI. willens ist, im deutschen Reich die Erbmonarchie einzuführen. Damit müssten die Fürsten, die den deutschen König wählten, einen erheblichen Teil ihrer Macht abgeben. Georg ist klug genug zu ahnen, dass sie dazu nur unter bestimmten Voraussetzungen bereit wären, und diese Voraussetzungen waren Geld und Landgüter.

In diesem Punkt liegt der Abt nicht falsch in seiner Vermutung. Die nächsten Jahre werden entscheidend für die Zukunft des Reiches sein. Und was die heilige Stadt Jerusalem angeht, erwarten Beobachter eine baldige Entscheidung zu einem erneuten Kreuzzug. Kaiser Heinrich würde sich dieser Verantwortung nicht entziehen, sobald seine Nachfolge im Reich gesichert wäre.

Und Georg traut es sich durchaus zu, politische Ereignisse nicht nur aufzuschreiben, sondern sie auch mit seinem eigenen Verstand zu bewerten. Doch wäre er da nicht besser in Rom, Aachen, Mainz oder in einer anderen bedeutenden Stadt oder sogar in unmittelbarer Umgebung des Kaisers aufgehoben? Als Beobachter und Chronist vor Ort würde er der Sache dienlicher sein können.

„Ich weiß, dass diese Entscheidung dich unerwartet treffen muss", hört er die Stimme seines Abtes. „Ich erwarte nicht, dass du auf der Stelle und allein aufbrichst. Ich habe Kenntnis davon, dass sich im Dorf eine Gruppe von Pilgern aufhält, die bald in unserem Kloster eintreffen wird, um hier zu nächtigen. Dieser Gruppe gehört ein alter Mann an, der dringend einige Tage Ruhe braucht. Wenn sie unser Kloster wieder verlassen, wirst du dich ihnen zunächst anschließen. Ich erwarte, dass du deine Pilgerschaft ernsthaft angehst. Und jetzt darfst du dich zurückziehen. Du wirst sicherlich dem Herrn in deinen Gebeten danken wollen, dass er dich für solch eine wichtige Aufgabe auserwählt hat. Um den Garten wird sich Frater Wolfram kümmern. Er ist bereits instruiert."

Er wendet sich wieder dem Kreuz zu und murmelt ein Gebet – das Zeichen, dass das Gespräch beendet ist. Georg nickt, murmelt einen kurzen Gruß und senkt sein Haupt. Nachdem er die Sakristei mit dem flüchtigen Segen seines Abtes verlassen hat, schafft er es gerade noch bis zum Abort. Mit einem lauten Geräusch bahnt sich jetzt alles seinen Weg aus seinem geschundenen Darm. Doch es ist keine Erleichterung, die Georg in diesem Moment verspürt.

*

Nach der Non und dem Genuss eines Bechers mit einem kräftigen Melissesud zieht es Georg in seinen geliebten Klostergarten. Nach dem nasskalten Frühling blühen jetzt die Blumen und Blüten in allen erdenklichen Farben, es duftet herrlich nach den verschiedenen Kräutern, die Vögel zwitschern munter. Dieser Klostergarten, im Süden des Klostergeländes gelegen und von zwei mächtigen Mauern eingegrenzt, hat ihn von Anfang an magisch angezogen. Als er vor mehr als sechs Jahren hier ankam, sprossen gerade die ersten Knospen. Georg erinnert sich, dass es eine Amsel war, die lauthals singend den Frühling begrüßte, als der damalige Cellerar ihn zu Abt Bardo führte.

Seit seiner frühen Kindheit wusste Georg, dass ihn sein Vater, der Landgraf von Rhaunen, einer ansehnlichen Ortschaft im Hunsrück, einmal zu seinem guten Freund Bardo schicken würde. Georg war der Zweitgeborene, sein drei Jahre älterer Bruder Hagen war der ganze Stolz der Familie. Georg hat sich längst seinem Schicksal gefügt und sieht es mittlerweile als seine von Gott gegebene Bestimmung an, sein Leben hinter klösterlichen Mauern zu verbringen.

Doch wie verwirrend war diese Welt am Anfang für ihn gewesen. Zu Hause auf dem elterlichen Gut bei Rhaunen wuchs er zusammen mit vier Schwestern und seinem Bruder in einer lebhaften Gemeinschaft auf. Zusammen mit den Mägden, den Knechten und anderen Bediensteten lebten meist mehr als zwanzig Männer, Frauen und Kinder auf dem weitläufigen Gehöft. Und ständig kamen Bauern und andere Niedere vorbei, um dem Landgrafen ihre Tribute zu zollen. Ab und zu erwies sogar ein Ritter mit seinem Knappen dem Gut die Ehre seines Besuchs. Die Edelleute erzählten dann abends am Feuer spannende Geschichten von mitreißenden Turnieren oder siegreichen Schlachten.

Der drei Jahre ältere Hagen war von Kindheit an darauf vorbereitet worden, einmal dem Kaiser zu dienen – so wie es der Vater tat, der mit Friedrich Barbarossa im Jahre 1184 sogar nach Italien gezogen war. Hagen strotzte nur so vor Muskelkraft, und nicht selten machte er sich einen Spaß daraus, im Stall einen ausgewachsenen Ochsen in die Knie zu zwingen oder mit dem stärksten Knecht zu raufen. Der hochgewachsene und wesentlich schlankere Georg war immer nur der kleine Bruder gewesen, der es an Kräften nie mit seinem Bruder aufnehmen konnte. Und dennoch verband die beiden ungleichen Geschwister eine tiefe Zuneigung. Georg war Hagen stets dankbar, dass er ihn gegenüber seinem Vater immer in Schutz nahm. Hagen war es auch, der Georg zum Kloster begleitete und ihn vor der Pforte noch einmal in die Arme schloss.

„Ich werde immer für dich da sein und zu dir stehen", sagte Hagen beim Abschied, und in seinen Augen schimmerte sogar eine Träne.

An einem milden Frühlingstag 1190 begann für den damals fünfzehnjährigen Georg das Noviziat. Das Kloster Sponheim lag einen guten Tagesmarsch vom elterlichen Landgut entfernt, eingebettet in einem dichten Wald. Nur zwei Hohlwege führten zu den beiden hufeisenförmig angelegten Gebäuden. Als er durch die Pforte ins Innere der Klosteranlage trat, fiel Georg als Erstes der säulenartig angelegte Kreuzgang auf. Mit staunenden Augen bewunderte der junge Mann die filigranen Steinmetzarbeiten. Die Strahlen der noch niedrig stehenden Sonne fielen in diesen Kreuzgang und zauberten geheimnisvoll anmutende Schattenspiele auf dem ebenfalls steinernen Boden.

Auf seinem elterlichen Gut bestand nur das Mauerwerk des Haupthauses aus grob behauenen Steinen. Der Stein, aus dem der Kreuzgang und die stattliche Kapelle gefertigt waren, war rot und hatte eine seltsame, brüchig erscheinende und doch solide Konsistenz. Sandstein werde das von Würzburg am Main kommende Material genannt, wurde der junge Georg damals aufgeklärt.

Was ihm als Nächstes auffiel, war die Geschäftigkeit, die Georg von seinem Zuhause bestens kannte. Nur dass es im Kloster ausschließlich in Kutten gekleidete Männer unterschiedlichen Alters waren, die, oft mit einem Gebet oder einem Lied auf den Lippen, den verschiedenen Beschäftigungen nachgingen. Georg erinnerte sich an das Schlagen von Eisen, an den Duft von frisch gebackenem Brot, an das Grunzen der Schweine und an das panische Gackern eines Huhnes, das gerade geschlachtet wurde.

Während Georg all das mit fast noch kindlichem Staunen in sich aufnahm, wurde er in der ersten Nacht schnell belehrt, dass er in einer für ihn fremden Welt angekommen war. Zu Hause hatten sie abends nach dem Essen immer noch zusammengesessen. Während seine Schwestern und die Mutter nähten oder einer anderen Handarbeit nachgingen, erzählte der Vater von seinen Erlebnissen als Ritter des Kaisers. Besonders die Erlebnisse vom Italienfeldzug Barbarossas hatten Hagen und Georg immer fasziniert. Bis die Öllampen ausgebrannt waren, saßen sie in der Stube, und diese Zeit schien nun mit dem Beginn des Noviziats für Georg unwiederbringlich verloren.

Im Dormitorium, dem großen Schlafsaal des Klosters, waren Gespräche strengstens untersagt. Stundenlang lag Georg in der ersten Nacht wach und lauschte den menschlichen Geräuschen der mehr als dreißig Männer. Todunglücklich war er in diesem Moment und die Tränen rannen ihm die Wangen hinunter. Doch keiner war da, um ihn zu trösten.

Wie sehr sehnte er sich in dieser Nacht nach nichts anderem als nach der Geborgenheit auf dem elterlichen Gut. Kaum war er endlich in einen unruhigen Schlaf gefallen, wurden alle auch schon geweckt. Doch kein Sonnenstrahl drang in den Schlafsaal, denn draußen war es noch dunkel. Und so wiederholte es sich jeden Tag.

Georg musste lernen, dass der Tag in einem Kloster aus Gebet, Arbeit und kurzen Erholungsphasen besteht. Im Psalm 118 steht geschrieben, siebenmal am Tag den Herrn zu preisen. Nachts gibt es zwei Stunden, Matutin und Luzernar, zu denen je sechs Psalme gebetet werden. Zu den übrigen Stunden – Prim, Terz, Sext, Non und Komplet –

werden jeweils drei Psalme gebetet. Langsam gewöhnte sich Georg daran und schließlich fand er sogar Gefallen an seinem neuen Zuhause.

Was ihn erst später verblüffte: Das Kloster ist eine abgeschlossene Welt in sich. Was die Mönche zum Leben und zum Arbeiten auch benötigen, schaffen sie selbst. Es gibt Werkstätten, Lagerräume, eine Bäckerei, eine Schmiede, Ställe und sogar einen kleinen Weinberg.

Das Kloster Sponheim ist dem heiligen Benedikt von Nursia geweiht. Dieser Sohn einer römischen Adelsfamilie gründete vor sechshundertachtzig Jahren zwölf kleine Klöster, bevor er 529 nach Monte Cassino umsiedelte, wo er jenes Kloster gründete, das zur Wiege des nach ihm benannten Benediktinerordens wurde.

Georg musste sich den Regeln des Heiligen Benedikt unterordnen, die dem Abt eines Klosters eine herausragende Stellung gibt. „Der Abt", so hatte es Benedikt einst formuliert, „soll allzeit seines Namens, den er trägt, eingedenk sein und durch sein Benehmen den Namen seines Vorgesetzten rechtfertigen. Man betrachtet ihn wirklich als den Stellvertreter Christi."

Schon allein aus diesem Grund durfte Georg keinen Zweifel an der Richtigkeit der Entscheidung Bardos haben.

Zwei Jahre nach seinem Eintritt in das Kloster Sponheim legte Georg sein Gelübde ab, 1195 folgte die Ewige Profess, mit der sich der Sohn des Landgrafen auf Lebenszeit auf ein Dasein als Mönch festlegte. Im Laufe der Jahre war es Hagen nur einmal möglich gewesen, seinen Bruder zu besuchen. Nur wenige Stunden hatte er an diesem Märztag des Jahres 1194 Zeit gehabt. Er werde mit Kaiser Heinrich nach Italien aufbrechen, so wie es schon dem Vater unter Barbarossa möglich war, hatte er voller Stolz berichtet. Aber es gab auch weniger Erfreuliches zu besprechen. Mathilde, die älteste Tochter des Landgrafen und seit drei Jahren mit einem Grundbesitzer aus Kirn verheiratet, war im November 1192 bei der Niederkunft ihres zweiten Kindes gestorben. Und zum Zeitpunkt des Besuches von Hagen lag die Mutter schwer krank in ihrer Kammer, sagte der Bruder gefasst. Sie werde wohl das Osterfest nicht mehr erleben. Viel zu schnell musste sich Hagen wieder auf sein Pferd schwingen und das Kloster verlassen.

Seitdem hat Georg, der seine Familie jeden Tag in seine Gebete einschloss, nichts mehr aus Rhaunen gehört. Noch heute wird er einen Brief schreiben, um seinen Vater und seinen Bruder von seinem neuen Lebensabschnitt zu informieren, nimmt er sich vor. Dieser Brief muss auf dem schnellsten Weg nach Rhaunen gebracht werden. Diesen Wunsch kann ihm Bardo nicht verweigern.

Wann hatte er das erste Mal bemerkt, dass den Abt, den langjährigen Freund seines Vaters, den er als Kind bei seinen Besuchen auf dem elterlichen Gut immer als gütigen Onkel angesehen hatte, etwas Sonderbares umgab? Es war in einer kalten Winternacht vorvergangenes Jahr, als der Drang, die Notdurft zu entrichten, ihn aus einem tiefen Schlaf riss. Da der Konfrater, der in dieser Nacht zur Wache eingeteilt war, schon eingenickt war, hatte Georg sich auf leisen Sohlen aus dem Schlafsaal geschlichen. Als er wenige Augenblicke später zurückkam, sich auf zwei verbleibende Stunden Nachtruhe freuend, kam ihm Konfrater Ludwig entgegen. Der junge Mönch, der gerade sein Noviziat beendet hatte, eilte schnellen Schrittes und mit gesenktem Haupt auf den Abort zu.

Was Georg erst im Nachhinein wunderte, war die Tatsache, dass Ludwig unmöglich aus dem Schlafsaal gekommen sein konnte. Dort, wo Ludwig herkam, lagen nur die Schreibstube und unweit davon die Zelle des Abtes. Später, als beide wieder auf ihren Betten lagen, schien es Georg, als weine Ludwig still in sich hinein.

Zur Prim, dem Chorgebet der ersten Tagesstunde, setzte sich Georg am Morgen nach der sonderbaren Begegnung neben Ludwig. Doch der wich seinen fragenden Blicken aus. Georg spürte damals sofort, dass mit dem jungen Konfrater etwas nicht in Ordnung war. Auch bei der gemeinsamen Arbeit im Klostergarten wich Ludwig seinem Mitbruder stets aus. Doch Georg kam nicht mehr dazu, seinem Konfrater das Geheimnis zu entlocken. Denn zwei Tage später war Ludwig tot. Abseits der Klostergebäude, in einem Waldstück mit besonders schroffen Felsen, war er einen Abhang hinuntergestürzt, in einen Bach gefallen und hatte sich dabei auf einem Stein den Kopf aufgeschlagen. Wenn nicht schon der Sturz ihn das Leben gekostet hatte, musste er ertrunken sein. Georg wusste, wie die anderen Mönche auch, dass ihr junger, etwas linkisch wirkender Konfrater gern die Einsamkeit des Waldes aufsuchte. Nicht umsonst wurde er in dem Kloster auch spöttisch „der Philosoph“ genannt, weil er oft stundenlang seinen Gedanken nachhing, ohne ein einziges Wort zu sagen. Es war also nichts Außergewöhnliches gewesen, dass Ludwig auf einsamen und gefährlichen Wegen wandelte. Keiner im Kloster zweifelte daran, dass es sich bei dem Tod des jungen Mönchs um einen tragischen Unfall handelte.

Keiner, bis auf Georg. Doch der wagte es nicht, seinen Verdacht in Worte zu fassen. Am selben Tag noch war Ludwig im Schatten der Klosterkapelle bestattet worden. Hätte er mit seinem Verdacht im Nachhinein Ludwig als Sünder darstellen sollen? Als einer der

Gottverlassenen, die ihrem Leben selbst ein Ende setzten? Georg war sich bewusst gewesen: Hätte er diesen fürchterlichen Verdacht ausgesprochen, hätte er auch die Gründe nennen müssen. Die Folgen wären ungeheuerlich und nicht absehbar gewesen.

Si tacuisses – wenn du geschwiegen hättest. Georg hatte sich an das Wort des Philosophen gehalten. Doch nie war er sich danach sicher, ob es richtig gewesen war.

Georg starrt auf den Kräutergarten, den er mit so viel Hingabe gepflegt hat und den er bald aufgeben muss. Allein bei dem Gedanken verkrampft sich sein Magen erneut. Augenblicklich schickt er ein Stoßgebet zum Himmel, in dem er um Verzeihung ob seiner menschlichen Schwäche bittet. Doch er kann den Gedanken nicht beiseite schieben, dass er mit der Aufgabe des Kräutergartens einen Teil seiner selbst aufgeben musste.

Schon bald nach seiner Ankunft hatte ihm Abt Bardo die Pflege des quadratisch angelegten, knapp einhundert auf einhundert Ellen großen Areals anvertraut. Der Konfrater, der sich fast vier Jahrzehnte um den Kräutergarten gekümmert hatte, war zu alt für diese Aufgabe geworden. In stundenlangen Gesprächen lehrte der alte Mönch den jungen Georg, auf was es bei einem Kräutergarten ankam.

„Wenn der Bau eines Klosters beendet ist, beginnt schon sein Verfall. Wenn jedoch der Kräutergarten vollendet ist, beginnt er zu blühen und wird schöner und schöner“, war die erste Weisheit gewesen, die der Alte seinem Schützling mit auf den Weg gegeben hatte.

Anhand eines seltsam gewachsenen Astes, der sich beim Gang durch den Kräutergarten ohne fremdes Zutun bewegte und manchmal sogar verbog, zeigte der erfahrene Mönch dem damals staunenden Novizen, wie unter der Erde verborgene Wasseradern verliefen. Die Kraft, die dieser Wasserfluss freisetze, dringe durch den festen Boden nach oben und beeinflusse die Menschen, die auf diesem Boden wandeln und leben, dozierte der Mönch.

Ob er an heidnische Zauberkraft glaube, fragte Georg einmal erstaunt. Doch der Alte, der auf den Namen Chlodwig getauft war, schüttelte nur den Kopf. Das sei keine Zauberkraft, erst recht kein Teufelswerk. Das seien ganz natürliche Erscheinungen, die jedoch ihre Einflüsse auf die Menschen haben.

In den Monaten, in denen er Chlodwig zugewiesen war, hatte Georg viel gelernt. Natürlich gab es auch auf seinem elterlichen Gut einen kleinen Kräutergarten. Doch um den kümmerte sich die alte Magd, von der Georg allerdings bezweifelte, dass sie sich jemals Gedanken machte über den Platz, den ein solcher Garten innerhalb der göttlichen Ordnung hatte.

Von Chlodwig lernte Georg, dass es vier Urelemente gibt: Feuer, Wasser, Erde und Luft. „Nur eine optimale Zusammensetzung dieser Urelemente lässt einen Kräutergarten gedeihen. Zu viel Wasser und er versumpft, zu viel Wind und er vertrocknet, zu viel Feuer und er verbrennt“, schärfte der alte Mönch dem Novizen ein.

Nur eine ausgewogene Mischung der Urelemente bringt die Kräuter zu einem optimalen Gedeihen. Sie nehmen die Kräfte der Urelemente in sich auf und geben sie an die Menschen weiter. „Es ist unsere Pflicht, mein lieber Georg, dass wir die Kraft der Kräuter und unser Wissen darum an unsere Mitmenschen weitergeben.“

Schnell hatte Georg auch gelernt, dass es bei allen Kräutern auf die richtige Mischung und Dosierung ankam. Als er seinen Blick über seinen Garten schweifen ließ, blieb sein Blick einmal auf der Salbeipflanze hängen. Als er nach der Wirkung dieser Pflanze fragte, reichte Chlodwig ihm ein Blatt. Georg, den damals ein schlimmes Kratzen im Hals und ein hartnäckiger Husten quälte, sollte dreimal täglich ein solches Blatt kauen, riet ihm der alte Mönch damals. Und tatsächlich: nach zwei Tagen war das Kratzen merklich gelindert, am dritten Tag war es sogar gänzlich verschwunden.

„Aber glaube nicht, dass es schneller gegangen wäre, wenn du am Tag fünf oder gar zehn Blätter gekaut hättest“, warnte ihn Chlodwig mit erhobenem Zeigefinger. „Im Gegenteil: Mit Sicherheit hättest du dir den Magen verdorben. Was lernen wir daraus? Auf die richtige Dosierung kommt es an. In Unmengen genossen, können manche Kräuter sogar wie ein Gift den Körper zerstören. Große Herrscher mussten sterben, weil ihnen ihre Ärzte zwar die richtigen Kräuter, aber in der falschen Dosierung verabreichten“, wusste der weise Mönch zu berichten.

Georg lernte, dass man Kräuter auf vielerlei Weise gebrauchen konnte: Mit heißem Wasser übergossen, ergaben sie einen heilsamen Sud. Man konnte sie auch trocknen, danach zermahlen und schließlich mit Talg vermischen. Auf diese Weise konnte man schmerzende Gelenke, Hautausschläge und kleine Wunden einreiben. Und wer seinem ganzen Körper etwas Gutes antun wollte, der gab eine Hand voll Kräuterblätter in ein heißes Bad. Diese Annehmlichkeit freilich war den Menschen nur sehr selten vergönnt.

Und einmal hatte ihn Chlodwig in einen Bereich des Klosters geführt, den er vorher noch nie betreten hatte. In einem Raum, in dem auf zahlreichen Feuerstellen Töpfe und seltsam anmutende Apparaturen standen, zeigte Chlodwig dem jungen Mönch, was man aus Kräutern noch alles herstellen konnte: ein schmackhaftes Gebräu, das bei zu viel Genuss einem aber auch schnell die Sinne benebelte. Chlodwig nannte das Gebräu Likör, unterschieden nach den verschiedenen Kräutern. Zusammen mit Weingeist und Honig ergaben sie eine schmackhafte Flüssigkeit, die dem Körper überaus dienlich war.

„Wenn man ihn denn in Maßen genießt, vergiss das nicht", hatte Chlodwig gemahnt und Georg eine kleine Kostprobe von einer kräftig roten Farbe gereicht. „Davon genehmigt sich unser Abt jeden Abend kurz vor dem Zubettgehen ein kleines Schlückchen."

Auch Georg, der zunächst zögernd probiert hatte, mundete der Likör ausgezeichnet.

Der Abt hätte ihn auch der Klosterbrauerei oder der Bäckerei zuteilen können, später vielleicht der Schreibstube. Doch es hatte Georg immer als seine von Gott gegebene Bestimmung angesehen, sich um den Kräutergarten zu kümmern.

Zehn Monate nach Georgs Ankunft im Kloster war der alte Chlodwig gestorben. Als im kommenden Frühjahr wieder sämtliche Kräuter in dem Garten blühten, für den Georg fortan alleine verantwortlich war, wusste der junge Mönch, dass er die erste große Prüfung seines Lebens bestanden hatte. Er hatte keinen Zweifel daran, dass auch er bis an sein Lebensende (nur Gott wusste, wann das war) die Verantwortung für den Garten tragen würde.

Georg spürt, wie die Tränen in ihm hochsteigen. Wenn Abt Bardo doch nur ...

Erschrocken hält er inne. Gütiger Himmel! Selbst wenn der Abt ihm eine Inklusen, also die absolute Isolation in einem zugemauerten Raum aufgebürdet hätte, er hat nicht das Recht dazu, einem Menschen Schlechtes oder sogar den Tod zu wünschen. Nie in seinem Leben als Mönch hat er in diesem Maße gesündigt. Jegliche fleischliche Versuchungen hat er in den vergangenen Jahren, und davon hatte es wahrlich viele gegeben, abwenden können. Und jetzt wünscht er tatsächlich seinem Abt den Tod. Bestürzt schüttelt er den Kopf und atmet tief ein.

In diesem Moment fällt ihm Konfrater Dankwart ein, der in der Bäckerei arbeitet. Am frühen Morgen hat er ihm eine nässende Schorfwunde am rechten Unterarm gezeigt. Doch Georg hat es bislang versäumt, sich darum zu kümmern. Eilig sucht er die kleine Zelle auf, in der die Tinkturen, Salben und getrockneten Kräuter aufbewahrt werden. In dieser kleinen Zelle hat Georg jeden Tag mehrere Stunden gearbeitet. Auch das würde bald der Vergangenheit angehören.

Georg greift nach einem kleinen Napf mit einer Salbe aus der Ringelblume. Diese Salbe hat eine entzündungshemmende Wirkung und sollte den leidigen Schorf am Arm seines Konfraters schnell beseitigen.

Als Georg wieder aus der Klosterbäckerei heraustritt, hört er laute Stimmen an der Pforte. „Eine Pilgergruppe bittet um Aufnahme", ruft ihm Arnulf, der dicke Cellerar, schnaufend im Vorbeihasten zu. „Mir hat ja wieder keiner Bescheid gesagt. Jetzt muss ich zusehen, dass sie ein ungestörtes Nachtlager bereitet bekommen."

Georg verkneift sich eine bissige Entgegnung. Stattdessen mustert er die Gruppe, die in diesem Moment durch die Klosterpforte tritt. Er sieht neun Männer und eine Frau, darunter einen alten Greis, einen baumlangen Kerl und am Schluss eine weitere Frau, recht jung noch, die so gar nicht in das Bild, das er von Pilgern hat, passen will. Diese Frau wirft ihm einen Blick zu, der Georgs Herz sofort schneller schlagen lässt. Augenblicklich senkt er seine Augen, kann allerdings nicht verhindern, dass er sofort wieder aufsieht und die Frau noch einmal kurz mustert. Wieder begegnet sie ihm mit einem Blick, der Georg verwirrt. Dann betrachtet er die einzelnen Mitglieder der Gruppe, in der sich auch einige Geistliche befinden, etwas näher. Mit ihnen muss er also in den nächsten Wochen und Monaten sein Leben teilen.

Oppenheim

8. Juni 1196

Es ist das Hämmern eines Spechts, das Mechthild aus dem leichten Schlummer reißt. Sie hat die ganze Nacht schlecht geschlafen, was nicht nur an dem Unwetter lag, das sich kurz nach Sonnenuntergang über Oppenheim entlud. Es war ein schwülheißer Tag gewesen und alle hatten das reinigende und abkühlende Gewitter herbeigesehnt. Auch Mechthild fühlte sich den ganzen Tag wie erschlagen. Wie immer hatte sie von Sonnenaufgang bis Sonnenuntergang geschuftet und sich kaum eine Pause gegönnt. Die Schwüle hat ihr mehr als sonst zugesetzt.

Ein knapper Monat ist seit dem Aufbruch des Vaters vergangen, doch das Leben der drei Geschwister hat sich noch immer nicht normalisiert. Als es sich in Oppenheim herumsprach, dass der Frieder auf Pilgerschaft gehen wolle, zollten alle den dreien, die nun ohne den Vater in der Fischerhütte nahe der Stadtmauer lebten, ihre Anerkennung. Wie tapfer sie sein mussten, um sich ohne Vater und Mutter durch das Leben zu schlagen! Und alle boten selbstlos ihre Hilfe an. Doch schon wenige Tage nach Frieders Abmarsch schlug die Stimmung um. Es waren am Anfang lediglich einige spitze Bemerkungen gewesen, die wahrscheinlich nur Mechthild auffielen. Da war von der Weiberwirtschaft in der Fischerhütte des Frieder die Rede und davon, dass in die Hütte, wo angeblich ein heilloses Durcheinander herrsche, endlich wieder ein Mann gehöre.

Zwei Wochen später war Volker mit Tränen in den Augen nach Hause gekommen und erzählte unter lautem Schluchzen seinen beiden Schwestern, was vorgefallen war. Allein hatte er mit einem Netz voller Fische zu schaffen gehabt, als sich die Seile in einem Felsen verfingen. Der Rhein führt um diese Jahreszeit wenig Wasser, und überall ragen schroffe Felsen und Steine aus dem Strom, die normalerweise tief unter der Oberfläche liegen. Volker hatte in seinen Anstrengungen, das Netz zu befreien, die Aufmerksamkeit anderer Fischer und solcher, die am Ufer zu tun hatten, auf sich gezogen. Doch statt dem Jungen zu helfen, gossen sie nur Hohn und Spott über ihn. Selbst als das Netz zerriss und Volker sogar ins Wasser fiel, machte keiner von ihnen Anstalten zu helfen. Triefend wie ein Hund, den man einfach in den Fluss geschmissen hat, das zerrissene Netz in der rechten Hand, die Leine des Nachens in der linken, war Volker ans Ufer getappt, wo er erneut mit lautem

Hohngelächter empfangen wurde. Viel gelernt habe er von seinem Vater wohl nicht, grölten die Männer, und auch die Waschweiber, die am Rhein mit ihren großen Bottichen und Waschbrettern beschäftigt waren, hielten mit dummen Bemerkungen nicht hinter dem Berg.

„Guckt euch diesen Simpel an“, rief eines der Waschweiber dem Volker hinterher, der wie ein geprügelter Hund von dannen schlich.

„Ich schaffe es nicht“, schluchzte er später gegenüber seinen Schwestern und ließ sich in der Hütte einfach nur auf seinen Strohsack fallen. „Vater fehlt an allen Ecken und Enden, und ich allein kann ihn nicht ersetzen. Es ist sowieso alles meine Schuld. Wenn ich damals doch wirklich ertrunken wäre, hätte er nicht auf Pilgerschaft gehen müssen und wäre jetzt hier bei euch.“

Es kostete Mechthild und Katharina alle Anstrengungen, den völlig aufgelösten Bruder zu beruhigen. Aber sie wussten, dass er Recht hatte: Was Volker jeden Tag aus dem Wasser zog, reichte gerade einmal, um die Geschwister zu ernähren. Viel zum Tauschen, zum Verkaufen und zum Einlagern blieb nicht übrig. Wenn nicht ein Wunder geschah, würden sie alle drei noch am Bettelstab enden.

In den folgenden Tagen war die Stimmung nicht besser geworden. Von überall her setzte es bissige Bemerkungen, auch über den abwesenden Frieder, von dem einige mutmaßten, dass er gar nicht auf Pilgerschaft war, sondern sich im nicht allzu fernen Mainz dem süßen Leben hingab, bis sein Pilgergeld aufgebraucht war. Katharina, die in ihre Gebete jetzt auch den Vater einschloss, wollte schon keinen Schritt mehr allein auf den Markt wagen, so sehr fürchtete sie die Hetze der anderen. Ständig war sie in Gebete versunken, in denen sie um eine baldige Rückkehr des Vaters bat.

Mechthild bezweifelte, dass Gebete allein den Frieder bald wieder nach Oppenheim zurückführen würden, behielt ihre Gedanken allerdings für sich. Doch immer öfter musste sie ihre jüngere Schwester ermahnen, den Rosenkranz zur Seite zu legen und statt dessen zum Spaten oder zum Messer zu greifen.

Als Mechthild an diesem Morgen nach dem schweren Gewitter erwacht, kreisen ihre Gedanken sofort um die Sorgen, die sie seit des Vaters Weggehen beschäftigen. Groll gegenüber dem Frieder, weil dieser seine Familie verlassen hat, hegt sie nicht. Irgendwann einmal wären sie sowieso auf sich allein gestellt gewesen. Frieder hatte sich die Entscheidung nicht leicht gemacht, und vielleicht war es tatsächlich so etwas wie seine späte Bestimmung, dass er noch einmal auf Pilgerschaft ging.

Mechthild weiß allerdings auch, dass sie so nicht weiterleben können. In spätestens fünf Monaten steht wieder der Winter vor der Tür. Bis dahin muss die Vorratskammer gefüllt sein. Doch sie macht sich nichts vor: Das ist nicht zu schaffen.

Mechthild erhebt sich vorsichtig. Ihre jüngere Schwester schläft fest und auch aus der Ecke, in der Volker sein Nachtlager aufgeschlagen hat, ist nur ein leises Schnarchen zu vernehmen. Ohne das leistete Geräusch zu verursachen, steht Mechthild auf und öffnet die Tür. Eine angenehme Kühle schlägt ihr entgegen. Sie geht vor das Haus und nimmt erst einmal einen herzhaften Schluck Wasser. Das Nass rinnt den ausgedörrten Hals hinunter und vertreibt die letzte Müdigkeit. Mit einem Seufzen setzt sich Mechthild auf die steinerne Umfassung des Brunnens. Bald wird über dem Odenwald, der sich noch dunkelverschwommen am Horizont abzeichnet, die Sonne aufgehen. Es herrscht eine fast unnatürliche Stille, die Mechthild schon lange nicht mehr bewusst wahrgenommen hat. Die ganze Stadt scheint noch zu schlafen, selbst die Vögel haben ihr tägliches Konzert noch nicht begonnen. Der Specht hat sein rhythmisches Klopfen unterbrochen, und sogar im Hühnerstall ist noch alles ruhig. Doch bald wird der Hahn krähen und damit das Anbrechen des neuen Tags verkünden.

Mechthild schließt die Augen. Warum können diese Ruhe und diese Stille nicht ewig währen, denkt sie sehnsüchtig. Manchmal, wenn sie des Lärms der Stadt überdrüssig wird, geht sie einfach so lange die Weinberge hinauf, bis nichts mehr davon zu hören ist. Dann setzt sie sich meist auf einen Stein und betrachtet das silbern, manchmal grünlich, manchmal auch grau schimmernde Band des Rheins, der sich vor ihr im Tal entlangschlängelt, sucht die markanten Flecken der an ihm gelegenen Dörfer ab, folgt mit den Augen in der Ferne den Erhebungen des Odenwalds. Sie liebt diese Augenblicke, von denen ihr im Leben viel zu wenig gegönnt sind.

Doch weiter als bis zum letzten Wingert ist sie noch nie gegangen. Denn dort oben, abseits der befestigten Wege und der Weinberge, lebt im dichten Wald der „wilde Mann“, wie er in der Stadt nur genannt wird. Mechthild weiß von ihrem Vater, dass der Kauz in Wahrheit Engelbert heißt und aus dem benachbarten Nierstein stammt. Jahrelang führte er ein normales Leben, bewirtschaftete mit seiner Familie einen ansehnlichen Acker und entrichtete brav seinen Zehnten. Doch von einem Tag auf den anderen fiel er dem Wahnsinn anheim. Er ließ Acker, Beete, Ställe und seine Hütte verfallen, rührte sein Weib nicht mehr an, schenkte den Kindern keine Beachtung mehr und predigte stattdessen im Dorf von der bevorstehenden Apokalypse. Irgendwann hatten die Niersteiner wohl genug von ihrem selbst ernannten Propheten. Mit Schimpf und Schande jagten sie ihn aus dem Dorf. Seitdem fristet er oberhalb von Oppenheim ein kümmerliches Dasein in einem Erdloch. Als Mechthild vor zwei Jahren nach einem heftigen Streit mit dem Frieder wieder einmal aus der Stadt geflüchtet war, lief sie dem Engelbert über den Weg. An dessen zottelige Haare und an seinen Bart, so lang, dass er bis zum Knie des Sonderlings reichte, erinnert sie sich heute noch. Und an zwei Augen, die wie glühende Kohlen wirkten. Nur kurz standen sich die beiden gegenüber, dann stieß der wilde Mann einen spitzen Schrei aus und verschwand wieder im nahe gelegenen Wald. Als die von dem Anblick völlig verängstigte Mechthild nach ihrer Rückkehr von dieser sonderbaren Begegnung erzählte, hatte der Frieder nur gelacht. Der Engelbert sei kein Wirrkopf und erst recht kein Kinderfresser, wie die meisten in Oppenheim und Nierstein behaupteten. Er tue keiner Fliege was zuleide, erst recht nicht einer davongelaufenen Tochter eines Fischers.

Mechthild blickt in den Brunnenschacht. Die aufsteigende Kühle des frischen Wassers vertreibt das bleierne Gefühl in ihrem Kopf. Sie hat sich in den vergangenen Tagen oft gefragt, wie es mit ihrem Leben weitergehen sollte. Was wäre, wenn der Frieder tatsächlich nicht mehr zurück nach Oppenheim kommt? Es wäre unausweichlich, Katharina so schnell wie möglich unter die Haube zu bringen und selbst nach einem Ehemann Ausschau zu halten. Heiratskandidaten kennt sie in Oppenheim einige. Doch unter ihnen gibt es keinen, den sie mit offenem Herzen nehmen würde. Mechthild kann sich ein kurzes Lachen nicht verkneifen, als ihr in diesem Moment der tumbe Siegbert aus der Bäckergasse einfällt. Der Sohn des Küfers macht der Katharina schon seit geraumer Zeit schöne Augen. Doch ein unförmiger Klotz ist er, mit einem Hals, dicker als sein Kopf. Zudem bringt er keine zwei vernünftige Sätze hintereinander heraus. Und eine feuerrote Narbe, die sich quer über das Gesicht zieht, macht ihn zu einer Furcht erregenden Erscheinung, der man nicht im Dunkeln begegnen möchte. Und da ist noch Richard, der Sohn des Weinbauern Gundlach, der gern um Katharina freien würde. Doch dagegen verwahrt sich sein Vater, denn der hat seinen einzigen Sohn schon der schönen Maria, einer Winzertochter aus dem benachbarten Dienheim, versprochen. Mechthild weiß, dass ihre Schwester liebend gern den gutherzigen Richard geheiratet hätte. Doch eine solche Verbindung war und ist undenkbar. Sie sind eine Fischerfamilie – und das schon seit mehr als drei Generationen.

Manchmal kommt es vor, dass sie abends nicht wissen, was sie am nächsten Morgen essen sollen. Im vergangenen Jahr haben sie das oft erlebt. Wie durch Hexerei gab es im Rhein kaum Fische. Zu allem Überfluss zerstörte ein heftiger Hagelschauer, der Ende Mai völlig unerwartet über Oppenheim hereinbrach, das Angebaute. Oft kam der Frieder mit nur einigen kümmerlichen Fischen zurück nach Hause. Dann mussten sie sich das zusammensuchen, was irgendwo am Wegesrand lag: hier eine unscheinbare Knolle, dort der Stumpen einer Karotte. Volker wurde dann immer an die alte Handelsstraße geschickt, die zwischen Mainz und Worms auch an Oppenheim vorbeiführte. Wer von den fahrenden Händlern und Kaufleuten ein weiches Herz hatte, der gab ein wenig Brot oder einen halb verfaulten Kohlkopf ab. Doch die meisten schickten die Bettler weg und setzten oft noch einen Fußtritt oder einen Schlag gegen den Hinterkopf nach. Wie oft war Volker mit leeren Händen wieder zurückgekommen. Und wie oft waren sie mit knurrendem Magen eingeschlafen und fanden erst am nächsten Nachmittag etwas halbwegs Genießbares zum Essen.

Bei den Erinnerungen krampft sich Mechthilds Herz zusammen. Nach vielen Monaten, in denen sie einmal keine Not leiden mussten, zeichnet sich jetzt eine neuerliche Durststrecke ab.

In diesem Moment hört sie das Klappern eines Leiterwagens, kurz darauf setzt der erste Hahn zu seinem lautstarken Morgengruß an. Der alte Friedhelm, nun schon seit über zwanzig Jahren Witwer, humpelt an der Hütte vorbei und wirft der Mechthild einen kurzen Gruß zu. Wahrscheinlich ist er auf dem Weg zum Rhein, wo er mit einfachen Geräten ein paar Fische aus dem Wasser fangen will. Mehr braucht er nicht zum Leben. Oppenheim erwacht langsam aus dem Schlaf. In ein paar Tagen ist Johannis. Es ist schon immer Brauch gewesen, dass die Menschen an diesem Tag in einer ausgelassenen Prozession an den Rhein ziehen, dort zu einem symbolischen Bad in das Wasser eintauchen und danach auf dem freien Platz unterhalb der Kirche ausgelassen feiern. In diesem Jahr müssen die drei Geschwister diesen Tag ohne den Vater begehen. Mechthild empfindet bei diesem Gedanken keine Freude, im Gegenteil. Noch mehr würden sie sich alle das Maul zerreißen. Da ist es wohl besser, diesmal zu Hause zu bleiben. An einem Tag, an dem alle feiern, ist es die beste Gelegenheit, längst überfällige Reparaturen im Haus und an den Ställen zu erledigen. Frieder hat seinen drei Kindern eine Menge Arbeit hinterlassen.

Ein Räuspern lenkt sie ab. Als sie aufschaut, sieht sie zu ihrer Überraschung, dass der alte Seitz, der Schultheiß der Stadt, vor dem Gatter steht und sie anblickt. Mechthild hätte mit jedem, nur nicht mit ihm gerechnet. Sofort steht sie von dem Steinsims auf und nickt dem kleinwüchsigen Mann, der sie aus seinen listigen Augen unverhohlen mustert, leicht zu. Was der Seitz wohl von ihr will?

„Ein wunderschöner Morgen, nicht wahr“, fistelt er freundlich los, doch Mechthild weiß, dass diese Freundlichkeit geheuchelt ist. Den Schultheiß kennt sie schon immer als einen, der nach oben buckelt und nach unten tritt. Dem Grundherrn, der mit Frieder ebenfalls die Pilgerschaft angetreten ist, begegnet er stets mit falscher Freundlichkeit. Seitz, seit nun schon mehr als fünfundzwanzig Jahren Oppenheimer Schultheiß, weiß genau, wie man sich Vorteile verschafft. Hier zur rechten Zeit eine Münze springen lassen, dort eine wohlgemeinte Zusage, manchmal auch eine geschickt versteckte Drohung, das ist die Vorgehensweise des Seitz, der sogar seine eigene Frau verhungern ließe, sähe er darin irgendwelche Vorteile. Dass er hier und jetzt mit der Mechthild reden will, muss einen bestimmten Grund haben.

„Auch ich liebe diese Augenblicke, wenn ich einmal allein mit mir selbst sein kann“, fährt er unverbindlich fort. „Jetzt ist es auch noch nicht so heiß. Aber das wird es wohl noch. Ist wieder kein Wölkchen am Himmel zu sehen, und das Gewitter hat nur wenig Abkühlung gebracht.“

Mechthild weiß nicht so recht, was sie darauf entgegnen soll. Der Schultheiß hat in diesen wenigen Augenblicken mehr mit ihr geredet als die ganzen zwei Jahre zuvor. Selbst nach dem Tod der Mutter, die überall in der Stadt geachtet und beliebt war, reichte es beim Seitz damals nur zu einigen unverständlich gemurmelten Worten.

„Was der Frieder jetzt wohl gerade macht? Nun, ich denke, er dreht sich ein letztes Mal in seinem Nachtlager irgendwo in der Fremde um, in einem Kloster, in einem Pfarrhaus oder in einer Gaststätte. Bald wird er bei der Morgenandacht den Herrn preisen. Oder was glaubst du, Mechthild?“

Die Angesprochene zuckt mit den Schultern. „Ich denke auch, dass er irgendwo gut unter ist.“

Der Seitz nickt. „Soll ich dir eine lustige Geschichte erzählen. Sie ist mir gerade eben wieder eingefallen. Ich dachte schon, ich hätte sie vergessen. In Guntersblum behauptete vor vielen Jahren auch einer, auf Pilgerschaft gehen zu wollen. Ein unbescholtener Ehemann, Vater von sechs Kindern, einem ehrlichen Handwerk nachgehend. War, glaub ich, Kerzendreher. Oder war er Tischler? Was soll's! Wichtig ist, dass er behauptete, nach Altötting zu pilgern, weil Gott ihn von einem schrecklichen Leiden befreit hat. Frag mich jetzt nicht nach den Einzelheiten."

Mechthild schließt die Augen und schluckt. Sie ahnt, was sie zu hören bekommt. Als liebsten wäre sie zurück ins Haus gegangen und hätte den Seitz vor dem Zaun stehen lassen. Doch das wäre ungehörig gewesen und hätte noch an diesem Morgen in ganz Oppenheim die Runde gemacht. Noch mehr abfällige Bemerkungen und böse Blicke wären die Folge gewesen.

„Und was soll ich dir erzählen?", fährt der Schultheiß fort mit seiner munteren Plapperei, die nur einen Sinn hat, nämlich die Mechthild zu kränken. „Hat es dieser Mensch doch nur bis Worms geschafft, wo er sein ganzes Geld in einem Badhaus verhurt hat. Später musste er sich dort sogar als Knecht verdingen, um die Schulden abzubezahlen. Nach drei oder vier Monaten kam er wieder nach Guntersblum zurück, wo er allen von den Wundern von Altötting erzählte und welch entbehrungsreiche Zeit er hinter sich habe. Der Zufall wollte es nämlich, dass in dem Badhaus einer zu Gast war, der schon einmal nach Altötting gepilgert war. Dessen Schilderungen hat sich der Schlauberger gemerkt und in Guntersblum einfach nacherzählt. Und wie haben sie ihn bewundert, dafür, dass er die weite Strecke hin und zurück ohne körperlichen Schaden überstanden hatte. Er wäre mit seinen Lügen vielleicht durchgekommen, wenn nicht beim nächsten Osterfest eine der Baddirnen an seine Hütte geklopft hätte, mit einem wimmernden Bündel unter dem Arm, das eindeutig von dem Lügenbold gezeugt war. Und was soll ich dir erzählen, Mechthild. Die gute Frau des vermeintlichen Pilgers hat den Verstand verloren und sich laut schreiend in den Brunnen gestürzt. Die Baddirne samt ihrem Bündel ist weitergezogen, und am Ende stand der Lügner allein da. Er endete schließlich, wie alle Lügner enden, nämlich am Pranger."

Ob seiner eigenen Geschichte kichert der Seitz hinterhältig und kratzt sich an seinem Kopf, den ein schütterer, silbergrauer Haarkranz ziert. „Ja, ja, so ergeht es Lügnern. Ich habe Achtung vor deinem Vater, Mechthild, wirklich, ich hab große Achtung vor dem Frieder und ich möchte ihm nicht solche Ungeheuerlichkeiten unterstellen. Schließlich kenne ich ihn, da war er noch ein kleiner Bub, der immer hinter seinem Vater, ebenfalls ein grundanständiger Mensch, hergelaufen ist. Diese Last und Anstrengung auf sich zu nehmen, wenn doch drei Kinder zu Hause was zu beißen haben müssen ..."

„Wenn er wieder zurück ist, wollt ihr ihm einen großen Empfang bereiten, so habt ihr's versprochen", wagt Mechthild einzuwenden.

„Werden wir auch, werden wir auch. Aber das kann noch Monate dauern, bis ihr euren Frieder wieder in die Arme schließen könnt."

Und weiter lässt sich der Seitz lamentierend darüber aus, welche Gefahren der Fischer noch zu überstehen habe und wie schwer es seine Kinder doch hätten, besonders der Volker, dem im Nachen – alle können es täglich sehen – die starke Hand des Vaters fehle. Daher sei es an der Zeit, dass Mechthild – denn die Katharina, die offensichtlich nur noch Beten im Kopf habe, könne man lange und vergeblich darum bitten – endlich einen Knecht ins Hause holt. Einen starken Kerl, der weiß, wo es langgeht und der endlich wieder für Ordnung im Hause des Frieder sorgt. Spricht es aus und lässt die erstaunt dreinschauende Mechthild ohne einen Gruß zurück.

*

„Einen Knecht sollen wir ins Haus holen?"

Es ist der Katharina anzusehen, wie wenig ihr dieser Gedanke behagt. Auch Volker macht ein skeptisches Gesicht, sagt allerdings nichts. Sie sitzen beim Mittagessen, das aus nichts weiterem als einer dünnen Fischsuppe und einigen Kanten trockenen Brotes besteht. Mehr geben die Vorräte nicht her.

Mechthild hebt beschwichtigend ihre Hände. „Ich hab über den Vorschlag des Schultheiß lange nachgedacht. Er ist gar nicht so verkehrt. Ein zweiter Mann im Haus würde uns einige Sorgen abnehmen."

„Oder uns neue einbringen."

Katharina kaut unschlüssig auf einer alten Karotte. „Und wen sollen wir nehmen? Willst du einen der Tagelöhner fragen?"

Mechthild schüttelt den Kopf. „Du erinnerst dich doch bestimmt an die Weberin aus der Klostergasse, die vor drei Wochen gestorben ist. Seitdem drückt sich ihr Knecht, Wilhelm heißt er, nur herum und lebt von dem, was andere wegwerfen oder was ihm der Pfarrer gibt. Ich glaube, er wäre froh, wenn er wieder irgendwo unterkäme. Wir alle kennen den Wilhelm. Der ist ein grundanständiger Mensch, auch wenn er ab und zu einen Tritt in seinen dicken Hintern braucht."

„Und er kann ganz schön zupacken", ergänzt Volker. „Ich hab neulich beobachtet, wie er mit dem Hannes auf dem Rhein war. Doch der Hannes hat ihn nur für einen Tag gebraucht. Am nächsten Tag hab ich gesehen, wie er wieder in den Abfällen des Pfarrhauses herumgewühlt hat."

Mechthild blickt ihren beiden Geschwistern in die Augen. „Dann sind wir uns also einig? Dann frag ich den Wilhelm?"

Während Volker sofort nickt, schaut seine Schwester auf den Rest der Karotte und schweigt demonstrativ.

„Katharina!" Mechthilds Stimme drückt die Ungeduld aus, die sie mittlerweile ergriffen hat. „Wenn du einen besseren Vorschlag hast, dann rede, aber guck nicht so blöd die Karotte an."

Katharina wirft ihrer älteren Schwester einen giftigen Blick zu. „Erst die Mutter tot, dann der Vater weg, und jetzt soll auch noch ein Fremder in unser Haus."

Mechthild legt ihr versöhnlich die Hand auf den Arm. „Ich weiß, was dich bedrückt. Aber wir können nicht anders. Oder willst du, dass wir bald wieder betteln gehen müssen? Abgesehen davon, dass sich alle das Maul hinterrücks über uns zerreißen. Ich kann es bald nicht mehr hören, was sie über uns offen sagen und leise tuscheln. Wenn der Wilhelm tatsächlich zu uns kommt, schläft und isst er natürlich im Verschlag bei den Hühnern. Du wirst ihn kaum zu Gesicht bekommen."

Trotzig wirft Katharina den Rest der Karotte in die Ecke. „Von mir aus kann er kommen", stimmt sie nach einer Weile zu.

Zwei Stunden später richtet sich Wilhelm in dem Verschlag häuslich ein. Mechthild und Volker haben ihn unter der großen Linde angetroffen, wo er gerade ein Nickerchen halten wollte. Schweigend hatte er sich den Vorschlag der beiden angehört und lange nur vor sich hingebrummt. Im Haus des Fischers Frieder arbeiten? Was der wohl dazu sagt, wenn er wieder zurückkommt? Als Volker schon verärgert wieder zurück zur Hütte gehen möchte, willigt der Gefragte schließlich ein. Was hätte er auch anderes tun sollen. Etwas Besseres als einen Verschlag an einer Fischerhütte würde er mit seinen weit über dreißig Jahren nicht mehr finden.

Ein Gutes hat die Entscheidung ziemlich schnell. Volker und Wilhelm bringen zusammen endlich so viele Fische nach Hause, wie es schon zu Frieders Zeiten war. Und irgendwann hört auch das Geschwätz in der Stadt auf.

Und so kommt Johannis. Der Tag ist in diesem Jahr ungewöhnlich heiß, entsprechend erhitzt sind die Gemüter auch noch nach dem erfrischenden Bad im Rhein. Auf dem Dorfplatz ist schon seit den frühen Morgenstunden alles vorbereitet für das große Fest, mit dem die Oppenheimer die kurze Nacht feiern. Es gibt gewürzten Wein, verdünntes Bier, getrocknete Würste, gebratenes und gesottenes Fleisch und frisches Wasser im Überfluss. Die Mädchen und Frauen haben aus

Blumen und Gräsern Kränze geflochten, mit denen sie ihr Haar schmücken. Die Oppenheimer verrichten am Morgen nur das notwendigste, um sich so schnell wie möglich dem Müßiggang hingeben zu können. Kinder laufen den ganzen Tag lauthals lachend durch die Straßen und Gassen und lassen dabei bunte Bänder durch die Luft flattern, während die Alten im Schatten der Hütten sitzen und mit staunenden Augen das muntere Treiben beobachten. Und manchem hüpft angesichts der unbedeckten Schenkel und der blanken Busen, die einige vorwitzige Weiber kurz zeigen, noch einmal im hohen Alter das Herz.

Um die Mittagszeit formiert sich in der Stadt die Prozession derer, die zum Rhein ziehen, um sich dort einem symbolischen Bad hinzugeben. Angeführt wird der Zug vom Schultheiß und dem Pfarrer. Je weiter hinten man sich einzureihen hat, desto niedriger ist ihr Stand. Wilhelm, etliche weitere Tagelöhner und Knechte sowie die Totengräber bilden den Schluss. Das Wasser ist nach den heißen Tagen angenehm warm und doch kühlt es die bereits erhitzten Gemüter ab. Doch nicht wenige Oppenheimer fühlen sich noch immer in ausgelassener Stimmung. Kaum sind die heiligen Formeln, Gebete und Lieder verklungen, werden die meisten übermütig. Manch einer der jungen Burschen stößt ein junges Mädchen um, das daraufhin kreischend untertaucht. Andere bespritzen sich mit Wasser, wieder andere wagen sich bis weit in die Mitte des Stroms. Nur langsam löst sich die mittlerweile ohrenbetäubende Badegesellschaft auf, und man kehrt wieder zurück in die Stadt.

Dort geht das muntere Festtreiben unverzüglich weiter. Die meisten verzichten darauf, sich neu einzukleiden. In Windeseile trocknet die Sonne den nassen Stoff. Plötzlich hallt ein verzückter Aufschrei über den Platz. Irgendeiner hat einen Federball geholt. Dabei handelt es sich um einen kleinen, aus alten Fetzen zusammengeknoteten Stoffballen, in den mehrere Gänsefedern gesteckt sind. Von Weiblein zu Männlein, von Männlein zu Weiblein wird der Federball geworfen. Zuneigung und Liebelei werden auf diese Weise gezeigt. Es wird gekichert und gejauchzt, und mancher Jungspund, der von einem Mädchen den Federball zugeworfen bekommen hat, kann sich auf ein nächtliches Abenteuer irgendwo in einem Stall oder in einer dunklen Ecke an der Stadtmauer freuen.

Diejenigen, denen das Federballspiel zu kindisch ist, versuchen sich mit dem Würfelspiel, andere vollführen tollkühne Sprünge über brennende Fackeln, balancieren auf leeren Fässern, messen sich im Armdrücken oder überbieten sich gegenseitig mit den haarsträubendsten Geschichten. Da berichtet einer, wie er neulich einen fünf Ellen langen Fisch im Rhein gefangen hat, während ein anderer davon prahlt, im Wald einen mächtigen Bären vertrieben zu haben. In großen Zubern sitzen Männer und Frauen zusammen, planschen vergnügt oder lassen ihre Hände unter Wasser auf Entdeckungsreise gehen. Gaukler führen vor ihrem staunenden Publikum Kunststücke vor, Spielleute singen Lieder auf die Liebe und die Heldentaten des ruhmreichen Kaisers Heinrich und seiner mutigen Rittersleut. Erst sehr spät verschwindet an Johannis die Sonne hinter dem Horizont, und im fahlen Dämmerlicht, als es etwas kühler wird, geht das Treiben noch munterer weiter.

Lange nach Mitternacht haben die meisten dann so viel gezecht, dass sie nicht mehr aufrecht gehen können, sondern auf allen Vieren krabbeln müssen. Katharina, die das Saufen und die Völlerei schon immer verachtet hat und nur widerwillig mitgekommen ist, stößt einen entsetzten Schrei aus, als der alte Gerber ihr unvermittelt vor die Füße kotzt. Mit Todesverachtung gibt die Fromme dem sabbernden Greis eine Backpfeife, während Volker und Wilhelm nur lauthals lachen. Sie haben ebenfalls ganz schön gebechert, können sich aber wenigstens noch halbwegs gerade auf der Bank halten.

Als über dem Odenwald bereits das erste Morgenglimmen zu sehen ist, treten die Kinder des Frieder zusammen mit Wilhelm den Heimweg an. Der Knecht hat sich in den vergangenen Tagen gut eingelebt und dabei zur Verwunderung aller außerordentlich hart gearbeitet. Selbst Katharina hat ihren anfänglichen Argwohn abgelegt. Dazu trägt auch bei, dass es Wilhelm ist, der bei dem Fest einen übermütigen Zecher, der der unschuldigen Katharina an die Brust grapschen will, mit einem Faustschlag niederstreckt.

Als an diesem frühen Morgen endlich alle schlummern, geht Katharina noch einmal hinter den Ziegenstall, um sich zu erleichtern. Auf dem Rückweg versperrt ihr Wilhelm den Weg. „Die Nacht ist noch nicht ganz zu Ende“, lallt er besoffen und fasst Katharina zwischen die Beine, worauf er sich eine schallende Ohrfeige einfängt.

„Was bildest du dir ein?“, faucht sie außer sich vor Wut. „Du bist hier der Knecht und nicht unser Beschäler, merk dir das.“

Verdutzt hält sich Wilhelm die rot angelaufene Backe. „Das werden wir noch sehen“, murmelt er der davonlaufenden Katharina nach.

Im Hunsrück

16. Juni 1196

Mit einem lauten Ächzen geht Frieder unter der mächtigen Eiche in die Hocke. Fast automatisch greift der nach seinem Wasserschlauch und setzt ihn an seine trockenen Lippen. Er muss sich zwingen, nur kleine Schlucke zu sich zu nehmen, obwohl seine Kehle so ausgedörrt ist, wie er es noch nie erlebt hat. Der Schluck Wasser, der den Hals hinunterrinnt, bringt kaum Linderung.

Zu Hause in Oppenheim haben sie noch nie Wassernot gehabt. Selbst die heißesten Sommertage haben die Brunnen nie austrocknen lassen. Der mächtige Rhein führt immer genug Wasser und speist damit die Oppenheimer Brunnen auch in den besonders heißen Sommern.

Wieder trinkt er nur einen kleinen Schluck. Die Witwe hat im Kloster Sponheim, das sie vor zwei Tagen verließen, den Fehler begangen, sich nach der Ankunft als Erstes auf den Brunnen zu stürzen und gleich vier Schöpflöffel mit kaltem Wasser auf einmal in sich hineinzuschütten. Die beiden nächsten Tage verbrachte sie mit Schüttelfrost und Durchfall auf einem Strohlager. Aber sie wollten ja sowieso länger in dem Kloster pausieren, denn die Hitze hatte dem Alten sehr zugesetzt. Wie alle in der Gruppe nutzte er den Aufenthalt, um Kräfte zu tanken.

Frieder hat den Aufenthalt in dem Kloster als sehr angenehm in Erinnerung. Zwar sind an seinen Fußsohlen die Blasen längst verschwunden und haben einer dicken Hornhaut Platz gemacht. Doch einmal zwei Tage ohne Marschieren zu verbringen, das hat auch ihm merklich gut getan. Viele Stunden verbrachten sie im Klostergarten, ließen sich die Sonne auf den Bauch scheinen oder erkundeten vorsichtig den Wald in der nächsten Umgebung des Klosters.

Frieder nimmt einen letzten Schluck. Selbst beim gewaltigsten Durst immer nur kleine Schlucke trinken, hat der junge Mönch, der die unerfahrenen Pilger seit ihrer Abreise vom Kloster begleitet, immer wieder gemahnt. Magen und Darm reagieren auf kaltes Wasser bei dieser Hitze ganz besonders empfindlich, hat er ihnen eingeschärft. Der junge Kerl – Frieder schätzt ihn auf höchstens Anfang zwanzig – scheint für sein Alter ungewöhnlich gebildet zu sein. Wie die meisten in der Gruppe hat auch er ihn gleich ins Herz geschlossen. Allerdings wird Frieder den Eindruck nicht los, dass der junge Mönch seine Pilgerschaft nicht ganz freiwillig angetreten hat. In seinem Gesicht lag eine unübersehbare Mischung aus Verzweiflung und Wut, als sie das Kloster verließen.

Der Fischer lüftet seinen Pilgerhut und wischt sich den Schweiß von der Stirn. In den letzten Tagen ist es auch hier im sonst so kühlen Hunsrück – wie der Landstrich, den sie mittlerweile erreicht haben, auch genannt wird – unerträglich heiß geworden. Die Sonne brennt ohne Erbarmen von einem tief blauen Himmel, kein Wölkchen ist zu sehen. Haben in den Wochen zuvor wenigstens noch die Nächte eine angenehme Abkühlung gebracht, so bleibt die Luft auch lange nach Sonnenuntergang noch ungewöhnlich warm. Inzwischen ist Frieder auch ganz zerstochen von den Mücken, die nach Sonnenuntergang über alle herfallen. Aber auch dazu wusste der Mönch sofort den passenden Ratschlag: Die Haut einfach mit seinem eigenen Urin einreiben, und schon gehen die Mücken nicht mehr an einen heran. Frieder weiß nicht, was er davon halten soll. Mit der eigenen Pisse einreiben? Auf der anderen Seite – wenn es hilft ... Der Juckreiz ist jedenfalls unerträglich geworden, und der Fischer nimmt sich vor, beim nächsten Austreten den Rat des jungen Mönchs zu beherzigen. Schaden könnte es zumindest nicht.

Frieder schüttelt prüfend den schlaffen Wasserschlauch. Wenn er sparsam haushaltet, reicht das Wasser vielleicht bis zum Abend, rechnet er sich aus. Irgendwann müssen sie doch einmal einen Bach oder eine Quelle finden! Sie haben mit dem Hunsrück ein Gebiet mit besonders dichtem Wald erreicht, in dem nur einige wenige verstreut liegende Dörfer und Bauernkaten zu finden sind. Und jetzt ist auch das eingetreten, wovon der alte Johann erzählt hat: Der letzten Menschenseele – einem Bauern zusammen mit einer kümmerlichen Schindmähre auf dem Weg zurück zu seinem Weiler – sind sie gestern am frühen Abend begegnet. Für Frieder grenzt es schon an ein Wunder, dass sie noch immer auf dem richtigen Weg sind. Zumindest hat der Wormser Mönch diese Hoffnung. Es sind kaum auffällige Merkmale, nach denen er sich orientiert: hier ein unscheinbares Kreuz am Wegesrand, dort eine mächtige Buche, anderswo eine markante Weggabelung. Ständig zieht er ein kleines Buch zu Rate, das er wie einen Schatz hütet.

Auf solch einer Reise ist es auch so etwas wie ein Schatz, denkt sich der Fischer, der noch nie vor dem Problem stand, sich in einer fremden Umgebung orientieren zu müssen.

Kurz nach ihrer Abreise vom Kloster hat der junge Mönch, der sich ihnen angeschlossen hat, von kristallklaren und selbst im Sommer eiskalten Seen berichtet, die es hier geben muss. Doch wo sind diese geheimnisvollen Seen, fragt sich nicht nur der Frieder. Auch die anderen leiden unter der Hitze. Ihre hochroten Gesichter sind von den Strapazen der vergangenen Tage gekennzeichnet. Längst haben alle ihre schweren Mäntel abgelegt, die sie nun allerdings geschultert über dem Rücken tragen müssen. Einige wollen sie bei der nächstbesten Gelegenheit verkaufen, und auch Frieder denkt darüber nach, seinen schweren Umhang, den er in den nächsten Monaten wohl kaum brauchen wird, zu klingender Münze zu machen.

Alle haben aufgesprungene Lippen, vom Schweiß verkrustete Haare und rissige Fußsohlen. Frieder ist froh, dass er wenigstens keine Blasen mehr an den Füßen hat. Und noch etwas hat der Fischer gemerkt: Sein Bauch, in den vergangenen Jahren ziemlich dick und rundlich geworden, hat merklich abgenommen. Das stellt er jedes Mal aufs Neue und nicht unerfreut fest, wenn er sich den Hosenbund zubindet.

Der Oppenheimer spürt den Blick der jungen Rüdesheimerin auf sich ruhen. Nur kurz schaut er in ihre Augen, dann reicht er ihr seinen Wasserbeutel. Glücklicherweise hält auch sie sich an die Mahnung des jungen Mönchs. Frieder macht sich weniger Sorgen um den Magen der Rüdesheimerin als mehr um seinen zur Neige gehenden Wasservorrat. Wenn die anderen nicht haushalten können, ist das nicht sein Problem. Adalbert, ihr Anführer, erinnert jedoch bei jeder Gelegenheit daran, dass das Teilen besonders jetzt zu den obersten Christenpflichten gehöre.

Die junge Frau nickt dankbar. „Ich werd dir dafür deine Schuhe flicken oder dir etwas nähen. Musst es mir nur sagen", flüstert sie.

Erschöpft lehnt sie sich zurück. Sie scheint eine solche Strapaze überhaupt nicht gewohnt zu sein. Auch scheint die ständig sich verändernde Umgebung sie zu verängstigen. Wahrscheinlich hat sie in Rüdesheim Haus und Kinder versorgt und ist dabei noch nie woanders hingekommen, mutmaßt der Frieder.

Dass Frieder der Rüdesheimerin, die sich ihnen bei Bingen angeschlossen hat (endlich fällt ihm wieder ihr Name ein: Gertrude), so bereitwillig von seinem Wasser abgibt, lässt die Augen der Witwe blitzen. Frieder weiß, was in ihrem Kopf vorgeht. Neidisch und eifersüchtig ist sie auf die Gertrude, die von Anfang an eine nicht zu fassende Unruhe in die Gruppe gebracht hat. Zwischen dem Baumlangen, dem Oppenheimer Grundherrn und dem Fremden, über den sie alle immer noch nichts wissen, ist sofort eine stumme Rivalität entstanden. Alle drei scheinen um die Gunst der Rüdesheimerin zu buhlen, was sich allerdings nur in kleinen Gesten und in Blicken ausdrückt. Wenn sie einen Abhang hinunterklettern, reicht einer der Gertrude die Hand, obwohl dies eigentlich gar nicht notwendig wäre. An anderer Stelle, wenn zwischen zwei Gesängen oder Gebeten jeder mit seinen Gedanken allein sein sollte, legt ein anderer ihr laut scherzend kurz seinen Arm um ihre Schultern. Und die junge Rüdesheimerin (nur Gott weiß, was sie zu einer Pilgerschaft getrieben hat) genießt das Werben der Männer in zunehmendem Maße.

Frieder sind die Bemühungen der drei zunächst gleichgültig gewesen. Mittlerweile gehen sie ihm aber auf die Nerven. Auch Adalbert beobachtet das Ganze bereits seit einer Weile mit Argwohn. Schon mehrmals hat er sich mit der Gertrude beim Gehen zurückfallen lassen und gestikulierend auf die Rüdesheimerin, wie meist alle nur die junge Frau nennen, eingeredet. Doch die hat nur verächtlich oder gleichgültig reagiert. Das hat sie bei den anderen der Gruppe zur Außenseiterin gemacht. Eigentlich müsste die, so hat die Witwe schon bei der ersten Begegnung lauthals gelästert, zu Hause am Feuer sitzen und einem anständigen Mann dessen Kinder hüten. Dabei sollte die Witwe nicht so weit den Mund aufmachen. Auch sie sollte längst wieder verheiratet sein und wohlbehütet in einer Hütte in Mainz leben. Doch diese Gedanken behält der Frieder lieber für sich. Er will sich auf keinen Streit mit der Witwe einlassen, dafür ist es ihm zu heiß.

Der Einzige, der sich um Verständnis für die Rüdesheimerin bemüht, ist Georg. Den vorsichtigen Annäherungen des jungen Mönchs ist sie allerdings stets ausgewichen, obwohl er es war, zu dem sie auf Anhieb Vertrauen fasste. Auch Frieder mag den jungen Schlacks, der von seinem Abt auf Pilgerschaft geschickt worden ist, wie er selbst gleich zu Beginn eher zögerlich erzählt hat. Mehr wollte er allerdings nicht preisgeben.

Unerträglich heiß ist es auch an diesem Tag schnell wieder geworden, obwohl die Sonne noch längst nicht im Zenit steht und die Gruppe durch einen von zahlreichen Wiesen unterbrochenen, dichten Wald wandert. Doch der Schatten der Bäume bietet keine spürbare Abkühlung. Meist herrscht eine fast unheimliche Stille, denn selbst die Vögel haben sich zurückgezogen und werden meist erst am späten Nachmittag munter. Bei allen in der Gruppe gehen die Wasservorräte bereits wieder zur Neige, doch ein Dorf, ein Weiler oder eine Quelle sind weit und breit nicht in Sicht.

Und noch einmal muss Frieder an die Worte des alten Johann denken. „Manchmal glaubst du, es gebe sonst keine Menschen auf dieser Welt."

Dem Frieder kommt es in diesem Moment tatsächlich vor, als seien sie die einzigen lebenden Wesen auf dieser Welt. Und doch mussten schon vor Jahrhunderten Menschen diesem Pfad gefolgt seien. Das zumindest behauptet immer wieder der Wormser Mönch, der in letzter Zeit ständig einen Blick in sein kleines Büchlein geworfen hat. Frieder hofft, dass er Recht hat. Denn wo schon früher Kaufleute und vor tausend Jahren römische Legionäre entlangzogen, muss es auch irgendwo Wasser geben.

Frieder hat sich nie darüber Gedanken gemacht, ob der Weg, den sie gegangen sind, auch der richtige war. Blindlings hat er sich der Gruppe und ihrem Anführer anvertraut. Was hätte er auch anderes tun sollen? Sich auf eigene Faust bis nach Aachen durchzuschlagen, wäre für einen allein ein schier unmögliches Unterfangen gewesen. Frieder weiß mittlerweile, dass Könige und Kaiser von ihren Gelehrten so genannte Landkarten zeichnen lassen. Anhand dieser Karten soll es möglich sein, schnell den richtigen Weg zu finden und sich problemlos zu orientieren. Frieder hat noch nie eine solche Landkarte zu Gesicht bekommen, doch er kann sich gut vorstellen, dass es sich dabei um eine segensreiche Sache handelt. Doch wie sollte er, ein einfacher Fischer aus Oppenheim am Rhein, an eine Landkarte gelangen? Der Wormser Mönch muss so etwas Ähnliches dabei haben, denn zur Orientierung schlägt er auch in diesem Moment wieder das besagte Büchlein auf. Wenn nicht er den richtigen Weg findet, wie sollten sie sonst nach Aachen gelangen?

Durch Gottes göttliche Fügung, gab sich Frieder selbst sarkastisch zur Antwort. Dann soll Gott bei dieser Gelegenheit auch dafür sorgen, dass es bald regnet und es wenigstens etwas kühler wird.

Auf einer kleinen Lichtung hat Adalbert – der neben dem Greis am meisten unter der Hitze leidet, sich aber bemüht, es keinem zu zeigen – den Pilgerzug unter einer mächtigen Eiche angehalten. Dankbar haben sich alle ins Gras niedersinken lassen und sich erst einmal gestärkt. Essen wird getauscht, Wasser rinnt die trockenen Kehlen hinunter, einige gehen hinter dichten Büschen ihrer Notdurft nach. Die Geistlichen der Gruppe versinken in inbrünstig gemurmelte Gebete.

Wie immer abseits von allen liegt der Fremde. Frieder schüttelt den Kopf. Mehr als ein Monat sind sie nun schon zusammen unterwegs, und noch immer hat dieser Sonderling kein Wort gesprochen. An den

Liedern und Gebeten beteiligt er sich nur mit kaum sichtbaren Bewegungen der Lippen. Dabei ist er keinesfalls stumm, wie der Frieder zunächst gemutmaßt hat. Erst in Sponheim hat er nämlich im Schlaf geredet. Frieder, der als Einziger von dem Gemurmel wach geworden war, hat nur etwas von unschuldigen Kindern und gerechter Strafe verstanden.

Adalbert hat es von Anfang an akzeptiert, dass der Mann – Frieder schätzt sein Alter auf Ende dreißig – kein Wort spricht. „Gott wird wissen, warum er das tut", sagt der Wormser immer, wenn er darauf angesprochen wird.

Nur ein paar Ellen von Frieder entfernt hat sich der Fremde im Gras niedergelassen. Neben ihm liegt sein geheimnisvolles Pilgergepäck. Der Oppenheimer, der längst die Scheu vor dem Sonderling verloren hat, taxiert ihn jetzt ungeniert. Erst jetzt sieht er, dass sein linkes Ohr verkrüppelt ist und dass quer über seinen Nacken eine lange Narbe verläuft. Ein ungewöhnliches hartes Gesicht hat der Mann, vor dem sogar der Baumlange Respekt zeigt. Überhaupt scheinen sich die beiden auch ohne Worte zu verstehen. Jetzt bemerkt der Fremde, dass der Oppenheimer ihn beobachtet. Ohne eine Miene zu verziehen, schaut er ihm in die Augen. Frieder hält dem Blick nur kurz stand. Sich verlegen räuspernd schaut er schließlich weg.

Nach einer Weile steht Adalbert mühsam auf, wischt sich den Schweiß aus dem Gesicht und klatscht in die Hände. Augenblicklich verstummen in der Gruppe die leise geführten Gespräche.

„Wessen Wasservorräte gehen bis heute Abend zur Neige?", fragt er laut und schaut sich abwartend um. Nach und nach heben fast alle ihre Hände.

„Wer hat jetzt schon kein Wasser mehr?" Zögernd heben drei Pilger ihre Hände.

Adalbert nickt. „Es gibt zwei Möglichkeiten: Entweder wir ziehen weiter in Richtung Morbach, in der Hoffnung, dass uns der Herr den rechten Weg weist und wir bald auf einen Brunnen, einen Bach oder eine Quelle stoßen. Oder wir schicken zwei Männer, die noch gut bei Kräften sind, zur gezielten Suche los, während sich die anderen hier weiter ausruhen."

Sofort entbrennen wieder die Gespräche. Während die einen lautstark für ein gemeinsames Weitergehen sind, sprechen sich die anderen nicht minder lautstark für den zweiten Vorschlag aus. Adalbert, der die Diskussionen angefacht hat, schaut ein wenig ratlos drein. Es ist schließlich der Greis, der mühsam aufsteht und seine Arme hebt. Wie auf ein geheimes Kommando ebbt die Lautstärke ab, gleich darauf ist es wieder still auf der kleinen Lichtung.

„Ich bin dafür, dass die drei stärksten Männer nach Wasser suchen", sagt er in einem Tonfall, der keinen Widerspruch zulässt. „Einer von ihnen", er deutet auf seinen Begleiter, „wird Rudolf sein."

Endlich wissen wir wenigstens seinen Namen, denkt Frieder.

Auch er ist dafür gewesen, gezielt nach Wasser zu suchen. Also hebt er seinen Arm. „Ich bin mit dabei", sagt er entschlossen.

Nach einer kurzen Pause meldet sich auch Georg zu Wort. „Und ich ebenfalls. Doch in welcher Richtung sollen wir suchen?"

Der Alte nickt zufrieden. „Ihr lauft nicht in eine Richtung los, sondern entfernt euch in Form einer Spirale von unserem Rastplatz." Mit kreisenden Bewegungen macht er deutlich, wie er es gemeint hat. „Dadurch könnt ihr ein größeres Areal absuchen, ohne euch zu weit von uns zu entfernen."

Nicht einmal dumm, muss Frieder anerkennen. Fast scheint es, als sei der Alte jetzt ganz in seinem Element. Befehlsgewohnt instruiert er die drei Freiwilligen, die daraufhin schweigend losgehen. Schon nach einer Weile spürt Frieder, dass ihm wieder der Schweiß ausbricht. Im Schatten der Eiche war es halbwegs erträglich gewesen. Doch in der prallen Sonne lastet die Hitze über ihnen wie ein schweres Tuch, das kaum ein Durchatmen ermöglicht. In Oppenheim nannte er solche Tage immer Backofentage, weil es so heiß war wie sonst nur am Ofen des alten Berschick in der Backgasse. Doch in Oppenheim hatte er immer die Gelegenheit, sich im Rhein zu erfrischen. Wie ein Blitz aus heiterem Himmel überfällt ihn in diesem Moment wieder ein eindringliches Heimweh. Doch es gelingt Frieder, das Gefühl niederzukämpfen. Er wird endlich einmal wieder gebraucht, also muss er sich zusammenreißen.

Als sie schon eine ganze Weile gesucht haben, erfolglos allerdings, räuspert sich Georg. „Gestattet mir eine Frage, Fremder", wendet er sich an den Baumlangen, der ihn fragend anschaut und verwundert die Augenbrauen hebt. Auch in dieser kleinen Gruppe ist er wohl nicht willens, auch nur ein Wort von sich zu geben. „Wer ist Euer Herr? Ich meine, wie heißt er, was hat er früher gemacht?"

Endlich wagt es mal einer nachzufragen, denkt Frieder erleichtert. Nach den Aufzeichnungen von Adalbert, der über die Pilgerreise alles genau niederschreibt, ist seit Frieders Aufbruch in Oppenheim mehr als ein Monat vergangen. Und noch immer wissen sie auch über den Baumlangen und seinen seltsamen Begleiter so gut wie nichts.

Doch der Angesprochene schweigt. „Ihr müsst mir meine Neugierde verzeihen“, lässt Georg nicht locker. „Ich kenne ihn erst seit zwei Tagen, und doch glaube ich, mit ihm vertraut zu sein, so vertraut, wie ich es bislang nur mit meinen Mitbrüdern aus dem Kloster war.“

„Er ist ein weiser und gerechter Mann“, knurrt der Baumlange, als sei damit alles gesagt.

Georg schaut Frieder an und zieht die Mundwinkel hoch. Besser eine solche Antwort als keine, soll das heißen. Der Fischer zuckt mit den Schultern. Sie sind unterwegs, um Wasser zu finden und nicht um zu tratschen. Inzwischen haben sie sich so weit von der Lichtung entfernt, dass die Gruppe kaum noch auszumachen ist. Er spitzt angestrengt die Ohren, doch nirgendwo ist ein Gluckern oder Plätschern zu hören. Der Boden ist trocken wie altes Brot. Frieder ist überzeugt davon, dass sie hier kein Wasser finden werden. Aber wenn sie sich noch weiter von der Lichtung entfernen, kann es passieren, dass sie den Weg nicht mehr zurückfinden. Dann hätten sie gleich zwei Probleme am Hals.

„Hätte ich doch meine Wünschelrute dabei“, seufzt Georg.

„Was für ein Ding?“, entgegnet Frieder verdutzt, und der junge Mönch erklärt es ihm. Mit einer Wünschelrute könne man Wasser aufspüren. Das Gesicht des Baumlangen drückt aus, was er darüber denkt, und auch der Fischer ist skeptisch. Für ihn grenzt das an verbotene Hexerei, was er von einem Mönch nun wirklich nicht erwartet hätte. Wünschelrute hin oder her – sollen sie sich doch lieber auf ihre Augen, ihre Ohren und etwas Glück verlassen. Doch so intensiv sie auch suchen. Nirgendwo gibt es Wasser.

Plötzlich stößt Georg einen spitzen Schrei aus. „Das kann nicht wahr sein, das glaub ich einfach nicht“, ruft er überschwänglich und streckt seinen rechten Arm aus.

Zunächst glaubt Frieder, der junge Mönch habe einen Bach oder eine andere Wasserstelle entdeckt. In der Richtung, wohin er deutet, ist allerdings nichts dergleichen zu sehen. Frieder schaut fragend den Baumlangen an, doch der zuckt auch nur ratlos mit den Schultern.

„Seht ihr diese Felsformation, da vorne an dem großen Hügel?“

Als Frieder angestrengt in die genannte Richtung späht – seine Sehkraft lässt in der Ferne deutlich nach –, kann er es nach einer Weile endlich erkennen. Einer spitzen Nadel gleich, ragt an einem mit Bäumen und Sträuchern dicht bewachsenen Hügel ein schlanker Felsen in die Höhe. Ist es das, was der Mönch meint? Sicher, der Fels ist faszinierend anzuschauen, doch sie haben keine Zeit, sich an den bizarren

Schönheiten der Natur zu erfreuen, es sei denn, es wäre ein Wasserfall gewesen.

Frieder schaut den Mönch an. „Und was ist damit?"

Georg klatscht begeistert in die Hände. „Ich kenne diesen Felsen seit meiner Kindheit. Ich könnte ihn mit geschlossenen Augen aufmalen. Nicht weit davon, weit weniger als ein halber Tag entfernt, liegt das Gut meiner Familie. Wisst ihr, was das bedeutet? Dort können wir unsere Vorräte auffrischen und uns einen Tag oder länger ausruhen. Wenn wir sofort zu den anderen gehen und aufbrechen, können wir bis Sonnenuntergang bequem dort sein."

Erneut klatscht er in die Hände.

Er freut sich wie ein kleines Kind, das einen Schatz entdeckt hat, fährt es Frieder durch den Kopf. Doch wer freut sich nicht, wenn er nach vielen Jahren endlich wieder seine Familie sehen kann? Und so wird der Fischer ausgerechnet in diesem Moment wehmütig. Über die Aussicht, bald wieder klares Wasser zu trinken, auf einem bequemen Strohsack zu nächtigen und vielleicht einmal wieder frische Eier oder einen Schinken zu essen, kann er sich kaum freuen. In all den Wochen hat er zwar stets an seine Kinder und an seine Freunde in Oppenheim denken müssen, doch nie sind seine Gedanken schwermütig gewesen. Jetzt steigt dieses Gefühl noch einmal jäh in ihm hoch, dass es ungewisser denn je ist, wann und ob er jemals wieder zurück nach Hause zu seiner Familie kommt.

In diesem Moment hört er ein lautes Knacken und ein seltsames Röhren. Er sieht die vor Entsetzen aufgerissenen Augen des Mönchs, der abwehrend die Hand ausstreckt.

Gleichzeitig hört er, wie Rudolf einen martialischen Schrei ausstößt. Er bemerkt gerade noch einen riesigen Schatten. Dann umgibt den Frieder eine tiefe Nacht.

*

Die Rüdesheimerin sieht sie zuerst.

„Sie sind wieder zurück", ruft sie und springt auf. Doch dann stutzt sie. „Es muss etwas passiert sein. Schaut nur!"

Jetzt sehen es auch die anderen. Der Mönch und der Baumlange schleppen den Frieder an dessen Armen und Beinen. Aus dieser Entfernung ist nicht zu erkennen, ob der Fischer noch lebt. Adalbert, der Oppenheimer Grundherr und die Mainzer Witwe laufen ihnen augenblicklich entgegen. Zusammen tragen sie Frieder unter die Eiche.

Er lebt, doch an seiner Schulter klafft eine große Wunde. Eine kleine Blutspur rinnt die seltsam verkratzte Schläfe hinunter. Vorsichtig legen sie den Fischer im Gras ab. Als die Witwe versucht, ihm einen Schluck Wasser einzuflößen, verschluckt sich der halb ohnmächtige Oppenheimer daran und stößt einen klagenden Laut aus.

„Was ist passiert? Ist er gestürzt?", fragt Adalbert mit leicht zitternder Stimme. Er leitet die Gruppe, also hat er auch die Verantwortung für jeden Einzelnen.

„Ein Bär", kann Georg nur noch stammeln. Der Schweiß läuft ihm in Strömen das Gesicht hinunter, sein Haar und seine Kutte sind klatschnass. „Wie aus dem Nichts kam er aus dem Dickicht und fiel sofort über den Frieder her. Es ist Rudolf", er nickt in Richtung des Baumlangen, „zu verdanken, dass nichts Schlimmeres passiert ist. Mit einem dicken Ast, der zufällig auf dem Boden lag, konnte er den Bären in die Flucht schlagen."

Sofort entbrennt anerkennendes Gemurmel. Der Greis, der ebenfalls gespannt zugehört hat, schlägt seinem Begleiter auf die Schulter. „Etwas anderes hätte ich auch nicht erwartet. Du hast schon ganz andere in die Flucht geschlagen, Rudolf. Weißt du noch, die Großkatze? Auch die hast du mit einem einfachen Ast vertrieben."

Der Baumlange reagiert auf die plötzliche Anerkennung und Aufmerksamkeit, die ihm in diesem Moment zuteil wird, gewohnt wortkarg und mürrisch. „Der Bär war noch jung, hatte wahrscheinlich mehr Angst als wir."

Damit ist das Thema für ihn erledigt. Dankbar, aber schweigend nimmt er den Wasserbeutel entgegen, den ihm die Witwe reicht. In diesem Moment gibt Frieder wieder ein lautes Stöhnen von sich und öffnet die Augen. Augenblicklich beugen sich Georg, die Witwe und die Rüdesheimerin zu ihm hinunter.

„Keine Sorge, mein Freund", beruhigt Georg den Verletzten sanft. „Es ist alles überstanden. Ein junger Bär ist über dich hergefallen, doch Rudolf hat ihn verjagt. Du bist allerdings an der Schulter und an deinem rechten Bein verletzt und auch dein Kopf hat etwas abbekommen."

Frieder gibt keine Antwort, doch seinen Augen ist anzusehen, dass er verstanden hat, was Georg zu ihm sagte. Der schaut sich in der Gruppe um. „Ich brauche Wasser und halbwegs sauberes Leinen."

Er selbst reißt von den herunterhängenden Ästen der Eiche so viele Blätter wie möglich ab. „Die sollten die Blutungen bald stillen", sagt er.

Wenig später hat er die Verletzungen – zwei schlimme an der linken Schulter und am rechten Oberschenkel, in die der Bär seine Pranke geschlagen hatte, und eine kleine am Kopf – notdürftig versorgt. Obwohl die anderen nur erstaunt zugeschaut haben und Georg kaum helfen konnten, liegen nun alle erschöpft im Gras. Das Reinigen der Wunden hat ein zusätzliches empfindliches Loch in die Wasservorräte geschlagen.

„Du hast großartige Arbeit geleistet, Bruder Georg“, zollt Adalbert dem jungen Mönch Lob und Anerkennung. „Ich wundere mich schon lange, dass dich dein Abt so einfach hat gehen lassen. Du hast doch in deinem Kloster bestimmt schon etliche Male kranke Mitbrüder kuriert oder deren Verletzungen versorgt. Ein solches Können ist doch eigentlich unentbehrlich.“

Georgs Miene verdüstert sich, doch er erwidert nichts. Stattdessen erzählt er Adalbert von dem, was er kurz vor dem Angriff des Bären gesehen hat.

Der Mönch aus Worms nickt erleichtert. Das Problem mit den Vorräten scheint gelöst zu sein, wenngleich sich mit Frieders Verwundung eine neue, nicht minder große Schwierigkeit aufgetan hatte. Aber auf dem Gut von Georgs Familie konnte der Oppenheimer versorgt werden und seine Verletzungen auskurieren.

Erneut verschafft sich der Wormser Gehör und teilt der Gruppe die Neuigkeit mit. „Wir bleiben über Nacht hier und brechen morgen gleich bei Sonnenaufgang auf. Geht sparsam mit euren letzten Wasservorräten um und teilt mit denen, die nichts mehr haben. Und jetzt müssen wir eine Trage für Frieder bauen. Danach ruht sich jeder aus, um seine Kräfte zu schonen.“

Als Stunden später die Sonne untergegangen ist, wird es endlich ein wenig kühler. Georg, der jetzt erschöpft an dem mächtigen Stamm der Eiche lehnt, bemerkt, dass der Greis sich zu ihm gesellen will.

„Ihr seid der Sohn des Landgrafen von Rhaunen?“, fragt der Alte interessiert.

„Das stimmt. Ich bin sein Zweitgeborener. Mein älterer Bruder Hagen dient dem Kaiser. Zumindest sollte es so sein, wenn er noch am Leben ist. Wir haben ein enges Verhältnis zueinander, aber ich habe schon lange nichts mehr von ihm gehört. Dass ich auf diese Weise meine Familie wiedersehe ...“

Er schüttelt den Kopf, Tränen steigen ihm in die Augen. „Verzeiht mir, aber Ihr müsst wissen, dass ich sie vor mehr als sechs Jahren verlassen und sie seitdem nicht mehr gesehen habe.“

Der Alte nickt verständnisvoll. „Ich weiß, wie es ist, wenn man seine Familie verlassen muss, nicht wissend, wann und ob man sie wiedersieht."

Georg wischt sich über die Augen und schaut seinen Gesprächspartner fragend an. „Ihr habt nach meinem Vater gefragt. Kennt Ihr ihn etwa?"

Der Alte schüttelt augenblicklich den Kopf. „Nein, aber ich glaube, schon von ihm gehört zu haben. Aber ich kann mich nicht mehr erinnern, wann und wo das gewesen war. Erzählt mir mehr von ihm und Eurem Bruder."

„Mein Vater hat zeit seines Lebens immer dem Kaiser gedient und ihn 1184 bei dessen Italienfeldzug begleitet. Ich war damals noch ein Kind, doch ich kann mich noch gut an die Tränen erinnern, die meine Mutter und meine Schwestern vergossen, als er sich kurz vor Pfingsten 1184 von uns verabschiedete. Doch bevor er nach Italien zog, ritt er zuerst nach Mainz, wo der Kaiser zu Ehren seiner beiden Söhne auf einer Insel zwischen Rhein und Main ein großes Ritterfest gab. Mein Vater war so stolz, dass er daran teilnehmen durfte. Bei den Turnieren hat er sogar einen Preis gewonnen, den ihm die Gemahlin des Kaisers überreichte. Es muss ein bewegender Moment gewesen sein."

„Ich weiß", unterbricht ihn der Alte. „Heinrich und Philipp, die Söhne des Kaisers, erhielten damals die Schwertleite."

„Ihr seid dabei gewesen?"

Der andere lächelt milde. „Ja, ich war auch dabei. Es war wohl das schönste Ritterfest, welches das Reich bis dahin gesehen hatte. Auf der Maaraue, die Ihr bereits erwähnt habt, hatte der Kaiser eigens eine Holzkirche aufbauen lassen. Die vornehmsten Ritter waren gekommen, um sich im Kampf Mann gegen Mann zu messen. Vielleicht bin ich bei dieser Gelegenheit Eurem Vater begegnet. Ich werde ihn ja morgen sehen. Möglich, dass ich mich dann wieder erinnere, aber ein Kaiser hat natürlich Tausende Gefolgsleute. Erzählt mir jetzt von Eurem Bruder."

„Hagen habe ich zuletzt vor mehr als zwei Jahren gesehen. Er besuchte mich im Kloster und teilte mir mit, dass er Kaiser Heinrich nach Italien begleiten wird. Bei dieser Gelegenheit erfuhr ich auch, dass meine älteste Schwester gestorben ist und meine Mutter schwer krank war."

Wieder verdüstert sich Georgs Miene. Der Alte nickt verständnisvoll. „Ich weiß, was in Euch vorgeht, junger Freund. Habt noch ein wenig Geduld. Morgen wisst Ihr mehr. Ich bin mir sicher, dass es Eurer

Mutter wieder gut geht. Bestimmt werdet Ihr auch Euren Bruder in die Arme schließen können."

Georg lächelt dankbar. „Wer seid Ihr und warum seid Ihr auf Pilgerschaft?", fragt er jetzt und will die Gesprächigkeit seines Gegenübers ausnutzen.

Doch der Alte schüttelt unmerklich seinen Kopf. „Ich bin müde, ein andermal vielleicht."

Langsam geht er zu seinem Begleiter, der sich bereits hingelegt hat. Auch Georg fallen allmählich die Augen zu. Ein letztes Mal schaut er nach Frieder, der die Augen geschlossen hat. Doch Georg bezweifelt, dass der Fischer schläft. Erleichtert stellt er fest, dass die Eichenblätter die Blutung tatsächlich gestoppt haben. Das Leinen ist jedenfalls nicht rot gefärbt und sitzt noch immer fest. Jetzt legt sich Georg ebenfalls hin und schaut in den klaren Nachthimmel. Nachdenklich betrachtet er die Sterne, die über ihm am Firmament funkeln. Wie lange mögen sie nun schon ihre Kreise um die Erde ziehen, fragt er sich. Wahrscheinlich stehen sie schon seit einer Ewigkeit am Himmel. Und uns kleinen Menschen kommt es wie eine Ewigkeit vor, wenn wir von einem Ort zum anderen pilgern müssen, denkt Georg, der sich nun dem Schlaf hingeben muss. Er sieht noch, wie eine Eule mit großen Schwingen von der Eiche wegfliegt – aber da ist er auch schon eingeschlafen.

*

Die Sonne ist gerade aufgegangen, da geht Adalbert reihum und weckt die anderen. Nach der gemeinsamen Morgenandacht, in der sie für die friedvolle Nacht danken und den Herrn darum bitten, sie auch an diesem Tag wieder zu beschützen, werden die ersten Träger für Frieder eingeteilt.

Der macht einen erschöpften, aber gefassten Eindruck. „Irgendwann haben die Schmerzen nachgelassen und ich konnte halbwegs gut schlafen", berichtet er Gertrude, die ihm aufmunternd über das Haar streicht.

Die Witwe reicht ihm seinen Wasserbeutel und ein wenig getrocknete Wurst, nicht ohne der Rüdesheimerin einen bissigen Blick zuzuwerfen.

Unter der Führung von Georg marschiert die Gruppe schließlich los. Der junge Mönch hat sich noch einmal orientiert und ist sich seiner Sache sicher. „Die Vesper nehmen wir bei meinem Vater ein", sagt er guten Mutes.

Adalbert blickt ihn skeptisch an. „Vergiss nicht, dass wir einen Verletzten tragen müssen und kaum noch Wasser haben. Und auch dieser Tag wird wieder so heiß werden wie die vergangenen. Ich bin nun schon über fünfzig Jahre alt, aber an einen solch unerträglichen Sommer kann ich mich nicht erinnern. Wir müssen es dennoch riskieren. Ich hoffe, dass dich deine Erinnerung auch nach den vielen Jahren, die du nicht hier warst, nicht im Stich gelassen hat, junger Freund."

Das Unken des Wormsers ist unberechtigt. Allerdings kommt die Gruppe nur langsam voran. Einmal müssen sie eine kleine Schlucht durchqueren, was mit dem auf der Bahre liegenden Frieder ein kaum zu lösendes Problem darstellt. Also muss der Fischer wieder auf seine schwachen Beine, wenn auch nur für ein kurzes Stück Weg. Unter größter Mühsal gelingt es ihm, gestützt von den kräftigen Armen des Baumlangen und des Fremden, den Abhang hinunterzusteigen und auf der anderen Seite wieder hochzuklettern. Mehrmals wird ihm schwarz vor den Augen und er muss sich eine Weile hinsetzen. Doch mit Unterstützung der anderen und Gottes helfender Hand schafft er es schließlich und kann wieder auf die Trage gelegt werden.

Dann taucht in den frühen Nachmittagsstunden eine große Lichtung mit einem imposanten Gehöft auf. Georg hätte diesen Ort auch wiedererkannt, wenn er ein halbes Jahrhundert weg gewesen wäre. Das große Haupthaus, die kleinen Nebengebäude und Ställe, der Brunnen, die Gärten und Felder – das ist das Gut, wo seine Familie seit mehr als einhundert Jahren lebt. Georg weiß, dass hinter dem dichten Eichenwald, auf den sie jetzt blicken, einige verstreut liegende Bauernkaten stehen, in denen die Hörigen seines Vaters leben, alles nicht weit von der Ortschaft Rhaunen entfernt.

Adalbert gibt ihm anerkennend einen Klaps auf die Schulter. „Wir haben es tatsächlich geschafft. Dank göttlicher Fügung und deines hervorragenden Erinnerungsvermögens. Wir sollten hier am Wegesrand ein Kreuz aufstellen."

Georg atmet erleichtert und glücklich auf. „Ja, Gott hat uns hierher geführt. Wir werden in der Werkstatt meines Vaters ein Kreuz zimmern lassen, es weihen und es hier an dieser Wegkreuzung aufstellen. Damit allen, die nach uns diesen Weg nehmen, verkündet wird, dass Gott uns hierher geführt hat."

Den kurzen Rest des Wegs schlägt sein Herz immer schneller, je näher sie an das Tor kommen. Längst verblasste Erinnerungen werden wach, Erinnerungen an die Jahre, als er mit seinen Schwestern über den weitläufigen Hof und die Felder tobte. Nichts hat sich seit seinem

Weggang vor mehr als sechs Jahren verändert. Der Fischteich und die Jauchegrube, in der sich sonst die Schweine suhlen – beide sind nach der Hitze der vergangenen Wochen fast ausgetrocknet.

Alles ist noch so, wie es Georg in Erinnerung hat. Hühner gackern, Ziegen meckern, ein Hund jault, drei junge Katzen räkeln sich faul unter dem Apfelbaum, auf den er als Kind immer geklettert ist. Er ist wieder zu Hause.

Längst sind die Bediensteten auf die Gruppe aufmerksam geworden, die sich dem Gut nähert. Doch unter den Mägden und Knechten befindet sich kein einziger, den Georg kennt. Als jedoch die Tür zum Schweinestall aufgeht, kann sich der junge Mönch einen Aufschrei nicht verkneifen. Aus dem niedrigen Gebäude kommt tatsächlich die Ursula heraus, die Magd, die er schon seit seiner Kindheit kennt, und die ihm an seiner Mutter statt die Brust gegeben hat. Die längst grauhaarig gewordene Magd schaut nur verdutzt drein, als sie einen hochgewachsenen Mönch auf sich zustürmen sieht. Erst nach einer Weile erhellt sich ihre Miene.

„Ich glaub es einfach nicht", stammelt sie. „Der junge Herr ist aus dem Kloster zurückgekehrt. Dass ich das noch erleben darf."

Die beiden fallen sich überschwänglich in die Arme.

„Wir sind auf Pilgerschaft, brauchen dringend Wasser und neue Vorräte. Und wir haben einen Verletzten zu versorgen", sprudelt es aus Georg nur so heraus. „Doch wo ist mein Vater? Lebt Mutter noch? Was weißt du von Hagen? Wie geht es meinen Schwestern? Sind alle noch gesund?"

Völlig atemlos hält er inne. Der Rest der Gruppe ist längst stehen geblieben und beobachtet geduldig das Wiedersehen.

Ursula legt ihre Hand auf Georgs Schulter und kneift betreten die Lippen zusammen. Georgs Lächeln weicht den Sorgenfalten, die sich auf seiner Stirn bilden.

„Was ist passiert? Nun mach schon, Ursula, rede endlich", fordert er ungeduldig.

„Das ist eine lange Geschichte, junger Herr."

*

Mit einer beherzten Bewegung taucht Gertrude ihren Kopf in den Wassertrog. Das Wasser ist zwar lauwarm, dennoch erfrischt es angenehm. Eine bleierne Hitze hat sich über den späten Nachmittag gelegt. Jede Bewegung treibt sofort den Schweiß aus den Poren, selbst richtiges Durchatmen ist kaum mehr möglich. Mit einem Schwung wirft die

Rüdesheimerin ihre nassen Haare zurück. Erst jetzt sieht sie, dass der Grundherr sie beobachtet. Gertrude hält den Blicken des hoch gewachsenen Mannes stand und schürzt leicht ihre Lippen. Er gefällt ihr. Auch nach den entbehrungsreichen Wochen macht er noch immer einen stattlichen Eindruck, wenngleich Bart und Haupthaar dringend gestutzt werden müssten. Der Grundherr ist derjenige in der Gruppe, den ausnahmslos alle mit Respekt behandeln. In schwierigen Situationen ist sein Rat immer gefragt gewesen. Sogar der Greis, der sich von keinem etwas sagen lässt, begegnet ihm mit sichtlicher Hochachtung.

Mit einem koketten Augenaufschlag rafft Gertrude ihren Rock hoch bis über die Knie, setzt sich auf den Rand des Wassertrogs und taucht ihre Füße hinein. Mit einem erleichterten Seufzer schaut sie erneut in die Richtung, wo der Grundherr steht. Sie hat natürlich von Anfang an bemerkt, was die einzelnen Mitglieder der Pilgergruppe über sie denken und wie manche über sie tuscheln. Die bis dahin einzige Frau – eine in die Jahre gekommene Witwe aus Mainz – zeigt bei jeder Gelegenheit offen ihre Abneigung.

Drei Männer machen ihr unverhohlen schöne Augen, während Adalbert sie ständig ins Gebet nimmt und sie vor den Versuchungen des Fleisches warnt. Einen flüchtigen Augenblick lang stellt sich Gertrude vor, wie sie sich dem Grundherrn hingibt. Ihr Herz schlägt schneller und ein wohliger Schauer jagt durch ihren Körper. Doch in diesem Moment ist ihr die Erholung ihrer geschundenen Füße wichtiger als die Vorstellung eines frivolen Abenteuers. Auch fallen ihr in diesem Moment die Ermahnungen von Pfarrer Egbert ein. Dass sie gar nicht erst auf den Gedanken kommen soll, sich auf ihrer Pilgerschaft mit einem Mann einzulassen, hatte der Geistliche ihr mit eindringlichen Worten gepredigt.

Gertrude grinst in sich hinein. Sie bezweifelt, dass sie den Ermahnungen Folge leisten wird. Der Grundherr glaubt zu wissen, dass die Rüdesheimerin mit ihren Gedanken woanders ist. Unvermittelt wendet er sich ab und lässt sich nahe des Fischteichs unter einer Weide nieder. Er legt den Kopf in den Nacken und schenkt der Rüdesheimerin weiter keine Beachtung mehr. Er ahnt nicht, welch lüsterne Gedanken der Rüdesheimerin eben noch durch den Kopf gingen. Hätte er es gewusst, hätte er sich bestimmt nicht entspannt unter den Baum gelegt.

Gleich nach ihrer Ankunft haben alle ihre Wasservorräte aufgefüllt, etwas gegessen und sind nun meist mit sich allein. Gertrude sieht, dass die Mönche wieder im stillen Gebet versunken sind. Nur Georg fehlt.

Er ist nach der Begrüßung durch eine ältere Frau, ihrer Kleidung nach wohl eine der zahlreichen Mägde des Landguts, ins Haus gestürzt und bislang nicht wieder erschienen.

Die Rüdesheimerin taucht beide Hände ins Wasser und benetzt mit dem Nass ihre nackten Beine.

Das also ist eine Pilgerschaft, denkt sie bissig. Die meiste Zeit beten und singen und dabei kaum etwas Gescheites zum Essen und nur wenig zum Trinken haben. Und gewaltige Blasen an den Füßen bekommen.

Sie stößt verächtlich die Luft aus. Bislang hat sie von der inneren Läuterung, von der Egbert gesprochen hatte, wahrlich nichts bemerkt. Im Gegenteil, sie spürt, dass sie sich langsam wieder nach den Umarmungen eines Mannes sehnt. Und wenn es nicht der Grundherr sein sollte, dann eben ein anderer. Zu verachten ist auch der Fremde nicht. Seine muskelbepackten Arme hat sie als Erstes bewundert. Wahrscheinlich macht er auch im Bett nicht viele Worte. Eine günstige Gelegenheit lässt bestimmt nicht mehr lange auf sich warten, davon ist sie überzeugt. Besonders hier auf dem landläufigen Gut mit seinen Verschlägen und versteckten Winkeln ist es ein nicht auszuschlagendes Geschenk, die Gunst einer einsamen Stunde zu nutzen.

In diesem Moment sieht sie, wie Georg aus dem Haus kommt und mit gesenktem Kopf in Richtung der Ställe läuft. Einem inneren Impuls folgend, schwingt sich Gertrude vom Trog herunter und geht dem Mönch nach.

Als sie die Stalltür öffnet, sieht sie Georg in Gedanken versunken bei den Milchkühen stehen. Leise räuspert sie sich. Als der Mönch sich umdreht, erkennt sie die Tränen, die ihm die Wangen herunterlaufen.

„Ich dachte, dass du vielleicht ...", beginnt sie mit stockender Stimme und will sich wieder umdrehen.

„Bleib ruhig hier. In diesen Stall bin ich als Kind immer gegangen, wenn ich etwas ausgefressen hatte oder wenn etwas Schlimmes passiert war."

Gertrude gelingt ein aufmunterndes Lächeln. „Da du in den vergangenen Tagen und Wochen bestimmt nichts ausgefressen hast, muss etwas Schlimmes passiert sein."

Georg nickt kaum merklich. „Mehr als sechs Jahre habe ich meine Familie nicht gesehen. Jetzt bringt mich göttliche Fügung wohlbehalten wenigstens für einige Tage hierher zurück, und ich muss erfahren, dass meine Mutter und zwei meiner Schwestern tot sind. Und nicht nur das. Hagen, mein älterer Bruder, ist auf Sizilien, wohin er mit

Kaiser Heinrich gezogen war, an einer Vergiftung gestorben. Der Brief erreichte erst vor wenigen Monaten unser Gut. Mein Vater sitzt gebrochen in seiner Kammer und erkennt nicht einmal seinen eigenen Sohn und auch sonst keinen aus der Familie. Ursula, die Magd, die mich von klein auf kennt, hat mir erzählt, dass sie ihn eines Morgens gefunden haben. Äußerlich war er unversehrt, doch er konnte seinen linken Arm und sein linkes Bein nicht mehr bewegen. Auch ist er seitdem zu keinem halbwegs vernünftigen Satz mehr fähig. Vor sechs Wochen war das, und seitdem sitzt er in seiner Kammer und brabbelt nur vor sich hin. Sogar wie ein kleines Kind muss er gefüttert werden. Wenn meine Schwester Anna nicht einen grundanständigen Mann geheiratet hätte, der sich um das hier alles kümmert, wäre das Gut längst verfallen."

Erneut rinnen ihm die Tränen herunter. Da Gertrude nicht weiß, was sie sagen soll, legt sie Georg einfach den Arm um die Hüfte. Der Mönch erwidert diese Geste, indem er Gertrude ebenfalls umarmt. Eine ganze Weile stehen sie so, bis sich Georg mit einer heftigen Bewegung der Umarmung entzieht und einige Schritte rückwärts macht.

Die Rüdesheimerin verzieht das Gesicht zu einem spöttischen Grinsen. „Du brauchst keine Angst zu haben, Mönch, ich werde dir schon nichts antun."

„Ich habe auch eher Angst davor, dass ich dir was antue", entgegnet Georg trocken, worauf Gertrude herzhaft lacht.

„Keine Sorge, ich weiß mich zu wehren."

Jetzt lächelt auch Georg wieder. „Warum bist du eigentlich auf Pilgerschaft?", fragt er nach einer Weile. „Jeder in der Gruppe fragt sich das, und ich muss gestehen, ich auch."

Gertrude sieht ihm fest in die Augen. „Weil ich zwei Männer auf dem Gewissen habe, eigentlich sogar fünf."

Als sie sieht, dass Georg erschrocken schluckt, winkt sie beruhigend ab. „Keine Angst, ich bin keine Giftmischerin, und auch sonst keine Mörderin."

Mit knappen Sätzen erzählt sie Georg ihre Geschichte. Und je mehr sie von sich preisgibt, desto größer wird das Gefühl der Erleichterung. Endlich hat sie in der Gruppe einen Menschen gefunden, dem sie sich jederzeit anvertrauen kann.

„Und warum nimmst du eine solche Strapaze auf dich?", will sie abschließend von Georg wissen. „Du könntest doch in deinem Kloster einem wesentlich angenehmeren Leben nachgehen."

Der junge Mönch antwortet nicht sofort. Als er ihr dann doch die Umstände erklärt und sich erst nach einer Weile von seinem Zorn beruhigt hat, streckt ihm Gertrude die Hand entgegen. „Jetzt wissen wir voneinander, was sonst keiner in der Gruppe weiß. Und das sollte vorerst auch so bleiben.“

Georg nickt und schlägt ein. Er weiß, dass er eine wichtige Verbündete gewonnen hat. Ein Rufen lenkt ihn ab. Es ist die Magd Ursula, die nach ihm verlangt.

„Wir sehen uns später“, verabschiedet er sich von der Rüdesheimerin.

Die bleibt noch eine Weile bei den Kühen stehen und betrachtet versonnen das Kalb, das zusammengekauert bei seiner Mutter liegt und friedlich schläft.

Ein Gefühl des Neides steigt in Gertrude hoch. Diesem Kalb wird etwas zuteil, was sie schon lange nicht mehr bekommen hat: Geborgenheit und Schutz.

Die Rüdesheimerin stößt einen Seufzer aus und dreht sich um. Nur kurz ist der Schrecken, als sie sieht, dass der Baumlange dicht hinter ihr steht. Sie hat ihn nicht kommen hören. Wie ein geschmeidiges Raubtier muss er in den Stall geschlichen sein. Ein kurzer Blick in seine Augen genügt, um zu erkennen, was er will. Gertrude erwidert den Blick, und Sekunden später liegen beide eng umschlungen im Stroh. Jeder gibt dem anderen, was der in diesem Moment am meisten begehrt.

Das Landgut des Grafen von Rhaunen

20. Juni 1196

Mit vorsichtigen Bewegungen ertastet Frieder seine rechte Schulter, die mit frischem Leinen umwickelt ist. Nur mühsam kann er ein Stöhnen unterdrücken. „Wenn ich draufdrücke, dann tut es immer noch tierisch weh.“

Jetzt muss Georg schmunzeln. Er schnippt mit seinen Fingern. „Dagegen weiß ich ein gutes Mittel.“

Frieder sieht den Mönch erwartungsvoll an.

„Drück einfach nicht drauf“, grinst Georg, worauf der Fischer den Atem ausstößt und erneut laut aufstöhnt.

„Einen solch segensreichen Ratschlag habe ich das letzte Mal vor einigen Wochen gehört. Damals riet mir unser Pfarrer, nach Aachen zu pilgern. Du siehst ja selbst, was der Ratschlag gebracht hat.“

Georg macht eine beschwichtigende Handbewegung. „Es hätte sehr viel schlimmer kommen können. Der Bär hätte dir auch den Arm abreißen oder dich töten können, wenn Rudolf nicht gewesen wäre. Der Kerl hat Riesenkräfte. Wie der auf das Ungetüm losgegangen ist, das war schon tollkühn. Ich bin mit der Heilung zufrieden. Die Wunden beginnen sich langsam zu schließen. Bald werden dich nur noch zwei große Narben, die bei jedem Wetterumschwung zu jucken beginnen, an dein Abenteuer erinnern. Wenn wir übermorgen wieder weiterziehen, solltest du kaum noch Schmerzen haben. Deine Sachen werden in den ersten Tagen andere für dich tragen.“

Frieder bewegt zaghaft seinen Oberkörper und sein verletztes Bein. Wieder stöhnt er leicht auf. „Danke für dein Mitgefühl, mein Lieber, aber ich habe schon Schlimmeres überstanden.“

Als Georg nichts entgegnet und ihn nur fragend anschaut, erzählt ihm Frieder von dem Vorfall, der sich im Oktober 1191 ereignete. Er war damals, so berichtet der Fischer dem gespannt lauschenden Mönch, an einem besonders milden Tag auf dem Rhein unterwegs. Doch so schön der Tag auch gewesen sein mag, an Fängen brachte er nichts ein. Die ganze Zeit über hing das Netz schlaff im Wasser. Die einzigen Fische, die ihm ins Netz gingen, waren so klein, dass sie sich mühelos wieder daraus befreien konnten.

„Doch plötzlich hatte ich einen Brocken im Netz, der so gewaltig war, dass es mir nicht gelang, ihn einzuholen", kommt der Fischer ins Schwärmen. Im Gegenteil: der Fisch – Frieder sah damals nur seine gewaltige Flosse – zog den kleinen Nachen samt Frieder mühelos stromabwärts. Doch der Frieder gab nicht nach. Den gewaltigsten Fang, den je ein Oppenheimer gemacht hatte, den wollte er an Land ziehen. In einem kurzen Moment, als die Kraft des Tieres ein wenig nachließ, gelang es ihm, die Leine um seinen rechten Arm zu wickeln. Doch er hatte die unglaubliche Kraft des Fisches unterschätzt. Mit einem gewaltigen Ruck zog der wieder an. Frieder verlor den Halt und wäre ins Wasser gefallen, hätte er nicht die Leine um seinen rechten Oberarm gewickelt gehabt.

Er muss lachen, verhalten, weil auch das ihn schmerzt, als er dem Mönch seine Lage schildert, die ihm damals fast das Leben gekostet hätte. „Kannst du dir das vorstellen? Halb hing ich im Wasser, mein rechter Oberarm war eingequetscht, und ich spürte, wie sich das Seil immer tiefer in mein Fleisch schnitt. Gleichzeitig schleppte mich der Fisch – ich frage mich heute noch, was für ein Teufelsexemplar das war – samt Nachen immer weiter flussabwärts."

Nur unter unsäglicher Anstrengung gelang es Frieder damals, sein Messer, das an der rechten Hüfte am Gürtel befestigt war, mit der linken Hand loszumachen und anschließend das Seil durchzutrennen.

„Als der Druck nachließ und ich ins Wasser fiel, hatte ich zwar mein Netz samt Fang verloren, doch das war mir in diesem Moment egal. Vielleicht sollte ich besser sagen, dass der Fisch mich verloren hatte."

Indes hatte das Abenteuer des Frieder damit noch kein glückliches Ende gefunden. Kaum bewegen konnte er seinen rechten Arm, der schon blau angelaufen war. Doch er musste in seinen Nachen klettern, um wenigstens diesen noch zu retten. „Als ich das endlich geschafft hatte, trieb ich schon auf Höhe von Bodenheim. Das liegt auf halbem Weg zwischen Oppenheim und Mainz, musst du wissen."

Es blieb Frieder nichts anderes übrig, als unter unbeschreiblichen Schmerzen zurückzurudern. Als er endlich spät in der Nacht zurückkehrte, hatte seine Familie schon fast die Hoffnung aufgegeben. Doch er war wieder zu Hause, wenngleich das wertvolle Netz verloren war und sein rechter Arm noch bis weit in den Januar hinein schmerzte.

„Wie du siehst, bin ich unverwüstlich. Da werd' ich so einen kleinen Kratzer wohl erst recht überstehen."

Georg lächelt und will sich schon einer anderen Beschäftigung zuwenden, als Frieder nach dem Befinden seines Vaters fragt. Augenblicklich verdüstert sich wieder das Gesicht des jungen Mönchs. Noch immer könne der alte Landgraf keinen vernünftigen Satz über die Lippen bringen, woran sich auch nichts mehr ändern werde, befürchtet Georg. Nur ab und zu gelinge es ihm, den Namen seines toten Bruders herauszuhören, auch den seiner inzwischen verstorbenen Schwestern. Aber Georg könne noch nicht einmal erraten, was der Vater ihm damit sagen wolle. Äußerlich fehle ihm überhaupt nichts. Es sei nur deutlich zu sehen, dass der alte Landgraf erheblich an seinem früheren Gewicht verloren hat.

„Er ist nur noch ein Schatten seiner selbst", seufzt der junge Mönch. „Überhaupt nicht mehr der stolze Ritter des Kaisers, so wie ich ihn in Erinnerung hatte, bevor ich wieder zurückkehrte. Manchmal, wenn ich in seine Augen blicke, bilde ich mir ein, dass er doch froh ist, dass ich wieder zurück bin."

„Das ist keine Einbildung. Jeder Vater ist froh, wenn der verlorene Sohn wieder zurückkehrt."

Bei dem Gedanken an das Bild aus der Bibel müssen beide schmunzeln. Am Tag vor der gefährlichen Begegnung Frieders mit dem Bären hatte der Mönch ihnen das biblische Gleichnis aus dem Lukas-Evangelium erzählt:

Ein Mann hatte zwei Söhne. Der jüngere von ihnen sagte zu seinem Vater: Vater, gib mir das Erbteil, das mir zusteht. Da teilte der Vater das Vermögen auf. Nach wenigen Tagen packte der jüngere Sohn alles zusammen und zog in ein fernes Land. Dort führte er ein zügelloses Leben und verschleuderte sein Vermögen. Als er alles durchgebracht hatte, kam eine große Hungersnot über das Land und es ging ihm sehr schlecht. Da ging er zu einem Bürger des Landes und drängte sich ihm auf; der schickte ihn aufs Feld zum Schweinehüten. Er hätte gern seinen Hunger mit den Futterschoten gestillt, die die Schweine fraßen; aber niemand gab ihm davon. Da ging er in sich und sagte: Wie viele Tagelöhner meines Vaters haben mehr als genug zu essen – und ich komme hier um vor Hunger. Ich will aufbrechen und zu meinem Vater gehen und zu ihm sagen: Vater, ich habe mich gegen den Himmel und gegen dich versündigt. ich bin nicht mehr wert, dein Sohn zu sein; mach mich zu einem deiner Tagelöhner. Dann brach er auf und ging zu seinem Vater. Der Vater sah ihn schon von weitem kommen und er hatte Mitlied mit ihm. Er lief dem Sohn entgegen, fiel ihm um den Hals und küsste ihn. Da sagte der Sohn: Vater, ich habe mich gegen den Himmel und gegen dich versündigt; ich bin nicht mehr wert, dein Sohn zu sein. Der Vater aber sagte zu seinen Knechten: Holt schnell das beste Gewand und zieht es ihm an, steckt ihm einen Ring an die Hand und zieht ihm Schuhe an. Bringt das Mastkalb her und schlachtet es; wir wollen essen und fröhlich sein. Denn mein Sohn war tot und lebt wieder; er war verloren und ist wiedergefunden worden.

Georg wird nachdenklich, als er sich diese Worte des Evangelisten in Erinnerung ruft. „Auch mein Vater hat zwei Söhne, und der Jüngste ging von ihm weg. Und auch der kam erst nach langer Zeit wieder zurück."

Frieder schüttelt den Kopf. „Deine Geschichte ist eine ganz andere. Du kamst durch Zufall wieder nach Hause und auch nur für eine kurze Zeit. Du hast deinen Vater auch nicht verletzt, sodass du ihn um Vergebung bitten müsstest."

Über Georgs Gesicht stiehlt sich ein Lächeln. „Du hast gut aufgepasst, Fischer aus Oppenheim. Die Geschichte des verlorenen Sohnes als Gleichnis um Sühne und Vergebung. Aber ich muss meinen Vater nicht gesondert um Vergebung bitten, da hast du Recht. Eigentlich müsste ..."

Frieder nickt. „Sprich es nur aus. Eigentlich müsste dein Vater dich um Vergebung bitten, weil er dich von deinem Zuhause weggeschickt hat."

„Vielleicht bist du im Recht, vielleicht auch nicht, Frieder. Wie heißt es doch so schön: Niemand kann Vergebung erlangen, der nicht bereit ist, umzukehren und Buße zu tun. Ich merke es an seinen Augen, dass mein Vater mir etwas mitteilen will. Aber ich werde wohl nie mehr erfahren, was es wohl sein mag."

Die Worte des jungen Mönchs bewahrheiten sich noch in derselben Nacht. Unbemerkt und im Stillen stirbt der alte Landgraf. Ursula findet ihn, als sie ihn wie an jedem Morgen mit einem Becher Milch wecken möchte.

Aufrecht sitzt Georgs Vater in seinem Bettkasten, der Oberkörper leicht nach vorn gesunken. Wahrscheinlich hat sein Herz einfach aufgehört zu schlagen.

Die Magd hat augenblicklich den Sohn geholt, der nur noch den Tod feststellen kann und dem Vater sanft die Augen verschließt. Sofort findet sich die Pilgergruppe zusammen mit der Familie des Toten und allen Bediensteten am Sterbebett des Mannes ein, um für dessen Seelenheil zu beten.

Der alte Landgraf wird mit dem Kopf Richtung Osten, wo das Heilige Jerusalem liegt, aufgebahrt. Auch lässt Ursula Tag und Nacht die Fenster geöffnet, damit die Seele des Verstorbenen ungehindert entweichen kann. Frieder und die Mainzer Witwe melden sich sofort, als es darum geht, die Totenwache festzulegen. Auch der Fremde und die Rüdesheimerin wollen an der Seite des Toten wachen. In den frühen Morgenstunden werden Rudolf und der Greis übernehmen.

Alle nehmen in Ehren Abschied von dem alten Landgraf.

*

Am nächsten Morgen nimmt Georg seine Schwester Anna zur Seite. „Willst du, dass ich hier bleibe?“, fragt er, während sie langsam über den Hof gehen. „Ich könnte anstelle von Hagen das Gut übernehmen.“

Anna merkt, dass Georg bei diesem Gedanken selbst nicht wohl ist. Sie weiß, dass er ein Gelübde abgelegt und ein Versprechen gegeben hat. Beides zu brechen, wäre eine ungeheuerliche Sünde gewesen. Georg wäre auf ewig ein Verdammter gewesen.

Sie schüttelt energisch den Kopf. „Du ziehst nach Vaters Beerdigung mit deinen Leuten weiter. Sie brauchen dich, Georg. Das habe ich von Anfang an gemerkt. Irgendwann kommst du vielleicht wieder einmal hierher zurück.“

Georg antwortet nicht, dafür fällt sein Blick jetzt auf den kleinen Kräutergarten. Mit der Größe seines Gartens im Kloster hat dieses Fleckchen Erde überhaupt nichts gemein. Auch der Zustand lässt zu wünschen übrig. Alles wächst wild durcheinander, es fehlt jegliche Ordnung und jedes System.

„Wer kümmert sich um den Kräutergarten?“

Anna macht ein erstauntes Gesicht. Wie kann ihr Bruder jetzt an den Kräutergarten denken? „Die Kunigunde. Sie ist seit zwei Jahren bei uns, ein junges Ding, das für die schwere Arbeit im Haus kaum zu gebrauchen ist.“

„Das hätte ich mir denken können“, knurrt Georg. „Ab sofort bist du für den Kräutergarten verantwortlich, hast du mich verstanden?“

Als seine Schwester nicht sofort antwortet, packt er sie an den Schultern. „Ob du mich verstanden hast?“, zischt er.

Anna macht ein erschrockenes Gesicht. „Gütiger Himmel, ich tue, was du verlangst. Aber was ist bloß in dich gefahren, dass du dich über einen einfachen Garten aufregst? Vaters Tod allein kann es nicht sein. Er war alt und hatte ein erfülltes Leben. Mit Sicherheit war er erleichtert, als er dich wiedersah, weil er wusste, dass er nun von uns gehen konnte. Seine Zeit war einfach gekommen.“

Georg lacht geringschätzig. „Vater hat mich nie geliebt. Es war immer Hagen gewesen, den er schätzte und förderte.“

Anna reißt sich von ihrem Bruder los. „Wie kannst du so etwas sagen?“, ruft sie entrüstet. „Als Mutter von uns gegangen ist, hat es vor Schmerz fast sein Herz zerrissen, weil du in ihren letzten Stunden nicht dabei sein konntest. Es hätte nicht viel gefehlt, und er hätte einen berittenen Boten zu dir ins Kloster geschickt, um dich nach Hause zu holen. Es war Mutter selbst gewesen, die ihn davon abhielt. Sie wusste, dass selbst das schnellste Pferd dich nicht rechtzeitig zurückgebracht hätte. In ihrer letzten Stunde, als Vater ihre Hand hielt, war sie in Gedanken bei dir.“

„Warum hat er mich dann einfach weggeschickt?“

„Weil Vater es als seine von Gott gegebene Pflicht gesehen hat. Er wusste, dass Hagen der Stärkere von euch beiden war – einer, der mit dem Schwert umgehen konnte, aber nicht mit dem Gänsekiel. Er wusste, dass du in einem Kloster sehr viel lernen konntest. Das war seine Art, dich zu fördern. Wie mir scheint, hast du alles über Kräuter und deren Wirkung gelernt. Ist es nicht so?“

Georg nickt und erzählt ihr von seiner Aufgabe im Kloster. „Ich habe einiges über den Umgang mit Krankheiten erfahren, liebe Schwester, aber auch, dass es besser ist vorzubeugen statt im Nachhinein zu reagieren. Kräuter spielen dabei eine sehr wichtige Rolle. Sie saugen mit ihrem Wachsen und Gedeihen Kräfte in sich auf, von denen die meisten Menschen nicht die geringste Ahnung haben.“

Er deutet auf den kümmerlichen Garten. „Für dich mag dieses Fleckchen Erde nicht viel bedeuten, für mich bedeutet es alles.“

Bis in die späten Nachmittagsstunden erklärt Georg seiner Schwester, was er über Kräuter und deren Wirkung gelernt hat. Anna nimmt alles in sich auf, weil sie weiß, dass ihr Bruder ihr damit eine wichtige Aufgabe zuteil werden lassen will.

„Hast du mir nicht erzählt, dass deinem Mann sehr oft das Zahnfleisch blutet?“, fragt Georg abschließend. Er bückt sich und reißt etwas von einer kleinen Staude ab. „Das ist Salbei. Gieße es mit heißem Wasser auf und lass deinen Mann damit dreimal am Tag den Mund ausspülen. Ich hoffe, dass die Wirkung auch dich überzeugen wird. Und bringe meinem Schwager bei, dass er seinen Dolch auch dazu gebrauchen kann, um nach dem Essen die Zwischenräume der Zähne zu reinigen. Du könntest dazu einen Federkiel oder einen anderen spitzen Gegenstand nehmen. Es schadet nichts, die Zähne halbwegs sauber zu halten. In späteren Jahren werdet ihr dafür dankbar sein.“

Ein lautes Rufen lenkt die beiden ab. Es ist Adalbert, der mit hochrotem Gesicht auf Georg und Anna zugelaufen kommt. „Einer der

Norbertiner", ruft er atemlos. „Er wird fast wahnsinnig vor Schmerzen. Ich fürchte, du musst ihm einen faulen Zahn extrahieren."

Anna schaut ihren jetzt lächelnden Bruder an und zwinkert mit dem rechten Auge. „Ich hab's dir doch gesagt. Sie brauchen dich. Und jetzt geh und hilf dem guten Mann. Anscheinend hat er deinen Rat, die Zähne sauber zu halten, nicht befolgt."

*

Sie verlassen das Landgut am Morgen des 23. Juni. Den ganzen Tag zuvor hat sich ein schweres Gewitter über dem Hunsrück entladen und endlich den Regen und die Abkühlung gebracht, die die Menschen so herbeigesehnt haben. Unter großer Anteilnahme des Volkes wurde der alte Landgraf zum Friedhof nach Rhaunen gebracht und beerdigt. Georg vergoss noch einmal bittere Tränen – über den Tod seiner geliebten Eltern, seiner Schwestern Klara und Berta und den Tod seines Bruder Hagen, dessen Leichnam irgendwo auf einer großen Insel, die er nur vom Hörensagen kennt, beigesetzt wurde. Er hoffte, dass dies mit christlicher Zeremonie geschehen war. Wenigstens hatte der berittene Bote aus dem kaiserlichen Heer das Schwert des Bruders mitgebracht, das nun an seiner statt im Grab der Eltern ruhte.

Nachdem das Testament des Landgrafen verlesen worden war, verrichteten die beiden Totengräber ihre Arbeit. Es waren vierschrötige Kerle, die in armseligen Hütten direkt am Gottesacker hausten. Der alte Landgraf wurde in unmittelbarer Nähe zu einem Apfelbaum beigesetzt. Alle wussten, wie gern er bis zuletzt einen knackigen Apfel gegessen hatte.

Wie schon bei der Beisetzung strömen beim Auszug aus dem Gehöft noch einmal die Erinnerungen auf Georg ein, der seine Blicke nicht von dem vertrauten Hofgut losreißen kann.

Wie hatten alle gejubelt, als Landgraf Hagen von Rhaunen an einem sonnigen Novembertag 1186 nach dem Italienfeldzug Friedrich Barbarossas wohlbehalten wieder nach Hause kam. Ein triumphaler Empfang war ihm und seinem Knappen Jakob bereitet worden, und nicht nur Georgs Bruder, ebenfalls getauft auf den Namen Hagen, hatte angesichts seines Vaters leuchtende Augen bekommen. Ziemlich lädiert waren Schild, Schwert und das Kettenhemd, das der mittlerweile vierundvierzig Jahre alte Landgraf trug. Doch für Georg stellte der Vater noch immer die imposante und beeindruckende Gestalt dar, wie er ihn seit seiner frühesten Kindheit in Erinnerung hatte.

Die folgenden Winterabende waren die spannendsten und aufregendsten gewesen, die Hagen und Georg je erlebten. Immer wieder neue Geschichten wusste der Vater zu erzählen, Geschichten aus einem fremden Land jenseits eines hohen Gebirges mit dem Namen Alpen. Eine kaum zu beschreibende Mühsal sei es gewesen, diese Alpen mit ihrem ewigen Eis und dem ewigen Schnee zu überqueren. Doch irgendwann habe sich eine Ebene vor einem ausgebreitet, die paradiesischer kaum sein konnte. Italien sei ein Land mit lieblichen Hügeln, weiten Ebenen und mächtigen Städten, berichtete der Landgraf, und Hagen und Georg hatten mit leuchtenden Augen zugehört.

Und wie kam selbst der hart gesottene Landgraf, der auch für seine Frau nur selten ein Lächeln oder eine liebenswürdige Bemerkung übrig hatte, ins Schwärmen, als er vom 27. Januar des Jahres 1186 berichtete. An diesem Tag heiratete der heutige Kaiser Heinrich in der Kirche des heiligen Ambrosius von Mailand seine Konstanze. Und der Landgraf durfte dabei sein, zwar nicht im Innern der Kirche, doch stand er vor der Kirche und huldigte zusammen mit Hunderten weiteren Rittern des Reiches dem jungen Paar.

Doch es erscheint Georg auch zehn Jahre später, als habe der Vater seine Erinnerungen nur an seinen Ältesten weitergegeben.

Es war irgendwann im Februar 1188 gewesen, als Georg seinen Vater wecken wollte. Einen Spaß wollte er sich machen, seinem Vater dabei auch imponieren. Also setzte er sich einen kleinen Topf auf, nahm einen Stecken in die rechte Hand und ein Brett in die linke. Mit den Worten „Hier kommt Ritter Georg!“ war er in die Kammer des Landgrafen gestürmt, der sich gerade ankleidete. Der Vater hatte kaum einen Blick für seinen jüngsten Sohn übrig.

Georg erinnert sich noch bestens an den einzigen Satz, den der Landgraf ihm bei dieser Gelegenheit zurief: „Mach dich nicht lächerlich!“ Und ohne ihn weiter zu beachten, verließ der Vater die Kammer.

„Bruder Georg! Bruder Georg!“

Die Stimme von Adalbert reißt den jungen Mönch in die Gegenwart zurück. Der Anführer der Pilgergruppe macht einen ungeduldigen Eindruck. Erst jetzt bemerkt Georg, dass die Gruppe bereits den Hügel erklommen hat. Adalbert hat Georg die ganze Zeit ungestört in der Vergangenheit weilen lassen, doch jetzt drängt die Zeit.

Georg lächelt entschuldigend. Gleichzeitig ist er erleichtert. Das Gut liegt in den tüchtigen Händen seines Schwagers Gernot. Und bestimmt hätte er seinen Frieden mit dem Vater geschlossen, wenn es der Gesundheitszustand des alten Grafen zugelassen hätte. Jetzt kann er weiterziehen. Doch vorher wollen sie noch das Holzkreuz an der Weggabelung einbringen. Es sollte auch in ferner Zukunft daran erinnern, dass einmal ein junger Mönch im Jahr 1196 den Weg zurück nach Hause gefunden hatte.

Als die Arbeit und die kurze Zeremonie beendet sind, klatscht Adalbert in die Hände.

„Auf zu unserem nächsten Etappenziel! Auf nach Bernkastel an der Mosel!“

Oppenheim

26. Juni 1196

Dieser vermaledeite Schlamm! In dicken Klumpen hängt er an Katharinas nackten Füßen, die den Dreck immer wieder aufs Neue abstreifen muss. Hatte eine erdrückende Hitze die Oppenheimer über Wochen geplagt und das meiste des auf den Feldern und Beeten Angebauten verdörren lassen, so geht der Monat mit wahrhaft sintflutartigen Regenfällen zu Ende. Immerhin ist ihr Flehen nach Regen erhört worden, stellt Katharina fest. Und er kam, wie von Gott geschickt, gerade noch rechtzeitig, um eine Feuersbrunst zu verhindern.

Die dunklen Wolken hatten sich schon zusammengebraut, als der Ruf durch die Gassen von Oppenheim hallte: „Feuer!"

In Windeseile sprach sich herum, dass die Hütte des Schusters Hebler in Flammen stand. Sofort bildeten die Bürger von Oppenheim eine Wasserkette. In ledernen Eimern wurde das kostbare Nass vom Dorfteich zur Brandstelle durchgereicht und auf die Flammen geschüttet. Bei der Trockenheit der vergangenen Wochen brannte die Hütte des Hebler wie Zunder – und wie schnell konnten die Flammen auf andere Häuser übergreifen und die halbe Stadt niederbrennen.

Doch der Herr hielt seine schützende Hand über Oppenheim und seine Bewohner, indem er kurz nach Ausbruch des Feuers einen gewaltigen, fast schon sintflutartigen Regen über dem Land niedergehen ließ. Während die Bürger dankbar ihre Gebete gen Himmel schickten, musste sich der Schuster Gedanken machen, wie er für seine Familie wieder schnellstens ein Dach über den Kopf bekam.

Volker und Wilhelm sind auf dem Rhein, Mechthild hat sich allerdings schon kurz nach dem Mittagsgeläut wieder auf ihren Strohsack gelegt. Katharina weiß: Wenn sich ihre ältere Schwester mittags hinlegt, dann ist sie ernsthaft krank. Doch im Moment kann sie sich darüber keine großen Gedanken machen.

Sie verzieht das Gesicht, als sie sieht, dass das Regenwasser sich längst seinen Weg in die Hütte gebahnt hat. Die Trockenheit der vergangenen Wochen hatte auch ihre praktische Seite gehabt. Mit einem Bündel Reisig wurde die Stube abends ausgefegt – und fertig war die Angelegenheit. Aber jetzt würden in den nächsten Tagen wieder Feuchtigkeit, Moder und Muff, ganz ähnlich wie im Herbst und Winter, die Oberhand gewinnen.

Wenn der Regen nachgelassen hat, muss Wilhelm unbedingt die schadhafte Tür und das Eulenloch im Dach reparieren, denkt Katharina. Der Abzug für den Rauch der Herdstelle ist seit langem schadhaft. Nur noch mit großem Aufwand kann verhindert werden, dass es in die Hütte hineinregnet.

Ausgerechnet jetzt, da im Haus jede helfende Hand gebraucht wird, ist Mechthild krank geworden. Die jüngste Tochter des Frieder seufzt und wischt sich ihre schlammverschmierten Hände an ihrem Kittel ab. Mit prüfendem Auge überblickt sie ihre Arbeit: An Karotten, Rüben und Hirse müssen sie in diesem Jahr keinen Mangel leiden. Unter der Hitze Schaden genommen haben allerdings die Bohnen, die Zwiebeln, der Roggen und auch die Äpfel. Noch lange nicht reif sind sie, und schon haben die meisten dunkle Flecken. Auch sind sie in diesem Jahr wesentlich kleiner als sonst.

Jetzt wirft Katharina einen Blick in den Hühnerstall. Erleichtert stellt sie fest, dass sie auch in dieser Nacht vom ungebetenen Besuch des Fuchses verschont geblieben sind. Die Ausbesserungen am Zaun des Stalls, die Wilhelm als Erstes bei seiner Ankunft verrichtet hat, zeigen Wirkung. Drei Hühner hat das schlaue Raubtier in den zwei Wochen zuvor gerissen. Selbst den Hund hat er dabei überlisten können. Ein Verlust, den die Familie nur schmerzlich verkraften kann. Glücklicherweise müssen sie als Freie nichts abgeben. Frieders Urgroßvater hatte die Freiheit von seinem Grundherren samt der Scholle Erde, auf der sie heute noch leben und wirtschaften, verliehen bekommen. Sie wurde seitdem von Sohn zu Sohn weitervererbt. Dadurch sind sie allerdings ganz auf sich allein gestellt.

In diesem Moment hört Katharina ein verhaltenes Rufen. Mechthild verlangt nach ihr. Ungewöhnlich schwach ist die Stimme der sonst so resoluten Schwester. Als Katharina in die Hütte eintritt, durchfährt sie ein Riesenschreck. Zusammengekrümmt auf dem Strohlager liegt ihre ältere Schwester und zittert am ganzen Leib. Auch klappern ihre Zähne wie sonst nur im Winter bei strengem Frost. Und doch sind Stirn und Haar schweißnass.

„Wasser! Bring mir einen Schluck Wasser!"

Sofort hastet Katharina an den Brunnen und kommt mit einem vollen Schöpflöffel zurück. Gierig schluckt die Kranke das Wasser hinunter, um sich im selben Augenblick wieder erschöpft ins Stroh fallen zu lassen. Fürsorglich deckt Katharina sie mit einem weiteren Lammfell zu, das Mechthild jedoch nach wenigen Augenblicken wieder mit fast panischen Bewegungen wegstößt.

„Ich habe das Gefühl, ich verbrenne innerlich“, ächzt sie.

Besorgt legt Katharina ihr die Hand auf die Stirn. Sofort erkennt sie, dass Mechthild hohes Fieber hat. So gut es geht verschließt Katharina alle Fensteröffnungen. Ungewöhnlich nasskalt ist es an diesem Junitag, und es zieht durch sämtliche Ritzen der Hütte.

„Ich mach dir ein wenig warme Milch“, bietet Katharina ihrer fiebernden Schwester an, die dankbar nickt. „Etwas Honig können wir mit Sicherheit auch entbehren.“

Wenig später nippt Mechthild von dem warmen Getränk. Doch sie ist nicht die Einzige, die von einer schlimmen Krankheit heimgesucht wird. Am frühen Nachmittag bringt Wilhelm einen völlig entkräfteten Volker nach Hause. Auch der Bruder fiebert und muss sich sofort auf seinen Strohsack legen. Jetzt hat Katharina zwei Kranke zu versorgen.

„Geh hoch ins Badhaus in der Rohrgasse“, weist sie den Knecht an. „Frag den Ratbert nach getrockneten Kräutern gegen Fieber und Schüttelfrost. Ich muss den beiden einen kräftigen Sud zubereiten, damit sie morgen wieder bei Kräften sind.“

Wilhelm macht sich sofort auf den Weg. Seit der Johannisnacht ist das Verhältnis zwischen ihm und Katharina kühl geblieben. Keiner der beiden hat mehr ein Wort über den Vorfall, der für den Knecht mit einer Backpfeife endete, verloren, und so steht Katharinas Abscheu gegenüber dem Verhalten des Wilhelm unausgesprochen zwischen ihnen. Dabei ist Wilhelm froh, dass er Arbeit bei den Kindern des Fischers gefunden hat. Besonders mag der Knecht den Volker, der ihn an seinen jüngeren Bruder erinnert, der vor mehr als zehn Jahren im Rhein ertrunken ist.

Der Wilhelm sputet sich und hat nach wenigen Augenblicken das kleine Badhaus in der schmalen Gasse erreicht. In der Hütte, das weiß Wilhelm von Erzählungen anderer, stehen zwei Zuber, in denen man sich ein Bad gönnen kann, was Wilhelm noch nie getan hat. Im Sommer geht er ab und zu in den Rhein, was nichts kostet. Gelegentlich steckt er den Kopf in einen Wassertrog, das muss ausreichen. Eigentlich steht der Ratbert in Diensten des Grundherrn Raimund, der sich zusammen mit Frieder auf Pilgerschaft gemacht hat. Mit dem Badhaus verdient er sich ein kleines Zubrot. Außerdem kommen die Leute zu ihm, wenn es sie zwickt und plagt. Auch bei Haarausfall und abnehmender Potenz ist der Rat des Baders gefragt. Für alles hat er ein Mittelchen. Doch er ist schlau genug, nicht zu viel zu versprechen. Wenn die Gestirne schlecht stünden, nützten auch die besten Mittel nichts, sagt er immer. Und wenn das nicht genug ist, verweist er auf den allmächtigen Willen des Herrn. Spätestens damit ist alles gesagt.

Was genau die beiden plage, fragt er den Wilhelm, nachdem dieser den Bader kurz informiert hat.

Der Knecht beschreibt so gut er kann den Zustand der beiden Geschwister. Eine Ahnung von Krankheiten hat er nicht, er ist mit einer robusten Gesundheit gesegnet. Nur ab und zu hat er Husten und Schnupfen. Dass ihm die Hälfte seiner Zähne bereits ausgefallen ist, stört ihn nur wenig.

Der Bader hört aufmerksam zu und steigt in seinen kleinen Keller. Mit einem winzigen Töpfchen kommt er zurück. Als der Bader kurz den Deckel öffnet, erkennt der Wilhelm etwas, das er als getrocknete Kräuter ausmacht.

„Gib das der Katharina. Sie soll davon immer zwei Prisen mit der Menge eines Schöpflöffels Wasser aufkochen. Mechthild und Volker sollen davon mindestens dreimal am Tag trinken."

„Was sind wir dir schuldig?"

„Lass mal gut sein, Wilhelm. Ich werd' mir meinen Lohn bei den Kindern des Frieder schon holen. Ich kenn sie, seit sie klein waren. Richte ihnen aus, ich hoffe, dass der Vater bald wieder gesund von seiner Pilgerschaft zurückkommt."

Nach einem dankenden Nicken macht sich der Knecht wieder auf den Weg zurück und gibt die Anweisungen des Baders weiter. Doch obwohl sich Katharina genau daran hält, bessert sich der Zustand der beiden Kranken nicht. Im Gegenteil: Volker ist am nächsten Tag überhaupt nicht ansprechbar. Nur das kaum merkliche Heben und Senken seiner Brust zeigt, dass er noch am Leben ist. Mechthild dämmert vor sich hin und gibt nur ab und zu wirres Zeug von sich, mit dem Katharina nichts anfangen kann.

Am frühen Abend klart sich ihr Verstand ein wenig auf. Mit matter Stimme bittet sie Katharina zu sich. „Geh zum wilden Mann", fordert sie ihre Schwester auf.

Katharina weiß erst gar nicht, was Mechthild meint. Dann fällt es ihr ein. Der wilde Mann, das ist doch der verschrobene Einsiedler, der in den Wäldern hinter den Weinbergen haust. Wie um alles in der Welt soll ausgerechnet dieser Verrückte ihnen helfen können? Auch Katharina hat von den Geschichten um den Einsiedler gehört, ihn aber noch nie zu Gesicht bekommen.

„Such ihn auf", lässt Mechthild nicht locker. „Die Menschen reden schlecht über ihn, aber er ist ein weiser Mann."

Katharina nickt zustimmend, aber mehr aus dem Grund, damit sich ihre kranke Schwester wieder beruhigt. Als die jetzt ganz unruhige Mechthild (ständig faselt sie etwas von einem Feuer, das vom Himmel fällt) endlich wieder eingeschlafen ist, starrt Katharina ins Herdfeuer. Gott sei dank ist es in der Stube etwas wärmer geworden. Soll sie wirklich diesen Sonderling aufsuchen und ihn um Rat fragen? Sie hat es ihrer Schwester versprochen. Vielleicht würde allein das Einhalten des Versprechens schon etwas nützen.

Am nächsten Tag hat der Regen aufgehört, ab und zu lugt sogar hinter den dunklen Wolken die Sonne hervor. Aber es ist noch immer ungewöhnlich kühl. Nach einer unruhigen Nacht ist Katharina bereits vor Sonnenaufgang aufgestanden, hat als Erstes zusammen mit Wilhelm die notwendigsten Arbeiten erledigt und noch einmal nach ihren Geschwistern geschaut. Volker hat sie mit glasigen Augen nur angestarrt, und auch Mechthild war zu schwach, um etwas zu sagen. Doch ihre Augen drückten aus, was sie dachte.

Unschlüssig lehnt sie sich gegen die Brunneneinfassung. Soll sie wirklich den wilden Mann aufsuchen? Der Vorschlag erscheint ihr aberwitzig. Nachdem sie ein Stück trocknen Brotes mit Wasser heruntergewürgt hat, geht Katharina zu Wilhelm, um ihm von ihrem Vorhaben zu erzählen.

„Bist du von Sinnen?"

Der Knecht schüttelt den Kopf und tippt sich mit dem rechten Zeigefinger an die Schläfe. Auch er kennt die Geschichten, die um den wilden Mann ranken: dass er beispielsweise lebendige Frösche und Kröten verschlinge und sich mit dem Blut wilder Tiere einreibe.

„Wie soll er uns schon helfen können? Du hast doch die Kräuter, die der Ratbert mir mitgegeben hat."

Katharina winkt nur ab. „Die taugen nichts! Außerdem, ich hab's meiner Schwester versprochen."

„Sie weiß nicht, was sie redet. Sie sieht ja auch Feuer vom Himmel fallen. Und, hast du dieses Feuer heut' Nacht oder sonst wann gesehen? Sie würde dich auch zum Bocksbeinigen schicken, wenn sie wüsste, dass er in den Wäldern lebte."

„Ich hab's ihr versprochen", wiederholt Katharina tonlos.

„Dann werd ich dich begleiten."

Katharina schüttelt entschieden den Kopf.

„Du bleibst hier und schaust nach den beiden. Wenn du ihnen nicht helfen kannst, nutzt du die Zeit und salzt Fisch für den Winter ein. Kannst dich auch am Ziegenstall nützlich machen oder endlich mal das Eulenloch abdichten. Es gibt genug zu tun. Auf alle Fälle gehe ich allein."

Wilhelm gibt sich geschlagen. „Du musst wissen, was du tust. Aber sei vorsichtig, versprich mir das", sagt er leise, aber bestimmend.

Katharina runzelt die Stirn, erwidert aber nichts. Sie packt ein kleines Bündel zusammen und macht sich auf den Weg. Sie hat nur eine ungefähre Ahnung, wo sie den Einsiedler finden kann. Sie muss den Marktplatz links liegen lassen und an der Kirche vorbei die Krämerstraße nehmen. Gleich hinter der Stadtmauer schließen sich die weitläufigen Weinberge an, die sie durchqueren muss. Als sie den Wingert vom alten Münzberger hinter sich gelassen hat, findet sie sich bereits im Wald wieder. Katharinas Herz beginnt zu klopfen. Noch nie ist sie allein so weit weg von der Stadt gewesen. Ausgerechnet jetzt fallen ihr die Geschichten ein, die der Frieder ihnen immer über die finsteren Wälder erzählt hat, damals, als sie noch Kinder waren und in den kalten Winternächten immer unter die Felle von Vater und Mutter gekrochen sind. Von Trollen und Kobolden war da die Rede, die im Dickicht ihr Unwesen treiben. Im Wald hausen Zwerge, schreckliche Tiere mit glühenden Augen und messerscharfen Zähnen und natürlich die Geister derjenigen, die am Galgen ihr Leben ausgehaucht haben. So hat es ihnen der Vater erzählt und dabei immer selbst ein Furcht erregendes Gesicht gemacht.

Jetzt erinnert sie sich auch wieder an die Geschichte, die die Hildegard ihnen einmal erzählt hat. Danach heiratete ein Niersteiner, also einer aus dem Nachbardorf, eine grundanständige Frau. Doch seine neue Schwägerin, eine falsche und durchtriebene Schlange vor dem Herrn, machte ihm von Anfang an schöne Augen. Schließlich erlag er ihrem Werben, und gemeinsam heckten sie den Plan aus, die ahnungslose Ehefrau durch das Gift eines Pilzes umzubringen. Der Plan gelang, und nicht nur das: Gemeinsam beschuldigten sie nach ihrem mörderischen Tun den ahnungslosen Knecht, der sich daraufhin vor dem Dorfgericht zu verantworten hatte, wo er vehement seine Unschuld beteuerte. Doch Ehemann und Schwägerin beeideten, dass sie beide gesehen hätten, wie der Knecht der Frau das Gift einflößte. Da auch der Knecht mit einem heiligen Eid seine Unschuld beschwor, musste er sich dem Gottesurteil unterziehen. In eine tiefe Grube mit Wasser wurde er geworfen, wo er einige Male um sich schlug und schließlich unterging. Die Angelegenheit war somit eindeutig: Der Knecht war der Giftmörder. Doch der Ehemann und die Schwägerin hatten die Rechnung ohne den unschuldig zu Tode Gekommenen gemacht. Noch in der

Nacht nach seinem Tod suchte er die Schwägerin heim und trieb sie durch seine Erscheinung in den Wahnsinn. Die Mörderin griff zum Beil und erschlug ihren Schwager, mit dem sie nun die Hütte teilte, im Schlaf. Die Wahnsinnige endete am nächsten Tag am Galgen, nicht ohne vorher den Herrn auf das Schändlichste zu beleidigen und zu verfluchen. Seitdem gehen sie und der Schwager in den finsteren Wäldern bei Nierstein um. Er mit eingeschlagenem Schädel, sie als bleiche Wiedergängerin mit heraushängender Zunge. Und Nierstein liegt nur unweit von Oppenheim entfernt.

Am liebsten wäre Katharina wieder umgekehrt. Sie bleibt stehen und horcht. Hier oben ist es fast totenstill. Nur hier und da ist ein Rascheln im Unterholz zu hören und irgendwo weit weg zwitschern Vögel. Wo soll sie nach dem wilden Mann suchen? Das Unterholz hier ist so dicht, dass sie sich nach wenigen Schritten Füße und Beine aufreißen wird. Dornenhecken versperren den Durchgang, und Katharina verflucht ihr Versäumnis, dass sie keine Sichel mitgenommen hat. Sie will schon das Unvermeidbare auf sich nehmen, als sie den Pfad sieht, der sich in den Wald hineinschlängelt. Kaum auszumachen ist er, und doch ist es eine ausgetretene Spur, wie sie nur Menschen hinterlassen konnten.

„Warum nicht?“, sagt Katharina laut zu sich und folgt dem schmalen Weg, den es wahrscheinlich schon seit Jahrhunderten gibt.

Nach wenigen Schritten hat der Wald sie vollends eingehüllt. Und sofort kommt die Angst zurück. Katharina muss sich zwingen, weiterzugehen. Immer wieder schaut sie sich gehetzt um, weil sie das Gefühl hat, als folge ihr jemand. Ihr Herz schlägt bis zum Hals, der völlig ausgedörrt ist. Doch außer den Vögeln und dem Quaken eines Froschs ist nichts zu hören.

In diesem Moment sieht sie das Erdloch. Keine drei Schweine hätten darin Platz, und doch haust hier ein Mensch, wie unschwer zu sehen ist. Katharina erkennt die Reste eines über einer kleinen Feuerstelle gebratenen Tieres, außerdem stinkt es hier entsetzlich nach Exkrementen und Pisse.

„Ist da wer?“, ruft Katharina vorsichtig, doch niemand antwortet.

Langsam geht sie näher, obwohl alles in ihr sie zur Umkehr drängt. Dieser Ort ist unheimlich und bedrohlich, vielleicht sogar verflucht. Selbst das vertraute Zwitschern der Vögel ist nicht mehr zu hören.

Als die Gestalt neben ihr auf den Boden springt (wahrscheinlich hat sie die ganze Zeit in den Zweigen der Buche ausgeharrt, die neben dem Erdloch steht), wäre Katharina fast das Herz stehen geblieben. Sie sieht einen völlig verwahrlosten Mann mit zotteligen Haaren und einem Bart, der viele Ellen lang ist. Zwei Augen, die zu ihrer Verwunderung tatsächlich so etwas wie Weisheit ausstrahlen, starren sie an. Sie möchte etwas sagen, als der Einsiedler gebieterisch die Hände hebt.

„Dann sah ich einen neuen Himmel und eine neue Erde; denn der erste Himmel und die erste Erde sind vergangen, auch das Meer ist nicht mehr. Ich sah die heilige Stadt, das neue Jerusalem, von Gott her aus dem Himmel herabgekommen; sie war bereit wie eine Braut, die sich für ihren Mann geschmückt hat. Da hörte ich eine laute Stimme vom Thron her rufen: Seht die Wohnung Gottes unter den Menschen! Er wird in ihrer Mitte wohnen, und sie werden sein ein Volk; und er, Gott, wird bei ihnen sein. Er wird alle Tränen von ihren Augen abwischen: der Tod wird nicht mehr sein, keine Trauer, keine Klage, keine Mühsal. Denn was früher war, ist vergangen. Er, der auf dem Thron saß, sprach: Seht, ich mache alles neu."

Endlich hält der Sonderling inne. Er schaut Katharina erwartungsvoll an, doch die steht nur mit offenem Mund da und sagt nichts.

„Das hat Johannes für uns Menschen niedergeschrieben. Schreib es auf, denn diese Worte sind zuverlässig und wahr, bekam er einst vom Herrn mitgeteilt."

Wieder weiß Katharina nicht, was sie sagen soll. Für einen Disput über die Apokalypse des Johannes ist sie nicht den ganzen Weg hochgelaufen. Sie räuspert sich. Der wilde Mann scheint keine Anstalten zu machen, irgendetwas zu unternehmen. Mit undurchdringlicher Miene steht er fast unbeweglich da. Dann beginnt er, sich ungeniert im Schritt zu kratzen. Schließlich verschwindet er hinter einem dichten Busch. Katharina hört das Plätschern eines Urinstrahls. Als der Sonderling wieder zurückkommt, schweigt er abwartend.

„Meine Schwester Mechthild schickt mich zu dir. Sie ist sehr krank. Unser Bruder ebenfalls. Sie meint, dass du helfen kannst. Wir sind die Kinder des Fischers Frieder, der zurzeit auf Pilgerschaft ist."

Der wilde Mann kichert wirr.

„Und es kam zu ihm ein Aussätziger, der bat ihn, kniete nieder und sprach zu ihm: Willst du, so kannst du mich reinigen. Und es jammerte ihn, und er streckte die Hand aus, rührte ihn an und sprach zu ihm: Ich will's tun; sei rein! Und sogleich wich der Aussatz von ihm, und er wurde rein. Und Jesus drohte ihm und trieb ihn alsbald von sich und sprach zu ihm: Sieh zu, dass du niemandem etwas sagst; sondern geh hin und zeige dich dem Priester und opfere für deine Reinigung, was Mose geboten hat, ihnen zum Zeugnis. Er aber ging fort und fing an, viel davon zu reden und

die Geschichte bekannt zu machen, sodass Jesus hinfort nicht mehr öffentlich in eine Stadt gehen konnte; sondern er war draußen an einsamen Orten; doch sie kamen zu ihm von allen Enden.“

Katharina seufzt. Wieder nur eine Stelle aus der Bibel. Damit ist ihrer Schwester und ihrem Bruder jedoch in diesem Moment nicht geholfen. Auf die Idee, um die Gesundheit ihrer Geschwister zu beten, ist sie selbst schon lange gekommen.

Die halbe Nacht hat sie damit verbracht, für die beiden Kranken den Rosenkranz zu beten. Nochmals schaut sie sich um. In der Erdhöhle kann sie auf Anhieb nichts ausmachen, womit man Kranke kurieren könnte. Noch nicht einmal Werkzeuge und Waffen sind zu sehen, nur abgenagte Knochen, der Schwanz eines Eichhörnchens und die Hauer von einem Wildschwein.

Womit jagt dieser Mann die Tiere, fragt sie sich unwillkürlich.

Wahrscheinlich mit seinen bloßen Händen, gibt sie sich selbst zur Antwort. Unschlüssig tritt sie von einem Fuß auf den anderen. „Wenn du mir nicht helfen willst ...“

„Als er einige Tage später nach Kafarnaum zurückkam, wurde bekannt, dass er wieder zu Hause war. Und es versammelten sich viele Menschen, dass nicht einmal mehr vor der Tür Platz war; und er verkündete ihnen das Wort. Da brachte man einen Gelähmten zu ihm, er wurde von vier Männern getragen. Weil sie ihn aber wegen der vielen Leute nicht zu Jesus bringen konnten, deckten sie dort, wo Jesus war, das Dach ab, schlugen die Decke durch und ließen den Gelähmten auf einer Tragbahre durch die Öffnung hinab. Als Jesus ihren Glauben sah, sagte er zu dem Gelähmten: Mein Sohn, deine Sünden sind dir vergeben. Einige Schriftgelehrte aber, die dort saßen, dachten im Stillen: Wie kann dieser Mensch so reden? Er lästert Gott! Wer kann Sünden vergeben außer der eine Gott? Jesus erkannte sofort, was sie dachten, und sagte zu ihnen: Was für Gedanken habt ihr im Herzen? Ist es leichter, zu dem Gelähmten zu sagen: Deine Sünden sind dir vergeben, oder zu sagen: Steh auf, nimm deine Tragbahre und geh umher? Ihr sollt aber erkennen, dass der Menschensohn die Vollmacht hat, hier auf Erden Sünden zu vergeben. Und er sagte zu dem Gelähmten: Ich sage dir: Steh auf, nimm deine Tragbahre und geh nach Hause! Der Mann stand sofort auf, nahm seine Tragbahre und ging vor aller Augen weg. Da gerieten alle außer sich; sie priesen Gott und sagten: So etwas haben wir noch nie gesehen.“

Jetzt wird Katharina wütend. „Wenn das alles ist, was du von dir geben kannst, dann kannst du mir gestohlen bleiben“, faucht sie und dreht sich um.

Mehr ärgert sie sich über sich selbst, als über den seltsamen Kauz, der anscheinend die Bibel auswendig kennt, aber sonst vom Leben nichts mehr mitbekommt. Den langen Weg und die Zeit hätte sie sich wirklich sparen können.

„Du willst, dass ich deiner Schwester und deinem Bruder helfe?", fragt in diesem Moment der Einsiedler in einem ganz normalen Tonfall.

Katharina dreht sich nicht um. „Vergiss einfach, dass ich hier war", zischt sie.

„Geh nach Mainz und frag nach Nathan, dem Juden, der an der Stadtmauer lebt. Er wird euch helfen."

Misstrauisch bleibt Katharina jetzt doch stehen und schaut den Einsiedler fragend an. „Nach Mainz soll ich? Wie stellst du dir das vor?"

„Geh nach Mainz und frag nach Nathan, dem Juden, der an der Stadtmauer lebt", wiederholt der Seltsame eintönig.

„Was hat es mit dem Juden auf sich?"

Und nochmals: „Frag nach Nathan, dem Juden, der an der Stadtmauer lebt."

Der Einsiedler verschwindet in seinem Erdloch. Kurz darauf hört Katharina einen lautstarken Furz. Angewidert macht sie sich auf den Weg zurück zur Fischerhütte. Dort angekommen empfängt der Wilhelm sie mit besorgten Blicken. Katharina, die an jedem Wegekreuz ein Gebet für Mechthild und Volker verrichtet hat, erkennt sofort, dass sich der Gesundheitszustand der beiden Geschwister verschlechtert hat. Beide sind überhaupt nicht bei Sinnen, ihr Atem geht stoßweise.

„Ich habe ihnen den Sud eingeflößt, so wie es mir der Ratbert aufgetragen hatte", meint der Knecht entschuldigend. „Was hast du bei dem Verrückten erreicht?"

Katharina verzieht das Gesicht und erzählt ihm von dem Ratschlag.

„Und was willst du jetzt tun?", fragt Wilhelm. „Auf alle Fälle lasse ich dich nicht allein nach Mainz gehen." Diesmal lässt seine Stimme keinen Widerspruch zu.

„Warten wir ab bis morgen früh", sagt Katharina knapp.

Am nächsten Morgen hat sich nichts geändert. Bruder und Schwester fiebern heftig, stammeln ab und zu wirres Zeug, sind ansonsten nicht ansprechbar. Nur von dem Wasser, das sie gereicht bekommen, trinken sie in gierigen Zügen.

„Hol die Hildegard her", weist Katharina den Knecht schließlich an. „Sie soll hier bleiben und auf sie aufpassen. Wir machen uns sofort auf den Weg nach Mainz. Immer noch besser, als untätig herumzusitzen."

Bernkastel

27. Juni 1196

Gertrude erwacht aus unruhigem Schlaf. Sie sieht, dass es gerade erst dämmert, und dreht sich noch einmal zur Seite. Doch es gelingt ihr nicht, noch einmal einzuschlafen, was auch an der leichten Übelkeit liegt, die sie verspürt. Die Rüdesheimerin horcht. Im gemeinsamen Schlafsaal der Herberge in Bernkastel ist bis auf vereinzeltes Schnarchen alles ruhig.

Vorgestern sind sie hier angekommen. Bernkastel ist ein Dorf, das Gertrude stark an Rüdesheim erinnert, was bestimmt auch an dem Fluss liegt, der sich ebenfalls an mit Reben bewachsenen Hängen vorbeischlängelt. Der Fluss werde Mosel genannt, hat Adalbert ihnen bei der Ankunft erklärt.

Rüdesheim! Vor mehr als einem Monat hat sie ihr Heimatdorf verlassen und schon verschwendet sie kaum mehr einen Gedanken daran. Egbert, Gerfried, der Müller – von Tag zu Tag verblassen diese vertrauten Gestalten, die sie über Jahre hinweg begleitet haben, mehr und mehr in ihrer Erinnerung. Ob sie sie bald ganz vergessen hat? Gertrude kann es sich nicht vorstellen.

Unruhig dreht sich die Rüdesheimerin um. Doch die Übelkeit will nicht nachlassen. Hoffentlich hat nicht auch sie sich den Magen verdorben. Erst vor zwei Tagen musste der Fremde unterwegs ständig ins Gebüsch springen, weil ihn ein schlimmer Durchfall plagte. Allerdings weigerte er sich beharrlich, dass die Gruppe seinetwegen eine Pause einlegte.

Wie soll es weitergehen? In der Pilgergruppe fühlt sie sich mittlerweile durchaus geborgen, wenngleich die meisten sie immer noch meiden und verachten. Es ist die Witwe gewesen, die sie und den Baumlangen aus dem Stall hat kommen sehen. Wie ein Giftpfeil traf sie der Blick der Mainzerin, die sofort Bescheid wusste. Und mit Sicherheit hat sie sofort Adalbert davon erzählt, denn der hat seitdem kein Wort mehr mit ihr gesprochen, aber dafür umso wütendere Blicke für sie übrig. Georg und einer der drei Norbertiner sind die Einzigen, die ab und zu ein Gespräch mit ihr anfangen; der Oppenheimer Fischer scheint sie ebenfalls zu akzeptieren.

Ein leises Stöhnen lenkt Gertrude ab. Das ist der Grundherr aus Oppenheim. Kurz vor Bernkastel, sie hatten die Stadtgrenze schon in greifbarer Nähe vor sich, ist er ausgerutscht und hat sich an einem scharfen Stück Felsen den rechten Unterschenkel von oben bis unten aufgerissen. Nur notdürftig hat Georg die heftig blutende Wunde versorgen können. Aus einem starken Ast haben sie eine Krücke geschnitzt, mit der sich der Verletzte bis zur Herberge schleppte, wo er sofort frische Verbände bekam.

In einer kleinen Herberge am Dorfrand von Bernkastel sind sie untergekommen, wo ein fetter Herbergsvater und dessen noch beleibtere Frau sich bei ihrer Ankunft die Hände rieben. Eine solche Pilgergruppe verspricht saftige Einnahmen, und so haben sie erst einmal die Hände aufgehalten und von jedem einen ordentlichen Zins kassiert. Gertrude rechnet nach. Spätestens nach fünf weiteren Übernachtungen in einer Herberge ist das wenige Geld, das Egbert ihr mitgegeben hat, aufgebraucht. In weiser Voraussicht ist sie dem Frieder immer behilflich gewesen, hat ihm einmal einen Riss in seinem Hemd genäht, ein weiteres Mal seinen Lederbeutel geflickt. Frieder wird ihr aushelfen, davon ist sie überzeugt. Doch irgendwann wird sich die Gruppe auflösen. Sollte sie dann nach Rüdesheim zurückkehren, Egbert von ihrer Läuterung erzählen und hoffen, dass sie wieder in die Dorfgemeinschaft aufgenommen wurde?

Erneut ist das Stöhnen zu hören, diesmal schon lauter. Gertrude richtet sich auf und erkennt im fahlen Licht der Dämmerung, dass die anderen alle noch schlafen. Nur Adalbert und Georg und auch die Norbertiner sind nicht zu sehen. Gertrude steht vorsichtig auf und geht zu der Schlafstatt des Grundherrn.

„Diese Schmerzen!" Kaum zu verstehen ist die Stimme des Oppenheimers.

Gertrude streicht ihm über das Haar. „Ich werde sofort nach Georg suchen", flüstert sie.

Als sie die Tür des Schlafsaals öffnet, kommen ihr die fünf Mönche auch schon entgegen. Mit Sicherheit sind sie zur Morgenandacht in der kleinen Kapelle am Ende der Straße gewesen. Während Adalbert sofort brüsk den Kopf zur Seite dreht, schaut Georg die Rüdesheimerin fragend an.

„Der Grundherr! Er hat fürchterliche Schmerzen. Was sollen wir tun?"

Inzwischen sind auch die anderen wach geworden. Läden und Luken werden geöffnet, frische Luft strömt in den Raum. Georg genügt ein Blick, um zu erkennen, dass sich der Zustand des Grundherrn über Nacht rapide verschlechtert hat. Mit einem Ruck schlägt er die Decke zurück. Während die Mainzer Witwe, die ebenfalls am Bett des Oppenheimers steht, angesichts des schwarz verfärbten Beins entsetzt zurückprallt, bleibt Georgs Gesicht unbeweglich.

„Wundbrand!", sagt er knapp. „Wenn das Bein nicht amputiert wird, vergiftet es den ganzen Körper."

Sofort setzt allgemeines Gemurmel ein. Die meisten beklagen den Bedauernswerten, auf den nun noch entsetzlichere Schmerzen und Qualen warten. Adalbert segnet den Kranken mit einem flüchtigen Kreuzzeichen. Georg klatscht in die Hände und verschafft sich Ruhe. Er wendet sich an den Herbergsvater, der von dem Lärm angelockt worden ist, und ebenfalls ein entsetztes Gesicht macht.

„Ich brauche einen stabilen Tisch, frische Leinen, klares Wasser, eine Schüssel, viel Wein und eine Säge. Macht außerdem Feuer und legt einen Schürhaken rein. Wir dürfen keine Zeit verlieren."

Der fette Wirt schluckt, sputet sich aber sofort.

„Bruder Adalbert, willst du Raimund die Krankensalbung geben?"

Der Wormser nickt. Krankheit und Leid gehören zu den Grunderfahrungen menschlichen Lebens. Und doch verändern sie einen Menschen. Das Wissen um eine unheilbare Krankheit hat nicht selten aus einem hartherzigen Kerl einen liebenswerten Mitmenschen gemacht. Umgekehrt sind liebenswerte Menschen dem Wahnsinn verfallen und mussten, weil wild um sich schlagend und tobend, ins Siechenhaus gesperrt werden.

Mit dem Sakrament der Krankensalbung sollen nun dem Grundherrn, der während der Pilgerschaft immer als starke Persönlichkeit aufgetreten ist, dessen Ängste genommen werden. Adalbert eilt zu seinem Platz, kramt in seinen Sachen und holt ein kleines Fläschchen reines Olivenöl heraus. Dieses Olivenöl ist gesegnet und ein wichtiger Bestandteil des Ritus der Krankensalbung.

Inzwischen bringen die anderen den Verletzten vorsichtig zu dem großen Tisch, den der Wirt aufgebaut hat. Auf einem Hocker liegen fein säuberlich aufgereiht die Utensilien, die Georg für die Operation braucht.

Gertrude streicht dem Grundherrn noch einmal fürsorglich über das Haar. Sie weiß nicht, was sie sagen soll, daher bleibt es bei einem aufmunternden Blick. Dann macht sie Platz für Adalbert, der ein klein wenig von dem Olivenöl in seine Hände gießt. Damit streicht er dem Grundherrn sanft über Stirn und Hände.

„Durch diese heilige Salbung hilft dir der Herr in seinem reichen Erbarmen, er stehe dir bei mit der Kraft des Heiligen Geistes. Der Herr, der dich von Sünden befreit, rette dich, und in seiner Gnade richte er dich auf!"

Als er geendet hat, herrscht Schweigen. Es ist Raimund anzusehen, welche Qualen er jetzt durchleidet, aber er weiß, dass es keine andere Möglichkeit gibt. Obwohl die Wunde sofort notdürftig gereinigt und zugebunden wurde, hat sie sich entzündet. Das Gift würde innerhalb kürzester Zeit vom rechten Bein aus durch den ganzen Körper schleichen. Deswegen kann nur eines helfen: Amputation.

Georg begutachtet noch einmal das brandige Bein. „Ich denke, wir müssen nur den Unterschenkel amputieren. Was meinst du, Adalbert?"

Der Wormser schaut seinem Konfrater fest in die Augen. „Ich vertraue Gott und deinem Urteilsvermögen. Es wird uns auch in diesem Fall nicht im Stich lassen, davon bin ich fest überzeugt."

Georg schnippt mit dem Finger. „Gebt ihm so viel Wein, wie er schlucken kann."

Dann schaut er in die Runde. „Wer hilft mir beim Amputieren?"

Es ist die Gertrude, die sofort die Hand hebt.

*

Eine ganze Kanne Wein haben sie dem Grundherrn eingeflößt, der jetzt im Delirium vor sich hindämmert. Gertrude sieht, wie sich auf Georgs Stirn winzig kleine Schweißtropfen bilden. Ihr Herz schlägt bis zum Hals. Schon einmal hat sie so etwas erlebt, wenn auch nicht mit eigenen Augen gesehen. Im Dorf war dem jungen Klamp, dem Gehilfen des Schneiders, vor gut zwei Jahren die von einem herabfallenden Balken zerschmetterte Hand amputiert worden. Gertrude kann sich noch gut an die markerschütternden Schreie erinnern, die durch die Gassen hallten. Doch es hatte nicht ausgereicht, die Hand abzuschneiden. Am übernächsten Tag hatte sich der Wundbrand fast bis zur Schulter hochgefressen. Der Rest des Arms musste weg, am darauf folgenden Tag war der Klamp tot.

Gertrude schaut zuerst den Grundherrn und dann den Mönch an, der gerade die Schärfe der Säge prüft. Und zum ersten Mal in ihrem Leben wendet sich die Rüdesheimerin, die den Gebeten während der Pilgerschaft immer nur widerwillig gefolgt ist, an Gott und fleht um dessen Beistand.

„Er darf nicht sterben", murmelt sie.

Obwohl noch nichts geschehen ist, fließt ihr der Schweiß bereits in Strömen den Rücken hinunter. Die anderen haben sich in gebührendem Abstand zurückgezogen und beobachten das Geschehen. Selbst der Greis hat die Hände zum Gebet gefaltet, während sein baumlanger Begleiter die Augen geschlossen hält. Alle hoffen, flehen und beten für den Oppenheimer Grundherrn, über den kaum einer etwas weiß, den sie aber alle ins Herz geschlossen haben. Nur der Fremde steht mit unbeweglicher Miene mitten im Raum. Nichts deutet darauf hin, was in seinem Kopf vorgeht. Selbst in dieser Situation hält er sich an seinem Bündel fest, als sei es sein Pilgerstab.

In diesem Moment setzt Georg die Säge an. Das Geräusch, das folgt, wird Gertrude bis an ihr Lebensende nicht vergessen.

Der Schmerz reißt Raimund augenblicklich aus dem Delirium. Mit einem Brüllen, das allen durch Mark und Bein geht, bäumt er sich auf. Sofort eilen der Baumlange und der Wirt herbei, um ihn festzuhalten, während Gertrude mit einer Schüssel das Blut auffängt. In wenigen Augenblicken sind sie und Georg von oben bis unten mit dem roten Lebenssaft besudelt.

Der Mönch keucht und hält in seinem Tun nicht inne. Ein knirschendes Geräusch kündigt an, dass die Säge den Knochen erreicht hat. Jetzt muss Georg seine ganze Kraft aufwenden. Mit einer schnellen Bewegung tupft Gertrude ihm den Schweiß aus dem Gesicht. Inzwischen hat einer dem Grundherrn ein Stück Holz zwischen die Zähne gesteckt. Der Oppenheimer ist kalkweiß im Gesicht, das sich zu einer nicht wiederzuerkennenden Fratze verzogen hat.

„Den Schürhaken!“, presst der Mönch heraus. „Bringt mir jetzt den glühenden Schürhaken.“

Die Witwe eilt sofort ans Feuer und holt das Eisen heraus. Ein Schauer fährt ihr über den Rücken, als sie in das Gesicht des Grundherrn sieht. Unmenschliche Schmerzen muss er durchleiden, doch er gibt keinen Ton mehr von sich, noch nicht einmal ein Wimmern. Die Augen geschlossen, die Zähne fest in das Holz verbissen, das lange Haar schweißnass, liegt er auf dem Tisch, während Georg noch immer den Knochen durchsägt. Dann hat er es endlich geschafft. Mit einer schnellen Bewegung wirft er den blutigen Stumpf in alte Lumpen und greift nach dem Schürhaken. Der Aufschrei, der folgt, ist mit Sicherheit noch am anderen Ende der Gasse zu hören.

*

Erst als seine Lungen zu platzen drohen, zieht Georg seinen Kopf aus dem Wasser. Panisch ringt er nach Luft, und nur langsam beruhigt er sich. Kaum hatte er die Wunde versorgt und seine blutverschmierte

Kutte abgestreift, stürzte er aus dem Saal und lief zum Wassertrog. Er musste diesen Geruch loswerden, den Geruch nach verbranntem Fleisch und versengten Beinhaaren.

Er fühlt sich unendlich müde und wäre am liebsten in einen tagelangen Schlaf gefallen. Er spürt, wie jemand seine Hand auf seine Schulter legt. Es ist Adalbert.

„Du hast Unmenschliches geleistet, Georg", sagt er leise, doch in seiner Stimme klingt der ganze Dank mit, zu dem er fähig ist.

Georg lächelt schwach. „Es war meine Pflicht, als Christ und Mensch."

„Ich bin in dieser Hinsicht nur Laie, aber auch ich konnte erkennen, dass es nicht nur Gottes Fügung war, die den Oppenheimer gerettet hat. Du bist in der Tat ein bewundernswerter Mann."

„Raimund ist noch nicht gerettet", wehrt Georg ab. „Er hat viel Blut verloren. Die nächsten zwei Tage werden entscheidend sein."

„Ich habe in den vergangenen Tagen oft über dich nachgedacht. Dein Wissen über die Kraft der Kräuter hat mir auf Anhieb imponiert. Und nicht nur das. Erst hast du den Fischer gesund gemacht, hast den Norbertiner von seinem Leid erlöst, und jetzt den Raimund."

„Ich folge nur einfachen Gesetzen. Wenn eine Wunde verschmutzt ist, vergiftet der Schmutz über das Blut schnell den ganzen Körper. Also muss man dafür sorgen, dass erst gar kein Schmutz eindringt. Ist dies doch geschehen, muss man das vergiftete Glied abtrennen oder eben den faulen Zahn ziehen. Besser man verliert ein Bein als das Leben. Aber auch wenn Raimund sich wieder erholt, wird er nie mehr das Leben führen können, das er kennt. Für ihn ist die Pilgerschaft vorläufig zu Ende. Er kann sich ein Holzbein schnitzen lassen, an das er sich aber erst mühselig gewöhnen muss."

Adalbert nickt. „Du hast Recht. Wir müssen ihn hier in Bernkastel zurücklassen. Aber wir pilgern erst weiter, wenn ich sicher bin, dass er es allein schafft."

„Das kann Wochen dauern."

„Wir sind es ihm schuldig."

Inzwischen sind nach und nach die anderen Pilger an die beiden herangetreten. Jeder möchte Georg auf die Schulter klopfen, ihm danken und ihm seine Anerkennung und Bewunderung zollen. Der Greis reicht ihm einen Becher Wein, den Georg mit immer noch zitternden Händen dankbar in einem Zug austrinkt.

„Vergesst nicht die Leistung von Gertrude. Sie war tapfer und hat mir sehr geholfen", sagt er und deutet auf die Rüdesheimerin, die ein wenig abseits steht.

Und tatsächlich: Nach und nach gratulieren alle auch ihr, und selbst die Mainzer Witwe wirft ihr ein aufmunterndes Lächeln zu.

„Du solltest dein Wissen und dein Talent gezielt einsetzen“, sagt der Greis begeistert. „Unzähligen Menschen könntest du helfen und retten. Hast du schon einmal darüber nachgedacht?“

„Durchaus, aber mein Abt hat mich mit einem klaren Auftrag auf die Pilgerschaft geschickt, auch wenn ich dieser Order bislang noch nicht nachkommen konnte. Es ist einfach zu viel geschehen.“

Dann erzählt er allen von Bardos Auftrag. Als er geendet hat, zieht Adalbert die Stirn in Falten. „Ich möchte mir nicht anmaßen, die Entscheidung deines Abtes zu kritisieren. Doch ich bin der Meinung, du wärst in den Krankenstuben eines Hospitals besser aufgehoben als in einem düsteren Schreibzimmer und auf staubigen Wegen.“

Georg ist das Thema sichtlich unangenehm. „Wir werden sehen, wohin mich Gottes unendliche Güte hinführt. Aber eines ist klar, ich werde meinen Auftrag erfüllen und bis nach Santiago de Compostela ziehen. Und von dort aus weiter nach Jerusalem. Aber jetzt wollen wir nach Raimund sehen.“

Der Grundherr liegt leichenblass auf seinem Strohsack, doch immerhin ist er noch am Leben. Beruhigt stellt Georg fest, dass das weiße Leinen, mit dem er die ausgebrannte Wunde verbunden hat, nicht so stark verfärbt ist, wie er befürchtet hat. Durch die Hitze des glühenden Eisens haben sich die winzig kleinen Adern, durch die das Blut zirkuliert, augenblicklich geschlossen. Georg ist guter Hoffnung, dass Raimund die Amputation seines Unterschenkels überleben wird, und dass nicht auch noch der Rest des Beinstumpfes abgeschnitten werden muss.

In diesem Moment schlägt der Oppenheimer die Augen auf. Kein Wort bringt er über die rissigen Lippen, doch Georg ahnt, was Raimunds Augen ausdrücken. Er nickt leicht und zwinkert mit dem rechten Auge. Erleichtert schließt der Oppenheimer wieder die Augen und fällt in einen ohnmachtähnlichen Schlaf.

Georg hört ein Räuspern und dreht sich um. Gertrude steht hinter ihn. Sie hat sich inzwischen ebenfalls gesäubert, und auch ihr steht das eben Erlebte noch im Gesicht geschrieben. Doch es ist offensichtlich, dass sie jetzt etwas anderes auf dem Herzen hat.

„Ich möchte dich sprechen, aber allein.“

„Lass uns ein wenig spazieren gehen.“

Als sie sich weit genug von der Herberge entfernt haben, spricht es Gertrude geradewegs heraus. Ihre monatliche Blutung sei nun schon das dritte Mal ausgeblieben, auch fühle sie sich seit einiger Zeit morgens immer unwohl.

Georg schaut sie ruhig an. „Du glaubst, du bist schwanger?"

„Ich frage dich. Du bist doch derjenige, der die Menschen heilt und rettet."

Jetzt muss Georg lachen. „Da magst du Recht haben, zumindest Adalbert ist davon überzeugt. Doch bei deinem Anliegen kann ich dir nicht helfen. Meine Erfahrungen mit Frauen beschränken sich auf den Umgang mit meiner Mutter, meinen Schwestern und unseren Mägden. Wenn du wissen willst, ob du schwanger bist oder nicht, musst du die Witwe fragen oder einfach nur abwarten."

Gertrude hält ihn am Ärmel fest. „Darum geht es nicht. Ich habe bereits vier Kinder auf die Welt gebracht. Ich weiß, dass ich schwanger bin, das kann ich selbst fühlen. Ich will, dass du es mir wegmachst."

Mainz

28. Juni 1196

Mit weit geöffneten Augen starrt Katharina auf die Silhouette von Mainz. Als das Treidelschiff bei dem Fischerdorf Weisenau einer leichten Biegung des Rheins folgt, liegt die Stadt plötzlich vor ihnen. Katharina, die in ihrem Leben noch nie eine andere Ortschaft als Oppenheim gesehen hat, erkennt die Stadtmauer (wesentlich größer als die in Oppenheim) und zahllose Kirchtürme. Nur langsam kommt Mainz näher.

Es muss gewaltig groß sein, denkt Katharina ehrfürchtig.

„Nicht mehr lange, und wir legen am Fischtor an."

Wilhelm, der in Oppenheim mit dem Schiffsführer den Preis für die Fahrt ausgehandelt hat, zeigt sich von der überwältigenden Größe und dem prächtigen Anblick unbeeindruckt.

Katharina antwortet nicht. Sie nutzt die letzten Augenblicke der Fahrt, die schneller gegangen ist, als sie es sich vorgestellt hat, um ihren Knecht heimlich zu mustern. Eigentlich gefällt er ihr ganz gut. Wilhelm ist groß gewachsen, hat muskulöse Oberarme, ein breites Kreuz und einen dichten, dunkelblonden Haarschopf. Nur seine Ohren stehen ein wenig zu sehr ab.

Unter anderen Umständen könnte sie sich vielleicht ...

Augenblicklich schiebt sie den Gedanken beiseite. Der Wilhelm, der nicht merkt, wie ihn seine Herrin mustert, setzt sich noch einmal zu den vier Knechten, denen er geholfen hat, das Schiff in Oppenheim neu zu beladen. Als Gegenleistung war der Schiffsführer zu einem Preisnachlass bereit gewesen. Mehrere Kisten und Säcke haben sie auf das Schiff geschleppt, zehn Käfige mit Hühnern, außerdem fünf Schweine und ein Dutzend Ziegen über die Planken getrieben.

Noch immer geht Katharina, die ihren Blick inzwischen wieder der Stadt Mainz zugewandt hat, das dreiste Verhalten des Knechts in der Johannisnacht nicht aus dem Kopf. Was sich dieser schamlose Kerl herausnahm!

Es ist ein Geheimnis, das sie seit nunmehr vier Jahren mit sich herumschleppt. Damals, es war die Osternacht gewesen, machte sich ein ebenfalls betrunkener Knecht über sie her und schleppte die völlig verängstigte Katharina in einen Stall. In dieser Situation hatte sie nicht den Mut und auch nicht die Kräfte gehabt, ihn in seine Schranken zu weisen. Nach ein paar rüden Stößen war alles vorbei gewesen. Katharina klaubte ihre Sachen zusammen und schlich nach Hause. Selbst ihrer Mutter verschwieg sie den Vorfall.

Statt dessen vertraute sie sich Gott an, in der Hoffnung, dass dieser ihren Peiniger, der ihr in den Straßen von Oppenheim ständig über den Weg lief, bestrafen würde. Und tatsächlich: Eines Morgens fanden sie ihn am Rheinufer. Mit eingeschlagenem Schädel und sämtlicher Habseligkeiten (viel konnte es bei einem Knecht nicht gewesen sein) beraubt. Wegelagerer, die an der alten Handelsstraße zwischen Mainz und Worms vielfach ihr Unwesen trieben, mussten dem Ahnungslosen aufgelauert haben, waren alle in Oppenheim überzeugt. Nur Katharina wusste es besser. Es war Gott gewesen, der den Vergewaltiger auf diese Weise bestraft hatte.

Eigentlich, das muss sie sich jetzt eingestehen, ist der Wilhelm ja ein durchaus anständiger Kerl, und auf alle Fälle ist er tüchtig. Aber sie will ihn weiterhin sorgfältig im Auge behalten.

Weiter kommt sie nicht in ihren Überlegungen, denn in diesem Moment legt das Lastschiff am flachen Ufer an. Erneut macht sich Wilhelm nützlich, während Katharina neugierig die kleinen Buden betrachtet, die hier am Rheinufer aufgebaut sind. In diesen Buden, Katharina zählt mehr als zehn davon, verkaufen Mainzer Weiber Gebackenes, Gekochtes und Gesottenes. Dazu gibt es Wein, Bier und Wasser.

Überhaupt herrscht am Ufer des Flusses eine fast ausgelassene Stimmung. Viele Fischer und Treidler sitzen hier auf Steinen, scherzen miteinander, oft mit derben Sprüchen über die Ehefrauen. Schiffe legen an und werden entladen. Kinder toben laut schreiend über den Sandstrand und laufen bis zu den Kniekehlen ins laue Wasser des Rheins und bespritzen sich gegenseitig.

Nur zu gern hätte Katharina von dem einen oder anderen Leckerbissen probiert, doch sie traut sich nicht. Außerdem haben sie ihre eigene Wegzehrung dabei und sind nicht gekommen, um sich im schönen Mainz den Bauch vollzuschlagen.

„Wir können weiter."

Wilhelm klopft sich den Schmutz aus dem Kittel und deutet in die Richtung, die sie nehmen müssen.

Nach wenigen Augenblicken haben sie die Stadtmauer erreicht. Da sie augenscheinlich keine Waren in die Stadt bringen wollen, dürfen sie ungehindert passieren. Nur einer der Stadtknechte, die das ständige Ein und Aus der Menschen, Waren und das Viehzeug kontrollieren, mustert sie mit einem bösen Blick. Ausgerechnet den fragt Wilhelm nach dem Juden, zu dem der Einsiedler sie geschickt hat.

„Ein Jude?“, entgegnet der Stadtknecht verächtlich und spuckt aus. Damit ist das Thema für ihn erledigt.

Als sie das Stadttor hinter sich gelassen haben, schaut sich Katharina ratlos um. Dass Mainz sehr viel größer als Oppenheim ist, wusste sie schon vorher. Aber mit einem solch dichten Gedränge von Häusern, Hütten und Verschlägen hat sie nicht gerechnet. Wo sollten sie anfangen zu suchen? Das Einfachste wäre, die Stadtmauer abzulaufen. Doch wenn es der Zufall nicht gerade will, dass der Jude hier in der Nähe des Fischtores, wie dieser Eingang zur Stadt genannt wird, wohnt, würden sie den ganzen Tag oder noch länger unterwegs sein.

Wilhelm sieht, was in Katharina vorgeht, und wendet sich an den Nächsten, der ihnen über den Weg läuft. Doch der grobschlächtige Mann, seiner Kleidung nach zu urteilen ein unfreier Bauer, wirft ihnen ebenfalls einen verächtlichen Blick zu und geht einfach weiter. Der Dritte zuckt nur mit den Schultern, der Vierte verneint, aber wenigstens in einem freundlichen Tonfall. Auch bei den nächsten drei Nachfragen haben sie keinen Erfolg. Keiner scheint den Juden Nathan zu kennen. Plötzlich nähert sich ihnen ein Mann, ganz offensichtlich ein höherer Würdenträger der Kirche.

„Seid ihr wahnsinnig?“, zischt er in überschäumender Wut, die Katharina nicht versteht. „Wie könnt ihr in die Stadt kommen und als Erstes lauthals nach einem Juden fragen? Wenn ihr so weitermacht, werden die Stadtknechte euch geradewegs wieder rauswerfen!“

Katharina macht ein fragendes Gesicht. Sie ist sich keiner Schuld bewusst. Sie haben doch nur nach einem Mann gefragt, der ihnen, wenn auch von einem offensichtlich Verrückten, empfohlen wurde. Ist dieser Nathan vielleicht auch ein stadtbekannter Sonderling, vielleicht sogar ein Verbrecher?

„Die Juden sind die Feinde Gottes“, presst der Geistliche wie zur Antwort durch die Zähne und lässt die beiden Oppenheimer geradewegs stehen.

Katharina und Wilhelm schauen sich an, der Knecht zuckt mit den Schultern. In was für ein Wespennest haben sie denn hier gestochen? In diesem Moment nähert sich ihnen erneut ein Mann.

„Lauft die Stadtmauer entlang in nördliche Richtung“, flüstert er ihnen heimlich im Vorbeigehen zu und macht mit dem Daumen eine schnelle Bewegung. „Nach dem nächsten Tor werdet ihr den Mann finden, nach dem ihr sucht.“

Wieder schauen sich Katharina und Wilhelm nur an. In welches Tollhaus sind sie hier nur geraten? In Oppenheim geht alles seinen beschaulichen Gang, doch hier in Mainz scheint die Welt aus den Fugen geraten zu sein. Kaum einer hat Zeit für den anderen, der Lärm der Handwerker, Bauern und Marktweiber ist unerträglich.

Neben dem Weg, den sie gegangen sind, verläuft eine Kloake, in der Exkremente und Küchenabfälle in Richtung Rhein schwimmen. Hier suhlen sich Schweine, und Mäuse und Ratten huschen wie flüchtige Schatten an ihnen vorbei, ab und zu gejagt von einer streunenden Katze.

Während Katharina nur den Kopf schüttelt, deutet der Knecht nach Norden. „Wenn ich den Kerl richtig verstanden habe, dann müssen wir in diese Richtung."

Als sie das nächste Stadttor passiert haben, verlangsamen sie ihre Schritte. Wenn der Mann sie nicht angelogen hat, muss der Jude hier irgendwo wohnen. Sie schauen sich um. Hier stehen besonders kleine Hütten, ungefähr ein Dutzend an der Zahl. Die meisten von ihnen scheinen von nur einer einzigen Person bewohnt zu sein, und alle machen den Eindruck, als könnten sie dem nächsten Windstoß schon nicht mehr standhalten. Zu sehen ist niemand, noch nicht einmal spielende Kinder, doch plötzlich hören sie leises Gemurmel in einer fremden Sprache. In einer der Hütten, sie sehen es, weil eine Seite ganz offen ist, sitzt ein kleiner Mann mit seltsamer Haarpracht. Katharina wagt es nicht, ihn in seinem Tun (ganz offensichtlich betet der Mann, auch wenn er dabei nicht kniet) zu stören. Auch Wilhelm sagt nichts. Wie der Wächter einer Prinzessin steht er breitbeinig mit verschränkten Armen einige Schritte hinter Katharina.

„Wie kann ich euch helfen?", fragt der kleine Mann unvermittelt, kaum dass er sein Gebet nach einer Weile beendet oder extra für die beiden Fremden unterbrochen hat.

Katharina räuspert sich. „Seid Ihr Nathan, der Jude?"

„Wer will das wissen?"

Katharina deutet auf Wilhelm. „Mein Knecht Wilhelm und ich, wir sind extra aus Oppenheim gekommen. Man sagte uns, dass Ihr uns helfen könnt."

„Wer hat das gesagt?"

„Ein Einsiedler, der in den Wäldern bei Oppenheim lebt", antwortet Katharina in ruhigem Tonfall.

Der Jude, Katharina ist überzeugt, dass sie den Gesuchten gefunden haben, ist ein besonders misstrauischer Mensch. Um sein Vertrauen zu gewinnen, muss sie vorsichtig sein und besonnen vorgehen. „Allerdings kenne ich seinen Namen nicht."

„Ihr meint wahrscheinlich den Engelbert. Ja, wir kennen uns flüchtig. Woher weißt du von ihm?"

Katharina erzählt ihm von ihrer Schwester und ihrem Bruder. Sie schließt mit den Worten, dass Mechthild große Hoffnungen in den Einsiedler Engelbert gesetzt habe.

„Nun", entgegnet der Jude jetzt wesentlich offener. „Er hat euch zu mir geschickt. Womit deine erste Frage beantwortet wäre. Ich bin Nathan, der Jude, der an der Stadtmauer wohnt."

Er deutet zuerst auf das Gemäuer und dann in seine Hütte. „Kommt rein und trinkt erst einmal etwas mit mir."

Während Wilhelm nur tief durchatmet, macht Katharina ein erfreutes Gesicht. Der Jude bietet ihnen zwei kleine Hocker an und schenkt ihnen etwas aus einem seltsam geformten Gefäß in winzig kleine Becher ein. Es ist Wilhelm anzusehen, dass er das unbekannte Getränk normalerweise nicht anrühren würde. Erst auf Katharinas auffordernden Blick hin nippt er ein wenig daran. Das heiße Gebräu verströmt ein eigentümliches Aroma. Katharina schmeckt es ausgezeichnet.

Nachdem sie getrunken haben, erkundigt sich Nathan nach dem Befinden der beiden Geschwister. Dabei stellt er eine ganze Reihe von Fragen, die Katharina alle beantworten kann. Am Schluss nickt er.

„Dein Bruder und deine Schwester leiden an Influenza", sagt er, womit Katharina nichts anfangen kann. Nur beim nächsten Satz zuckt sie zusammen.

„Wenn ihnen nicht bald geholfen wird, sterben sie."

„Könnt Ihr ihnen helfen?", stammelt sie erschrocken. „Ich gebe Euch mein ganzes Geld, ich bin Eure Magd, Eure Dirne, was Ihr wollt, aber helft ihnen."

Der Jude hebt beschwichtigend die Hände. „Ich kann ihnen nicht helfen, aber ich weiß, zu wem ihr gehen könnt."

Wilhelm stößt ein enttäuschtes Knurren aus. Katharina weiß, was in ihm vorgeht. Wieder werden sie zu einem anderen geschickt. Wer weiß, wo der zu finden ist, denkt auch sie enttäuscht. In der Zwischenzeit können ihre beiden Geschwister längst tot sein.

Nathan scheint zu erraten, was in den Köpfen der beiden Oppenheimer vorgeht. „Es ist nicht weit von hier. Ich begleite euch und spreche für euer Anliegen."

Katharina nickt dankbar. Als sie den Weg durch die Stadt nehmen, strömen die Eindrücke nur so auf Katharina ein. Wie ein lärmendes

Ungetüm kommt ihr dieses Mainz vor, das die Spielleute, die schon nach Oppenheim kamen, stets in den höchsten Tönen lobten. Allein in der Straße, die sie gerade entlanggehen – der Jude nennt sie Bleiche – leben wahrscheinlich mehr Menschen als in ganz Oppenheim. Sie passieren drei Kirchen, und die vierte ist so groß, dass Katharina vor Ehrfurcht erblassend einfach stehen bleibt und sie nur anstarrt. Selbst Wilhelm ist von dem imposanten Gebäude beeindruckt.

„Das ist der Dom“, erklärt Nathan knapp und hält sich mit weiteren Erläuterungen gar nicht erst auf.

Eines ist Katharina auf dem Weg sofort aufgefallen: Die meisten Mainzer machen einen großen Bogen um sie. Manche stoßen sogar lautstark Schimpfworte aus oder spucken vor ihnen auf den Boden. Katharina kann sich den Grund nicht erklären. Als sie ein abgebranntes Gebäude passieren, verdüstert sich augenblicklich Nathans Miene. Erst jetzt wagt es Katharina, nach dem Grund zu fragen.

Zunächst sagt Nathan nichts. Eine ganze Weile starrt er nur auf den Boden. „Genau einhundert Jahre sind mittlerweile ins Land gegangen. Ein Jahrhundert – und sie hassen uns noch immer“, beginnt er schleppend.

Dann erzählt er Katharina und Wilhelm die Geschichte der Judenpogrome, die sich im Mai 1096 im ganzen Rheinland ereigneten, auch in Mainz. Auf seinem Weg nach Jerusalem war der Kreuzritter Emicho von Leiningen, ein niederer Adliger von der Nahe und glühender Judenhasser, in Mainz eingefallen. Die Juden der Stadt flüchteten sich in panischer Angst zu Erzbischof Ruthard, dem sie für seinen Schutz eine Entlohnung von zweihundert Silberstücken versprachen. Und nicht weniger als sieben Pfund reinen Goldes bekam Graf Emicho dafür, dass er die jüdische Gemeinde von Mainz verschone. Emicho nahm das Gold, lachte jedoch nur höhnisch und rückte mit seinen Getreuen in die Stadt ein. Die Wächter wagten es nicht, Christen aufzuhalten, die gegen Juden vorgehen wollten.

„Was folgte, war ein schreckliches Blutbad“, fährt Nathan fort.

Emichos grausame Ritter verschonten weder Mann noch Weib noch Kind. Und als die Erwachsenen erkannten, dass sie alle dem Tode geweiht waren, schnitten sie ihren eigenen Kindern die Kehlen durch oder erdrosselten sie mit dem Gürtel. Von dem Chronisten Albert von Aachen ist überliefert, dass Mütter sogar ihre Neugeborenen töteten, während die noch an der mütterlichen Brust tranken.

„Lieber sollten Juden durch Juden sterben als durch Christenhand“, sagt Nathan tonlos.

Jüdische Häuser und Synagogen gingen in Flammen auf, und die Mainzer schauten tatenlos zu. Und so geschah es in vielen Städten, in denen Juden lebten. Es war nicht nur religiöser Eifer, sondern oft auch Habgier, die die Meuchelmörder zu ihrem wahnsinnigen Tun trieb.

„Aber warum hassen sie euch so sehr?"

„Sie sagen, dass wir Jesus Christus ans Kreuz genagelt haben. Dabei waren die Juden in vielen Städten seit langem geachtete Menschen. Wir haben unsere eigene Gerichtsbarkeit gehabt, durften Waffen tragen und Land besitzen."

Ein halbes Jahrhundert nach den Massakern, so berichtet Nathan weiter, wiederholte sich das Morden. Wieder waren Kreuzritter auf dem Weg ins Heilige Land; mit dabei war der fanatische Judenhasser Radulf, der ein grausames Gemetzel anzettelte.

„Seitdem sitzt der unerklärliche Hass gegen uns tief in den Menschen. Wir verloren unsere Rechte, müssen uns so kleiden, dass man uns sofort als Juden erkennt." Er deutet auf seinen Leibrock, an dem in Höhe des Herzens ein gelber Stofffetzen aufgenäht ist. „Daran und am spitzen Hut, den ich gerade nicht aufhabe, erkennt ihr einen Juden."

„Der Mann, zu dem wir gehen, ist er auch Jude?", fragt Katharina atemlos.

Nathan schüttelt der Kopf. Der andere sei ein Christenmensch, getauft auf den Namen Gottfried, aber er stehe ihm, dem Juden, sehr nahe. Deswegen und wegen seiner Heilkünste, die die meisten nicht verstünden, sei er bei vielen geächtet. Doch nicht wenige, die ihn öffentlich verdammen, suchen ihn nach Einbruch der Dunkelheit auf, um seinen Rat einzuholen, berichtet Nathan weiter. Er habe schon viele Menschen von ihren Leiden befreit und unheilbar Kranke wieder gesund gemacht.

„Er hat seine Hütte im Kirschgarten, unweit einer kleinen Kapelle." Nathan deutet rechts am Dom vorbei, worauf sie ihren Weg fortsetzen.

Nach einer Weile bleibt Nathan stehen. „Dort drüben ist Gottfrieds Verschlag. Bleibt hier, bis ich euch rufe."

Katharina sieht den Juden in eine halb verfallene Hütte gehen. Eine ganze Weile geschieht gar nichts. Wilhelm wird schon wieder ungeduldig. „Das dauert mir zu lange", knurrt er und spielt demonstrativ mit dem Dolch, den er am Gürtel trägt.

Katharina hält ihn zurück. „Du hast doch gemerkt, dass dieser Nathan uns helfen will. Hab noch ein wenig Geduld."

Sie nutzt die Gelegenheit und betritt die kleine, schmucklose Kapelle, die hier im Kirschgarten steht. Katharina sieht, dass sie dem

Heiligen Wendelin geweiht ist. Die Fischertochter weiß, dass Wendelin ein fränkischer Einsiedler war und als Patron der Bauern, Hirten und Schäfer deren Vieh vor Seuchen schützt.

In diesem Moment tritt der Jude aus dem Verschlag und winkt sie herbei. Doch nur Katharina darf die Hütte betreten. Sie erkennt ein steinaltes Männlein, das nur noch ein Bein und nur noch sieben Finger hat. Der Alte mustert sie unverhohlen und fängt plötzlich an zu kichern.

Wie viele Sonderlinge muss ich denn noch treffen, fragt sich Katharina, doch sie sagt nichts.

„Influenza, so so", sagt der Alte mit seltsam knarzender Stimme. „Na, dann wollen wir mal sehen."

Er greift zu einem Topf, aus dem er mehrere Kugeln rausholt. Diese haben die gleiche Größe wie die Murmeln, mit denen die Oppenheimer Kinder auf den Gassen spielen. Zwölf Stück wickelt der Alte in ein Tuch und reicht es Katharina.

„Dreimal am Tag eine Kugel in den Mund nehmen und nur den Speichel schlucken", trägt er der Oppenheimerin auf, die instinktiv den Atem angehalten hat.

Das soll alles sein? Unwillkürlich hat sie Beschwörungsformeln oder einen anderen Ritus erwartet. Sie schaut Nathan an, der kaum merklich nickt.

„Was bin ich Euch schuldig, guter Mann?"

Wieder kichert der Alte, doch er sagt nichts. Nathan macht Katharina mit einer Kopfbewegung deutlich, dass sie wieder rausgehen soll. Vor der Hütte kommt sogleich Wilhelm auf sie zugestürmt. Katharina zeigt ihm die seltsamen Kugeln und zuckt mit den Schultern.

„Jetzt müssen wir sofort nach Hause, und dann können wir nur noch hoffen. Doch erst müssen wir uns von Nathan verabschieden", sagt sie eindringlich, als sie sieht, dass Wilhelm auf der Stelle losstürmen will.

Der Jude kommt erst nach einer Weile raus. Katharina möchte ihm überschwänglich danken, doch ein unbestimmter Impuls hält sie zurück. Noch sind ihre Geschwister nicht gerettet. „Danke, habt vielen Dank", ist das Einzige, was sie herausbringt.

Nathan lächelt. „Haltet Gottfried und mich in guter Erinnerung", erwidert er. Dann dreht er sich um und verschwindet erneut in der Hütte.

„Endlich", ruft Wilhelm aus und packt Katharina an der Hand. Er hat sich den Weg zum Fischtor gemerkt, den er nun im Sturmschritt nimmt. Katharina folgt ihm bereitwillig. Auch sie weiß, dass Eile geboten ist. Und sie haben Glück. Nur kurz müssen sie warten, dann besteigen sie ein Schiff, das rheinabwärts fährt und bei Oppenheim anlegen wird. Bereitwillig bezahlt Wilhelm den genannten Preis, der auch deswegen sehr viel höher als bei der Hinfahrt ist, weil das Schiff nun gegen den Strom segeln muss. Ist der Wind zu schwach, so der Fall zwischen Weisenau und Bodenheim, müssen Treidelpferde eingesetzt werden, die den Kahn von Land aus mit dicken Leinen weiterziehen.

Kurz nach Sonnenuntergang sind sie endlich wieder zu Hause. Hildegard empfängt sie mit einem verzweifelten Gesicht. „Ich wusste nicht, über wen ich mir mehr Sorgen machen sollte, über euch oder über sie", jammert sie und deutet auf Volker und Mechthild, die noch immer leise stöhnend auf ihren Strohlagern liegen.

Katharina schiebt die Alte zur Seite und beugt sich zu den beiden völlig entkräfteten Kranken runter. Jedem gibt sie vorsichtig eine Kugel in den Mund. Glücklicherweise sind beide bei Sinnen und verstehen Katharinas eindringliche Mahnung, nur den Speichel, aber nicht die Kugel selbst zu schlucken.

Wilhelm schaut sich inzwischen die seltsame Medizin genauer an. „Scheint aus zusammengerollten Kräutern gemacht sein", mutmaßt er. „Wer weiß, was uns der Alte da angedreht hat. Ich hoffe, du weißt, was du tust, Katharina."

Hildegard steckt ihre Nase hin. „Riecht seltsam, aber gesund", meint sie nach einem kritischen Schnüffeln.

„Hauptsache, es hilft", entgegnet Katharina, die nicht enttäuscht wird. Am übernächsten Tag sind beide Kranke wieder so weit bei Kräften, dass sie mit Appetit essen.

„So so, da bist du extra für mich in den Wald gelaufen und dann sogar bis nach Mainz gefahren?", sagt Mechthild dankbar, als sie Tage später erstmals wieder gemeinsam beim Abendessen sitzen. Volker und seine Schwester haben gehörigen Heißhunger – ein untrügliches Zeichen, dass sie wieder gesund sind.

„Du hast mich doch zum Einsiedler, er heißt übrigens Engelbert, geschickt. Weißt du das nicht mehr?"

Mechthild macht ein bekümmertes Gesicht und schüttelt den Kopf. „Das muss ich fantasiert haben."

Katharina schlägt sich mit der flachen Hand an die Stirn. „Das muss man sich einmal vorstellen! Schickt mich im Delirium zu einem Verrückten, der schickt mich wiederum nach Mainz zu einem Juden, der mich zu einem steinalten Tattergreis führt."

Sie schnippt mit den Fingern. „Aber es hat geholfen, ihr seid beide wieder gesund. Das grenzt fast schon an ein Wunder!“

Volker hebt mahnend den Zeigefinger. „Aber verlange jetzt nicht von uns, dass auch wir auf Pilgerschaft gehen.“

Alle drei stimmen ein schallendes Gelächter an. Die Anspannung der letzten Tage ist wie weggeblasen. Sie sprechen über Frieder, was er in diesem Moment wohl tun möge und dass er hoffentlich noch gesund und bei Kräften sei.

„Wo willst du jetzt noch einmal hin?“, fragt Mechthild, als Katharina aufsteht und zur Tür geht.

„Ich will den Wilhelm fragen, ob er noch Hunger hat.“

Volker und Mechthild schauen sich viel sagend an, doch beide verkneifen sich die Bemerkung, die ihnen auf der Zunge liegt.

Bei Trier

18. Juli 1196

„Warum weichst du mir aus? Selbst auf diesem kleinen Schiff schaffst du es, mir aus dem Weg zu gehen."

Gertrude baut sich breitbeinig vor Georg auf und schaut ihn herausfordernd an. Dabei stemmt sie beide Hände in ihre Seiten.

Der junge Mönch hält dem Blick stand. „Das fragst du mich? Ich habe gehofft, dass du das Thema nie wieder anschneidest."

Die Bitte der Rüdesheimerin hat Georg getroffen wie ein Peitschenhieb. Eben half sie ihm noch, ein Menschenleben zu retten, kurz darauf forderte sie von ihm, ein neues Menschenleben gar nicht erst entstehen zu lassen. Auch Georg weiß, dass Frauen oft Kinder bekommen, die sie gar nicht wollen. Es ist ein leichtes Unterfangen, ein solch kleines Menschenbündel kurz nach der Geburt einfach zu ersticken oder in einen Trog mit Wasser zu werfen. Keiner klagt die Mutter deswegen an. Georg verabscheut ein solches Vorgehen. Auch missbilligt er die Praxis, sich hochschwanger auf den Bauch zu werfen, um das Ungeborene noch im Leib zu töten. Es gibt Menschen, die behaupten, dass die Seele erst im Moment der Geburt von dem Kind Besitz ergreife. Also sei es kein Vergehen, es im Bauch der Mutter zu töten, genauso wenig wie eine Tötung vor der Taufe, wie andere sagen.

Für Georg ist das, was mit großer Sicherheit im Bauch der Gertrude heranreift, jetzt schon ein menschliches Wesen mit einer von Gott gegebenen Seele. Es war eine ungeheuerliche Bitte, mit der die Rüdesheimerin in Bernkastel an ihn herangetreten ist. Doch ihretwegen wird er sich nicht versündigen.

„Ich lehne es weiterhin ab, dir zu helfen", sagt er knapp und dreht sich weg. „Es reicht, wenn ich mit ansehe, wie du dich auch weiterhin versündigst, obwohl du dich auf einer Pilgerreise befindest."

Gertrude stellt sich mit einer schnellen Bewegung wieder vor ihn und packt ihn an seinen Armen.

„Georg, schau mich an", bittet sie leise. Die anderen sind bereits auf den Streit aufmerksam worden und schauen verwundert zu den beiden herüber. „In all den Jahren habe ich mich jedem Kerl hingegeben, der mich wollte. Ich kann dir noch nicht einmal sagen, wer der Vater des Kindes ist. Wahrscheinlich der Müller, den mein Mann meinetwegen erschlagen hat. Vielleicht ist es auch der Wirt aus der Schänke, für den ich nur einmal die Beine breit gemacht habe. Auf keinen Fall ist es der Gerfried. Der hat mich das letzte Mal vor mehr als einem Jahr angerührt. In einem Anflug von Mitleid habe ich mich ihm hingegeben, weil er schon angetrunken war und gejammert hat wie ein kleines Kind, dem sie den Kreisel abgenommen haben. Ich will nicht, dass dieses Balg zur Welt kommt. Es ist ein Bankert, den ich nur hassen werde."

Georg schüttelt sie wütend ab. „Ich hab mich doch deutlich ausgedrückt! Ich kann und will dir nicht helfen!"

„Ist das dein letztes Wort?"

Als Georg darauf nicht reagiert, dreht sie sich wutschnaubend um und läuft ans andere Ende des Schiffs. Den Baumlangen, der sie fragend anschaut, stößt sie einfach zur Seite. Am liebsten hätte sie ihm eine schallende Ohrfeige gegeben. Doch sie weiß, dass sie eigentlich sich selbst ohrfeigen sollte.

Um die Mittagszeit nähert sich das Schiff endlich Trier. Fast drei Wochen haben sie sich in Bernkastel aufgehalten. Erst dann war sicher, dass Raimund es auch ohne die schützende Kraft der Gruppe schaffen würde. Den langen Aufenthalt haben die meisten Pilger dazu genutzt, sich im Dorf auf unterschiedliche Weise nützlich zu machen, um sich dabei auch etwas Geld und Naturalien zu verdienen. Der Frieder hat sie in dieser Zeit mit Fischen versorgt, die er in der Mosel gefangen hat, während der Fremde wie ein Berserker von morgens bis abends auf den Feldern geschuftet hat. Gertrude und die Mainzerin sind den Herbergseltern zur Hand gegangen. Nur der Greis und der Baumlange haben die ganze Zeit mit sich selbst verbracht. Alles in allem hat das Verweilen in Bernkastel die Gruppe noch stärker zusammenrücken lassen, wenn da nicht die Kluft zwischen der Rüdesheimerin und dem Mönch wäre.

Der Grundherr aus Oppenheim hat sich langsam, aber ohne Rückfälle von seiner Amputation erholt. Die Entscheidung Adalberts, so lange bei Raimund zu bleiben, war richtig gewesen. Die Gesellschaft vertrauter Menschen hat den Heilungsprozess mit Sicherheit gefördert, ist mittlerweile auch Georg überzeugt. Vor vier Tagen machte der Grundherr die ersten humpelnden Schritte mit Hilfe zweier Stecken, die der Frieder ihm geschnitzt hat. Am Abend kam der Zimmermann in die Herberge. Er nahm Maß, und am nächsten Mittag tauchte er mit einem massiven Stück Holz wieder auf, das den fehlenden Unterschenkel von nun an ersetzte. Während der nächsten Wochen und Monate muss der Grundherr das Gehen wieder lernen und sich dann allein nach Hause durchschlagen. Und nur Gott weiß, ob und wann er Oppenheim jemals wiedersehen wird.

Kurz vor der Abreise (nach einiger Diskussion waren sie übereingekommen, mit dem Schiff nach Trier zu fahren, auch wenn es gegen den Strom war) zog Raimund den Frieder zur Seite. Gott habe es wohl so gewollt, dass sie die Pilgerschaft nicht zusammen weiterführen können, begann er, ohne mit seinem Schicksal zu hadern. Zu guter Letzt nahm er Frieder das Versprechen ab, bei dessen Rückkehr nach Oppenheim seine Frau und seine Kinder aufzusuchen und ihnen alles zu berichten.

„Auch Ihr werdet nach Oppenheim zurückkehren, Herr, davon bin ich überzeugt", antwortete der Frieder.

Doch Raimund ließ sich nicht überzeugen. „Versprichst du mir, meinen Wunsch in die Tat umzusetzen?"

Frieder versprach es. Sein ganzes Leben war der Grundherr ein Mann gewesen, über den viel gesprochen wurde, den er aber so gut wie nie zu Gesicht bekam. Zwei Monate hatten ausgereicht, die beiden so unterschiedlichen Männer fast so etwas wie Freunde werden zu lassen.

In diesem Gespräch, sie führten es abseits am Dorfrand unter einer mächtigen Linde, hat der Grundherr dem Frieder auch anvertraut, warum er sich auf die Pilgerschaft gemacht hat. Die Geschichte, die der Fischer hörte, klang ungeheuerlich und doch hatte er keinen Grund, daran zu zweifeln. Vor nunmehr sechs Monaten starb die Mutter des Grundherrn. Lange leiden musste sie nicht, denn sie war schon weit über sechzig. Und sie wusste, dass ihre Zeit gekommen war. Auf dem Sterbebett gestand sie, dass Raimund gar nicht ihr Sohn war. Er, der einzige Sohn der Familie, geboren in einer Julinacht des Jahres 1153, war das Kind einer der zahlreichen Mägde, die auf dem Hof ihren Dienst versahen. Der in der gleichen Nacht – allerdings etwas später – geborene Sohn der Herrin kam tot zur Welt. Nachdem sie den ersten Schrecken überwunden hatte, schmiedete sie innerhalb weniger Augenblicke zusammen mit der Hebamme den Plan. Gegen viel Geld bekam die junge Magd das tote Kind untergeschoben. Sie würde noch viele Bälger in die Welt setzen. Das Geld half ihr, den Verlust des ersten Sohnes zu verschmerzen und die verzweifelte Mutter zu spielen, die ein totes Kind gebar. Dafür nahm die Grundherrin deren Sohn auf, ohne dass ihr Mann, der endlich den Erben hatte, den er sich nach drei Töchtern so sehr herbeigesehnt hatte, etwas davon erfuhr.

„Kannst du dir das vorstellen?", hatte Raimund geflüstert. „Ich bin der Sohn einer einfachen Magd, über die ich nicht das Geringste weiß. Normalerweise hätte ich ein bescheidenes, entbehrungsreiches Leben als Knecht, vielleicht als Tagelöhner, vielleicht sogar als Hühnerdieb verbringen müssen. Stattdessen hatte ich nie darben müssen, wuchs umsorgt und umhegt in einer großen Familie auf. Meine leibliche Mutter, die in all den Jahren nie ein Wort darüber verloren hat und die ich nie beachtet habe, starb vor mehr als zehn Jahren und hat ihr Geheimnis mit ins Grab genommen. Die Frau, die ich als meine Mutter angesehen und geachtet habe, musste vor ihrem Tod ihr Gewissen erleichtern. Für das Leben, das mir das Schicksal zugedacht hat, das mir durch meine Geburt aber gar nicht zustand, habe ich diese Pilgerschaft angetreten."

Frieder hatte zunächst erschüttert geschwiegen und dem Grundherrn dann die Hand gereicht. Mehr Zeit war nicht mehr verblieben, denn noch in derselben Stunde verließen sie Bernkastel.

*

Während sich Georg und Gertrude streiten, lässt Frieder seine Gedanken wieder einmal nach Oppenheim schweifen. In solchen Momenten überkommt ihn wie ein stechender Schmerz das Heimweh. Nie war er länger als eine Nacht von zu Hause weg gewesen. Das Lachen seiner Kinder, die ständig mürrische Hildegard und die vielen bekannten Gesichter aus Oppenheim fehlen ihm, selbst das ständige Beten seiner Katharina. Die hätte an einer Pilgerschaft Gefallen. Längst hat er sich daran gewöhnt, von morgens bis abends zu marschieren. Er hat sich mit dem Beten und Singen angefreundet und auch daran, manchmal mit Dutzenden Männern in einem stickigen Raum zu schlafen. Er kommt mit den unregelmäßigen Mahlzeiten zurecht, Hunger und Durst sind ihm sowieso nicht fremd. Aber als er jetzt auf das Wasser der Mosel starrt, will er nur noch eines: nach Hause, zurück nach Oppenheim, zu seiner Familie. Er merkt, dass die Tränen kommen, und er unterdrückt sie nicht.

„Ich weiß, was dir durch den Kopf geht", sagt in diesem Moment die Witwe. Frieder hat gar nicht bemerkt, dass sie schon vor einer Weile neben ihm Platz genommen hat.

„Auch ich habe bei meiner ersten Pilgerschaft nach Magdeburg oft an Mainz gedacht", fährt die Annegret fort, als Frieder nicht antwortet. „Fünf Monate war ich unterwegs, von Juni bis weit in den November. Und wie oft habe ich geflennt. Das kannst du dir gar nicht vorstellen. Aber ich kann dir sagen, das Heimweh lässt mit der Zeit nach. Was danach kommt, ist die Freude auf das Wiedersehen."

Als der Fischer wieder nicht antwortet, deutet sie auf Georg und Gertrude und wechselt das Thema. „Da scheint sich ein handfester Krach anzubahnen. Hat mich sowieso immer gewundert, dass der Georg nicht erkannt hat, was für ein Flittchen wir da mit uns führen."

Frieder schaut sie verwundert an. Er hat sich wieder beruhigt. „Ich dachte, ihr beiden habt Frieden miteinander geschlossen."

Die Witwe macht eine abfällige Handbewegung. „Ich hab es nicht überall herumposaunt. Aber als wir auf dem Gut von Georgs Vater waren, hab ich die beiden erwischt, wie sie aus dem Stall kamen. Ich muss dir ja wohl nicht erklären, was sie dort im weichen Heu getan haben."

Sie deutet auf den Baumlangen, der wie immer dicht bei dem Greis sitzt. „Und vor einigen Tagen trieben sie es sogar am helllichten Tag hinter einem Busch, gar nicht weit von der Herberge entfernt. Kannst du dir das vorstellen?"

Frieder seufzt. Auch ohne die brühwarmen Hinweise der Witwe hat er längst bemerkt, dass die Rüdesheimerin ihre Wahl getroffen hat. Der Grundherr ist nicht mehr bei ihnen, und der Fremde hat seine Bemühungen aufgegeben. Die Gertrude und der Baumlange haben einander gefunden. Er merkt, wie der Neid in ihm hochsteigt. Gertrude hat auch in ihm längst vergessene Gefühle geweckt. Doch nie wäre er auf die Idee gekommen, um ihre Gunst zu buhlen.

Er weiß, dass er schon lange nicht mehr der durchaus stattliche Mann ist, der er einmal vor zwanzig Jahren war. Sein Haar ist mittlerweile arg gelichtet, auch sind ihm im Laufe der Jahre etliche seiner Zähne ausgefallen. Der Baumlange ist zwar auch keine Schönheit vor dem Herrn, doch er strahlt etwas aus, dem man sich nicht entziehen kann. Und jetzt ist es wohl erst recht besser, die Rüdesheimerin nicht allzu oft anzustarren. Frieder traut diesem Rudolf nicht. Zwar hat er ihm das Leben gerettet, indem er den Bär verjagte. Aber der Baumlange hat auch etwas Skrupelloses an sich, das dem Frieder manchmal Angst macht.

Und die Witwe, Frieder wirft nur einen kurzen Blick auf sie, ist ein welkes Weib, deren offensichtliche Bemühungen ihn kalt lassen. Nur einmal hat sie versucht, damals in Nieder-Ingelheim, sich ihm nachts zu nähern. Doch nichts rührte sich bei ihm, und so gab die Mainzerin ihre Bemühungen schnell wieder auf und beließ es dabei.

„Dir gefällt sie doch auch!"

Wieder hat die Witwe seine Gedanken erraten.

Frieder stößt entnervt den Atem aus. „Kannst du mich jetzt bitte allein lassen."

Die Witwe lacht verächtlich und macht eine Bewegung mit dem Arm, die den ganzen Kahn einschließt. „Natürlich lasse ich dich allein. Und nicht nur ich. Wir gehen alle unter Deck, damit der Frieder seiner Gertrude nachtrauern kann.“

„Weißt du was“, giftet Frieder zurück. „Manchmal glaub ich, dass dein Mann freiwillig aus dem Leben gegangen ist. Gründe genug hat er ja gehabt.“

Es hätte nicht viel gefehlt, und die Mainzerin hätte dem Fischer eine Ohrfeige gegeben. Doch sie belässt es bei einem giftigen Blick, der alles ausdrückt, was in ihr vorgeht. In diesem Moment steuert das Schiff die Anlegestelle bei Trier an. Die Pilger sortieren ihre Sachen, und auch Frieder schultert den Lederbeutel und den Mantel, von dem er sich noch immer nicht getrennt hat. In vielen Gesichtern liegt Neugierde, die alte Römerstadt an der Mosel endlich zu Gesicht zu bekommen.

Nur die Witwe brodelt innerlich vor Wut. „Du kannst mich mal, Frieder“, zischt sie und legt der Gertrude, die zufällig neben ihr steht, demonstrativ den Arm um die Schulter. Die völlig überraschte Rüdesheimerin macht ein Gesicht, als sei ihr verblichener Gerfried am Ufer aufgetaucht.

*

An der Anlegestelle herrscht geschäftiges Treiben. Hier werden die Pilger bereits von Händlern empfangen, die an Buden oder einfachen Tischen ihre Waren anbieten. Durch die milde Luft zieht der Geruch von Gesottenem und Gebratenem sowie von frischem Backwerk. Auch Kruzifixe in allen Größen, zum Umhängen und zum Aufstellen, ja sogar so groß, um es als Zeichen ganz besonderer Buße selbst zu schultern, gibt es hier zu kaufen. Schreiber bieten ihre Dienste an, Bettelmönche nehmen für einen Hungerlohn die Beichte ab. An den Anlegestellen machen Tag und Nacht Schiffe Halt, die Pilger bringen oder mitnehmen. Hier drückt sich auch allerlei lichtscheues Gesindel herum, das mit schnellen Fingern unbemerkt in die Taschen der Gläubigen langt. Und ganz ungeniert gehen Huren ihrem Gewerbe nach, indem sie schamlos ihre nackten Oberschenkel, nicht selten sogar den blanken Busen zeigen. Frieder bemerkt, wie beeindruckt Georg ist. Ein solch geschäftiges Treiben, das der Frieder schon von Mainz her kennt, hat er bestimmt noch nicht erlebt.

Adalbert, den das alles unbeeindruckt lässt, schart seine Getreuen um sich. Für ihn und einige andere aus der Gruppe wird die Pilgerschaft hier enden. Auf dem Gesicht des Wormsers zeichnet sich die innere Ruhe ab, die von ihm Besitz ergriffen hat. Zweiundfünfzig Jahre ist er nun alt, und er weiß, dass dies seine letzte Pilgerreise gewesen ist. In wenigen Tagen wird er erneut ein Schiff nehmen, die Mosel stromabwärts bis nach Koblenz fahren, schließlich weiter rheinaufwärts bis nach Worms. Wenn der Herbst ins Land kommt, wird er hoffentlich schon längst in seinem geliebten Kloster in Worms sein, wo er seine letzten Jahre in Ruhe und Abgeschiedenheit verbringen möchte.

Der Mönch schließt die Augen und zieht mit einem lang anhaltenden Atemzug die angenehme Luft ein. Unzählige Pilgerrouten ist er in den vergangenen dreißig Jahren gelaufen, wobei er stets akribisch Buch geführt hat. Diesen wertvollen Schatz verbirgt er in seinem Brustbeutel.

Doch bevor er an die Heimreise denken kann, muss er seine Schäfchen in die Stadt führen, die zu den eindrucksvollsten hierzulande zählt und wo das römische Erbe auch nach tausend Jahren noch immer allgegenwärtig ist. Mit glühendem Eifer erzählt Adalbert von der Bischofsdoppelwahl, die einen Streit zur Folge hatte, der das Bistum in den Jahren 1183 bis 1189 erschütterte.

„Die heilige Hildegard von Bingen nahm dies zum Anlass für ihre engagierten prophetischen Mahnungen“, berichtet der Wormser. Danach erzählt er von Bischof Egbert, der von 977 bis 993 wirkte und an der Grabstätte der frühen Trierer Bischöfe ein Benediktinerkloster gründete. „Egbert siedelte dort Künstlerwerkstätten an, die kostbare Reliquiare für den Heiligen Nagel, den Petrusstab und die Andreasreliquien schufen.“

Unter ihm, so schwärmt Adalbert weiter, sei Trier zu einem „Roma secunda“, zu einem zweiten Rom geworden. Auf ihn zurück gingen die Gründung einer bedeutenden Schreibschule und die Umstrukturierung des Domkapitels. Egbert war zudem ein eifriger Unterstützer des Reichskirchenplans der ottonischen Herrscher Otto II. und Otto III.

Aber auch einen weiteren berühmten Trierer Bischof lässt der Mönch aus Worms in seinen eifrigen Berichten nicht unerwähnt: Unter Poppo von Babenberg begann in der ersten Hälfte des vorhergehenden Jahrhunderts der Aufbau der mächtigen Ostfassade des Doms. Außerdem ließ Poppo das römische Stadttor in eine mehrstöckige Stiftskirche umbauen.

Die Mitglieder der Pilgergruppe haben mit ehrfürchtigem Staunen zugehört. Mit inbrünstigem Gesang auf den Lippen laufen sie jetzt auf das Stadttor zu, angeführt von einem Adalbert, der sichtlich gerührt ist.

Sein Einzug in Trier gleicht einem Triumphzug. Das Ziel ist zunächst die Benediktinerabtei St. Matthias, eine der bedeutendsten Bauwerke der alten Stadt.

„Wer war dieser heilige Matthias?", will Gertrude von Adalbert wissen. Der Mönch hebt den Zeigefinger. „Der heilige Matthias war der Apostel, der anstelle des Judas durch Los in das Apostelkollegium gewählt wurde. Später verkündete er in Judäa das Evangelium."

Er bleibt stehen und breitet seine Arme aus. „Und so heißt es in der Apostelgeschichte:

In diesen Tagen erhob sich Petrus im Kreis der Brüder – etwa hundertzwanzig waren zusammengekommen – und sagte: Brüder! Es musste sich das Schriftwort erfüllen, das der Heilige Geist durch den Mund Davids im Voraus über Judas gesprochen hat. Judas wurde zum Anführer derer, die Jesus gefangen nahmen. Er wurde zu uns gezählt und hatte Anteil am gleichen Dienst. Denn es steht im Buch der Psalm. Sein Amt soll ein anderer erhalten! Einer von den Männern, die die ganze Zeit mit uns zusammen waren, als Jesus, der Herr, bei uns ein und aus ging, angefangen von der Taufe durch Johannes bis zu dem Tag, an dem er von uns ging und in den Himmel aufgenommen wurde – einer von diesen muss nun zusammen mit uns Zeuge seiner Auferstehung sein. Und sie stellten zwei Männer auf: Josef, genannt Barabbas, mit dem Beinamen Justus, und Matthias. Dann beteten sie: Herr, du kennst die Herzen aller; zeige, wen von diesen beiden du erwählt hast, diesen Dienst und dieses Apostelamt zu übernehmen. Denn Judas hat es verlassen und ist an den Ort gegangen, der ihm bestimmt war. Dann gaben sie ihnen Lose; das Los fiel auf Matthias, und er wurde den elf Aposteln zugerechnet."

Überwältigt von seinen eigenen Worten hält Adalbert inne.

Die Witwe, die seit dem Verlassen des Schiffes kein Wort gesprochen hat, kann es nicht lassen und kichert gehässig. „In dieser Runde sollte ab und zu auch das Los entscheiden."

Nur der Frieder weiß, was sie damit meint. Doch der Oppenheimer verbeißt sich die Bemerkung, die ihm auf der Zunge liegt. Denn jetzt ist es endlich so weit. Durch das an der Mosel gelegene Stadttor zieht die Pilgergruppe in die alte Römerstadt Trier ein.

*

Frieder ist wie benommen. Er steht vor dem Heiligen Rock und lauscht gespannt den Schilderungen eines hoch gewachsenen Geistlichen, der sie an der Kirchenpforte in Empfang genommen hat.

„Und so steht es im Evangelium nach Johannes geschrieben", schildert der Pfaffe mit hoher Stimme. „Der Leibrock war ohne Naht von oben an im Ganzen genäht. Und die Soldaten sagten zueinander: Wir wollen ihn nicht zerschneiden, sondern um ihn das Los werfen, wem er gehören soll. So sollte die Schrift erfüllt werden, die sagt: Sie teilten meine Kleider unter sich, und über mein Gewand warfen sie das Los."

Frieders Herz schlägt bis zum Hals, als er das etwa fünf Ellen lange Kleidungsstück genauer betrachtet. Es ist dem guten Willen des Domgeistlichen zu verdanken, dass sie überhaupt einen Blick auf den Rock werfen dürfen. Normalerweise bleibt die wertvolle Reliquie vor den Augen von Normalsterblichen verborgen. Doch Adalbert kennt den Hochgewachsenen gut und hat für seine Pilger ein Wort eingelegt. Frieder ist nicht entgangen, dass der Wormser auch eine Kupfermünze hat springen lassen.

Das also ist das Gewand, das der Herr am Leib trug, bevor er sich an Karfreitag seinem Martyrium hingab. Frieder blickt auf ein nahtloses Kleidungsstück aus rotbraunem Gewebe. Der Rock ist auf einem weißen Leinentuch festgenäht, das wiederum von einem stabilen Holzrahmen gehalten wird. Auf den ersten Blick scheint es nichts Besonderes darzustellen. Und doch geht von ihm eine Kraft aus, die Frieder deutlich spüren kann. Wie aus weiter Ferne hört er den Geistlichen, der nun alle auffordert, auf die Knie zu sinken und den Herrn ob seiner unermesslichen Güte zu preisen. Automatisch kommt der Fischer der Aufforderung nach; aus den Augenwinkeln bemerkt er, dass auch die Mainzerin ergriffen über dieses Wunder scheint. Nach und nach fallen alle in das Gebet ein, das der Geistliche mit inbrünstiger Stimme vorträgt.

Später erfahren die Pilger aus Adalberts Gruppe, dass der Leibrock des Herrn vor neunzig Jahren in Trier entdeckt wurde. Mitglieder des Domkapitels untersuchten einen alten Schrein und fanden dabei unverhofft ein geheimnisvolles Kleidungsstück. In diesem Moment, so die Überlieferung, erschien ihnen in einem grellen Licht eine Gestalt, die den völlig sprachlosen Geistlichen mit machtvollen Worten erklärte, was sie da gerade gefunden hatten. Die Männer sanken sofort auf die Knie und gelobten der Gestalt, die Reliquie fortan zu ehren und zu preisen.

Erst seit Mai – also als der Frieder seine Pilgerreise begann – wird der wertvolle Rock sicher im Hochaltar des neu errichteten Ostchores des Trierer Doms aufbewahrt. Der Oppenheimer Fischer und die übrigen der Gruppe gehören zu den wenigen, die die Reliquie zu Gesicht bekommen haben.

Als sie später aus dem Dom heraustreten und ihnen die Wärme dieses freundlichen Julitages entgegenschlägt, ist Frieder noch immer ganz benommen. „Wir durften den Rock unseres Herrn sehen", murmelt er, als er merkt, dass die Rüdesheimerin neben ihm stehen geblieben ist.

Doch die verzieht nur den Mund. „Einen ähnlichen Rock hat auch mein seliger Gerfried besessen. Und den betet mit Sicherheit keiner an, obwohl auch Gerfried freiwillig sein Leben hergegeben hat."

Der Fischer, der die Lebensgeschichte der Rüdesheimerin längst kennt, schaut Gertrude entsetzt an. „Bist du jetzt völlig von Sinnen, Weib? Vergleichst deinen Alten mit Jesus Christus", zischt er leise, damit die anderen nicht Zeuge seiner Maßregelung werden. „Wir haben etwas sehen dürfen, was bislang nur wenigen Auserwählten vergönnt war. Nichts Geringeres als den Leibrock unseres Herrn Jesus Christus durften wir anbeten. Und du hast nur Hohn und Spott dafür übrig."

Die Rüdesheimerin hat für solcherlei Wunder keinen Sinn. „Ach Frieder, ich hab wirklich andere Sorgen, als mir über einen schäbigen Rock Gedanken zu machen, der bei mir zu Hause längst zu Waschlumpen zerschnitten worden wäre. Und jetzt lass mich bitte in Ruhe, wir sehen uns heute Abend in der Herberge."

Ohne eine Entgegnung Frieders abzuwarten, verschwindet die Gertrude im Gewirr der engen Gassen. Der Oppenheimer schüttelt verständnislos den Kopf. Was mag dieses Weib umtreiben, fragt er sich zum wiederholten Male. Öffnet sie an einem Tag ihr Herz, ist sie am nächsten Tag verschlossen und so schwer zu knacken wie eine Nuss.

Doch der Frieder will jetzt keine Gedanken mehr an die Rüdesheimerin verschwenden. Er ist in Trier, der Stadt, in der das römische Erbe auch nach vielen Jahrhunderten noch immer allgegenwärtig ist. Mit staunenden Augen lässt sich der Oppenheimer durch die Straßen treiben. Im Gegensatz zu Mainz vor nunmehr etlichen Wochen hat er seine Unsicherheit verloren. Er ist auf Pilgerschaft und da macht es keinen Unterschied, ob er ein armer Fischer oder ein vermögender Kaufmann ist. Er weiß nur zu gut, dass eine Stadt wie Trier von den zahllosen Gläubigen sehr gut lebt. Das wiederum hat zur Folge, dass die Bürger den Fremden grundsätzlich freundlich begegnen, wenngleich sie natürlich in erster Linie auf deren gut gefüllte Geldbeutel schielen. Tatsächlich gehört er zu denjenigen, die mit seiner Pilgerschaft Geld in die Stadt bringen.

Und Trier scheint von Pilgern förmlich überzuquellen. Das hatten sie schon bemerkt, als sie ihre Pilgerherberge bezogen, die überhaupt nicht vergleichbar ist mit der armseligen Hütte, mit der sie in Bernkastel vorlieb nehmen mussten. Nicht weniger als fünfzig Männer schlafen in dem größeren der beiden Räume. Im Saal für die Frauen sind knapp vierzig Pilgerinnen untergebracht. Zehn Mägde und Knechte beschäftigt der Herbergsvater, täglich lässt er Ochsen, Schweine und Hühner schlachten. Die besonders gut betuchten Pilger können bei ihm auch fangfrischen Hecht, Forelle oder Krebse bestellen.

Und noch einmal musste Frieder staunen, wer alles auf Pilgerschaft geht. Gleich neben ihm hat ein Kind sein Lager bezogen. Der halbwüchsige Knabe (er selbst weiß nicht, wie alt er ist, Frieder schätzt ihn auf zwölf oder dreizehn) verlor vor drei Monaten seine Eltern, die sich als redliche Bauern ihr karges Brot verdienten. Als sie abends vom Feld zurück ins Dorf, einen kleinen Weiler in der Nähe von Freiburg im Schwarzwald, kehren wollten, überfielen Räuber die Ahnungslosen und erschlugen ohne zu zögern Vater und Mutter. Nichts Wertvolles hatten sie bei sich, nur eine alte Sichel und einen Pflug. Beides nahmen sich die Gottlosen mit einem Grinsen und verschwanden. Der Knabe, getauft auf den Namen Arnulf, überlebte nur, weil er sich wie ein Hase blitzschnell ins dichte Unterholz des Waldes retten konnte. Dort zwängte er sich, so erzählte er es dem staunenden Frieder, in einen Fuchsbau, wo er bis zum nächsten Morgen ausharrte. Vater und Mutter lagen jedoch mit eingeschlagenen Schädeln und durchtrennten Kehlen am Wegesrand. Der Bruder des ermordeten Vaters, ein besonders gottesfürchtiger Mensch, versprach, den Neffen aufzunehmen, aber nur, wenn dieser vorher bis nach Trier pilgern werde. Der Knabe tat, wie ihm geheißen, und bürdete sich damit eine Strapaze ohnegleichen auf. Denn viel zu wenig Geld und Essen hatte der Oheim, der selbst oft am Hungertuch nagen musste, seinem Neffen mitgegeben. Ein Dutzend Mal habe der Knabe unterwegs Baumrinde gekaut und sich dreimal einen wässrigen, ekelhaft schmeckenden Sud aus Gras zubereiten müssen, weil er sonst nichts zum Essen hatte, berichtete er. Wenn Mitpilger, besonders die Frauen, die ihn schnell in ihr Herz schlossen, ihm nicht geholfen hätten, wäre er wohl längst elendig verhungert oder verdurstet. Wie durch ein Wunder erreichte er dennoch sein Ziel. Doch das Abenteuer war längst nicht vorüber. In den zwei Tagen wollte Arnulf seinen nicht minder beschwerlichen Heimweg antreten.

Und er ist nicht das einzige Kind. Da ist noch ein jüngeres, ebenfalls ein Knabe, vielleicht acht oder neun Jahre alt. Der Bub hat schwarz gelockte Haare, ein aufgewecktes Gesicht, bringt allerdings keinen Ton über die Lippen. Irgendein schlimmes Ereignis, so mutmaßen die

Männer und Frauen, die er seit Regensburg begleitet, hat ihm die Sprache verschlagen.

Und da ist der Bedauernswerte, dem sie vor vier Jahren das rechte Bein und vor zwei Jahren den linken Unterarm amputieren mussten. Wie beim Grundherrn Raimund hatte auch ihn der Wundbrand befallen. Der Krüppel stammt aus Offenbach, einem winzigen Dorf bei Frankfurt. Er brach bereits im März zu seiner Pilgerschaft nach Trier auf. Von hier will er nach Köln und schließlich wieder zurück an den Main. Frieder muss unwillkürlich den Kopf schütteln, wenn er an den Offenbacher denkt, der das meiste der Wegstrecke allein und ohne die Gesellschaft von Mitpilgern bewältigt. Kaum vorstellbare Qualen (oft schafft er am Tag nur einige wenige Meilen, einmal lag er über Stunden hilflos in einem Bach und wäre fast ertrunken, wenn Bauern ihn nicht entdeckt und gerettet hätten) mutet der sich zu, und doch erträgt er sie, ohne sich zu beklagen, und immer mit einem heiteren Lachen und einer lustigen Geschichte auf den Lippen, wie Frieder schnell festgestellt hat.

Der Oppenheimer muss nur seine Blicke schweifen lassen. Überall sieht er Pilger, die zum Teil aus fremden Ländern kommen. Frieder versteht zumindest ihre Sprache nicht, wenngleich sie ihrem Aussehen nach auch aus Oppenheim stammen könnten. Die besonders Hellhäutigen mit den auffällig blonden Haaren kommen aus dem hohen Norden, wo die Winter besonders hart und die Sommer nur sehr kurz sind, hat Adalbert ihnen erklärt – die mit schwarzen Haaren und den dunklen Augen wahrscheinlich aus Italien und Spanien, zwei Länder, in denen über Monate hinweg noch heißer die Sonne vom Himmel scheint als sie es in den vergangenen Wochen hierzulande tat.

Und die Stadt lebt von dem ständigen Pilgerstrom offensichtlich sehr gut. Nicht nur, dass die Herbergen, Gaststätten und Pilgerhospizen ständig überfüllt sind, wie ihnen der Herbergsvater brühwarm erzählt hat. Besonders an Ostern teilen sich nicht selten zwei oder gar drei Pilger eine Schlafstatt. Der nicht abreißende Strom an Gläubigen bringt den Herbergspächtern und den Wirtsleuten der Stadt einen schönen Batzen Geld ein. Die wiederum zahlen einen hohen Anteil an Steuern und Abgaben. Dafür hat Trier besonders schöne Brunnen und eine stattliche Zahl von Stadtknechten und Nachtwächtern, die für Ordnung und Sicherheit sorgen.

Frieder hat aber auch schnell feststellen müssen, dass der Becher Bier hier ein Vielfaches von dem kostet, was er in der Oppenheimer Schänke auf den Tisch legen muss. Und einen gebratenen Fisch oder gesottenes Fleisch zu essen, kommt einem Luxus gleich, der nur Königen vergönnt ist. Wer Wochen oder gar Monate nur karge Kost zu essen bekommen hat, so das Kalkül der Wirtsleute, der ist mit Sicherheit bereit, auch das Doppelte oder gar das Dreifache des normalen Preises dafür zu zahlen. Doch Frieder kann auch geizig zu sich selbst sein. Er wird sich erst einmal mit dem begnügen, was die Wirtin ihrer Herberge ihnen dreimal am Tag auf den Tisch stellt. Mehr als ein einfacher Brei wird es in der Regel wohl nicht sein. Erst wenn es gewiss ist, so hat er es sich vorgenommen, dass er die Heimreise wie geplant antreten kann, wolle er sich noch einmal richtig den Bauch vollschlagen, am liebsten mit gebratenem Hammel, würzigem Schinken und einem kräftigen Bier.

Doch darüber will sich der Frieder jetzt nicht den Kopf zerbrechen, denn er steht vor dem gewaltigsten Bauwerk der Stadt, der Porta Nigra. Der Fischer spitzt die Ohren, denn neben ihm steht eine kleine Pilgergruppe, dem Dialekt nach aus dem Süddeutschen, und lässt sich das Monument römischer Baukunst erklären. Und so erfährt auch der Frieder, dass diese Porta Nigra bereits mehr als eintausend Jahre alt ist und von den Römern errichtet wurde. Immerhin knapp achthundert Jahre alt ist die Konstantinsbasilika, aus dem Jahr 1030 stammt der direkt an die Porta angebaute Simeonsstift.

Frieder kann sich überhaupt keine Vorstellung davon machen, wie die Menschen vor eintausend Jahren gelebt haben, welche Wünsche, Träume, Sorgen und Probleme sie hatten. Auch von den Römern hat er nicht die blasseste Ahnung. Er hat nur erfahren, dass sie einmal die Region beherrschten, so wie der deutsche Kaiser heute über sein Territorium regiert. Und doch mussten sie anders ausgesehen haben, wie Adalbert ihnen erzählt hat. Schwarze Haare hatten sie in der Regel und sprachen lateinisch. Der Adel habe sich durch seine feinen Manieren, aber auch durch ausgelassene Feste von dem normalen Volk unterschieden. Auch trugen die hohen Herrschaften seltsame Gewänder, die überhaupt nicht zu vergleichen waren mit den Kleidern der Grafen und Fürsten heutzutage.

Nach und nach dämmert es Frieder, warum die Stadt Trier auch das „zweite Rom“ genannt wird. Denn die Spuren des längst in der Bedeutungslosigkeit versunkenen Kulturvolkes sind auch heute noch, mehr als siebenhundert Jahre nach dem Untergang des römischen Reiches, überall gegenwärtig. Selbst die Reste der vor vielen Jahrhunderten errichteten Bauwerke sind beeindruckend und lassen nicht nur den einfachen Pilger aus Oppenheim immer wieder staunen.

Und auch damit hat der Frieder nicht gerechnet, bevor sie in die Stadt gekommen sind: Überall in den Straßen von Trier (in Mainz war das keinesfalls so, zumindest ist es ihm nicht aufgefallen) stehen Buden und Katen, wo jeder Pilger seinen kleinen, privaten Reliquienschatz kaufen kann. Frieder fragt sich, wo denn die Bauern, Metzger und Bäcker sein mögen, die Obst, Gemüse, Fleisch und Backwerk feilbieten, das doch schließlich auch zum Leben gebraucht wird. Nur einige wenige Bauern kann er zwischen den Reliquienbuden ausmachen. Neugierig und bester Laune (der mystischen Stimmung in der Basilika und dem Ärger um den Streit mit der Rüdesheimerin ist inzwischen eine regelrechte Euphorie gefolgt) tritt Frieder an solch einen Verschlag heran. Hinter der Auslage sitzt eine verknöcherte Alte, die aus einem Napf eine dünne Suppe löffelt. Das graue und verfilzte Haar hat sie zu einem dicken Knoten gewickelt, auf dem rechten Auge ist sie wahrscheinlich vollkommen blind.

Die Frau bietet überwiegend geschnitzte Heiligenfiguren an, die ein jüngerer Mann, wahrscheinlich ihr Sohn, hinter dem Verschlag auf einem Holzstumpf sitzend mit flinken und geschickten Händen schnitzt. Frieder erkennt auf den ersten Blick den Heiligen Christophorus mit seinem mächtigen Pilgerstab. Der Fischer weiß mittlerweile durch die Erzählungen Adalberts, dass Christophorus einst seinen Pilgerstab in die Erde steckte, der daraufhin auf wundersame Weise Blüten und Früchte trieb. Frieder muss bei der Vorstellung schmunzeln. Wie oft hat er unterwegs bei einer kurzen Rast seinen Pilgerstab in den Boden gerammt. Doch der hat keine Blüten und Früchte getrieben. Nun ja, ich bin ja auch Fischer und kein Heiliger, denkt Frieder belustigt.

Frieder lässt weiter seinen Blick neugierig über die Auslage wandern. Die Figur mit den zwei gekreuzten Kerzen stellt den heiligen Blasius dar. Schlimmes war diesem Märtyrer widerfahren, der erst eingekerkert und später von seinen Peinigern mit eisernen Kämmen langsam zu Tode zerfleischt wurde. Auch ist überliefert, dass er im Kerker durch bloßes Handauflegen einen Knaben, der eine Fischgräte verschluckt hatte, vor dem sicheren Tod bewahrte.

Die Alte bemerkt erst nach einer Weile, dass sich jemand für ihre Auslagen interessiert. Sie schiebt sich noch einmal einen vollen Löffel in den Mund, legt dann den Napf zur Seite und erhebt sich umständlich. Mit verschwörerischem Augenaufschlag (vorher vergewissert sie sich, dass kein anderer in der Nähe ist) winkt sie den Frieder näher an sich heran.

„Woher kommt Ihr, werter Herr?", nuschelt sie, weil sie noch etwas von dem Brei im Mund hat.

Frieder gibt bereitwillig Auskunft. „Aus Oppenheim. Das liegt in der Nähe von Mainz am Rhein."

Die Alte nickt wissend. „Dann habt Ihr schon einen langen und beschwerlichen Weg hinter Euch. Werdet Ihr noch weiter pilgern?"

„Nach Aachen soll es gehen."

Wieder heuchelt sie Interesse. „Ihr werdet das Grab unseres großen Herrschers Karl sehen. Etwas, was mir nie vergönnt war, obwohl ich davon geträumt habe, seitdem ich ein kleines Kind war. Aber mittlerweile bin ich zu alt, um noch einmal nach Aachen zu pilgern. Schon bald wird mich der Herr zu sich rufen, ich kann es genau spüren. Man merkt, wenn die Zeit gekommen ist. Stimmt Ihr mir da nicht auch zu?"

Frieder, dem das Thema unangenehm geworden ist, will schon wieder weitergehen, doch die Alte legt blitzschnell ihre Hand auf seinen Unterarm und hält den Frieder fest. Noch einmal sieht sie vorsichtshalber nach rechts und nach links. Frieder kommt die Geheimniskrämerei mittlerweile albern vor. Was könnte diese Trödlerin, die mit Sicherheit schon siebzig Jahre auf dem krummen Buckel hat, ihm anbieten, was die anderen nicht auch auf ihren Auslagen stehen haben?

„Ich hab etwas, werter Herr, das werdet Ihr nirgendwo anders finden."

Als Frieder fragend die Stirn runzelt, holt die Alte mit einer flinken Bewegung etwas hervor, das sie bislang unter der Lade aufbewahrt hat. Frieder erkennt ein kleines Töpfchen. Vorsichtig, als bewahre sie darin Gold oder auch den wertvollen Farbstoff Purpur auf, lüftet die Alte kurz den kleinen Deckel. Frieder erkennt auf den ersten Blick, dass das kleine Gefäß mit einigen Krumen Erde gefüllt ist. Fragend schaut er die Alte an, die triumphierend in seine Richtung und doch an ihm vorbei blickt. Sie kann tatsächlich kaum etwas erkennen.

„Das ist ein wenig von der Erde, in der das Kreuz eingeschlagen war, an dem unser Herr sein Leben aushauchte."

„Aha!"

Das ist alles, was Frieder herausbringt. Er weiß nicht, was er sonst sagen soll. Dass der Rock, den er eben erst gesehen hat, einst Jesus trug, steht für ihn außer Zweifel. Doch diese paar Krümel Erde ...? Die hätten auch von einem Oppenheimer Acker oder aus einem der vielen Weinberge stammen können. Wieso sollte ausgerechnet diese Alte an Erde von der Schädelstätte Golgatha gekommen sein? Er verzieht das Gesicht zu einem spöttischen Grinsen.

„Ihr glaubt mir nicht?", keift die Hökerin, die sofort merkt, dass der Frieder an ihren Worten zweifelt. „Reuige römische Soldaten haben die Erde, in der das Kreuz unseres Herrn stand, in eine Kiste gefüllt. Darin lag sie viele Jahrhunderte, fast schon vergessen. Irgendwann fanden fromme Missionare die Kiste und übergaben sie vor nunmehr hundert Jahren an mutige Kreuzfahrer. Die haben sie bei ihrer Rückkehr in deutsche Lande mitgebracht. Könige und Kaiser haben immer eine Hand voll dieser heiligen Erde in einem kleinen Beutel bei sich getragen. Es half ihnen, weise Entscheidungen zu treffen und auf dem Schlachtfeld den Feind zu besiegen, auch wenn dieser weit überlegen war. Guter Mann, Ihr könnt Euch gar nicht vorstellen, welche Mühen es mich gekostet hat, an einen winzigen Anteil der kostbaren Erde zu gelangen. Und ich verlange wirklich nicht viel dafür."

Von da weht der Wind, denkt sich der Frieder halb belustigt. Gleich wird sie ihm vorjammern, dass sie kaum etwas zu beißen hat und dass die paar Krümel nur ein paar Münzen kosten. Ehe Frieder etwas entgegnen kann, wird er von einem Rufen abgelenkt.

„Frieder, Gott sei's gedankt, dass ich dich endlich gefunden habe."

Es ist Georg, der mit hochrotem Kopf und Schweißperlen auf der Stirn zur Bude der Alten gehastet kommt.

„Wir müssen Gertrude finden, bevor sie sich etwas antun kann", japst er völlig außer Atem. „Sie soll einen Bader namens Meinhard aufgesucht haben. Und ich habe keine Ahnung, wo man diesen Bader hier finden kann. Keiner, den ich bislang gefragt habe, konnte mir weiterhelfen."

Er bemerkt, wie die Alte, enttäuscht über das Geschäft, das ihr wohl entgeht, bei dem Namen aufhorcht.

„Kennst du diesen Bader?", hakt der junge Mönch sofort nach.

Als die Hökerin nicht sofort antwortet und sich stattdessen abwenden will, wird Georg fuchsteufelswild. Frieder reibt sich verwundert die Augen, als er sieht, wie sich der junge Mönch ungehalten über die Auslage beugt, dabei mehrere Heiligenfiguren umwirft und die Alte anherrscht, ihr endlich zu antworten. Die weist mit zitternden Fingern den Weg. Unweit von St. Matthias sollten sie den Bader Meinhard finden, stottert sie. Er habe eine ansehnliche Hütte mit einem kleinen Brunnen davor.

„Los komm, wir dürfen keine Zeit verlieren."

Als Frieder fragt, was vorgefallen sei, mahnt ihn Georg zur Geduld. Wichtiger als Erklärungen sei, so schnell als möglich die Hütte des Baders zu finden. Frieder wechselt das Thema und will von Georg wissen, was er von der Erde halte, in der das Kreuz Christi stand. Der Blick, den der junge Mönch ihm daraufhin statt einer Antwort zuwirft, spricht Bände.

Schweigend hasten sie durch die engen Gassen, vorbei an den Ständen, vorbei an Bettlern und Aussätzigen, die hoffen, dass die Gnade Gottes, die in dieser Stadt allgegenwärtig ist, auch auf sie abfällt. An einem einfachen Holzkreuz steht einer, über und über mit Krätze befallen. Diese Gestalt, bekleidet mit ein paar vor Dreck starrenden Lumpen, fleht den Heiland an, ihn von seinem Leid zu befreien. Nur ein paar Schritte von ihm entfernt hockt eine Bettlerin auf dem Boden. An sich gekauert hält sie ihre drei Bälger, die sie von dem wenigen, was die Menschen für sie übrig haben, ernähren muss. Frieder sieht sofort, dass die Kinder bestimmt schon tagelang nichts mehr gegessen haben. Unterdrücktes Stöhnen gibt einer von sich, der sich selbst geißelt und dabei immer wieder den Herrn um Vergebung, von was auch immer, anfleht.

Doch Frieder hat keine Zeit, darüber zu staunen. Georg mahnt ihn erneut zur Eile an. Endlich haben sie die Kirche St. Matthias erreicht. Georg fragt einen Bauern, der in der Nähe sein Gemüse verkauft. Der deutet mit seiner verkrüppelten Hand nach Osten.

„Da drüben, hinter dem Brunnen, findet ihr den Bader Meinhard."

Georg nickt dankend und stürmt voran. Frieder, der noch immer nicht begreift, was so schlimm daran sein kann, wenn die Rüdesheimerin einen Bader aufgesucht hat, folgt ihm seufzend. Auch er ist mittlerweile schweißgebadet, und es schmerzt ihn die Leiste. Er ist es nicht gewohnt zu rennen, erst recht nicht nach den Monaten der bedächtigen Wanderung. Als sie die nicht gerade kleine Hütte des Baders erreichen, hält sich Georg gar nicht erst mit Anklopfen und Rufen auf. Er öffnet die Tür und stürzt hinein. Eine junge Frau, vom Lärm an der Tür aufgeschreckt und wahrscheinlich eine Magd, fragt verwundert nach seinem Begehren. Als Georg nach Gertrude fragt und sie dabei ausgiebig beschreibt, nickt sie sofort. In der zweiten Stube sitze sie, der Meinhard habe bestimmt schon angefangen.

Angefangen? Womit denn, fragt sich Frieder, der vermutet, dass die Rüdesheimerin von einem Mann beglückt werden will. Was sonst könnte sie in einer Badstube, bekanntlich nicht gerade ein Ort enthaltsamer Frömmigkeit, verloren haben? Ihren Buckel wird sie sich von dem Bader bestimmt nicht schrubben lassen.

Doch als der junge Mönch die genannte Tür aufreißt, wird er schnell eines Besseren belehrt. Auf einem umgedrehten Holzzuber, in dem sich normalerweise die Gäste des Baders einem wohligen Bad hingeben, sitzt die Gertrude mit verzerrtem Gesicht. Ihr Unterleib ist nackt, die Beine sind gespreizt. Vor ihr kniet ein dickleibiger Mann, der einen zugespitzten Stock in der Hand hält. Neben den beiden steht ein vierschrötiger Kerl, wahrscheinlich der Badknecht. Der hält eine Schüssel in der Hand und glotzt die beiden, die eben in die Badstube hereingestürmt sind, blöd an.

„Um Gottes Willen, nein", brüllt Georg, der sich augenblicklich auf den völlig verdutzten Meinhard wirft.

Der begreift nicht, dass ein Mönch ihm Böses will und kippt mit einem Aufschrei zur Seite. Der Badknecht lässt die Schüssel fallen und will seinem Herrn zu Hilfe kommen. Doch er scheut sich, gegen einen wild gewordenen Mönch handgreiflich zu werden. Mit eher sanfter Gewalt zieht er ihn von dem Bader weg. Dabei stolpert er über seine großen Füße und bald hat sich auf dem groben Holzboden ein Menschenknäuel gebildet, das der Frieder mit offenem Mund anstarrt.

Auch die Gertrude gibt einen überraschten Laut von sich, als sie unverhofft den Georg und den Frieder vor sich sieht. Dann springt sie von dem Zuber herunter, rafft in wilder Panik ihre Kleidung zusammen und stürzt Hals über Kopf aus der Badstube.

Der Bader, sein Knecht und der Georg rappeln sich wieder auf.

„Was fällt Euch ...", will der Bader aufbrausen, doch Georg macht eine entschuldigende Handbewegung.

„Verzeiht mir, guter Mann, aber ich kann nicht zulassen, dass Ihr ein ungeborenes Kind tötet", sagt er ruhig, aber bestimmt.

Der Bader macht ein Gesicht, als habe ihn seine Frau beim heimlichen Saufen erwischt.

„Schon gut, Meister, ich weiß, dass Ihr den Weibern, die zu Euch kommen, wohl nicht nur die Haare färbt und die Fußnägel schneidet. Aber ich bin der jungen Frau, die sich an Euch gewandt hat, verpflichtet."

Frieder glaubt, sich verhört zu haben. Ungeborenes Kind? Die Gertrude ist schwanger? Der Fischer erkennt in diesem Moment, was geschehen wäre, wenn sie auch nur wenige Augenblicke später gekommen wären. Auch in Oppenheim suchen Frauen manchmal den Bader auf, ohne ein Bad nehmen zu wollen. Sie tun es heimlich, meist im Morgengrauen oder nach Einbruch der Dunkelheit. Keiner redet darüber und doch weiß im Grunde genommen jeder Bescheid. Mit dem Stock wäre der Mann in den Unterleib der Rüdesheimerin eingedrungen, hätte sich zu dem ungeborenen Kind vorgetastet, um es mit einem oder mehreren Stichen zu töten. Aber wie leicht hätte auch die Rüdesheimerin an den Folgen des Eingriffs sterben können.

Der Bader hat sich schnell wieder beruhigt. Er habe sich nicht um die Aufgabe gerissen, beteuert er, aber die Fremde habe ihn so lange bekniet und ihm ihr letztes Geld angeboten, da habe er schließlich eingewilligt.

„Und das ist wohl der Kindsvater?", sagt er mit einem abfälligen Blick auf den Frieder.

Bevor der völlig verdutzt dreinschauende Fischer antworten kann, nickt Georg schnell mit dem Kopf. „Ja, Ja! Ihr habt Recht, das ist der Vater, und mittlerweile bekennt er sich zu dem Ungeborenen. Ist es nicht so, Frieder?"

Der Oppenheimer zieht geräuschvoll die Luft ein. „Natürlich, Bruder Georg", sagt er langsam und schaut dem jungen Mönch eindringlich in die Augen. „Ich hoffe, es wird ein Sohn, den ich dann auf den schönen Namen Georg taufen lasse."

Der junge Mönch klatscht in die Hände. „Ihr seht, guter Mann, es ist alles wieder in Ordnung. Jetzt müssen wir nur noch die Mutter wiederfinden."

Er zieht eine Münze aus seinem Beutel und reicht sie dem Bader. „Für Euer Entgegenkommen."

Der Bader nickt nur kurz. Für ihn ist die Angelegenheit erledigt, und auch sein Knecht hat sich längst anderen Arbeiten zugewandt. Als der Mönch erleichtert vor die Hütte tritt, erwartet ihn der Frieder mit verschränkten Armen. Mit dem rechten Fuß tappt er auf den Boden.

„Ich soll also der Vater des Kindes der Gertrude sein", sagt er vorwurfsvoll, aber es ist ihm anzusehen, wie froh auch er ist, dass sie die Gertrude rechtzeitig gefunden haben. „Na ja, du kannst dich ja schlecht als Erzeuger ausgeben."

Er kneift die Augen zusammen. „Aber sag mir bitte eines. Seit wann dürfen Mönche denn so schamlos lügen?"

Georg schaut unschuldig in den Himmel. „Das war eine Notlüge. Der Herr wird es mir verzeihen."

Beide lachen, doch Frieder wird schnell wieder ernst. „Seit wann weißt du es?", fragt er den Mönch, der sich von dem Brunnen bedient und auch dem Fischer eine Schöpfkelle Wasser anbietet.

„Erinnerst du dich an den Streit zwischen der Gertrude und mir auf dem Schiff? Schon in Bernkastel, gleich nach der Beinamputation, bat sie mich, ihr das Kind wegzumachen. Sie weiß nicht, von wem es ist."

Frieder seufzt und schüttelt den Kopf. „Die Gertrude ... Sie scheint es mit den Männern nie genau genommen zu haben."

„Sie ist auf Pilgerschaft, weil sie ihr altes Leben hinter sich bringen will. Aber ich kann nicht zulassen, dass sie ihr ungeborenes Fleisch wegwirft und sich dabei selbst noch in Gefahr bringt. Der Bader hätte ihr den spitzen Stock eingeführt, um das ungeborene Kind zu töten."

„Schon gut, Georg", unterbricht ihn der Oppenheimer. „Ich kann es mir schon vorstellen."

Georg legt ihm die Hand auf die Schulter. „Versprichst du mir zwei Dinge? Behalte das Erlebte für dich und gib ein wenig auf die Gertrude Acht, ohne dass sie es merkt. Seitdem ich es abgelehnt habe, ihr zu helfen, bin ich Luft für sie."

„Ich dachte, der Rudolf ...", will Frieder entgegnen. Doch dann nickt er. „Ich werde auf sie aufpassen. Zumindest, so weit ich kann", schränkt er ein.

*

Schon in den frühen Morgenstunden des nächsten Tages sitzt Georg am Ufer der Mosel und starrt auf das Wasser. Leichte Nebelschwaden steigen von der bleigrauen Oberfläche auf und verziehen sich zu seltsam anmutenden Gestalten. Einmal erscheint es Georg, als schwebe eine engelhafte Gestalt über dem Wasser. Er muss lächeln. Vielleicht ist es ja tatsächlich ein Bote Gottes, der sich ihm hier auf diese Weise zeigt.

Noch einmal fällt ihm der Vorfall in der Badstube ein. Als er die Gertrude kurze Zeit später wiedertraf, hatte die wie erwartet nur einen giftigen Blick für ihn übrig. Den Versuch des jungen Mönchs, mit ihr ins Gespräch zu kommen, ignorierte sie schlichtweg. Und auch am Abend, als sie sich noch einmal über den Weg liefen, beschied sie ihn nur knapp, sich nicht mehr in ihre Angelegenheiten einzumischen.

Georg weiß, dass er jetzt auch mit gut gemeinten Worten und Ratschlägen alles nur noch schlimmer machen würde. Er will der Rüdesheimerin Zeit lassen und versuchen, das alte Vertrauen langsam wieder aufzubauen. Plötzlich hört er Schritte. Es ist Adalbert, der sich neben ihm auf die niedrige Steinmauer setzt.

„Ich wusste, dass ich dich hier finden würde", sagt der Wormser. Es ist ihm anzusehen, dass er mit sich und der Welt im Reinen ist. Er hat seine letzte Pilgerschaft zu Ende gebracht.

Georg seufzt. „Ich wollte einfach einmal kurz allein sein, weg von den anderen."

Adalbert lächelt wissend. „Ich kenne das nur zu gut. Auf einer Pilgerschaft kann man am besten erkennen, welch grenzenlose Fantasie Gott hat, wenn es darum geht, uns Menschen zu erschaffen."

Er lacht und erzählt Georg von einem seltsamen Kauz, der sich Adalberts Pilgergruppe – es war mittlerweile vor mehr als zwanzig Jahren – auf dem Weg nach Magdeburg anschloss. Er habe bis dahin und auch danach keine Pilgerschaft erlebt, die so lustig war wie diese. Die witzigsten Geschichten habe der Frankfurter ihnen abends erzählt und dabei die komischsten Grimassen geschnitten. Nicht selten hätten sich die anderen vor Lachen gebogen. Auch habe er, zur Verwunderung aller, Taubeneier vor ihren Augen verschwinden lassen und kurz darauf, scheinbar aus dem Nichts, wieder erscheinen lassen.

„War das nicht unstatthaft?", fragt Georg verwundert. „Das grenzt ja fast an schwarze Magie."

Adalbert winkt ab. „Ach was, mein guter Freund. Eine Pilgerschaft ist ein hartes Brot, da können ein wenig Humor und ein paar Zauberkunststücke bestimmt nicht schaden, wenngleich wir damals fast schon zu viel des Guten hatten."

Nach einer Weile des Schweigens kommt Adalbert auf die Gertrude zu sprechen. Er habe längst mitbekommen, dass sich das am Anfang so gute Verhältnis der Rüdesheimerin zu seinem Konfrater merklich verschlechtert habe. Er bedaure das, schließlich sei Georg so etwas wie seine Hoffnung gewesen, dass es wenigstens einer schafft, die sündige Rüdesheimerin wieder auf den rechten Weg zu bringen.

Georg erzählt ihm daraufhin von Gertrudes Versuch, sich ihr ungeborenes Kind wegmachen zu lassen. Adalbert macht ein entsetztes Gesicht und bekreuzigt sich. Er habe nicht geahnt, dass Gertrude schwanger ist, wundere sich aber keineswegs darüber.

„Sie ist ein verlottertes Weibsstück", sagt er hart.

„Sie ist auf dem Pfad zurück zur Tugend", entgegnet Georg.

Erneut muss Adalbert lachen. Doch es klingt bitter. „Das glaubst du wirklich? Sie hat sich mehrmals dem Rudolf hingegeben. Ich mach mir nichts vor, Georg. Die Huren, die entlang der Pilgerwege ihrem Gewerbe nachgehen, leben bestens von den Fleischesgelüsten der Männer, denen in den harten und entbehrungsreichen Wochen der Sinn nach einem Weib steht. Dafür gibt es dunkle Verschläge, die Hure wird bezahlt, und kein anderer stört sich daran. Aber die beiden haben es in aller Öffentlichkeit getrieben. Alle in der Gruppe wissen es, doch das schert weder den Rudolf noch die Gertrude. Und den alten Begleiter des Rudolf scheint es ebenso wenig zu kümmern."

Darauf erzählt er Georg, dass er schon einmal erlebt habe, dass in seiner Pilgergruppe eine Frau schwanger war und noch während der Pilgerschaft ein Mädchen gebar. Vor sieben Jahren sei das gewesen, als sie von Köln nach Regensburg gepilgert seien. In Nürnberg habe die Frau, die aus einer kleinen norddeutschen Stadt namens Hamburg stammte, ihr Kind auf die Welt gebracht. Ihren gewalttätigen Mann habe sie erstochen, als der sich wieder einmal sturzbesoffen über sie hermachen wollte, nachdem er sie grün und blau geschlagen hatte. Mit ihrer Pilgerschaft habe sie ihre Bluttat sühnen wollen. Er könne sich vorstellen, dass auch die Rüdesheimerin nicht freiwillig die Pilgerschaft auf sich genommen habe. Er wisse zwar nicht, was sie angestellt habe. Doch selbst die längste Pilgerroute reiche wohl nicht aus, sie auf den Pfad der Tugend zurückzuführen.

„Die Gertrude braucht noch etwas Zeit. Und dein Problem ist sie doch nicht mehr länger."

„Wahrlich, da hast du Recht."

Georg will nicht länger über die Rüdesheimerin sprechen und erzählt Adalbert von der vermeintlich heiligen Erde, die der Frieder angeboten bekommen hat. Der Wormser grinst. Man könne sich gar nicht vorstellen, was man an den großen Pilgerstätten alles angeboten bekomme, ereifert er sich. In Magdeburg wollte ein Mann ihm Haare von der Mutter Gottes verkaufen. Und in Köln sei ihm schon einmal ein Stück von der Windel des Jesuskind feilgeboten worden, und das, wo doch jeder weiß, dass die Windeln des kleinen Jesuskindes in der Pfalzkapelle zu Aachen aufbewahrt werden.

„In Santiago de Compostela soll es sogar vorgekommen sein, dass die Vorhaut Jesu Christi als Reliquie angepriesen wurde. Das Geschäft mit den Reliquien treibt manchmal seltsame Blüten. Wenn du nach Aachen kommst, wirst du die beiden Arme Karls des Großen sehen können. Seltsam ist nur, dass in einer anderen Kirche in Aachen ebenfalls zwei Arme verehrt werden, die von dem großen Kaiser stammen sollen. Und auch im fernen Paris wird ebenfalls ein Arm verehrt. Ich frage dich, Georg: Hat der Kaiser tatsächlich fünf Arme gehabt?"

Der junge Mönch lacht lauthals. „Das kann ich mir nicht vorstellen, auch wenn man sich manches über den großen Karolinger erzählt."

„Ja, er soll die heilige Irminsul der Sachsen, diese gewaltige, jahrhundertealte Eiche, mit einem Schwerthieb zerstört haben."

„Dazu braucht man bestimmt fünf Arme."

Die beiden Mönche lachen erneut und geben sich danach einem lang anhaltenden Schweigen hin. Mittlerweile hat sich der Nebel auf dem Wasser der Mosel fast verzogen. Vom nahen Trier dringen langsam die Geräusche einer geschäftigen Stadt herüber. In diesem Moment legt ein größerer Kahn an, der eine kleine Gruppe Pilger ausspuckt. Georg erkennt, dass es fünf Alte sind, die nur mit Mühe einen Fuß vor den anderen setzen können. Sie werden von einer Gruppe aus drei Männern mittleren Alters, einer Frau und einem vielleicht zwölfjährigen Jungen begrüßt, die Trier an diesem Morgen verlassen. Es ist ein ständiges Kommen und Gehen. Daran wird sich auch in Jahrhunderten nichts ändern, ist Georg überzeugt.

„Nach der Sext nehme ich ein Schiff", sagt Adalbert nach einer Weile unvermittelt. „Wenn Gott will, bin ich in sieben oder acht Tagen, spätestens in zwei Wochen in Worms. Ich werde meinen gütigen Abt darum bitten, dass er mich, so lange ich noch bei Kräften und Verstand bin, in der Klosterbäckerei beschäftigt oder in der Braustube. Ich nehme jede Aufgabe an, die er mir anträgt. Irgendwann werde ich nur noch im Klostergarten sitzen und darauf warten, dass mich der Herrgott zu sich beruft."

„Gott wird seine schützende Hand auch weiterhin über dich halten", gibt Georg zuversichtlich zurück.

Adalbert kramt unter seiner Kutte und zieht etwas hervor, das er Georg reicht. Es ist das kleine, aber recht dicke Büchlein, in dem er immer wieder nachgeschlagen hat und dessen schwarzer Einband schon völlig abgewetzt ist. Es muss Jahre, wenn nicht gar Jahrzehnte alt sein. Vorsichtig beginnt er zu blättern. „Pilgerrouten", murmelt er nach einer Weile ehrfürchtig und verwundert zugleich. „Darin sind bestimmt zwei Dutzend Pilgerwege beschrieben."

Er schaut Adalbert mit großen Augen an. „Pilgerwege, die du im Laufe der vielen Jahre gegangen bist!"

„Seit meiner fünften Pilgerschaft habe ich alles genau aufgezeichnet. Wie du siehst, habe ich mich auch ab und zu als Zeichner versucht. Doch ich muss gestehen, dass mir das Schreiben weitaus mehr liegt."

Georg nickt anerkennend und blättert weiter. Er sieht Flussläufe, Wege und Straßen, Seen und Berge, Dörfer und die großen Städte. „Das ist eine großartige Leistung. Darüber wird man noch Generationen nach dir sprechen."

Adalbert wehrt bescheiden ab. „Es ist nicht so schwierig, wie es erscheint. Nur in den letzten zwei, drei Jahren hat es mich Mühe und oft auch Überwindung gekostet, den Gänsekiel in die Hand zu nehmen. Aber wenn du die Seite ganz am Schluss aufschlägst, wirst du sehen, dass Trier die letzte Station ist, über die ich meine Aufzeichnungen geführt habe. Es ist kein Platz mehr, aber es wird auch nichts mehr folgen. Eine seltsame Fügung, nicht wahr? Mit dem Ende meiner letzten Pilgerreise bin ich an das Ende dieses Büchleins gelangt. Es ist, als sei mein Leben schon vorbestimmt gewesen, als ich dieses Büchlein damals in Worms erwarb."

Georg blättert vorsichtig die bereits gelblich gewordenen Seiten um. Mit Staunen stellt er fest, dass Adalbert schon in Magdeburg war, in Altötting, Köln und Lübeck. Auch Rom und Santiago de Compostela fehlen nicht.

Seine Stimme stockt, als er seinen Konfrater darauf anspricht.

„Nach Santiago de Compostela bin ich gewallt, als ich noch ein junger Bursche war. Gütiger Himmel, achtundzwanzig Jahre sind seitdem vergangen. Knapp zwei Jahre hat mich diese Pilgerschaft in Anspruch genommen. Unterwegs brach ich mir bei einem Sturz das rechte Handgelenk, holte mir gleich zweimal eine Lungenentzündung und verbrachte insgesamt mehr als drei Monate in Spitälern. Heute wünschte ich, ich wäre einem Talent wie dir über den Weg gelaufen. Das hätte mir einige Pein erspart, denn nicht selten haben mich Bauern und Pfuscher kuriert."

„Und wann warst du in Rom?"

„Rom liegt knapp zehn Jahre zurück."

„Erzähl mir mehr davon!"

„Rom ist unbeschreiblich. Wenn Gott es will und deine Kraft es zulässt, woran ich nicht zweifle, musst auch du über die Alpen pilgern."

Und dann berichtet Adalbert seinem jungen Konfrater vom Sitz der Päpste, von den Bauwundern dieser riesigen Stadt, der auch der Verfall des mächtigen römischen Reiches nichts anhaben konnte. Und er erzählt von den berühmten Katakomben.

„In diesen unterirdischen Begräbnisstätten ruhen unzählige Tote. Heiden und Christen, Heilige und Normalsterbliche bilden tief unter der römischen Erde ein riesige Totengemeinschaft."

Georg hört atemlos zu, als Adalbert berichtet, dass er endlose Gänge gesehen habe, in deren Wände rechteckige Nischen eingeschlagen sind, wo die Toten Platz für ihre letzte Ruhe gefunden haben. Diese Kammern seien mit Ziegelsteinen und Marmorplatten verschlossen, in denen die Namen der Verstorbenen eingeschlagen sind. Große Räume habe Adalbert in dieser Stadt unter der Stadt Rom gesehen, deren Wände mit wunderschönen Malereien verziert seien.

„Das größte Wunder der Stadt ist jedoch das Grab des Heiligen Petrus, der die letzten Stunden unseres Herrn miterlebt hat. Die

Peterskirche ist den Bemühungen des Kaisers Konstantin des Großen zu verdanken. Nicht minder eindrucksvoll ist die Grabeskirche des Apostels Paulus, die ebenfalls zur Zeit Konstantins erbaut wurde. Die geborgenen Gebeine und Häupter der beiden Apostel Petrus und Paulus gehören zu den größten Schätzen der Christenheit", berichtet Adalbert in tiefer Ehrfurcht und schweigt eine Weile, versunken in seinen Erinnerungen.

„An Rom habe ich allerdings auch schmerzhafte Erinnerungen."

Er zieht seinen linken Schuh aus. Georg sieht sofort, dass zwei Zehen fehlen. Ein dritter ist völlig verkrüppelt.

„Die Erfrierungen habe ich mir auf dem Rückweg über den St.-Bernhard-Pass zugezogen. Mein rechter Fuß sieht nur wenig besser aus. Während in den malerischen Ebenen noch laue Lüftchen wehen und die Blätter sich gerade erst verfärben, herrscht im Gebirge schon der Winter. Das habe ich nicht bedacht, als ich, nur mit dünnen Schuhen an den nackten Füßen, den Heimweg antrat. Doch Gott hat seine schützende Hand über mich gehalten und mir mein Leben gerettet."

„Lohnt denn all die Mühe, die wir uns mit einer Pilgerschaft aufladen? Gib mir eine ehrliche Antwort."

Adalbert schweigt eine ganze Weile. „Darüber habe ich mir oft den Kopf zerbrochen. Glaub mir, wenn du den ganzen Tag durch einen Wald oder eine menschenleere Heide wanderst, hast du viel Zeit zum Nachdenken. Aber eine Antwort habe ich nicht gefunden. Wäre ich glücklicher oder wenigstens zufriedener, wenn ich all die Jahre hinter Klostermauern in Worms verbracht hätte? Wenn ich Bücher geschrieben, Bier gebraut oder Brot und Hostien gebacken hätte? Wer weiß das schon. Aber eines weiß ich ganz genau. Mit jeder Pilgerschaft bin ich Gott ein Stück entgegengegangen. Ja, Georg, mit einer Pilgerschaft gehen wir Gott entgegen. Und ich glaube, dass sich dafür jede Mühe und jedes Leid lohnt. Ich habe dieses Leben gewählt, und ich bereue es nicht. Nur musst du, mein lieber Georg, deinen Weg erst noch finden. Du weißt, dass ich dich gern woanders wüsste."

Georg seufzt und will Adalbert das Buch zurückgeben. Doch der schiebt Georgs Arm beiseite. „Ich möchte, dass du es behältst."

Der junge Mönch ist so überrascht, dass er nicht weiß, was er sagen soll. „Das kann ich nicht annehmen, das ist viel zu wertvoll."

„Es gehört dir", bekräftigt Adalbert mit bestimmendem Tonfall. „Zu Hause in meinem Kloster nutzt es keinem. Es würde irgendwo in die Ecke gelegt und in Vergessenheit geraten, wahrscheinlich bald vergilben und verfallen. Halte du es in Ehren. Nutze es, wenn du auf

Pilgerschaft bist. Schlag nach, wenn du einmal nicht weiter weißt. Berichtige, wenn dir ein Fehler auffällt. Und gib es weiter an denjenigen, der es deiner Meinung nach verdient. So wie ich der Überzeugung bin, dass ich es keinem anderen als dir überlassen könnte."

Georg spürt, wie ihm die Tränen in die Augen steigen. Es ist ein besonderer Moment in seinem Leben, nicht nur, weil er bald von Adalbert Abschied nehmen muss.

Der Wormser schaut ihm in die Augen. „Wir kennen uns noch nicht lange, und wir werden uns wahrscheinlich nie mehr wiedersehen. Und doch habe ich das Gefühl, in dir einen vertrauten Freund neben mir sitzen zu haben. Ein Freund, der etwas auf dem Herzen hat, sich aber nicht so recht traut, es mir anzuvertrauen."

Georg erwidert den Blick. „Du hast meine Gedanken erraten."

Dann erzählt er seinem Konfrater das, was er bereits der Gertrude anvertraut hat.

Die Sonne ist schon ein deutliches Stück über den Horizont gewandert, als sich die beiden Mönche am Ufer der Mosel verabschieden. Während Georg noch am Ufer sitzen bleibt, kehrt Adalbert in die Stadt zurück. Der junge Mönch sieht seinem Konfrater nach, bis der in der Menschenmenge, die sich inzwischen wieder am Stadttor gebildet hat, verschwunden ist. Auch er fühlt, als habe er seinen besten Freund verloren.

Sie verlassen Trier am späten Mittag des 25. Juli. Nun ist Georg der Anführer der Pilgergruppe, die jetzt aus zwei Frauen und vier Männern besteht. Allerdings fehlt der Fremde, der auf die Frage, ob er nach Trier noch weiterpilgern wolle, stets genickt hatte. Georg schaut jeden Einzelnen fragend an, doch keiner weiß, was aus ihm geworden ist. Nur die Gertrude gibt an, sie habe ihn vor nicht allzu langer Zeit gesehen, aber nichts Außergewöhnliches bemerkt.

„Wir marschieren trotzdem los. Er weiß genau Bescheid, dass wir uns hier treffen würden", sagt Georg missmutig und gibt den anderen ein Zeichen.

Da stößt der Baumlange einen überraschten Laut aus. Um die Ecke kommt mit schnellen Schritten der Fremde gelaufen, doch er ist nicht allein. An seiner Hand sehen sie den schwarz gelockten Knaben.

„Na prima", murmelt die Gertrude. „Jetzt haben wir gleich zwei in unserer Gruppe, die keinen Ton von sich geben."

Oppenheim

5. August 1196

Er kam in den späten Mittagsstunden und sagte, er sei auf den Namen Konrad getauft. Er sei Kaufmann und auf dem Weg nach Köln, wo ihn sein Schwager, ebenfalls Kaufmann und sehr wohlhabend, aufnehmen wolle. In Oppenheim wolle er nur nächtigen und sich ein wenig von den Strapazen der Reise (aufgebrochen sei er im fernen Basel) erholen.

So zumindest macht es in Oppenheim an diesem warmen Augusttag die Runde. Katharina, Mechthild und Volker bekommen es vom alten Werner, einem Plappermaul aus der Rohrgasse, zugetragen. Es kommt nicht oft vor, dass Fremde in Oppenheim länger als für ein paar Stunden bleiben. Meist sind es Tagelöhner auf dem Weg nach Mainz, selten fahrende Händler, herumziehende Handwerker oder Gaukler. Jener Konrad, so tuschelt es der Werner hinter vorgehaltener Hand, übernachte in der am Marktplatz gelegenen Schänke vom Schmitt. Von großer Gestalt sei er, habe pechschwarze Haare, sei wohlhabend gekleidet und trage einen geheimnisvollen Beutel mit sich. Bestimmt sei dieser voller Gold.

Mechthild schüttelt den Kopf. „Na, wenn du Recht hast, hast du Recht."

Nicht nur für sie ist der Werner ein Dummschwätzer. Neulich erst wollte er ein riesiges Wesen mit zwei Köpfen in den Weinbergen von Oppenheim gesehen haben. So posaunte er es auf dem Marktplatz herum. Und alle, die es hörten, lachten ihn nur aus. Wahrscheinlich sei er dem wilden Mann über den Weg gelaufen. Und es war erst im letzten Jahr, als er versuchte, jedem weiszumachen, die Mutter Gottes sei ihm in seiner kleinen Hütte erschienen.

Und selbst wenn er Recht hat, selbst wenn ein geheimnisvoller Fremder oder sogar der Kaiser persönlich in Oppenheim einkehren sollte: Mechthild hätte es nicht zu kümmern. Bald wird der Fremde weiter des Wegs ziehen, und spätestens übermorgen wird kein Hahn mehr nach ihm krähen.

Das erste Mal sieht Mechthild diesen Konrad am frühen Abend. Er muss es sein, daran kann kein Zweifel bestehen – zu genau passt die

Beschreibung auf ihn, die der Werner abgegeben hat. Langsamen Schrittes kommt er die Gasse entlang, in der auch das Haus des Frieder steht. Hochgewachsen ist er, in der Tat, und er hat pechschwarzes Haar, das ihm fast bis auf die Schultern reicht und ihn als Mann höherer Herkunft ausweist. Auch die Kleidung, gefertigt aus feinem Leder, macht nicht den Eindruck, als stamme sie vom Trödler. Er blickt im Vorbeigehen Mechthild ohne ein einziges Wort in die Augen, dass es sie erschauert. Es ist schon lange her, dass ein Mann sie einfach durch seinen Anblick aus der Fassung gebracht hat.

Dabei ist die älteste Tochter des Fischers Frieder sogar einmal verheiratet gewesen. Sechzehn Jahre alt war sie, als der jüngere Sohn des Bäckers Berschick um sie freite. Beide Väter waren einverstanden, und so wurde am 15. Mai 1191 im Hause des Berschick Hochzeit gefeiert. In harmonischer Eintracht tranken die beiden Väter auf das gemeinsame Wohl ihrer Kinder, die beiden Mütter verdrückten stille Tränen der Rührung. Der alte Berschick hatte ein großes Fass mit Bier aufstellen und frisches Backwerk auffahren lassen. Frieder hatte feinsten Rheinsalm und Zander zum Schmaus mitgebracht. Dazu gab es Suppe und getrocknete Apfelscheiben. Und es spielte der Lautenmann, der mit lustigen Versen die Vorzüge der Braut und die Güte des Bräutigams lobte. Gefeiert wurde bis in die frühen Morgenstunden, wenngleich sich das junge Paar bald nach Mitternacht in die festlich ausstaffierte Kammer zurückzog. Mit Augenzwinkern tauschten die Väter ihre Genugtuung aus, als sie kurz darauf aus der Hochzeitskammer wohlbekannte Geräusche vernahmen. Der Bräutigam, obgleich nicht mehr ganz nüchtern, war dabei, seine Pflicht zu erfüllen. Bald darauf wurde es still im Zimmer, doch die Hochzeitsgesellschaft zechte weiter bis in die frühen Morgenstunden. Am nächsten Mittag begutachteten die Väter mit dröhnenden Köpfen das Laken der Brautstatt. Es war blutbefleckt, womit der Beweis erbracht war, dass Mechthild als Jungfrau in die Ehe ging. Diese war somit rechtsmäßig vollzogen. Es wäre eine Schande ohnegleichen gewesen, wäre es anders gekommen. Mit Schimpf und Schande hätte der Frieder seine älteste Tochter von dannen jagen müssen, hätte er wenigstens halbwegs sein Gesicht wahren wollen.

Es schien, als habe es das Schicksal gut mit den beiden Jungvermählten gemeint. Nie war Mechthild glücklicher als an der Seite des jungen Hans, der sich rührend um sie kümmerte. Doch ein Glück blieb dem Paar versagt. Mechthild wurde nicht schwanger, obwohl sie sich so sehr Kinder wünschte, wie sie damals ihrer Mutter anvertraute.

Dabei hielt sie sich an die Ratschläge, die die alte Hildegard ihr gab. Wann immer sie irgendwo eine Kröte sah, spuckte sie nach ihr. Doch obwohl sie einige Male das glitschige Tier traf, wurde sie nicht schwanger. Und wann immer der Vollmond am Himmel stand, gab sie sich mit besonderer Leidenschaft ihrem Manne hin. Doch der Kindersegen blieb aus.

Dann ereilte die Mechthild das Schicksal besonders hart. Urplötzlich und ohne Vorwarnung brach ihr Hans eines Morgens am Backofen seines Vaters zusammen. Der alte Berschick sah nur noch, wie sich sein Sohn eine Weile auf dem Boden krümmte, dann war es aus. Mit gerade einmal achtzehn Jahren war Mechthild zur Witwe geworden. Sie kehrte wieder in die Hütte ihrer Familie zurück, überwand den Schmerz des Verlustes, erwiderte aber seitdem kein einziges Mal mehr das Werben eines anderen Mannes, von denen es im Laufe der Jahre etliche gegeben hat.

Und jetzt läuft ein Wildfremder an ihrer Hütte vorbei, der mit einem Blick längst vergessene Gefühle in ihr weckt.

„Ich hab den Fremden gesehen, ihr wisst schon, von dem der Werner erzählt hat", erzählt sie abends, als alle zusammen sitzen, eher beiläufig. Längst weilt auch der Wilhelm bei ihnen am Tisch. Seit der gemeinsam Fahrt nach Mainz hat sich zwischen ihm und der Katharina so etwas wie eine stille Freundschaft entwickelt. Beide reden nicht darüber, zeigen es auch nicht offen. Aber es sind die Blicke, die sie austauschen, und die kleinen Gesten, die bezeugen, dass die frühere Kluft längst überwunden ist. Es ist Volker, der ziemlich oft darüber dumme Bemerkungen macht, sich dafür aber von seiner Schwester meist nur einen bösen Blick einfängt. Mechthild beobachtet das Verhältnis ihrer jüngeren Schwester zu dem Knecht mit gemischten Gefühlen. Wenn der Vater wieder nach Hause kommt, hat er als Erstes zu entscheiden, ob der Wilhelm im Hause bleibt oder wieder gehen muss. Mechthild bezweifelt, dass der Frieder eine Liebschaft seiner jüngeren Tochter zu diesem Kerl gutheißen wird. Doch das soll jetzt erst mal nicht ihre Sorge sein.

Keiner der drei gibt darauf eine Antwort. Nur Volker schaut sie fragend an. „Und?", entgegnet er nach einer Weile knapp.

„Nichts und. Er ist mir nur aufgefallen, mit seinen pechschwarzen Haaren und seiner teuren Kleidung."

Der Fremde ist während der Abendtafel kein Thema mehr, doch Mechthild geht er einfach nicht aus dem Kopf. Als es schon anfängt zu dämmern und im Haus endlich Ruhe einkehrt, geht sie noch einmal nach draußen. Normalerweise nutzt sie diese Stunden, um etwas zu nähen, Löcher in den Hemden zu stopfen oder Kleinigkeiten im Haus zu reparieren. Seit sie sich erinnern kann, gibt es im Haus des Fischers immer etwas in Schuss zu bringen, zu flicken oder auszubessern. Mal sind es die Schuhe des Bruders, mal die Säcke, in denen sie das Getreide aufbewahren, mal die Fässer für den gesalzenen Fisch. Doch diesmal will Mechthild nicht mehr arbeiten. Sie will für sich allein sein. Im Grunde findet sie ihr Verhalten töricht, schließlich ist kein Sonntag und erst recht kein Feiertag. Und doch schlägt sie den Weg zum Marktplatz ein, wo die Schänke des Schmitt steht. Kaum ist sie dort angekommen, schallt sie sich selbst eine Närrin. Sie macht auf dem Absatz kehrt und nimmt den Weg zurück an der Kirche vorbei.

Das Gotteshaus hat schon immer so etwas wie eine magische Anziehungskraft ausgeübt. Ist ihre Schwester Katharina von einer fast unnatürlichen Frömmigkeit beseelt und nimmt eine Kirche, eine Kapelle oder ein einfaches Wegkreuz stets zum Anlass, inbrünstig zum Herrn zu beten, ist es nicht unbedingt der tiefe Glaube, der Mechthild anzieht. Auch sie ist fest davon überzeugt, dass Gott die Welt erschaffen und zur Errettung der Menschen einst seinen Sohn zum Sterben auf die Erde geschickt hat. Auch sie glaubt daran, dass himmlische Mächte ihre Schwester zuerst zum wilden Mann und dann nach Mainz gesandt haben, wo sie schließlich auf einen Fremden traf, der ihre und ihres Bruders Krankheit zu heilen in der Lage war. Und dafür hat sie ihrem Herrn in tiefen Gebeten auch gedankt. Doch zu oft vergehen die Tage mit harter Arbeit, an denen sie abends übermüdet in einen traumlosen Schlaf fällt. Wie sollte sie dann noch Zeit haben, jeden Tag ihrem Schöpfer zu danken, hat sie sich manchmal gefragt und dabei an ihre Schwester gedacht. Selbst beim Einsalzen hat die nicht selten ein Gebet auf den Lippen.

Das Verweilen im Kirchgarten, ganz in Gedanken versunken, bei ihrer toten Mutter oder bei anderen Menschen, die ihr lieb und teuer sind, sieht sie als eine Art Ausgleich zu der fast schon fanatischen Frömmigkeit ihrer Schwester.

Und so ist es auch an diesem Abend. Kaum hat Mechthild die Kirche erreicht, die jetzt im Zwielicht der Dämmerung noch geheimnisvoller wirkt, schweifen ihre Gedanken ab, die seit dem Abendbrot ausschließlich dem Fremden gegolten haben. Nach einer kurzen Zwiesprache mit der verstorbenen Mutter (Mechthild ist sich sicher, dass die Gesine, wo immer ihre Seele auch sein möge, sie hören kann) verweilen ihre Gedanken bei ihrem Vater. Wieder einmal malt sie sich aus, mit was er in diesem Moment wohl beschäftigt sein könnte. Ob er vielleicht im Gebet versunken ist, beim Essen lauthals schmatzt, wie es seine Angewohnheit ist, oder bereits schläft. Dass er noch am Leben ist, davon ist die Mechthild in diesem Moment der Harmonie mit sich selbst felsenfest überzeugt.

„In Gedanken sind sie bestimmt bei uns."

Mit einer ruckartigen Bewegung fährt Mechthild herum. So sehr war sie in ihren Gedanken versunken, dass sie nicht hörte, wie sich ihr jemand, es war der Fremde, genähert hat. Sie schaut in die Augen des hochgewachsenen Mannes, dessen Alter sie auf höchstens dreißig schätzt, und ihr schon schnell schlagendes Herz beginnt förmlich zu rasen. Eine eigentümlich weiche, aber sonore Stimme hat ihr Gegenüber. Sie lässt die Tochter des Fischers Frieder erschaudern.

„Was meint Ihr?", stammelt Mechthild, als sie sich ein wenig gefasst hat.

„Nun, all diejenigen, die nicht mehr bei uns sind oder die weit weg von uns sind", entgegnet der Mann namens Konrad und deutet auf die zahlreichen Kreuze, die auf dem Friedhof der Kirche stehen.

Mechthild hat das Gefühl, als habe der Kerl ihre Gedanken gelesen. Wie zur Salzsäule erstarrt steht sie keine zwei Ellen von ihm entfernt, unfähig, einen klaren Gedanken zu fassen. Keiner war da, um ihr zu helfen, wenn der Fremde sich jetzt einfach auf sie stürzen und sie hier an der Kirchmauer nehmen würde.

Doch ist dieser Gedanke wirklich so schrecklich?

Beschämt gesteht Mechthild sich ein, dass diese Vorstellung sie mehr erregt statt ihr Angst einzujagen.

„Du brauchst keine Angst zu haben", sagt der Fremde in diesem Augenblick, als habe er erneut die Gedanken der Mechthild erraten. „Dieser wunderschöne Abend hat auch mich aus der Enge meiner kleinen Kammer in eurem Gasthaus herausgetrieben."

Wieder weiß Mechthild nicht, was sie sagen soll. Möchte dieser Mann tatsächlich nur ein Schwätzchen mit ihr halten?

Der andere kommt noch einen Schritt näher. „Ich liebe diese Stunden", sagt er leise. „Wenn der Tag sich bereits verabschiedet hat, die Nacht aber noch nicht hereingebrochen ist, erscheint nichts mehr der Wirklichkeit zu entsprechen."

Mechthild runzelt die Stirn. Auch sie schätzt die Momente der Dämmerung, morgens wie abends, aber für tief gehende Überlegungen hatte sie noch nie einen Sinn.

„Wer seid Ihr?", bringt sie heraus.

Der Angesprochene macht eine bedauernde Geste. „Verzeih mir, dass ich mich noch nicht vorgestellt habe. Konrad heiße ich, und bin Kaufmann aus dem fernen Basel. Ich weile zum ersten Mal im schönen Oppenheim, das ich bis jetzt nur vom Hörensagen kannte. In Köln wartet mein Schwager auf mich, der mich in seinem Geschäft aufnehmen will."

Dann hat der Werner doch keinen Mist erzählt, schießt es Mechthild durch den Kopf. Laut bringt sie nur ein knappes „Was Ihr nicht sagt!" heraus.

Konrad lächelt. „Hier in Oppenheim wundern sich bestimmt schon einige, dass es einen Kaufmann aus Basel hierher und nicht ins gar nicht weit entfernter gelegene Mainz verschlagen hat."

Mechthild fühlt sich ertappt. Der Bursche scheint bestens Bescheid zu wissen und seine Mitmenschen genau einschätzen zu können.

„Die Wahrheit ist, dass ich die Ruhe schätze. Ich kann mich nur schwer daran gewöhnen, bald in einer Stadt zu leben, in der Häuser stehen, in denen gleich mehrere Familien leben. Das ist der Grund, warum ich im beschaulichen Oppenheim übernachten wollte."

„Euer Kommen hat sich herumgesprochen wie ein Lauffeuer", nickt Mechthild und lächelt beschämt. „Wollt Ihr länger hier bleiben?"

„Das kommt darauf an", antwortet der Fremde geheimnisvoll. „Spätestens übermorgen werde ich wohl weiterziehen. Doch jetzt möchte ich wieder zurück ins Gasthaus. Die Müdigkeit fordert langsam ihr Recht."

Mit einer galanten Körperbewegung verabschiedet sich Konrad und lässt eine verdutzte Mechthild zurück. Die kann sich nach einer Weile ein Kichern nun doch nicht verkneifen. Dieser Mensch ist ein normaler Kaufmann, der in Oppenheim nur Zwischenstation macht. Der hat bestimmt kein Gold und auch sonst keine Schätze in seinem Beutel, wie der Werner gemutmaßt hat. Als Mechthild kurze Zeit später ebenfalls auf ihrem Strohsack liegt, geht ihr noch einmal die Begegnung mit Konrad durch den Kopf. Jetzt bedauert sie, dass er schon bald nur noch eine flüchtige Erinnerung sein würde.

*

Als Mechthild am nächsten Morgen die Bäckergasse entlanggeht, fällt ihr schon von weitem die Gruppe auf, die unter der alten Linde steht. Drei Männer und zwei Waschweiber haben die Köpfe zusammengesteckt und tuscheln eifrig. Als sie näher kommt, sieht sie, dass einer von ihnen der Schmitt ist, in dessen Schänke der Kaufmann Konrad nächtigt. Und um den Fremden dreht sich auch das Gespräch.

„Er hat irgendetwas Geheimnisvolles in seinem Beutel", sagt der Schmitt, als Mechthild gerade vorbeigeht. „Bestimmt ist wertvoller Schmuck darin."

Mechthild bleibt stehen und lacht spöttisch. „Genau, der hat den Beutel voller Gold, das weiß doch sogar schon der Werner, der Blödmann."

Doch Schmitt schüttelt den Kopf. „Nein, es ist kein Gold. Es ist irgendetwas anderes, etwas, das man sich umhängen kann."

Mechthild zuckt mit den Schultern. „Na und, er ist Kaufmann, vielleicht handelt er mit Schmuck, den sich nur die Adligen leisten können. Dann soll er allerdings aufpassen, dass er nicht ausgeraubt oder bestohlen wird."

„Was willst du damit sagen?", braust der Schmitt mit hochrotem Kopf auf, doch Mechthild ist schon weitergegangen. Sie hat jetzt keinen Kopf für solcherlei Geschwätz und Tratsch. Doch dieser Konrad sollte sich wirklich vorsehen. Schon manch einem ist im Schlaf die Gurgel durchgeschnitten worden, weil der andere Gold oder Geldmünzen unter dem Strohsack vermutet hat. Und wenn es dann doch nur ein paar Kupfermünzen waren, hat es das Leben des Armseligen auch nicht zurückgebracht.

Es ist wieder am Abend, als Mechthild noch einmal aus dem Haus geht. Erneut schlägt sie den Weg zur Kirche ein, und wieder muss sie nur wenige Augenblicke warten, bis Konrad kommt. In seinen Augen liegt das Wissen, das ihn hier heraufgeführt hat. Wie Mechthild gewusst hat, dass sie den Fremden hier treffen würde, hat auch dieser gewusst, dass Mechthild an diesem Abend den Ort der ersten Begegnung aufsuchen würde.

Wenn die älteste Tochter des Fischers Frieder diesmal vielleicht sogar gehofft hat, dass er über sie herfallen würde, so wird sie enttäuscht. Erneut begrüßt er die junge Frau mit einer galanten Bewegung. Und wie aus dem Nichts hält er eine Blume in der Hand, mit der er Mechthild über die Schulter streift.

Deren Herz schlägt bis zum Hals. Auf was will sie sich hier einlassen? Eine Fischertochter und ein wohlhabender Kaufmann! Ein flüchtiges Abenteuer für eine Nacht wäre das. Und wie würden sie sich alle das Maul zerreißen. Erst recht, wenn sie am Schluss mit einem unehelichen Bankert dasitzen würde. Schimpf und Schande würde sie über sich und ihre Familie bringen, der Frieder würde sie als Erstes nach allen Regeln der Kunst verdreschen, wenn er nach Hause kommt und einen Balg vorfindet, den er mit zu ernähren hat. Doch das alles ist ihr in diesem Moment gleichgültig.

Nichts erhofft sie sich in diesem Augenblick mehr, als dass dieser Konrad sie auf der Stelle nimmt. Doch der Kaufmann scheint nicht mit dieser Absicht zur Kirche gekommen zu sein.

„Was wünschst du dir?", fragt er.

Die Frage ist so gestellt, als könnte Konrad in diesem Moment sogar ein knusprig gebratenes Spanferkel herbeizaubern. Mechthild muss lachen und sagt genau dies ihrem Gegenüber.

„Stell dir vor, du verlangst es und ehe du dich versiehst, bekommst du es."

Mechthild weiß damit nichts anzufangen. Wer sollte für sie schon ein Spanferkel braten? Das müsste sie schon selbst bewerkstelligen, was schwierig genug wäre, denn ein Spanferkel können sie sich nicht leisten. Schweine werden erst geschlachtet, wenn sie groß und fett genug sind.

„Und stell dir vor, du verlangst nach süßen, gebratenen Äpfeln, nach in Honig gebackenen Beeren, frisch gebratenen Tauben, gerösteten Nüssen, nach allem, was dein Herz begehrt."

Jetzt muss Mechthild lauthals lachen. „So etwas kann doch nur ..."

Sie sucht nach Worten und schnippt mit den Fingern. „So etwas kann doch nur der Kaiser und natürlich die Kaiserin."

Konrads Blick senkt sich in Mechthilds Augen. „Genau, so etwas kann nur der Kaiser und seine Gemahlin. Doch was wäre, wenn du ebenfalls so viel Macht hättest? Was wäre, wenn die Menschen, wenn alle Menschen das täten, was du von ihnen verlangst?"

Mechthild macht ein verdattertes Gesicht. Was ist denn das für ein Spinner, fragt sie sich.

Doch in Konrads Augen schimmert etwas, was sie unschlüssig werden lässt. Vielleicht steht vor ihr doch kein Spinner, sondern ein Mann, der ein Geheimnis mit sich trägt, das nicht mit Gold aufzuwiegen ist.

Sie stemmt die Hände in die Seiten. „Und wie soll das gehen? Die Macht einer Kaiserin hätte ich doch nur, wenn der Kaiser mich heiraten würde. Und das glaubt Ihr doch wohl selbst nicht", entgegnet sie schlau.

Konrad schüttelt den Kopf. Auf seinen Lippen liegt ein feines, leicht spöttisches Lächeln. „Zufällig weiß ich, dass unser Kaiser bereits verheiratet ist, mit einer holden Frau, deren Name Konstanze ist. Doch davon rede ich auch gar nicht."

Aus einem kleinen Beutel, den er am Gürtel trägt, zieht er langsam einen fein gewobenen Faden raus. Daran hängt ein sonderbares Etwas, das im Schein der untergehenden Sonne glitzert und funkelt.

„Ich rede davon", flüstert er verführerisch. „Von einem Stein, den bereits die Weisen in ihren Taschen hatten, den Könige und Kaiser bei sich trugen, wenn sie wichtige Entscheidungen zu fällen hatten oder in die Schlacht ziehen mussten. Unser großer Karl trug ihn bereits vor vierhundert Jahren bei sich und auch der nicht minder mächtige Otto, als er die Ungarn in die Flucht schlug. Dieser Stein stammt von den Tafeln, in die Moses die von Gott diktierten Gebote gehauen hat."

Mechthild erschaudert. Mit ungläubigem Staunen starrt sie auf den kleinen, höchstens daumennagelgroßen Stein. Doch dann kommen ihr Zweifel.

„Warum ausgerechnet ich? Ich meine ..."

Konrad unterbricht sie mit einer kurzen Handbewegung und kommt noch einen Schritt näher. „Warum ausgerechnet ich, mag sich vielleicht auch Karl der Große gefragt haben. Warum ausgerechnet ich? Eine Frage, die sich bestimmt auch Maria gestellt hat, als sie den Gottessohn gebar. Es ist Gottes Wille, und ich gehöre zu denen, die ihn ausführen."

Mechthild schluckt. Ihre Kehle ist völlig ausgedörrt, was nicht nur an der Wärme des frühen Abends liegt. „Dieser kleine Stein soll alles bewirken können, was ich mir wünsche?"

„Er kann es. Doch zwei Dinge sind von äußerster Wichtigkeit. Da ist zum einen Geduld. Die Wirkung stellt sich nicht von heute auf morgen ein. Der mächtige Kaiser Otto soll angeblich drei Jahre Zweifel gehabt haben, hat ihn dann aber bis zu seinem Tod nicht mehr weggegeben."

Mechthild schaut Konrad ungeduldig an. „Was noch? Sagt es mir!"

„Der Preis für diese Macht ist sehr hoch. Doch dazu später mehr. Und jetzt wünsch dir noch einmal das, nach dem du schon giertest, als wir uns zum ersten Mal begegneten."

Mechthild schließt die Augen. Wenige Augenblicke später sinken beide an der Mauer ins weiche Gras, und Mechthild fühlt nach vielen Jahren der fleischlichen Entbehrungen erstmals wieder den Rausch der Lust.

Zwei Tagesmärsche nordwestlich von Kloster Himmerod

9. August 1196

Schon wieder diese unerträgliche Hitze! Sie lässt jeden Schritt zur Qual werden, sie trocknet den Gaumen aus und macht einen glauben, keine Luft mehr zu bekommen, selbst wenn man noch so tief einatmet. Es wird noch mindestens vier Stunden dauern, bis die Sonne endlich hinter dem Horizont verschwunden sein wird. Aber auch dann wird noch lange eine bleierne Hitze über dem Land liegen.

Vor zwei Tagen haben sie das Kloster Himmerod verlassen, und seitdem hat sich keine einzige Wolke mehr am Himmel gezeigt. Wie schon vor einem Monat bringen mittlerweile auch die Nächte nicht mehr die gewünschte Abkühlung. Wenigstens haben sie am Morgen eine Quelle entdeckt und ihre Vorräte mit klarem Wasser auffrischen können. Doch die Erfrischung, die sich alle gönnten, war nur von kurzer Dauer.

Mit Sorge beobachtet Frieder schon seit einer Weile, dass der junge Mönch verunsichert ist. Sie folgen einem Weg, von dem sie nicht wissen, ob er sie ans nächste Etappenziel, nämlich nach Prüm, bringen wird. Während der Mittagsrast hat Frieder die Gelegenheit genutzt, mit dem jungen Mönch, der die Gruppe seit Trier anführt, darüber zu sprechen.

„Ich bin mir nicht sicher, ob wir es schaffen", hat Georg leise geflüstert, und seine Verzweiflung war nicht zu überhören.

Immer wieder habe er in dem von Adalbert anvertrauten Büchlein nachgeschaut, in dem auch der Weg von Trier nach Aachen beschrieben ist. Doch keine der darin festgehaltenen Beschreibungen passe zu der Route, die sie seit Himmerod eingeschlagen haben.

Wenn Frieder eines auf dem bisherigen Weg gelernt hat, dann die Erkenntnis, wie leicht es war, sich zu verlaufen. Wie oft sind sie an eine Weggabelung gekommen und mussten sich entscheiden. Wenn ihnen nicht durch Zufall wohl gesonnene Mensch den Weg wiesen, mussten sie sich orientieren: nach dem Stand der Sonne, nach einem markanten Hügel oder dem Lauf eines Baches oder eines Flusses. Für Frieder grenzt es fast schon an ein Wunder, dass sie sich auf dem langen Weg seit Oppenheim noch nicht einmal verlaufen haben.

Auch die Mainzer Witwe hat längst bemerkt, dass etwas nicht stimmt. Doch sie scheint sich keine großen Sorgen zu machen. „Ich hab mich mal mit einer Gruppe verlaufen“, berichtet sie, als ob sie den Georg beruhigen wolle. „Einen ganzen Tag und einen halben haben wir damals verloren.“

Doch der junge Mönch kann seine Sorgen nicht ablegen. „Ich habe die Verantwortung über diese Gruppe übernommen, und bei der erstbesten Gelegenheit versage ich jämmerlich.“

Sofort versuchen die beiden, ihn zu beschwichtigen. Er solle sich keine Gedanken machen, meint die Witwe. Mit Gottes Fügung, und die habe sie ja schließlich noch nie auf dieser Pilgerschaft im Stich gelassen, werde man den rechten Weg schon finden.

Doch jetzt hat die Sonne schon lange ihren Zenit überschritten, und noch immer wissen sie nicht, ob sie die richtige Richtung eingeschlagen haben oder vielleicht sogar im Kreis gehen.

Die Stimmung innerhalb der Pilgergruppe ist längst umgeschlagen. Waren sie aus Trier gestärkt und frohen Mutes ausgezogen und haben sie in Himmerod noch einmal frische Kräfte tanken können, so schleppt sich nun jeder mehr recht als schlecht über den kaum ausgetretenen Pfad. Selbst der Greis, dessentwegen die Gruppe sowieso nur langsam vorankommt, scheint mit seinem Latein am Ende zu sein. Hochrot ist ständig sein Gesicht, und er macht den Eindruck, als breche er jeden Moment zusammen. Es ist wohl nur seiner Zähigkeit zu verdanken, dass sie ihn nicht schon längst am Wegesrand begraben mussten. Schon seit Stunden hat der Alte kein Wort mehr gesagt. Im Stillen hat Frieder gehofft, dass der Greis, wie vor einigen Wochen, am Tag der unliebsamen Begegnung mit dem Bären, einen wertvollen Ratschlag aus dem Hut zaubern werde. Doch dem ist nicht so.

Und auch der Fremde, von dem sie noch immer nicht seinen Namen und das Ansinnen der Pilgerschaft wissen, macht den Eindruck, als habe ihn der Glaube an den rechten Weg verloren. Mit finsteren Blicken starrt er auf den Boden, als finde er im Staub nach der richtigen Antwort. Neben ihm trottet der kleine Junge, der seit Trier nicht von der Seite des Fremden weicht und dem die Mainzer Witwe den Namen Hans gegeben hat.

Er erinnere sie ein wenig an den Sohn ihrer Schwester, der ebenfalls Hans heißt, sagte sie, und der Junge entgegnete der Namensgebung mit einem unergründlichen Lächeln. Manchmal fragt sich der Frieder, was in dem Kopf des Knaben vorgeht. Selbst in der Gesellschaft von Menschen, die ihm nur Gutes wollen, spricht er kein Wort. So gesehen haben er und der Fremde sich gesucht und gefunden. Der teilt mit dem Knaben sein Essen und sein Wasser, nachts schlafen sie eng aneinander geschmiegt. Nicht nur Frieder hat gehofft, dass der Kerl jetzt endlich einmal etwas sagen wird. Doch wie schon von Anbeginn dieser Pilgerschaft schweigt er sich beharrlich aus. Nur ab und zu nimmt er einen Schluck aus seinem Wasserbeutel und rückt immer wieder das seltsame Bündel zurecht, das er auf dem Rücken trägt.

Frieder fällt in diesem Moment wieder die letzte Nacht in der Trierer Herberge ein. Ein Bayer, unterwegs von Traunstein nach Santiago de Compostela, hatte sich von der Neugier übermannen lassen. In einem Augenblick, in dem er sich in der leeren Herbergsstube unbeobachtet fühlte, wollte er einen Blick auf den Inhalt des Bündels werfen. Und nur Gottes wird es wissen: Vielleicht hatte er gehofft, etwas finden zu können, was er leicht stibitzen konnte. Denn auch das hat der Oppenheimer mit Verwunderung vernommen.

Nicht selten bestehlen Pilger andere Pilger. Doch so weit kam es in diesem Fall nicht. Frieder, der in dem Augenblick zusammen mit den anderen der Gruppe eintrat, als der Traunsteiner das Bündel schon in den Händen hielt, kann sich noch genau an die Reaktion des Fremden erinnern. Ohne ein Wort zu verlieren, ging der mit schnellen Schritten zu dem Bayer hin, packte ihn am Schlafittchen und schleuderte den nicht gerade schmächtigen Kerl durch die offene Tür nach draußen. Es war Rudolf gewesen, der dem seine Unschuld beteuernden Bajuwaren den eindringlichen Rat gab, in dieser Nacht lieber woanders zu schlafen.

Frieder stößt einen leisen Seufzer aus und wirft der Gertrude, die einige Schritte neben ihm läuft, einen schnellen Blick zu. Zu seiner Verwunderung erwidert sie seinen Blick mit einem zaghaften Lächeln. Seit der versuchten Abtreibung, die Frieder und Georg noch rechtzeitig verhindern konnten, hat sie kaum mehr ein Wort mit ihm gewechselt. Den kleinen Hans hat sie von Anbeginn ins Herz geschlossen, was jedoch schon ein paar Mal die Eifersucht des Fremden provoziert hat. Dem jungen Mönch begegnet sie immer noch mit eisigem Schweigen.

„Wie geht es euch?“, fragt Frieder leise, wobei er die Betonung auf das letzte Wort legt.

Jetzt gelingt der Rüdesheimerin sogar ein aufrichtiges Lächeln. „Der kleine Wurm in mir drin spürt nichts von der Hitze, weiß nichts von den Problemen, die wir haben.“

„Er ist zu beneiden. Oder sie. Was glaubst du, was es ist?“

„Woher soll ich das wissen? Dauert noch ein paar Monate.“

„Meine Gesine hat es immer gewusst, na ja, fast immer. Nur bei der Geburt unserer Katharina lag sie falsch. Ganz fest hat sie mit einem Buben gerechnet. Und wie enttäuscht war sie gewesen. Doch die Katharina, die hat sie immer am liebsten gehabt."

Es ist das erste Mal, dass der Frieder einem anderen aus der Pilgergruppe etwas von seinem verstorbenen Weib erzählt. Gertrude nimmt den Ball sofort auf und fordert ihn auf, mehr von seiner Frau und seiner Familie zu erzählen.

Und so berichtet der Frieder, wie er damals, vor nunmehr knapp dreißig Jahren, um die Gesine, Tochter des Bauern Haratsch aus der Enggasse, freite. Mit klopfendem Herzen sei er zu Ostern zu ihm gegangen und habe den mürrischen Alten um die Hand seiner einzigen Tochter gebeten. Der wusste natürlich schon Bescheid, denn der Vater von Frieder hatte die Vermählung eingefädelt. Der Haratsch war einverstanden, doch ließ er den jungen und unerfahrenen Frieder damals noch eine gute Weile zappeln, um dem Ansinnen schließlich großmütig zuzustimmen.

„An einem schönen Tag im April 1168 haben wir geheiratet", erzählt Frieder mit einem versonnenen Lächeln.

„Was für ein Mensch war deine Gesine?"

„Sie war ein herzensgutes Weib und musste am Anfang so manchen Wutausbruch von mir ertragen. Ich habe es ihr zu verdanken, dass ich ein ruhigerer Mensch geworden bin."

Und weiter erzählt der Frieder von seiner Gesine. Und es ist, als erzähle er von einem guten Freund, der immer noch irgendwo in der Fremde lebt, den er nur viele Jahre schon nicht mehr gesehen hat. Verwundert und auch irgendwie erleichtert stellt der Fischer fest, dass es ihn überhaupt nicht mehr schmerzt, wenn er an das Liebste denkt, das vor mehr als drei Jahren aus seinem Leben gerissen wurde.

„An einem Novemberabend ging sie von uns. Am Ende hat sie nur noch gehustet und geröchelt. Nichts hat geholfen. Heute bin ich froh, dass sie nicht so lange leiden musste."

Jetzt schweigen die beiden wieder, doch der Frieder ist froh, dass er das alles einem Menschen mitteilen konnte.

Inzwischen haben sie ein kleines Plateau erreicht, von dem man einen wunderschönen Ausblick über die gesamte Umgebung mit ihren Wäldern, Lichtungen und sanften Erhebungen hat. Doch keiner hat die Muße, sich an der Aussicht zu erfreuen. Nirgendwo ist ein Dorf, noch nicht einmal ein einzelnes Gehöft auszumachen. Einem schweren Leichentuch gleich lastet die Hitze über dem Land, das die wenigen hier lebenden Menschen Eifel nennen. Adalbert hat es in seinem Pilgerbuch niedergeschrieben, dass man in diesem Landstrich des Reiches oft tagelang keinem Menschen begegne, unterrichtete der junge Mönch die Pilger.

Wie Recht er hat, denkt sich Frieder und nimmt einen Schluck Wasser.

Wie auf ein Kommando lassen sich alle im Schatten zweier Bäume nieder. „Wir werden hier eine Weile rasten, bis die Hitze ein klein wenig nachgelassen hat“, weist Georg die anderen an und wischt sich den Schweiß von der Stirn. „Kurz vor Einbruch der Dunkelheit werden wir noch zwei Stunden laufen, um uns dann nach einer geeigneten Übernachtungsmöglichkeit umzuschauen. Vielleicht finden wir ja doch noch ein Dorf, dessen Bewohner uns aufnehmen.“

Auch Frieder und die Rüdesheimerin nehmen die Rast dankbar an. „Ich werde eine Weile die Augen schließen und ein kurzes Nickerchen halten“, sagt die Gertrude, kaum dass sie Wasser und etwas Wurst zu sich genommen hat.

Auch der Frieder schiebt sich seinen zusammengerollten Mantel unter den Nacken und schließt die Augen. Er spürt, wie ihm noch einmal der Schweiß ausbricht, doch er ist zu erschöpft, um sich wieder aufzurichten. Das Letzte, das er hört, ist das leise Beten Georgs und der Schrei eines Vogels – da ist auch er bereits eingeschlummert.

Er weiß nicht, wie lange er geschlafen hat, ob es wenige Augenblicke oder mehrere Stunden waren. Er versteht auch erst gar nicht, warum der Baumlange so ein Geschrei macht.

„Feuer!“

Nur langsam dringt der Ruf in sein Bewusstsein durch.

„Feuer!“

Jemand schüttelt ihn, und er schlägt die Augen auf. Und da sieht er es sofort: Wohin er auch schaut – überall brennt es.

Was um Himmels Willen ist geschehen, fragt er sich bestürzt und verwundert zugleich, und reibt sich dabei die Augen, weil der beißende Qualm schon bis zum Lagerplatz zieht.

„Wir müssen zusehen, dass wir von hier verschwinden. Das Feuer hat uns schon fast eingekreist.“

Wieder ist es die Stimme des Baumlangen. Jetzt erkennt Frieder, dass wohl alle eingeschlafen waren. Keiner hatte die Wache übernommen, um die Schlafenden rechtzeitig zu warnen.

Gehetzt schaut sich Frieder um. Mit einem Blick erkennt er, wie ernst die Lage ist. Überall brennen Bäume, Sträucher, Hecken und das

Gras wie Zunder. Stellenweise schlagen die Flammen fast zehn Ellen hoch in den Himmel.

Wir sind tatsächlich vom Feuer eingeschlossen, fährt es Frieder durch den Kopf.

Auch in den Gesichtern der anderen ist jetzt die Panik zu sehen. Doch wieder einmal ist es dem Baumlangen zu verdanken, dass doch nicht alles verloren ist.

„Wir müssen dort rüber", deutet er in Richtung des Plateaurands. „In allen anderen Richtungen ist uns der Weg von den Flammen versperrt."

Als hätten alle nur auf dieses Kommando gewartet, setzen sie sich hastig in Bewegung. Bis zum Rand des Plateaus sind es nur einige hundert Ellen. Spontan nimmt Frieder die Gertrude an die Hand und zieht sie mit sich. Gemeinsam fangen sie an zu laufen, obwohl es der Gertrude in ihrem Zustand besonders schwer fallen muss. Doch jetzt darf keine Zeit verloren werden. Das Feuer kommt immer näher.

Als sie den Felsvorsprung erreicht haben, macht sich Frieder keine anderen Vorstellungen. Sie müssen die Felsen hinabsteigen. Dies ist die einzige Möglichkeit, der Feuersbrunst zu entkommen. Frieder schätzt, dass es mindestens zwanzig Ellen sind, die sie zu überwinden haben. Für ihn und alle anderen aus der Gruppe (von dem Greis einmal abgesehen) wäre das unter normalen Umständen kein großes Problem gewesen, doch hier haben sie einen wahren Glutofen im Nacken, außerdem einen kleinen Jungen und zwei Frauen bei sich, eine davon auch noch schwanger.

Die Witwe? Wo ist die Witwe?

Frieder blickt hastig um sich, doch er kann die Mainzerin nirgendwo sehen. Mittlerweile sind die Rauchschwaden schon so dicht geworden, dass er kaum noch zehn Schritte weit blicken kann.

„Wo ist die Witwe?", schreit er, doch die anderen schauen sich nur ratlos um. Die Mainzerin ist und bleibt verschwunden.

„Georg, sorg dafür, dass alle hier herunterklettern! Und pass gut auf den Hans auf. Rudolf, kümmere du dich um deinen Herrn! Ich schau inzwischen nach, wo die Mainzerin geblieben ist."

Für Verwunderung und Staunen, dass der Fremde endlich sein Schweigen gebrochen hat, bleibt keine Zeit. Eilig, aber mit besonderer Vorsicht klettern sie die Felsen hinunter. In den Augen des kleinen Jungen leuchtet die Panik auf; nur widerwillig hat er sich von dem Fremden getrennt und hält sich jetzt am Rockschoß des Mönchs fest. Der Abstieg die Felsen hinunter ist aber nicht so gefährlich, wie sie es sich vorgestellt haben. Nur an einer Stelle packt Rudolf den Greis, legt ihn kurzerhand über seine Schultern und trägt ihn wie ein Bündel Reisig. Der Kerl hat wahrlich Bärenkräfte und es macht ihm nichts aus, ein schwächliches Männlein mit sich zu schleppen. Nur der Schweiß läuft, wie bei allen anderen, in Strömen sein staubverschmiertes Gesicht hinunter. Gertrude steigt mit besonderer Vorsicht die Felsen hinab. Sie weiß: Wenn sie jetzt ausrutscht und abstürzt, kann nicht nur sie sich verletzen. Dann wäre auch ihr Ungeborenes verloren.

Wohlbehalten kommen alle am Fuß des Plateaus an, als sie oben in der rauchgeschwängerten Luft den Fremden erkennen. Der macht ein ratloses Gesicht und eine hilflose Bewegung mit den Händen. Er habe die Witwe nicht finden können, schreit er, denn die Feuersbrunst macht inzwischen einen höllischen Lärm. Noch einmal schaut er sich um und klettert dann ebenfalls zu den anderen hinunter.

Hier unten sind sie zunächst in Sicherheit, zumindest solange das Feuer nicht überspringt. Doch darüber macht sich Frieder erst einmal keine Sorgen. Längst hat er den See entdeckt, dessen blaues Wasser in südwestlicher Richtung deutlich zu sehen ist. Bis zu dem See würde das Feuer nicht vordringen.

Doch keiner von ihnen macht Anstalten, weiterzuziehen, sich vor den Flammen endgültig in Sicherheit zu bringen. Noch immer ist nichts von der Witwe zu sehen. Doch wieder auf das Plateau zu klettern, um nach ihr zu suchen, grenzt angesichts des immer schlimmer wütenden Feuers an Selbstmord.

Der Fremde spricht aus, was alle denken: „Wenn sie sich nicht selbst woanders in Sicherheit gebracht hat, wird sie längst verbrannt sein."

In dieser Situation findet auch der Greis wieder seinen gewohnten Befehlston: „Lasst uns zum See gehen und dort unser Lager für die Nacht aufschlagen. Frieder wird uns bestimmt ein paar Fische fangen."

Wortlos folgen die übrigen dem Ratschlag.

In dem klaren Wasser des Sees tummeln sich mit Sicherheit die prächtigsten Fische, erkennt der Frieder auf den ersten Blick und bereitet seine Angelschnüre vor, die er aus Oppenheim auf Geheiß des alten Johann mitgenommen hat. Und tatsächlich: Als die Sonne längst untergegangen ist, drehen sich an den Holzspießen über den zwei Lagerfeuern Hechte, Karpfen und Brassen. Doch keinem will das Essen, das allen nach den entbehrungsreichen und kargen Wochen wie ein königliches Festmahl vorkommen muss, so richtig schmecken. Auch das erfrischende Bad, das sich alle nach und nach gönnen, tut niemandem so richtig gut. Nur der kleine Hans planscht ausgelassen in der Nähe des Ufers, beobachtet von den aufmerksamen Blicken des Fremden, der längst die Vaterrolle für den Jungen übernommen hat.

Bis lange in die Nacht ist der Feuerschein auf dem Plateau zu sehen. Doch irgendwann hat das Feuer keine Nahrung mehr und geht aus.

*

Als Frieder aufwacht, fröstelt es ihn. Angesichts der extremen Hitze der vergangenen Tage ist es ein ungewohntes Gefühl. Die Nähe des kalten Wassers hat die Luft in dieser Nacht merklich abkühlen lassen. Auf dem Gras schimmern die Tautropfen, irgendwo zwitschert lautstark ein einzelner Vogel.

In der Dämmerung des anbrechenden Tages kann Frieder ausmachen, dass fast jeder unter einer Decke oder einem Mantel schläft. Er ist der Erste, der wach geworden ist. Nein, nicht der Erste, denn Georgs Schlafplatz ist leer.

Bestimmt hält er irgendwo eine ungestörte Morgenandacht oder erleichtert seinen Darm, denkt der Frieder, doch dann sieht er in der Ferne die bekannte Silhouette des hoch gewachsenen Mönchs. Georg ist tatsächlich wieder auf das Plateau geklettert.

Frieder unterdrückt kaum den Fluch, der ihm auf den Lippen liegt, und steht auf. Er will nicht, dass Georg auch noch etwas zustößt, und macht sich entschlossenen Schrittes auf den Weg zu ihm. Doch auf sein Zurufen reagiert der junge Mönch nicht, obwohl er ihn deutlich hören muss. Als Frieder wenig später neben ihm steht, sieht auch er, was das Feuer angerichtet hat. Ein Gebiet, mindestens halb so groß wie Oppenheim, ist ein Raub der Flammen geworden. Vielerorts raucht es noch immer stark, hier und da glüht die Asche noch nach. In der Luft hängt der markante Geruch von Holzkohle, den Frieder von der am Rand des Oppenheimer Waldes stehenden Köhlerei kennt.

„Wenn wir in ein paar Wochen wieder hierher kommen würden, könnten wir sehen, wie sich die Natur der verbrannten Erde bereits wieder bemächtigt hat", murmelt Georg tonlos. „Ein Menschenleben allerdings ist unwiederbringlich verloren."

„Vielleicht hat sie sich ja in einer anderen Richtung in Sicherheit bringen können", versucht Frieder einer vagen Hoffnung Ausdruck zu geben. Doch als er dem leeren Blick des jungen Mönchs folgt, erstarrt er augenblicklich. Kaum zu erkennen, liegt ungefähr dreißig Ellen von ihnen entfernt etwas, was einmal ein Mensch war. Die verbrannten Überreste der Mainzer Witwe erinnern den Frieder an eine große Puppe, die ein Kind irgendwo achtlos liegen gelassen hat. Doch dieses schwarze Etwas ist keine Puppe, sondern einmal ein lebenslustiger Mensch gewesen – die Frau, die alle meist nur die Mainzer Witwe genannt haben. Sie muss unter einem Baum, von dem nur ein Stumpf übrig geblieben ist, Schutz gesucht haben und dabei von den brennenden Ästen erschlagen worden sein.

„Warum? Warum nur?“, schluchzt Georg und geht langsam auf die verkohlte Leiche zu.

Zwei Schritte von ihr entfernt sinkt er auf die Knie und weint dabei bitterlich. Frieder kann nichts anderes, als ihm tröstend die Hand auf die Schulter zu legen. Auch ihn schockiert der Anblick der Leiche und der Umstand, dass sich die Annegret nicht hat retten können. Der Fremde war so mutig gewesen, sich noch einmal in die Flammenhölle zu wagen. Doch es hat nichts geholfen. Seit gestern Nachmittag, als sie am See ihr Lager aufschlugen, schweigt er wieder beharrlich. Wahrscheinlich wird ihn auch die Nachricht des Todes der Witwe nicht noch einmal aus seinem selbst auferlegten Schweigegelübde reißen.

„Heute Nacht habe ich von meinem Abt geträumt“, wechselt Georg das Thema. „Nichts gesagt, nur höhnisch angegrinst hat er mich, um mir so zu verdeutlichen, wie sehr ich versagt habe.“

„Du hast nicht versagt, Georg“, versucht Frieder den verzweifelten Mönch zu beruhigen. „Wir sind von dem Feuer überrascht worden. Bei dieser Hitze ...“

„Warum hat er das getan? Warum hat er mich auf diese Pilgerschaft geschickt? Nur, weil ich ihm nicht zu Willen war?“

Frieder runzelt die Stirn. Doch dann dämmert es ihm, dass eine monatelang aufgestaute Wut sich nun ihren Weg nach außen bahnt. Er schweigt, weil er weiß, dass seine Worte jetzt nicht helfen würden.

Georg verpasst einem verkohlten Stück Holz einen Tritt, dass es durch die Luft fliegt. Asche wirbelt auf und legt sich langsam wieder auf die Erde.

„Ständig hat er sich einen jungen Konfrater in seine Zelle geholt. Immer nachts, wenn die anderen schliefen. Und einen hat er sogar damit in den Tod getrieben. Ich wusste es. Doch ich habe nichts dagegen unternommen. Ich habe es nicht gewagt, meinen ehrwürdigen Abt, einen Freund meines Vaters, anzuklagen. Und als eines Nachts ich an der Reihe war, es war kurz vor eurer Ankunft in unserem Kloster, konnte ich nicht anders.“

Erneut geht der junge Mönch in die Knie. Doch diesmal ist es ein Brechreiz, dem er nicht widerstehen kann.

„Nie werde ich vergessen, was diese widerwärtige Kreatur von mir verlangt hat. Nie werde ich den Schwur vergessen, den ich tat, als ich mich vor ihm bücken musste. Ich schwor, dass ich ihn umbringen werde. Verstehst du das, Frieder? Ich hasse meinen Abt so sehr, dass ich ihn am liebsten umbringen wollte. Ich bin nicht würdig, diese Pilgergruppe anzuführen, ich bin noch nicht einmal würdig, diese Kutte und das Kreuz darunter noch länger zu tragen."

Mit einem betretenen Gesicht hat Frieder zugehört. Einiges hat er sich in den letzten Augenblicken selbst zusammengereimt, doch mit solch einer Ungeheuerlichkeit hat er nicht gerechnet. Nun kann er sich vorstellen, was in dem jungen Mönch in all den Wochen vorgegangen ist.

Erneut legt er den Arm auf Georgs Schulter. „Du bist der prächtigste Kerl, der mir je in meinem Leben über den Weg gelaufen ist. Ich wäre stolz, dich als Sohn zu haben. Keiner kann dir einen Vorwurf machen, dass du so denkst. Immerhin hast du deinen Wunsch ja nicht in die Tat umgesetzt."

Georg gelingt ein zaghaftes Lachen. „Ja, und mein ehrwürdiger Abt hat seinen Wunsch ebenfalls nicht in die Tat umsetzen können."

Auf Frieders fragendes Gesicht hin erzählt der junge Mönch, dass er in jener Nacht einen Beutel mit einem scharfen Pulver am Gürtel trug. „Der gute Bardo hat bis zur Dämmerung niesen müssen. Ich hab es gehört, als ich längst wieder auf meinem Strohsack lag. Als Dank für sein entgangenes Vergnügen und dass ich ihn der Lächerlichkeit preisgegeben habe, hat er mich fortgeschickt."

Auch der Frieder muss bei der Vorstellung, wie Georg seinem Abt ein scharfes Pulver ins Gesicht geblasen hat, lachen. Aber augenblicklich wird er wieder ernst.

„Wir brauchen dich, Georg. Du musst uns wieder auf den richtigen Pfad führen."

„Komm nicht auf den Pfad der Gottlosen und tritt nicht auf den Weg der Bösen", entgegnet Georg trocken.

Frieder verzieht das Gesicht. „Du weißt genau, was ich meine. Aber deine Antwort zeigt, dass du dich wieder beruhigt hast."

„Eines werden wir allerdings noch erledigen, bevor wir aufbrechen."

Ohne ein weiteres Wort geht Georg erneut in die Knie und hebt den verkohlten Leichnam der Mainzer Witwe hoch.

„Wir werden sie unten in der Nähe des Sees beerdigen."

Die anderen sind längst wach, als Frieder und Georg zusammen mit der Leiche an der Lagerstätte erscheinen. Keiner der Pilger stellt Fragen.

Stattdessen wird ein kleines Grab ausgehoben, in dem die sterblichen Überreste der Mainzerin bestattet werden. Rudolf und der Fremde richten ein einfaches Kreuz her.

„Wer kann mir sagen, wie ihr Name war?", fragt Georg fahrig, bevor er mit der Zeremonie beginnt. „Er ist mir entfallen."

„Annegret! Ihr Name war Annegret", antwortet eine sichtlich erschütterte Gertrude, bevor es der Frieder tun kann.

Oppenheim

15. August 1196

Als Katharina an diesem Morgen wach wird, bleibt sie zunächst unbeweglich liegen. Normalerweise steht sie sofort auf, geht kurz an den Wassertrog nach draußen, um danach etwas zu essen und schließlich ihr Tagwerk zu beginnen. Doch seit einiger Zeit fällt ihr dies immer schwerer.

Katharinas Atem geht flach, während sie in die Morgendämmerung lauscht. Volker und Wilhelm haben sich erst einmal im Garten und an den Ställen zu schaffen gemacht. Sie kann ihre gedämpften Stimmen hören. Mechthild hat es ihnen gestern Abend so befohlen.

Befohlen?

In der Tat, Katharinas Schwester hat nicht darum gebeten, wie es sonst ihre Art ist, sie hat es auch nicht ausdrücklich verlangt, wie es ab und zu notwendig ist. Nein, sie hat es befohlen.

Mechthild hat sich verändert, doch Katharina ist nicht in der Lage, den Grund zu benennen. Wenn der Vater jetzt in die Stube eintreten sollte, wäre sie nicht in der Lage, ihm zu erklären, was mit seiner ältesten Tochter passiert ist. Vor einigen Tagen hat sie Volker darauf angesprochen, doch der hat nur abgewinkt.

„Weiberkram! Das ist doch alles nur Weiberkram“, war das Einzige, was der Bruder dazu sagte.

Doch Katharinas Sorgen ließen sich nicht so leicht zerstreuen. Ihre Schwester ist im Umgang mit den ihr sonst so lieben Mitmenschen härter und kälter geworden, und das in einer Weise, dass sich Katharina manchmal sogar vor ihr fürchtet.

In diesem Moment wird die Tür der Hütte geöffnet. Im Schein der aufgehenden Sonne erkennt Katharina die Umrisse Mechthilds. Doch nicht nur das lässt sie zusammenzucken. Es ist die Art, wie ihre eigene Schwester sie antreibt, endlich den Strohsack zu verlassen und die Arbeit zu verrichten.

Als Katharina später vor einem Bottich mit Fischen steht, hat sie wieder Zeit zum Nachdenken. Gut zwei Dutzend Rheinsalme muss sie ausnehmen, das kann sie mit geschlossenen Augen.

Eigentlich hat sich Mechthild verändert, seitdem dieser seltsame Fremde endlich aus Oppenheim verschwunden war. Drei Tage lang hat er sich in der Stadt aufgehalten, sprach nur mit einigen wenigen Oppenheimern, und am Schluss waren alle froh, dass er endlich wieder weg war. Nicht, dass er jemand etwas zuleide getan hat. Aber es war eine nicht zu erklärende Unruhe, die dieser seltsame Kaufmann aus Basel in die Stadt brachte.

Nein, nicht alle sind froh darüber, dass der Störenfried endlich das Weite gesucht hat. Katharina weiß, dass ihre Schwester diesen seltsamen Kauz ab und zu getroffen hat. Der Anhänger, den sie seit einigen Tagen um den Hals trägt, stammt von ihm, daraus macht sie kein Hehl. Auf die Frage, warum ihr ein Fremder, wie es den Anschein hat, ein dermaßen wertvolles Geschenk gemacht hat, gibt sie keine Antwort. Nur ein abfälliges Lächeln hat sie übrig, sonst nichts. Ganz so, als will sie sagen: „Ihr werdet euch alle noch wundern."

Ein lautes Rufen lenkt Katharina ab. Aus den Augenwinkeln sieht sie den Albert und seine Frau Elfriede. Katharina kennt den Albert, seit sie ein kleines Kind war. Der gutmütige Küfer hat für jeden in Oppenheim ein Lächeln übrig, grüßt immer freundlich und lässt sich normalerweise durch nichts aus der Ruhe bringen. Doch diesmal beschimpft er mit wüsten Worten seine Frau, dass diese bald in Tränen ausbricht. Ein nichtsnutziges Weib sei sie, nicht wert, mit ihm noch länger unter einem Dach zu leben.

Katharina wundert sich über diese harten Worte, die so gar nicht zu dem stets freundlichen Albert passen. Doch sie ist mit ihren Fischen beschäftigt und will auch nicht als ein neugieriges Weib erscheinen, das ihre Nase in fremde Angelegenheiten steckt, die sie nichts angehen. Also wendet sie sich wieder den Salmen zu, obwohl das wüste Geschimpfe des Küfers noch lange zu hören ist. Kaum nimmt sie deshalb wahr, dass auch der Albert einen fein gewobenen Faden um seinen Hals trägt, der dem, den sich die Mechthild umgelegt hat, aufs Haar gleicht.

Am Abend kommt noch einmal Unruhe in Oppenheim auf. Volker und Wilhelm sind gerade nach Hause gekommen, Katharina ist auf der Bank vor dem Haus mit dem Auslesen von Linsen beschäftigt, als vier Oppenheimer an dem Haus vorbeihasten.

„Die Wäscherin aus der Klostergasse, sie hat ein Ungeheuer zur Welt gebracht", ruft einer der Männer im Vorbeilaufen der Katharina atemlos zu, die zusammen mit dem Wilhelm und der Mechthild an den Zaun gekommen ist.

Katharina stutzt. Sie weiß, dass die Wäscherin, sie ist nur zwei Jahre älter als sie, guter Hoffnung gewesen ist und dass es eigentlich erst in ein paar Wochen so weit sein sollte. Kurzerhand entschließt sie sich, den Männern zu folgen. Sie kennt die Wäscherin, Regina heißt sie, gut und will ihr in schlechten Stunden beistehen.

Ein Ungeheuer soll sie zur Welt gebracht haben, fragt sie sich ungläubig. Sie sagt nichts, als sich Mechthild ihr wortlos anschließt. Katharina sieht nur, dass sich im Gesicht ihrer Schwester keine Gefühlsregung abzeichnet. Eine nie da gewesene Härte in den zusammengekniffenen Mundwinkeln macht der jüngeren Schwester fast Angst.

Kaum haben sie den kleinen Verschlag der Wäscherin erreicht, sehen sie auch schon den Tumult, der sich dort abspielt. Männer und Frauen schreien wild durcheinander, inmitten von ihnen steht der Mann der Wäscherin, Friedhelm ist sein Name. Wie der Küfer Albert ist auch er ein ruhiger Zeitgenosse. Doch in diesem Augenblick kommt er der Katharina vor wie ein Scharfrichter. In seiner rechten Hand hält er eine blutige Keule, mit seiner linken deutet er auf ein Bündel, das auf einem Baumstumpf liegt. Dazu stammelt er etwas von einem Ungeheuer und dass seine Frau vom Teufel besessen gewesen sei.

Nur mühsam kann sich Katharina aus dem Geschrei und dem Durcheinander ein ungefähres Bild davon machen, was in der Hütte der Wäscherin vorgefallen ist. Die hat zusammen mit der Hebamme entbunden, doch schon bald ist abzusehen gewesen, dass die Geburt keinesfalls reibungslos verlaufen sollte.

Katharina kann nicht anders. Sie bahnt sich den Weg und öffnet mit zitternden Händen das Bündel, das vor ihr auf dem Holzstumpf liegt. Mit einem Aufschrei weicht sie zurück. Das, was vor ihr leblos in den Laken liegt, ist kein Mensch gewesen. Einen riesigen Kopf, verunstaltet durch den wuchtigen Schlag mit der Keule, hat die Kreatur. Dafür zwei verkrüppelte Beinchen und nur einen normal gewachsenen Arm.

Nur mit Mühe kann die vom blanken Entsetzen übermannte Katharina den Brechreiz unterdrücken. In diesem Moment tragen sie ein weiteres, blutverschmiertes Menschenbündel aus der Hütte. Es ist die Wäscherin, ebenfalls erschlagen von ihrem Mann, der ihr noch immer die Schuld gibt, ein Ungeheuer auf die Welt gebracht zu haben.

Erschüttert schweigen die Männer und Frauen, die sich an der Hütte der Wäscherin und ihres Mannes eingefunden haben, darunter auch der Schultheiß Seitz. Und wieder muss sich Katharina wundern. Verzweiflung und Trauer scheint der Mann der Wäscherin nicht zu fühlen. Vielmehr macht der Friedhelm den Eindruck, mit dem Erschlagen seiner Frau eine notwendige Aufgabe erfüllt zu haben.

„Ich werde das Gericht zusammenrufen", sagt der Seitz knapp.

Jeder der Anwesenden weiß, was das für den Mann der Wäscherin zu bedeuten hat. Er wird am Galgen enden.

Doch das Morden hat an diesem Augusttag noch kein Ende. Die Menge hat sich gerade zerstreut, in der Hoffnung, wieder den normalen Geschäften nachgehen zu können, als schon wieder ein wirres Geschrei zu hören ist. Katharina erkennt die Stimme des Küfers Albert, der etwas von einer erfüllten Mission brüllt. Sie und Volker schauen sich nur verwundert an und laufen nach draußen. Sofort sehen sie den Albert, der hoch oben auf der Stadtmauer steht und die Arme ausgebreitet hält. So, wie er im Licht der untergehenden Sonne auf der hohen Mauer steht, wirkt er wie der ans Kreuz genagelte Heiland.

„Es ist vollbracht, Meister", schreit in diesem Moment der Küfer, den allen Anschein nach der Wahnsinn gepackt hat. „Ich habe getan, was du von mir verlangt hast. Ich habe sie geopfert, für dich, Meister!"

Erst jetzt sieht Katharina das Messer in der rechten Hand des Albert. Blutverschmiert ist es, und Katharina kann sich denken, was der Küfer getan hat.

„Ich habe das umgebracht, was mir am liebsten war, Meister, so wie du es mir befohlen hast", brüllt dieser erneut.

Inzwischen sind noch viele andere von dem Geschrei nach draußen gelockt worden. Mit Entsetzen in den Augen müssen sie miterleben, wie der Albert noch weiter Halbsätze von einem Meister und der Macht brüllt. Doch wie von einer unsichtbaren Kraft daran gehindert, wagen sie es nicht, sich der Mauer zu nähern.

„Er ist mit dem Teufel im Bunde", flüstern die einen und bekreuzigen sich.

„Er ist wahnsinnig geworden", rufen die anderen.

Der ebenfalls herbeigeeilte Pfarrer zuckt nur hilflos mit den Schultern. Auf seinen zaghaften Versuch hin, den Küfer dazu zu bewegen, von der Mauer zu klettern, hat der nicht reagiert.

Mittlerweile ist auch der Schultheiß an der Stadtmauer angekommen. „Wir müssen ihn irgendwie von da oben runterholen", kann er seine Erregung nicht verbergen.

Von den allzu menschlichen Sünden und Verfehlungen, die der Herrgott jedem seiner Geschöpfe in die Wiege legt, sind auch die Oppenheimer nicht frei. Doch was sich jetzt abspielt, grenzt an Hexerei und schwarze Zaubermagie. Innerhalb kürzester Zeit scheint in Oppenheim der Teufel ausgebrochen zu sein.

Doch bevor die stärksten Männer Anstalten machen können, ebenfalls nach oben auf die Mauer zu klettern und sich des immer noch wie von Sinnen brüllenden Albert zu bemächtigen, springt dieser mit einem Satz die Mauer hinunter. In seinem Irrsinn hat er sich allerdings in der Höhe verrechnet. Mit einem Aufjaulen hält er sich das rechte Fußgelenk, das blutverschmierte Messer hat er längst verloren. Es ist ein leichtes, den Wahnsinnigen jetzt in sicheren Gewahrsam zu nehmen. Dem Friedhelm, dem Mann der Wäscherin, der bereits im Verlies am Keller des Rathauses schmachtet, wird der Küfer in dieser Nacht, wahrscheinlich der ebenfalls letzten seines Lebens, Gesellschaft leisten.

Nicht nur dem Schultheiß schwant Böses. „Wir müssen in seiner Hütte nachsehen."

Sofort schließen sich ihm alle – es sind mindestens drei Dutzend Männer, Frauen und Kinder – an. Nur wenige Augenblicke später haben sie die kleine Hütte des Albert und seiner Frau (sie haben keine Kinder mehr) erreicht. Auf einen kurzen Wink des Schultheiß hin, dringen zwei kräftige Männer ein. Kurz darauf kommen sie wieder heraus – beide bleich im Gesicht.

„Kehle durchgeschnitten", sagt einer der beiden und macht dazu die entsprechende Handbewegung.

Sofort geht ein Gemurmel und Geraune durch die Menge. Keiner kann sich erklären, was in den Albert gefahren sein könnte. Es muss der Leibhaftige gewesen sein, der sich seiner Seele schon vor dem Ableben bemächtigt hat. Das ist die einzige Erklärung. Auch Katharina kann es nicht fassen. Vor wenigen Stunden noch hat sie die beiden zusammen gesehen. Sicherlich, sie haben sich heftig gestritten, doch das kommt in den besten Familien vor. Das ist bestimmt kein Grund, sein Weib einfach abzustechen.

„Da wird der Henker ja endlich wieder einmal etwas zu tun bekommen", hört Katharina eine Stimme aus der Menge.

Es ist nur ein kurzer Prozess vonnöten, denn beide Männer sind geständig und versuchen erst gar nicht, sich herauszureden. Nur der Albert spricht ständig von einem Meister, der ihn rechtzeitig retten werde, während der Friedhelm zu der Frage nach dem Grund seiner abscheulichen Tat beharrlich schweigt.

Am Nachmittag des nächsten Tages wird auf dem Dorfplatz der Galgen aufgebaut. Das letzte Mal war dies vor fast zwanzig Jahren notwendig gewesen. Damals, anno 1178, fanden sie den Kerzendreher Pauly, von seiner Frau vergiftet. Die hatte nämlich gemutmaßt, dass der Pauly eine Liebschaft hatte, was allerdings ein Irrtum war. Sämtliche Zeugen, die zu dem Prozess gehört wurden, selbst die, die dem Kerzendreher nicht unbedingt wohlgesonnen waren, schworen Stein und

Bein, dass der Pauly ein rechtschaffener Mensch und ein treuer Ehemann war. Das Urteil ließ daher keinen Zweifel: Die Gattenmörderin musste am Galgen enden. Und so geschah es auch. An einem trüben Novembermorgen – und unter der Anteilnahme fast der gesamten Oppenheimer Bevölkerung – verlor die Frau des Kerzendrehers am Strick ihr Leben.

Mit dem Aufstellen des Galgens sind die zwei Stadtknechte beschäftigt. Mit Eifer, aber auch mit der gebotenen Ruhe, stellen sie die beiden Beine des Galgens auf, auf die ein massiver Baumstamm gelegt wird. Daran befestigen sie zwei starke Seile, schließlich soll, wie schon einmal in Nackenheim (nicht weit von Oppenheim, ebenfalls am Rhein gelegen) geschehen, der Strick nicht reißen. In Nackenheim, so erzählte man es sich noch Jahre danach, krachte der zum Tode Verurteilte zu Boden, konnte sich aber danach nicht mehr rühren. Nur seinem hilflosen Augenzwinkern war es anzusehen, dass er noch am Leben war. Also wurde die Prozedur wiederholt, und beim zweiten Versuch hielt das Seil. Es knackte, und der Kerl (er hatte einen unbescholtenen Nackenheimer wegen einer nicht bezahlten Weinlieferung ein Messer in den Bauch gerammt) war wirklich tot.

Die Seile, die die beiden Stadtknechte am Oppenheimer Galgen befestigen, sind besonders dick. Schließlich ist der Friedhelm ein gewichtiger Mann, schwer wie ein randvoll gefülltes Weinfass. Und der Albert ist auch nicht gerade ein Leichtgewicht.

In den frühen Morgenstunden ist es schließlich so weit. Ganz Oppenheim scheint auf den Beinen zu sein, um der Hinrichtung zweier Männer beizuwohnen, die ihre Frauen umgebracht haben. Die Freunde der beiden Verurteilten, und davon gibt es nicht wenige, können es noch immer nicht fassen, dass der Friedhelm und der Albert unter einem Galgen stehen und auf ihren Tod warten. Andere feixen und sagen, dass sie es nicht besser verdient hätten, dass man sie vorher hätte teeren und federn sollen. Und die Kinder erlauben sich einen Spaß, den Mördern, vor denen sie keine Angst haben, eine lange Nase zu machen. Kommen sie dem Galgen zu nahe, werden sie kurzerhand von den beiden Stadtknechten verscheucht. Die meisten sind einfach nur gekommen, um wieder einmal bei einem Schauspiel dabei zu sein, das in Oppenheim nicht alle Tage vorkommt.

Der Schultheiß macht es kurz. Noch einmal sollen sich die Delinquenten zu ihren Verfehlungen äußern. Und wieder schweigt der Mann der Wäscherin, während Albert weiterhin seine Litanei vom Meister herunterleiert. Der Pfarrer murmelt seine Gebete, in denen er um Vergebung für die Verdammten und ihre Seelen bittet. Doch es ist ihm anzumerken, dass auch er ihre Taten zutiefst verabscheut.

Schließlich erteilt der Seitz dem Henker (keiner weiß, wer es ist, denn er hat sein Gesicht mit einer ledernen Maske verhüllt) ein Zeichen. Der wiederum schnippt mit den Fingern, worauf die Stadtknechte die beiden Männer unter den Galgen schleppen, sie auf die beiden Fässer hieven, ihnen die Stricke um den Hals legen und die Knoten festzurren.

Noch einmal gibt der Schultheiß den beiden Gelegenheit, ihre Verfehlungen zu bereuen, mit sich und der Welt vielleicht doch ins Reine zu kommen. Doch diesmal schweigen beide. Ein erneutes Kopfnicken – und der Henker stößt zuerst das Fass um, auf dem der Mann der Wäscherin steht. Kurz darauf verliert auch der Küfer Albert das Gleichgewicht und fällt ins Leere.

Während die Schaulustigen ihre Schreie ausstoßen (erschüttert, angewidert oder sensationslüstern) dauert der Todeskampf der beiden Mörder nur kurz. Noch einmal bäumen sie sich auf, zappeln mit den Beinen und versuchen, ihre gefesselten Hände zu befreien, um sich mit deren Hilfe Luft zu verschaffen. Doch die Schlinge zieht sich immer fester zu, während sich die Gesichter der beiden Gehängten grün und blau verfärben. Zuerst erlahmen die Bewegungen des Friedhelm, wenige Augenblicke später schwinden auch dem Albert die Kräfte. Nach einer Weile baumeln beide mit heraushängender Zunge tot am Strick. Im Todeskampf, man sieht es ganz deutlich, haben sich Darm und Blase der Verurteilten entleert. Um ganz sicher zu gehen, lässt der Henker die Männer noch eine Weile hängen – auch zur Warnung aller anderen, eine solch abscheuliche Tat niemals zu begehen. Erst dann greift er zu seinem Messer und schneidet die Leichname wieder ab. Am Abend werden sie in einer Grube irgendwo außerhalb von Oppenheim verscharrt. Ein Ort, den man in den nächsten Jahren besser meiden soll, will man nicht plötzlich einem Wiedergänger begegnen.

Was keiner der Schaulustigen bemerkt hat: Hoch oben in den Weinbergen hat einer die Hinrichtung der beiden Oppenheimer beobachtet. Mit einem zufriedenen Grinsen zieht er sich zurück, als die beiden noch hilflos am Strick zappeln.

„Zu was Menschen doch fähig sind, wenn man ihnen Macht verspricht“, murmelt der Fremde.

Zwei Tagesmärsche nördlich von Prüm entfernt

17. August 1196

Frieder könnte die ganze Welt umarmen. Er weiß, dass sie bald Aachen erreichen werden. Seine Pilgerschaft neigt sich langsam dem Ende entgegen. Zwei Tage sind vergangen, seitdem sie Prüm, ein kleines, aber gastfreundliches Dorf, eingerahmt von einer lieblichen Landschaft, wieder verlassen haben. In Prüm haben sie sich Zeit genommen, um die Geschehnisse der letzten Tage noch einmal zu verinnerlichen. Der Tod der Mainzer Witwe hat sie alle mitgenommen. Am meisten Vorwürfe machen sich Georg und die Gertrude. Der junge Mönch ist fest davon überzeugt, dass er den Tod der Annegret verschuldet hat, weil er die Gruppe, wenn auch nicht mit Absicht, in die Irre führte. Und die Rüdesheimerin hadert mit sich selbst, weil sie die Witwe in den vergangenen Monaten stets nur verächtlich behandelt hat.

Es waren Bauern gewesen, die ihnen am Tag nach dem Feuer den rechten Weg nach Prüm wiesen. Sie hatten sich in der Tat verlaufen und dadurch fast einen ganzen Tag verloren. Gemessen an den vielen Tagen, die sie nun schon unterwegs waren, war dies vielleicht zu vernachlässigen. Für Georg war es allerdings der eigentliche Grund für den tragischen Tod der Mainzerin.

In Prüm konnten sie sich erneut ausgiebig ausruhen und fanden dabei Zeit für eingehende Gespräche unter vier Augen. Frieder, der den Tod der Mainzerin erstaunlich schnell verkraftet hat, versuchte, dem von Selbstvorwürfen gequälten Georg Erleichterung von seinen Gewissensbissen zu verschaffen. Nach einer Weile hatte auch die Gertrude erstmals wieder mit dem jungen Mönch geredet und ihn getröstet. Der Greis und sein Begleiter Rudolf versuchten ebenfalls, den Georg wieder aufzurichten, hatten dabei allerdings nur mäßigen Erfolg.

Immerhin brachte Georg ein zaghaftes Lächeln zustande, als sie Prüm verließen und vom Dorfpfarrer liebevoll verabschiedet wurden. Der Geistliche, getauft auf den Namen Roger, hatte sein Herz auf dem rechten Fleck und die Pilger herzlich aufgenommen. Der leutselige Pfarrer und seine nicht minder lebenslustige Magd hatten sie ausgiebig bewirtet, dass sich nicht nur Frieder manchmal fragte, wie der Geistliche eines Dorfes zu solch stattlichen Vorräten kommen konnte. In Prüm hatte besonders Frieder zu sich selbst gefunden. Der letzte Anflug von Reue und Zweifel, dass er eine solch strapaziöse Pilgerreise unternommen hat, war plötzlich verflogen. Jederzeit würde er wieder eine Pilgerschaft antreten, weiß der Fischer aus Oppenheim.

Jetzt wandern sie durch eine Landschaft mit sanften Hügeln, kleinen Seen, murmelnden Bächen und Herden von Rotwild, die sie auf den Lichtungen beobachten können. Die bleierne Hitze der vergangenen Wochen ist einer milden Wärme gewichen, die das Wandern sogar fast zu einem Vergnügen macht.

„Wir müssen bald Monschau erreichen", sagt Georg, als Frieder ihn danach fragt.

In Monschau, geschützt durch eine wehrhafte Burg, so steht es in Adalberts Pilgerführer, wollen sie wieder länger rasten und ihre Vorräte für den Rest des Wegs bis nach Aachen auffüllen. Auch bei den übrigen Mitgliedern der Gruppe bessert sich die Laune zusehend. Georg ist sogar wieder zu seinen trockenen Scherzen fähig.

Doch als sie ein winziges Dorf – vielleicht nur ein paar Stunden von Monschau entfernt – erreichen, sieht Frieder schon von weitem, dass etwas nicht stimmt. Die Ansammlung von sechs Hütten auf einer weiten Lichtung wirkt verlassen, und doch sind Tierlaute zu hören. Eine Ziege meckert, ein Hund bellt. Dazwischen mischt sich das Gackern von Hühnern. Doch von den Bewohnern (Kinder müssten hier spielen, wenigstens einige Bäuerinnen sollten bei der Arbeit zu sehen sein) ist weit und breit nichts zu erkennen. Frieder bemerkt, dass Georg wieder unruhig wird. Seit dem Tod der Witwe reagiert er auf die kleinsten Veränderungen äußerst sensibel.

„Da stimmt was nicht. Das spür ich in meinen alten Knochen", knurrt auch der Baumlange, der die Augen zusammengekniffen und beide Hände zu Fäusten geballt hat.

Der Fremde wirkt ebenfalls merklich angespannt. Das lange Bündel, das er mit sich herumschleppt, trägt er nun vor dem Bauch. Der stumme Junge hat sich dicht an ihn gedrängt. Auch er merkt den plötzlichen Stimmungsumschwung. Augenblicklich verlangsamt die Gruppe ihr Tempo. Alle spüren, dass urplötzlich Gefahr in Verzug ist. Sie ist nicht greifbar, und doch nicht zu verleugnen. Frieder spürt es an einem eigentümlichen Ziehen im Lendenbereich.

Dann sehen sie den ersten Toten. Mit eingeschlagenem Schädel liegt der Bauer neben dem Brunnen. Georg stößt einen entsetzten Laut aus und wendet sich ab. Mit bleichem Gesicht blickt er in die Runde. Und wie schon einmal übernimmt der Greis das Kommando. Mit befehlsgewohnter Stimme heißt er Rudolf an, sich vorsichtig in dem Dorf umzusehen. Ohne ein Wort zu verlieren, schließt sich der Fremde dem Baumlangen an, nicht ohne den Hans vorher zu Georg zu schieben. Schweigend marschieren die beiden Männer auf das Dorf zu.

Frieders Herz klopft bis zum Hals, als er sie weggehen sieht. Zum ersten Mal auf der Pilgerschaft verspürt er Todesangst, wie er es noch nicht einmal bei der Flucht vor dem Feuer verspürt hat. Hitze und Durst, Unfälle und Krankheit waren über sie hereingebrochen, doch nie hat der Fischer Angst um sein Leben gehabt. Jetzt ahnt er, dass Gott eine weitere Prüfung für sie parat hat.

Nach einer Weile kommen die beiden Männer zurück. „Tot“, presst der Baumlange zwischen seinen Zähnen hervor, während der Fremde keine Miene verzieht und nur bestätigend mit dem Kopf nickt. „Sie sind alle tot. Zehn Männer, sieben Frauen und acht Kinder. Wahrscheinlich sind Raubritter über die Dorfbewohner hergefallen und haben die Vorräte geplündert. Dürfte gestern Abend bei Einbruch der Dunkelheit passiert sein. Teilweise glimmt noch die Asche.“

Im ersten Moment fühlt Frieder Panik in sich aufsteigen. Die Mörder sind bestimmt noch nicht weit weg. Vielleicht kommen sie wieder, um sich an unschuldigen Pilgern zu vergreifen. Doch als er in die Augen der beiden Kundschafter blickt, entspannt er sich wieder ein wenig. Die beiden scheinen sich nicht die geringsten Sorgen zu machen.

Und wieder ist es der Alte, der die Befehle gibt. „Wir werden sie beerdigen“, ordnet er nach einer kurzen Weile des Schweigens an. „Das ist doch auch in Euerm Sinn, Bruder Georg, oder nicht?“

Der junge Mönch nickt. „Ja, wir wollen sie in Ehren bestatten.“

In den nächsten Stunden sind sie damit beschäftigt, die von Georg gesegneten Leichname unter die Erde zu bringen. Die Mörder haben ganze Arbeit geleistet. Während einer Pause, als die Hälfte der Erwachsenen und die meisten der Kinder beerdigt sind, schildert der Greis, wie der Überfall vonstatten gegangen sein könnte. Wie Rudolf vermutet, haben die Raubritter im Schutz der hereinbrechenden Nacht (die Tage sind jetzt schon merklich kürzer geworden) das Dorf überfallen. Nur einige Erwachsene dürften draußen gewesen sein. Vielleicht wollte einer der Dorfbewohner gerade Wasser holen oder noch einmal nach dem Vieh schauen. Er wurde als Erstes niedergemacht. Den Wunden am Kopf nach zu urteilen, schlugen die Mörder mit einer Streitaxt, wie sie eigentlich nur ehrbare Ritter bei sich tragen, auf ihn ein. Die übrigen Männer des Dorfes sind daraufhin, vom Lärm des Mordens alarmiert, nach draußen gelaufen, manche von ihnen bewaffnet mit Sensen und Sicheln. Doch gegen die bestens bewaffneten und kampferprobten Raubritter waren sie wehrlos. Zwei Bauern wurden von Pfeilen aus einer Armbrust getroffen, zwei weiteren Dorfbewohnern wurden ebenfalls die Schädel eingeschlagen. Nachdem die Männer niedergemacht waren, nahmen sie sich die Kinder und Frauen vor, von denen die meisten angsterfüllt in den Hütten ausgeharrt hatten. Doch sie hatten keine Möglichkeit, den Raubrittern zu entkommen oder sich vor ihnen zu verstecken. Ein Kind verbarg sich in einem leeren Fass. Doch auch dieses Versteck bot keinen Schutz. Sie fanden das kleine Mädchen erstochen in dem umgestürzten Fass liegend. Nur einer Bäuerin muss zusammen mit einem fast noch Neugeborenen fast die Flucht in den nahe gelegenen Wald gelungen sein. Die völlig entsetzte Gertrude entdeckte die junge Mutter, der sie ebenfalls den Schädel eingeschlagen hatten. Das Kleine war wohl in blindem Hass gegen einen Felsbrocken geschleudert worden.

„Wer tut so etwas?", fragt die Rüdesheimerin mit erstickter Stimme.

Der Greis zieht nur kurz die Schultern hoch. „Wenn es Raubritter waren, handelt es sich mit Sicherheit um einst ehrenwerte Menschen, die irgendetwas vom Pfad der Tugenden abgebracht hat. Mag es ein schwerer Schicksalsschlag gewesen sein, wie der Tod der geliebten Frau oder die Entführung der Kinder. Oft ist es auch die Gier zu morden, die urplötzlich in einem erwacht. Ich habe in meinem langen Leben schon oft mit ansehen müssen, wie aus tugendhaften Männern blindwütige Bestien wurden."

Wie zur einvernehmlichen Bestätigung nicken der Baumlange und der Fremde gleichzeitig. Während die anschauliche Schilderung des Blutbads auf die beiden Stärksten in der Gruppe keinen sonderlichen Eindruck zu machen scheint, zittert der kleine Hans mittlerweile am ganzen Leib. Frieder fragt sich, ob vielleicht auch er einen solchen Überfall hat miterleben müssen, bei dem vielleicht seine ganze Familie abgeschlachtet wurde. Doch als der Fischer ihn behutsam fragt und dabei seinen Arm um die schmächtigen Schultern des Knaben legt, bekommt er keine Antwort. Frieder spürt, wie die Tränen in ihm hoch steigen. Angst vermischt sich mit blanker Wut.

Der Mönch sieht es und legt ihm die Hand auf die Schulter. „Wer immer es auch war, Gott wird sie ihrer gerechten Strafe zuführen."

Die Worte trösten den Fischer nicht. Auch das Dorf Dalheim, nur ein Steinwurf von Oppenheim entfernt, wurde einmal von Räubern überfallen. Frieder kann sich noch genau an den Tag im Oktober 1193 erinnern, als zwei Männer, einer von ihnen leicht verletzt, durch das südwestliche Stadttor getorkelt kamen und dem Schultheiß von dem Überfall berichteten. Glücklicherweise hatten diese Unmenschen nur zwei Männer und eine Frau getötet und sich ansonsten mit den wenigen Vorräten begnügt, die die Dalheimer für den anstehenden Winter gehortet hatten. Nachdem sie wieder abgezogen waren, erbaten die beiden Dörfler bei dem Oppenheimer Schultheiß um Schutz und Unterstützung. Doch was hätte der schon unternehmen sollen? Die Oppenheimer mussten selbst sehen, wie sie über den Winter kamen. Man erzählte sich, dass im nächsten Frühjahr von einst über vierzig Dorfbewohnern aus Dalheim gerade mal fünfzehn noch am Leben waren.

Frieder bezweifelt, dass die Raubritter, die dieses Dorf hier niedergemacht haben, tatsächlich irgendwann einmal bestraft werden. Mit Sicherheit haben sie schon das nächste Dorf ausgekundschaftet. In der Nacht, die sie nur unweit des jetzt menschenleeren Weilers verbringen, findet er kaum Ruhe – und nicht nur er.

*

Als sie am nächsten Morgen loslaufen, um endlich nach Monschau zu kommen, ist die Stimmung noch immer gedrückt. Auch Frieder kann sich an dem nun langsam zu Ende gehenden Sommer nicht mehr richtig erfreuen. Dabei liebt er diese Zeit. Wenn die Tage nicht mehr so unerträglich heiß sind, wenn morgens leichter Nebel über dem Boden liegt und sich die Bäume, Sträucher und Hecken nur schemenhaft abzeichnen, kann er endlich wieder durchatmen. Auch an diesem Morgen ist die Luft nach anfänglicher Kühle schnell angenehm mild. Die Sonnenstrahlen brechen sich durch dünne Dunstschleier, auf einer Lichtung liegt der Nebel wie ein weißes Laken über einer farbenprächtigen Wiese. Doch Frieder, wie die anderen auch, beschäftigt sich noch immer mit dem am Vortag Erlebten. Und so kommen die Gebete und auch die Lieder nur gemurmelt und nicht in der mittlerweile gewohnten Inbrunst über die Lippen.

Sie haben gerade einen engen Hohlweg erreicht, als plötzlich gut fünfzig Schritte vor ihnen mit einem eigentümlichen Knirschen und einem lauten Krachen eine Buche umfällt und ihnen den Weg versperrt. Frieder will Gott schon danken, schließlich hätte der mächtige Baum genauso gut sie alle erschlagen können, als er plötzlich laute

Stimmen und das Wiehern von Pferden hört. Als er sich umdreht, erkennt er sofort, dass es kein Zufall war, dass die Buche ausgerechnet jetzt umgestürzt ist. Fünf Gestalten sitzen auf ihren Pferden und schauen die Pilger höhnisch an. Frieder ist sich mit einem Schlag bewusst, wem sie in die Falle gegangen sind.

„Schau an, was ist uns denn da über den Weg gelaufen?", ruft einer der fünf, ganz offensichtlich der Anführer der Bande, die mit Sicherheit – daran kann es für Frieder keinen Zweifel geben – auch die Dorfbewohner auf dem Gewissen haben.

Es ist Georg, der einen Schritt nach vorn macht. „Ihr werdet euch doch nicht an wehrlosen Pilger vergreifen."

Im Gegensatz zu sonst ist seine Stimme fahrig und unnatürlich hoch.

„Und ob wir das tun, Pfaffe!"

Die fünf Kerle stoßen ein höhnisches Gelächter aus. Zwei von ihnen steigen mit schnellen Bewegungen von ihren Pferden ab und kommen langsam näher. Es sind wahrhaftige Hünen, die sich mühelos mit dem Baumlangen messen können. Frieder erkennt, dass sie mit denselben Mordinstrumenten bewaffnet sind, die den Dorfbewohnern das Leben kosteten. Einer von ihnen hat eine große Streitaxt am Gürtel befestigt, ein anderer trägt auf dem Rücken eine Armbrust. Und alle sind zudem mit Schwertern und Dolchen bewaffnet, tragen feste Lederkleidung und lederne Stiefel. Für den Oppenheimer Fischer ist die Sache klar. Auf diesem Hohlweg, irgendwo zwischen Trier und Aachen, wird er sein Leben beenden. Auch die anderen werden sie abschlachten, den Jungen vielleicht am Leben lassen, um ihn irgendwo zu verschachern. Irgendwann, wenn überhaupt, wird man ihre Leichen finden.

Es ist eigentümlich, aber der Frieder verspürt in diesem Moment keine Angst, sondern nur das Bedauern, dass er seine Kinder und seine Freunde in Oppenheim nicht mehr sehen wird. Wie gerne hätte er ihnen erzählt, was er alles auf seiner Pilgerschaft erlebt hat. Wie gerne hätte er sie noch einmal in die Arme genommen. Vielleicht ist es die Gewissheit, dass er im Kreis von Menschen sterben wird, die für ihn in den vergangenen Monaten fast so etwas wie eine Familie geworden sind. Deshalb hat er keine Todesangst. Jetzt hofft er nur, dass es schnell gehen möge. Er verspürt sogar eine Art Wut gegenüber den Raubrittern. Sie werden ihr mörderisches Handwerk verrichten und wieder ungeschoren davonkommen.

„Schon bald werdet ihr das Paradies sehen", spottet der Anführer. „Wir werden euch das Genick brechen, die Kehlen durchschneiden und ..."

Er verstummt, als sein Blick auf die Gertrude fällt. „Aber vorher werden wir alle noch eine Menge Spaß haben. Vielleicht lassen wir euch dabei zusehen. Für den Pfaffen zumindest wird das eine ganz neue Erfahrung sein."

Wieder stoßen seine vier Mordkumpane ein höhnisches Gelächter aus.

In diesem Moment geschieht etwas Ungeheuerliches. Der Greis, der bislang hinter Rudolf gestanden hat, bahnt sich seinen Weg nach vorne. Die Hände des Baumlangen, der ihn zurückhalten will, schüttelt er energisch ab. Er hebt den rechten Arm und erreicht tatsächlich, dass die Raubritter schweigen.

„Gar nichts werdet ihr tun! Schon gar nicht werdet ihr euch an einer schwangeren Frau vergreifen. Habt ihr verstanden? Ihr werdet euch wieder auf eure Gäule schwingen und davonreiten."

Der Anführer der Raubritter macht ein verdutztes Gesicht. Mit allem hat er gerechnet, doch bestimmt nicht damit, dass ein alter Mann, der mit einem Bein bereits im Grab steht, es tatsächlich wagt, sich ihm entgegenzustellen.

„Was hast du da gesagt, Alter?", ruft er belustigt aus, und auch seine Spießgesellen fallen wieder in lautes Gelächter ein. „Wiederhol das doch noch einmal."

„Ihr werdet uns in Ruhe weiterziehen lassen", bekräftigt der Greis mit ruhiger Stimme.

Frieder schaut mit angespanntem Atem abwechselnd zu den Raubrittern und zu dem Alten. Er spürt, wie sein Herz schneller schlägt. Die Entwicklung nimmt eine Wende, wenngleich auch er das Vorgehen des Alten nur als aberwitzig ansieht.

Der Anführer hat sich inzwischen breitbeinig vor dem Greis aufgebaut. Gut zwei Köpfe größer ist er, und ein einziger Fausthieb hätte ausgereicht, seinen schmächtigen Gegenüber zu erschlagen. Doch der Raubritter macht zunächst keine Anstalten. Er ist sich seiner Sache völlig sicher, dass aus dieser Gruppe keinerlei Gefahren für ihn und seine Spießgesellen ausgehen. Belustigt schaut er erst zu seinen Kameraden, dann wieder zu dem Greis.

„Und wer soll uns daran hindern?"

„Ich, Friedrich Barbarossa, Kaiser des römisch-deutschen Reichs, befehle es euch."

Oppenheim

18. August 1196

„Wir müssen sie finden, bevor es die anderen tun."

Die Stimme ihres Bruders Volker dringt nur langsam in Katharinas Bewusstsein. Ihr Hals schmerzt, außerdem hat sie das Gefühl, dass noch immer etwas ihre Kehle zuschnürt. Was war geschehen? Nur mühsam erinnert sich die jüngste Tochter des Fischers Frieder daran, wie sich ihre Schwester Mechthild auf sie gestürzt hat. Aus einem scheinbar nichtigen Anlass heraus war sie zu einer wilden Furie geworden, hat sich auf Katharina geworfen und diese gewürgt, bis sie besinnungslos geworden ist.

Es ist dem Zufall zu verdanken, dass Wilhelm, der Knecht, gerade in diesem Augenblick in die Hütte eintrat und die ältere Schwester von der Katharina wegreißen konnte. Durch das Schreien und Toben der Mechthild sind zahlreiche Oppenheimer zur Hütte des Fischers gelockt worden. Sie haben mit ansehen müssen, wie die Mechthild, die alle als besonnene Frauen kennen, sich vom dem bärenstarken Knecht Wilhelm losriss und mit weißem Schaum vor dem Mund und einem völlig wirren Blick davonlief.

Was hat die Mechthild dazu getrieben, ihre eigene Schwester umbringen zu wollen? Denn dass sie sie töten wollte, daran besteht kein Zweifel. Schon ganz blau im Gesicht ist die Katharina gewesen, als der Knecht sie aus den Klauen der zur Furie gewordenen Mechthild befreien konnte. Nur wenige Augenblicke später, und die Katharina hätte ihr Leben ausgehaucht.

Die ältere der beiden Töchter des Frieder hatte sich verändert. Schon bei der Hinrichtung der beiden Männer zeigte sie sich von einer Seite, die ihren Geschwistern Angst gemacht hat und sogar den hartgesottenen Wilhelm verschreckte. Doch der hat sich darüber weiter keine Gedanken mehr gemacht. Er hat im Haus der Fischerfamilie zu arbeiten und sich nicht um Streitigkeiten zu kümmern. Und dann war es geschehen. Katharina stand nichts ahnend in der Hütte am Topf, als Mechthild hereingestürmt kam. Sie sei ein nichtsnutziges Weibsstück, das zu nichts mehr zu gebrauchen sei, schimpfte die Ältere auf die jüngere Schwester ein, die überhaupt nicht wusste, wie ihr geschah. Und

Mechthild legte diesmal alles darauf an, ihr eigen Fleisch und Blut zu kränken und zu demütigen. Sie habe nichts anderes im Sinn, als sich dem Wilhelm hinzugeben, diesem tumben Knecht, der zu blöd sei, um geradeaus zu laufen.

Das war auch für die sonst so ruhige Katharina zu viel. Mit energischen Sätzen machte sie ihrem Ärger Luft, der sich in den vergangenen Wochen angestaut hatte. Es sei nicht ihr Verhalten, sondern das der Mechthild, das es zu beklagen gäbe. Seit der fremde Kaufmann die Stadt verlassen habe, sei sie nicht selten wie von Sinnen, beschimpfte Katharina nun die Mechthild. Die habe sich außerdem überhaupt nicht das Maul darüber zu zerreißen, wer sich wem in Sünde hingibt, brach es schließlich aus der Katharina heraus. Eine behutsame Freundschaft verbinde sie mit dem Wilhelm, doch sie, die Mechthild, habe ihre Beine willfährig für den nächstbesten Fremden breit gemacht. Sie habe es selbst gesehen, weil sie der Mechthild nachgelaufen sei. Und mit einem höhnischen Lachen, das man so gar nicht von der Katharina kennt, unterstellte sie der Schwester, dass der Fremde die Mechthild mit einem Balg im Bauch hat sitzen lassen. Anders sei das Verhalten, das sie seit geraumer Zeit an den Tag lege, nicht zu erklären.

Das hat das Fass schließlich zum Überlaufen gebracht. Mit einem wütenden Aufschrei stürzte sich Mechthild auf ihre Schwester, die, weil wesentlich schwächer, sofort das Gleichgewicht verlor. Es war für die Mechthild ein leichtes Unterfangen, sich auf die wehrlose Katharina zu knien und ihr mit beiden Händen die Gurgel zuzudrücken. Das kaum zu vernehmende Flehen der Katharina, sie am Leben zu lassen, hörte sie nicht. Mit blinder Wut und zu einer teuflischen Fratze verzerrtem Gesicht drückte sie immer fester zu, bis das Zappeln der Beine ihres Opfers immer schwächer wurde und schließlich verstarb. Und Mechthild hätte nicht abgelassen, wenn der Wilhelm nicht in die Hütte gekommen wäre. Kurz nachdem Wilhelm die Tobende losreißen konnte, war auch Volker in die Hütte gestürzt.

„Du musst sie finden, Wilhelm, ich flehe dich an. Bring sie wieder hierher zurück."

Jetzt erst kann Katharina ihre Augen öffnen. Sie blickt in das besorgte Gesicht ihres Bruders, der erleichtert aufatmet. Die Katharina ist noch am Leben. Deutlich sind die Abdrücke der Hände an ihrem Hals zu sehen. Der gelingt es, sich aufzurichten.

„Was, um Himmels willen, ist denn passiert?" Volker kann es immer noch nicht fassen, dass seine ältere Schwester der Katharina an die Gurgel gegangen ist.

Die schüttelt, weil noch immer benommen, vorsichtig den Kopf. „Ich kann es dir nicht sagen. Wir hatten Streit, aber dass sie mich gleich umbringen will ...“

Mittlerweile haben zwei Oppenheimer ihre Köpfe durch die Türöffnung gesteckt. Volker gelingt es, sie zu vertreiben. „Nichts passiert. Nur ein kleiner Streit zwischen Schwestern.“

Doch die Neugierigen lassen sich nicht so einfach beruhigen. Einer spricht sogar davon, dass das Stadtgericht schon bald wieder Arbeit bekommen wird. Und als der Schultheiß Seitz in der Tür erscheint, weiß Volker, dass die Angelegenheit nicht so einfach bereinigt werden kann.

*

Der Wilhelm läuft überstürzt aus der Hütte, da stellt sich ihm auch schon der Seitz in den Weg.

„Ich will wissen, was hier vorgefallen ist“, herrscht er den Knecht an.

Obwohl es unziemlich, ja ungeheuerlich ist, wenn ein Tagelöhner den Schultheiß einfach stehen lässt, bleibt Wilhelm die Antwort schuldig. Als er das wütende Zetern des Seitz hört, winkt er nur ab und heftet sich wieder an Mechthilds Fersen.

Die hat inzwischen einigen Vorsprung und ist in dem Gewirr der Gassen nirgendwo zu finden. Wilhelm stößt einen saftigen Fluch aus. Der Himmel weiß, was sie in diesem Zustand noch alles anstellen kann. Wilhelm schaut sich gehetzt um, doch nirgends kann er die Mechthild finden. Ein leiser Pfiff lässt ihn aufhorchen. Als er sich umdreht, sieht er zwei Buben im Schatten eines Schuppens stehen. Einer von ihnen macht eine Bewegung mit dem rechten Daumen. Als Wilhelm in die Richtung sieht, geht ihm ein Licht auf. Der Junge deutet auf den Eingang eines Kellers, den Wilhelm nur zu gut kennt.

Wie ein Blitz überkommt ihn die Erinnerung. Als Kind hat er in dem Keller gespielt und sich dabei verlaufen. Denn hier, an dem verfallenen Haus eines Winzers, dessen Familie schon längst die Stadt verlassen hat, geht es ins unterirdische Oppenheim. Wilhelm weiß, dass ihn in der Dunkelheit des Kellers ein kleines Labyrinth erwartet. Wenn Mechthild tatsächlich dort hineingekrochen ist, wird sie sich ohne Fackel ebenfalls verlaufen.

Nur einige Schritte vom Kellereingang entfernt hat der Oppenheimer Schmied seinen Hof. Wilhelm kennt den Josef seit vielen Jahren, ist er ihm doch schon oft zur Hand gegangen. Der Josef fragt nicht erst lange, sondern gibt dem Wilhelm die Fackel, die er mit ungeduldigen Worten verlangt.

Wenige Augenblicke später taucht der unerschrockene Knecht ein in eine Welt, die ihm Unbehagen bereitet. Urplötzlich kommen die Erinnerungen wieder, obwohl sie mittlerweile zwanzig Jahre zurückliegen. Am Anfang ist der Keller groß genug, dass Wilhelm aufrecht gehen kann, doch bald muss er sich bücken, schließlich sogar ganz in die Knie gehen. Mechthild kann ohne Fackel noch nicht weit gekommen sein, dennoch hört er nicht den geringsten Laut. Dann kommt Wilhelm an die erste Abzweigung.

Er weiß noch, wie er damals als Kind, das sich von seinem Vater eine Fackel stibitzt hat, ohne Furcht einfach weitergegangen ist. Erst später, als die Fackel immer weiter herunterbrannte und er sicher war, dass er nicht mehr allein herausfinden würde, hatte ihn die Panik übermannt. Laut schreiend hatte er auf dem Boden gekauert, bis einige Oppenheimer ihn endlich fanden.

Zu Hause setzte es die schlimmste Tracht Prügel, die der Wilhelm jemals von seinem Vater bezog. Doch insgeheim war der Alte damals froh, dass er seinen Ältesten wieder hatte und dass der mit dem Feuer nicht die halbe Stadt abgefackelt hatte.

Seitdem hatte Wilhelm keinen Fuß mehr in das Kellerlabyrinth gesetzt. Denn von seinem Vater erfuhr der Wilhelm, dass zahlreiche Räume miteinander verbunden und verschachtelt sind. Wenn das Haus keinen Platz mehr bot und auch der Keller schon vollgestopft war, haben viele Oppenheimer einfach weitergegraben und sind dabei nicht selten auf andere Keller gestoßen.

Jetzt muss der Wilhelm wieder in dieses mittlerweile zu einem unübersichtlichen Gewirr angewachsene Labyrinth eintauchen, um die entlaufene Mechthild zu suchen. Vorbei an alten Fässern und Tonkrügen bahnt sich der Knecht seinen Weg, und wieder muss er sich entscheiden, ob er nach rechts oder nach links weitergeht. Er entscheidet sich für links, obwohl es genauso gut auch rechts hätte sein können. Wenig später, nachdem er einen großen Raum durchquert hat, in dem mit Sicherheit einmal Wein gelagert wurde, stößt der Wilhelm sogar auf menschliche Knochen und einen bleichen Schädel.

Wieder stößt er einen saftigen Fluch aus. Er hätte eigentlich auf dem Rhein sein und Fische fangen sollen. Stattdessen muss er in einem muffigen Keller, wo sogar die Gebeine eines längst Verblichenen ruhen, nach der irre gewordenen Herrin suchen. Mit einem kurzen Blick überprüft er die Fackel. Nicht mehr lange, und sie wird niedergebrannt sein.

Vorher muss er umkehren, denn noch einmal wird er nicht in absoluter Dunkelheit tief unter der Erde zurückbleiben.

Plötzlich hört er ein Schluchzen.

„Mechthild! Hier ist der Wilhelm!"

Wieder nur ein Schluchzen.

„Du brauchst keine Angst zu haben. Ich bin gekommen, um dich nach Hause zu bringen."

Wieder nur ein Schluchzen, aber keine Antwort. Der Wilhelm ist sich jedoch sicher, dass die Mechthild nicht weit sein kann. Mucksmäuschenstill bleibt der Knecht, dessen Herz bis zum Hals schlägt. Jetzt ist nur ein leises Wimmern zu hören. Da entdeckt er das Loch im Boden. Als er vorsichtig näher kommt, erkennt er, dass das Loch in einen weiteren Kellerraum führt. Mit einem Ächzen lässt sich Wilhelm auf die Knie nieder, beugt sich hinunter und leuchtet den kleinen Kellerraum aus. In der hintersten Ecke entdeckt er die zusammengekauerte Mechthild. Am ganzen Leib zitternd hat sich die älteste Tochter des Frieder bei absoluter Dunkelheit bis hierher verkrochen.

„Gib mir deine Hand, Mechthild! Der Katharina ist nichts passiert. Sie ist völlig in Ordnung und wartet mit dem Volker auf dich. Wir alle wollen, dass du wieder nach Hause kommst."

Die Antwort lässt ihn allerdings zusammenzucken.

„Diese verdammte Hure. Ich musste sie auf sein Geheiß hin töten, doch ich habe es nicht fertig gebracht."

Sie ist tatsächlich völlig irre geworden, schießt es dem Wilhelm durch den Kopf, der sich fragt, von wem dieses Weibsstück wohl reden mag.

Doch darüber sollen sich andere Gedanken machen. Er weiß, dass die Fackel nur noch kurz brennen wird, und diese Frau macht keine Anstalten mit ihm zu kommen. Ohne ein weiteres Wort zu verlieren, springt der Knecht durch die kleine Öffnung, kriecht so schnell es geht auf die Mechthild zu und gibt ihr eine Ohrfeige. Gleichzeitig packt er sie am Handgelenk und zerrt sie zu dem Loch.

„Wir müssen sehen, dass wir hier rauskommen, so lange die Fackel noch brennt. Ich hab keine Lust, hier unten zu verrecken."

Seltsamerweise lässt sich die Mechthild führen wie ein kleines Kind. Nur ab und zu brabbelt sie etwas, dass der Wilhelm denkt, sie redet von einem Mann, der ihr etwas geheißen hat. Auch der Knecht weiß, dass der Fremde, der vor einiger Zeit in Oppenheim genächtigt hat, der Mechthild schöne Augen machte. Doch soll der ihr aufgetragen haben, ihre eigene Schwester zu erwürgen? Welchen Sinn sollte das machen?

Auch um diese Frage sollen sich andere kümmern, denn jetzt muss der Wilhelm alles daransetzen, den richtigen Weg zurückzufinden. Nur einmal ist er sich nicht mehr sicher, welche Route er einzuschlagen hat, doch instinktiv entscheidet er sich richtig. Mechthild ist Gott sei dank die ganze Zeit wie apathisch und murmelt nur unverständliches Zeug vor sich hin.

Wilhelm atmet auf, als er das Tageslicht sieht. Jetzt kann er die Fackel, die nur noch einer kümmerlichen Flamme Nahrung gibt, zur Seite werfen. Doch kaum sind Wilhelm und Mechthild aus dem Keller herausgetreten, da vergeht dem Knecht die Erleichterung. Denn ein gutes Dutzend Oppenheimer, darunter zahlreiche Kinder, haben am Kellereingang auf sie gewartet. Sofort entbrennt ein lautes Stimmengewirr, das durch eine hohe, aber energische Stimme unterbrochen wird.

„Nehmt sie in Gewahrsam", befiehlt der Seitz den beiden Stadtknechten.

Die nehmen die völlig abwesende Mechthild in ihre Mitte und führen sie widerstandslos ab. Wilhelm weiß, wohin des Frieders Älteste gebracht wird. Doch das ist nicht das eigentliche, was ihn beunruhigt. Dem Seitz hat er im Gesicht angesehen, was mit der Mechthild geschehen soll.

Zwei Tagesmärsche nördlich von Prüm entfernt

18. August 1196

„Ich, Friedrich Barbarossa, Kaiser des römisch-deutschen Reiches, befehle es euch."

Sofort sprechen alle wild durcheinander. Frieder bemerkt, wie Georg ungläubig erst den Alten und dann den Baumlangen anstarrt. Er hat angesichts des Todes den Verstand verloren, drückt sein Blick aus. Doch Rudolf verzieht keine Miene. Er scheint von der Behauptung nicht überrascht zu sein.

Auch bei den Raubrittern überschlagen sich die Stimmen. Einer von ihnen haut sich vor Belustigung auf den Schenkel und verlangt lauthals nach einer Krone und einem kaiserlichen Umhang. Ein anderer macht eine Verbeugung und kichert dabei wie ein kleines Kind.

„Ruhe, verdammt noch mal", schreit der Anführer, und nur langsam wird es wieder still im Hohlweg. Mit zusammengekniffenen Augen schaut er den Alten an. „Was hast du da gesagt, du Wahnwitziger, du Irrer? Wiederhole es noch einmal, damit ich mich vergewissern kann, dass du tatsächlich etwas von einem Kaiser gesagt hast. Danach werde ich dir als Erstes deinen dürren Hals brechen."

Der Angesprochene reckt sich. Die Drohung scheint nicht den geringsten Eindruck hinterlassen zu haben.

„Ich bin Kaiser Friedrich Barbarossa", sagt er langsam und bedächtig, aber mit einem Tonfall, der keinen Widerspruch zulässt. „Gekrönt zum Herrscher der römisch-deutschen Nation wurde ich am 18. Juni anno domini 1155. Ich habe vor dem Herrn gelobt, auf Pilgerschaft zu gehen, die in Aachen enden wird, und daran werdet auch ihr mich nicht hindern."

Jetzt kann sich auch der hartgesottene Raubritter nicht mehr zurückhalten. In schallendes Gelächter bricht er aus, schlägt sich auf den rechten Oberschenkel, die Tränen laufen ihm über das Gesicht. Nach und nach fallen seine Spießgesellen in das dröhnende Gelächter ein, dass sogar die Pferde scheuen. Frieder kann sich des Gedankens nicht erwehren, dass die Situation tatsächlich etwas Komisches an sich hat.

„Natürlich, wie konnten wir nur so vermessen sein, dem Kaiser den Weg zu versperren“, prustet der Anführer. „Verzeiht uns, Majestät.“

Im nächsten Augenblick geht alles blitzschnell, und Frieder sollte sich später nicht in der Lage sehen, es noch einmal wiederzugeben. Er sieht nur aus den Augenwinkeln, dass sich der Fremde, unbemerkt von den anderen und besonders von den Raubrittern, die sich vor Lachen immer noch kaum halten können, an seinem geheimnisvollen Bündel zu schaffen gemacht hat. Während die Raubritter den Alten verhöhnen, hat er die Lumpen entfernt. Zum Vorschein kommt ein zwischen mehreren langen Ästen steckendes Schwert.

Ehe sich der Anführer der Mörderbande versieht, schubst der Fremde den kleinen Hans, der sich in panischer Angst an das Bein seines Beschützers geklammert hat, in den Weggraben, springt mit einer geschmeidigen Bewegung auf den Anführer der Raubritter zu, schwingt das lange Schwert über seinen Kopf und lässt es mit einem gewaltigen Hieb niedersausen. An der rechten Schulter schwer verwundet, sinkt der Kerl in das Laub des Waldbodens. Mit ungläubigem Entsetzen muss er zusehen, wie der Fremde nochmals das Schwert hebt und mit voller Wucht zuschlägt. Frieder wendet entsetzt den Kopf ab, als er sieht, wie der Schädel des Anführers trotz des schützenden Helms gespalten wird und graue Hirnmasse herausspritzt. Im selben Moment zieht der Fremde das Schwert des getöteten Raubritters aus der Scheide und wirft es dem Rudolf zu.

Der Baumlange fängt es geschickt auf, als sei er seit seiner Kindheit im Umgang mit der Waffe geübt. Mit einigen schnellen Bewegungen macht er dem zweiten Raubritter, der den schnellen Tod seines Anführers fassungslos mitangesehen hat, den Garaus. Die anderen der Pilgergruppe können nur staunend zuschauen, wie zwei von ihnen mit einer Horde gefährlicher Mörder aufräumen, als hätten sie nie etwas anderes in ihrem Leben getan.

Mit flinken Schritten rennen Rudolf und der Fremde nun zu den anderen drei Raubrittern hin, die allerdings statt zu fliehen, sich ihnen entgegenstellen. Dabei scheinen sie zu allem entschlossen zu sein. Der Vorteil der Überraschung ist für die beiden Pilger dahin, und es entbrennt ein zäher Kampf. Rudolf gelingt es, einen der drei zu töten, doch ein Schwerthieb verletzt ihn am Oberarm. Es ist der blitzschnellen Reaktion des Fremden zu verdanken, dass der Baumlange nicht sein Leben verliert. Mit einem gewaltigen Hieb schlägt er dem vierten Mordgesellen den Kopf ab. Der letzte Verbliebene des Gesindels nutzt den Moment zur Flucht.

Keuchend lassen sich die beiden Kämpfer nun auf die Erde fallen. Hans, der sich die ganze Zeit hinter einem Strauch versteckt hat, läuft sofort auf seinen Beschützer zu und fällt ihm in die Arme. Frieder erkennt, dass Rudolf nur eine Fleischwunde hat, um die sich sofort Georg kümmert. Der Fremde löst sich aus den Armen seines jungen Schützlings, fährt sich durch sein schweißverklebtes Haar und nimmt aus seinem Wasserbeutel einen tiefen Schluck. Er betrachtet die vier Leichen, und Tränen schießen ihm in die Augen. Wie ein kleines Kind fängt er an zu schluchzen.

„Ich dachte, das Abschlachten hat endlich ein Ende", wimmert er, was der Frieder nun gar nicht versteht.

Nur der Greis (Frieder kann es nicht glauben, dass er tatsächlich der Kaiser sein soll) macht ein zufriedenes Gesicht. „Mein getreuer Rudolf", sagt er und klopft seinem Begleiter vorsichtig auf die Schulter. „Du hast mich schon wie so oft aus verhängnisvollen Situationen sicher herausgeholt."

Er wendet sich an den Fremden: „Aber mein kaiserlicher Dank gilt auch Euch, tapfrer Mann. Ihr habt in keinem Augenblick gezögert, den Kaiser mit Eurem Mut und Eurer Tapferkeit zu schützen. Wie ist Euer Name?"

Der Fremde wischt sich noch einmal die Tränen aus dem Gesicht. „Ich bin Ludger von Schwetzingen, erstgeborener Sohn des Markgrafen von Schwetzingen."

Nach einem kurzen Moment der Stille ergreift Georg das Wort. „Das ist unmöglich", sagt er mit stockender Stimme. „Ihr könnt nicht Kaiser Friedrich Barbarossa sein, denn Barbarossa ist schon seit vielen Jahren tot. Ertrunken im Fluss Saleph im Juni 1190. Inzwischen regiert sein Sohn Heinrich als Kaiser. Wir haben es in unserer klösterlichen Schreibstube niedergeschrieben."

Frieder schüttelt verwundert den Kopf. Ist der Greis nun ein Betrüger, oder dürfen sie das Wunder einer Wiederauferstehung erleben?

Jetzt steht der alte Pilger auf. „Ich weiß, es klingt ungeheuerlich. Und doch ist es wahr. Ich bin Kaiser Friedrich Barbarossa. Und das ...", er deutet auf den Baumlangen, „... ist mein langjähriger Leibdiener Rudolf von Speyer. Er wird bestätigen, was ich euch jetzt berichte."

Mit einem Ächzen lässt er sich im hohen Gras am Rande des Hohlwegs nieder. Die anderen schauen ihn gespannt an.

„Georg hat Recht. Es geschah am Fluss Saleph, wo ich mir an einem unerträglich heißen Junitag des Jahres 1190 ein Bad im erfrischenden Wasser gönnte. Rudolf wird sich noch daran erinnern, dass ich seine

Warnungen, allein und nahezu unbekleidet ins Wasser zu steigen, in den Wind schlug."

Wie zur Bestätigung nickt der Baumlange. Georg hat sich inzwischen an seiner Wunde zu schaffen gemacht. Mit Wasser säubert er sie zunächst und verbindet sie dann mit einem halbwegs sauberen Leinentuch. Frieder sieht, dass Georg trotz seiner Beschäftigung aufmerksam zuhört.

„Ich hätte auf meinen erfahrenen Leibdiener hören sollen. Denn die unerwartet starke Strömung trieb mich schnell ab. Verzweifelt kämpfte ich gegen das Wasser an, doch ich war machtlos. Irgendwann verlor ich das Bewusstsein und wachte erst nach Einbruch der Dunkelheit an einem flachen Sandstrand auf. Es war Gottes Wille zu verdanken, dass ich nicht ertrunken bin. Um mich herum war völlige Dunkelheit, denn es war eine mondlose Nacht. Ich musste ausharren, bis endlich die Sonne aufging. Eine Fußverletzung hinderte mich daran, dass ich mich sofort auf den Weg zurück ins Lager machte."

Und wieder ist es Georg, der die Schilderung aufgebracht unterbricht. „Aber man hat die Leiche des Kaisers gefunden. Wegen der Hitze, die Ihr ja richtigerweise erwähnt habt, hat man den Körper des Kaisers in Essigwasser gekocht und die Gebeine herausgelöst. Das verwesliche Fleisch wurde in der Kathedrale von Tarsus bestattet. Die Gebeine Friedrichs wurden nach Tyrus überführt."

Frieder und Gertrude schauen sich unschlüssig an. Georgs Wissen macht sie unsicher. Befindet sich unter ihnen ein Betrüger? Frieder weiß darauf keine Antwort, wenngleich er sich eingesteht, dass der Greis in all den Wochen nie behauptet hat, der Kaiser zu sein. Zwar hat er zu keinem Zeitpunkt über sich und seine Herkunft geredet, doch nie davon gesprochen, Kaiser Barbarossa zu sein. Erst eine ausweglose Situation, als auch er sich mit dem unausweichlichen Tod konfrontiert sah, hat ihn dazu gebracht.

Georg wirft einen Blick auf den Fremden, der sich als Ludger von Schwetzingen ausgegeben hat. Wie schon in den vergangenen Wochen schweigt er auch jetzt wieder beharrlich. Es scheint ihm nichts auszumachen, mit einem Mann zu pilgern, der entweder der totgeglaubte Kaiser Friedrich oder ein frecher Betrüger ist.

Der Greis nickt dem Baumlangen zu. „Im Heer der Kreuzfahrer gab es einen Ritter", ergänzt er die Ausführungen seines Herrn. „Sein Name war Otto und er stammte aus dem Wonnegau. Doch alle nannten ihn nur Friedrich. Er hatte rötliches Haar und glich dem Kaiser wie ein Bruder."

„Du hast Recht. Auch ich erinnere mich an ihn“, erhebt jetzt auch der Fremde seine Stimme. „Abends haben wir am Lagerfeuer oft gescherzt und uns vorgestellt, wie gut Otto auch Krone, Umhang und Schwert des Kaisers stehen würden. Nur die engsten Vertrauten des Kaisers würden wohl den Unterschied bemerken. Otto war es immer unangenehm gewesen, dass mit seiner Ähnlichkeit mit dem Kaiser ständig Schabernack getrieben wurde.“

Dieser Ludger hat an dem Kreuzzug ebenfalls teilgenommen, kombiniert Frieder aus diesen Worten.

„Der Zufall wollte es, dass auch Otto im Fluss badete“, fuhr Rudolf fort. „Da der Kaiser auch nach längerer Zeit nicht mehr zurückkam, wurden Suchtrupps ausgesandt. Man fand die Leiche eine knappe Meile flussabwärts vom Lager entfernt.“

Georg schüttelt den Kopf und stößt ein abgehacktes Lachen aus. Mit hilfloser Verzweiflung reckt er die Hände in den Himmel. „Den Rest kann ich mir leicht ausmalen. Die Leiche, die gefunden wurde, war nicht die des Kaisers, sondern die des armen Ritters Otto aus dem schönen Wonnegau.“

Weder Rudolf noch der Greis geben auf Georgs Worte, die seine ganzen Zweifel ausdrücken, eine Antwort. Doch sie nicken kaum merklich, worauf Georg erneut lachen muss.

„Das ist die ungeheuerlichste Geschichte, die ich je gehört habe.“

Der junge Mönch blickt dem Greis fest in die Augen. „Ihr habt immer ein Geheimnis aus Euch gemacht, Herr. Nie habt Ihr Euren Namen genannt oder den anderen erzählt, woher Ihr stammt. Und jetzt erfahren wir, dass Ihr angeblich Kaiser Friedrich Barbarossa seid, der, wie auch immer, glücklich und wohlbehalten von seinem Kreuzzug zurückgekehrt ist.“

„Ganz so einfach war es nicht, mein lieber Georg. Doch alles der Reihe nach. Es ist der Beharrlichkeit meines Leibdieners zu verdanken, dass ich noch am Leben bin. Wie er mir später berichtet hat, stimmt Euer Wissen, mein lieber Georg. Bestürzt über den unerwarteten Tod des Kaisers und des Anführers der christlichen Kreuzfahrer verlor die Heeresspitze den Kopf. So habe ich es im Nachhinein erfahren. Die gefundene Leiche wurde tatsächlich gekocht. Wegen der Hitze wäre sie in kürzester Zeit verwest. Der Tod des Kaisers wurde beklagt, doch die meisten, was viel schlimmer war, fühlten sich der Idee des Kreuzzugs nicht mehr verpflichtet.“

„Nicht wenige haderten mit Gott“, ergänzt Ludger, der urplötzlich von einer ganz ungewohnten Redseligkeit bemächtigt zu sein scheint.

„Nach dem Tod des Kaisers wurde dessen Sohn Manfred von Schwaben zwar unverzüglich zum Oberbefehlshaber ernannt. Aber auch er konnte nicht verhindern, dass etliche keinen Sinn mehr in dem Feldzug gegen die Ungläubigen sahen. Verschiedene Truppeneinheiten brachen in dieser Situation unverzüglich den Heimweg an. Ich muss gestehen, dass auch ich keinen Sinn mehr sah und mich von dem Heer absetzte."

„Nur mein getreuer Leibdiener wollte nicht an den Tod des Kaisers glauben", fährt jetzt wieder der angebliche Friedrich fort. „Eine göttliche Fügung ließ das Unmögliche wahr machen. Von Gottes unerklärlicher Güte geführt, machte er sich auf die Suche. Er fand mich mehr als drei Tage später, als das Heer längst in alle Winde zerstreut war. Drei weitere Tage dauerte es, bis ich, der nichts zu essen und nur kaltes Flusswasser zu trinken hatte, wieder halbwegs bei Kräften war. Dann erst konnten wir daran denken, uns auf den Weg nach Hause zu machen. Unerträgliche Strapazen machten die ersten Wochen zu einer einzigen Qual. Mehrmals verirrten wir uns, und es sah so aus, als würden wir im Staub der kargen Landschaft unsere Seele aushauchen. Damals, angesichts der Aussichtslosigkeit und ständig den Tod vor Augen, gelobte ich, unseren Weg als Pilgerschaft anzusehen. Nicht nur nach Hause, in deutsche Lande, wollte ich es schaffen, sondern gleich bis nach Aachen, die Stadt, in der unser erster Kaiser, der große Karl, gelebt und gewirkt hat, und wo er auch bestattet ist. Es hat Jahre gedauert, bis ich mich endlich an meinem Ziel währen konnte. Ich wusste natürlich, dass mein Sohn Heinrich längst in meine Fußstapfen getreten war. Ich brachte es nicht über mein Herz, ihm die Nachricht zukommen zu lassen, dass sein Vater noch lebt. Ich kenne meinen Sohn. Es hätte ihn mit Sicherheit nicht gefreut. Also blieb ich all die Jahre inkognito. Nur mein Leibdiener Rudolf wusste, wer ich wirklich war. Doch nie hat er das Geheimnis verraten. Als diese Raubritter keinen Zweifel daran ließen, uns umbringen zu wollen, konnte ich nicht anders. Ich habe schon lange keine Angst mehr vor dem Tod. Doch so kurz vor meinem Ziel wollte ich es nicht auf diese Weise enden lassen."

Nach diesen Worten herrscht Schweigen. Frieders Blick fällt auf die vier Leichen. Nicht nur er hat völlig vergessen, dass sie sich gerade erst in einer tödlichen Gefahr befunden haben. Und jetzt haben sie sich eine unglaubliche Geschichte anhören müssen, von der Frieder nicht weiß, was er davon halten soll. Zeit seines Lebens hat er noch nicht einmal gewusst, wie der Kaiser heißt. Auch ist es neu für ihn, dass der Kaiser bei seinem Kreuzzug gegen die Ungläubigen, wer immer diese sein mögen, ertrunken sein sollte.

In diesem Moment fällt ihm die Begebenheit ein, die sich in Nieder-Ingelheim abspielte. Das Geheimnisvolle, das Frieder damals empfand, als er mit dem Alten an der Kaiserpfalz stand, erscheint ihm nun in einem neuen, aber alles erklärenden Licht. Kam es ihm nicht so vor, als wollte der Alte damals an der Nieder-Ingelheimer Pfalz etwas loswerden? Dass ihn jedoch etwas davon abzuhalten schien? Frieder mustert den angeblichen Barbarossa unverhohlen. Sieht so ein Kaiser aus? Frieder hätte sich einen stattlichen Mann mittleren Alters und weiser Ausstrahlung vorgestellt, wenn ihn einer gefragt hätte. Doch vor ihm steht ein altes Männlein, das sich kaum noch aufrecht halten kann. Der Greis trägt einen leichten Umhang, so wie ihn Tausende anderer Pilger auch tragen. Sein Gesicht ist ausgemergelt, sein Bart und das lichte Haupthaar sind struppig. Frieder versucht sich vorzustellen, wie er mit einer Rüstung und einer Krone aussehen könnte. Es gelingt ihm nicht. Unverkennbar ist jedoch, dass Haupthaar und Bart einmal rötlich gewesen waren, was dem echten Kaiser Friedrich, das weiß mittlerweile auch der Frieder, den Beinamen Barbarossa eingebracht hat. Unbestritten ist, dass er während der vergangenen Monate mehr als einmal bewiesen hat, dass er über Umsicht und Autorität verfügt. Der Fischer zuckt unwillkürlich mit den Schultern. Er weiß nicht, was er von der Behauptung halten soll.

In der Zwischenzeit ist es auch Georg wieder in den Sinn gekommen, dass sie noch etwas anderes zu erledigen haben. Ohne den Alten weiter zu beachten, bittet er Frieder, mit ihm abseits des Hohlwegs ein großes Grab auszuheben. Als Ludger – und trotz seiner Wunde auch der Baumlange – ihnen unaufgefordert helfen, hat Georg kein Wort des Dankes für die übrig. Es ist ihm anzumerken, wie heftig die Zweifel an ihm nagen.

In einer kurzen Zeremonie werden die vier Raubritter samt ihren Waffen beerdigt. Nur unwillig folgen Frieder und Gertrude den Gebeten des jungen Mönchs. Der Greis, sein Getreuer und auch Ludger schweigen beharrlich, nehmen an der kurzen Zeremonie dennoch teil.

Später setzt sich Georg etwas abseits von den anderen unter eine Eiche. Planlos schnitzt er an einem kleinen Stock. Nach einer Weile gesellt Frieder sich zu ihm.

„Du glaubst dem Alten nicht?“

Der Mönch zuckt hilflos mit den Schultern. „Ich weiß nicht, was ich glauben soll. Seine Geschichte klingt plausibel, und doch kann sie nicht wahr sein.“

„Der ungläubige Thomas“, schmunzelt Frieder.

„Ich kenne die Geschichte aus dem Johannes-Evangelium.

Am Abend aber dieses ersten Tages der Woche, als die Jünger aus Furcht vor den Juden die Türen verschlossen hatten, kam Jesus, trat in ihre Mitte, und sagte zu ihnen: Friede sei mit euch! Nach diesen Worten zeigte er ihnen seine Hände und seine Seite. Da freuten sich die Jünger, dass sie den Herrn sahen. Jesus sagte noch einmal zu ihnen: Friede sei mit euch! Wie mich der Vater gesandt hat, so sende ich euch. Nachdem er das gesagt hatte, hauchte er sie an und sprach zu ihnen: Empfangt den heiligen Geist! Wem ihr die Sünden vergebt, dem sind sie vergeben; wem ihr die Vergebung verweigert, dem sind sie verweigert. Thomas, genannt Didymus, einer der zwölf, war nicht bei ihnen, als Jesus kam. Die anderen Jünger sagten zu ihm: Wir haben den Herrn gesehen. Er entgegnete ihnen: Wenn ich nicht die Male der Nägel an seinen Händen sehe und wenn ich meinen Finger nicht in die Male der Nägel lege und meine Hand nicht in seine Seite lege, glaube ich nicht. Acht Tage darauf waren seine Jünger wieder versammelt und Thomas war dabei. Die Türen waren verschlossen. Da kam Jesus, trat in ihre Mitte und sagte: Friede sei mit euch! Dann sagte er zu Thomas: Streck deinen Finger aus, hier sind meine Hände. Streck deine Hand aus, hier sind meine Hände. Streck deine Hand aus und leg sie in meine Seite, und sei nicht ungläubig, sondern gläubig! Thomas antwortete ihm: Mein Herr und mein Gott! Spricht Jesus zu ihm: Weil du mich gesehen hast, Thomas, glaubst du. Selig sind, die nicht sehen und doch glauben!

Ich glaube aber nicht, dass unser Kaiser da drüben einen ähnlichen Beweis erbringen kann. Zumindest ist mir nicht bekannt, dass der wahre Friedrich ein körperliches Merkmal hatte, das diesen Mann zweifelsfrei als den berühmten Staufer ausweisen könnte. Immerhin ist er in dem Alter, in dem auch Kaiser Friedrich wäre, wenn er nicht ertrunken wäre."

„Abgesehen von seinem roten Bart, über den alle sprechen."

„Wenn sich alle Rotbärte in diesem Land als Kaiser ausgeben würden, hätten wir Tausende Herrscher."

„Da hast du auch wieder Recht." Frieder macht eine hilflose Handbewegung. „Ich bin nur ein einfacher Fischer. Ich würde den richtigen Kaiser noch nicht einmal erkennen, selbst wenn er mit mir an einem Tisch sitzen würde."

Georg verzieht das Gesicht. „Ich denke, wir können uns wieder auf den Weg machen. Den Schreck über den Überfall der Raubritter dürfte jeder von uns verdaut haben."

*

Es ist früher Nachmittag, als sich das Gewitter ankündigt. Schwarze Wolken stehen drohend am Himmel und kommen rasch näher. Das Grummeln des fernen Donners wird immer lauter, schließlich gehen grelle Blitze über dem Land nieder, gefolgt von ohrenbetäubenden Schlägen. Doch die Pilgergruppe hat Glück. Am Rande eines Feldes sehen sie einen einfach zusammengezimmerten Unterstand. Sie alle finden darin Platz, als der Himmel seine Schleusen öffnet. Erleichtert stellt Georg fest, dass das Dach den Regen gut abhält. Nur ein paar Tropfen sickern durch und fallen zu Boden. Die Pilger richten sich in der kleinen Hütte ein, so gut es geht. Ludger reicht seinem kleinen Schützling Wurst und Wasser, was der Knabe mit einem dankbaren Blick entgegennimmt. Auch die anderen essen und trinken.

Wie schon oft seit dem Überfall der Raubritter herrscht jetzt, wenn nicht gebetet und gesungen wird, Schweigen. Georg weiß, was in den Köpfen von Frieder, der Gertrude und dem Ritter Ludger vorgeht. Sie fragen sich noch immer, ob der Alte die Wahrheit gesagt oder sie schamlos belogen hat. Doch seit dem Vorfall in dem Hohlweg hat der Alte das Thema nicht noch einmal angeschnitten. Er wird selbst gemerkt haben, welche Unruhe er in die Gruppe gebracht hat.

Nach einer Weile räuspert sich Georg. „Werter Kaiser ..."

Er unterbricht sich sofort, weil die Rüdesheimerin auflacht. Doch der Blick des jungen Mönchs bringt sie zum Schweigen.

„Nun, wenn Ihr, werter Herr, tatsächlich Kaiser Friedrich Barbarossa seid, dann wisst Ihr doch bestimmt viel zu erzählen, aus jener Zeit, während des Kreuzzuges. Vielleicht unterhaltet Ihr uns ein bisschen. Denn so wie es ausschaut, müssen wir eine geraume Zeit in diesem engen Unterschlupf verbringen. Warum verkürzt Ihr uns also nicht diese Stunden des unnützen Wartens?"

Der Alte lächelt fein, denn natürlich durchschaut er den Hintergedanken dieses Ansinnens. Eine Weile sagt er überhaupt nichts, doch dann beginnt er zu erzählen:

Er berichtet den Pilgern von dem prächtigen Hoftag, Pfingsten anno 1184, auf der Maaraue bei Mainz, an dem auch Georgs Vater teilnahm. In malerischen Worten schildert er die spannenden Turniere und die nächtlichen Saufgelage. Sänger und Spielleute unterhielten damals die Ritter und deren Knappen, die sich in glanzvollen Turnieren maßen. Vier Jahre später sollte Kaiser Friedrich erneut nach Mainz zurückkehren. Zur Vervollkommnung seiner Macht fehlte ihm noch eines: die Eroberung Jerusalems. Der Staufer war sich sicher: Eine Krönung in der wiedereroberten Grabeskirche der heiligen Stadt würde seiner

Herrschaft einen mythischen Glanz verleihen. Der Entschluss war also gefasst. Friedrich Barbarossa wollte zum Kreuzzug aufbrechen.

„Ich entsandte Botschafter an den Kaiser von Konstantinopel und den Sultan von Ikonion“, erzählt der Alte, der sich als Friedrich Barbarossa ausgibt. „Sie sollten den Heereszug ankündigen, der sich bald durch ihre Länder bewegen würde. Zum Reichstag in Nürnberg, es war zu Beginn des Jahres 1189, schworen die deutschen Fürsten in Anwesenheit der Gesandten des Kaisers Isaak, dessen Reichsgebiet friedlich zu durchqueren. Die Unterhändler des Sultans sicherten uns jegliche Unterstützung zu.

Am 11. Mai 1189 brachen wir mit fünfzehntausend Rittern in Regensburg auf. Insgesamt dreißigtausend Mann stark war unser Heer – das herrlichste, das das Reich jemals gesehen hatte. Hinzu kamen Tausende Pfarrer, Mönche, Bischöfe und andere Pilger, die sich uns anschlossen, um ihren Teil zur Befreiung Jerusalems beizutragen.

In diesen Tagen übertrug ich auch die Macht im Reich an meinen Sohn Heinrich. Vier Tage später schlugen wir unser Lager in Passau auf. Für einige Tage wandelten wir auf den Spuren der sagenhaften Nibelungen, was meine Ritter mit sichtlichem Stolz erfüllte. In Wien angekommen, gab Herzog Leopold uns zu Ehren ein glanzvolles Fest. Auch der ungarische König Bela empfing uns mit großer Herzlichkeit. Seine Untertanen belieferten uns mit ausreichend Vorräten.

Ende Juni erreichten wir endlich Belgrad, vor dessen Toren wir unser Lager aufschlugen. Leider musste ich anordnen, zwei Adlige aus dem Elsass enthaupten zu lassen. Sie hatten den vereinbarten Frieden in frevelhafter Weise gebrochen.“

Und weiter berichtet der Greis: vom byzantinischen Kaiser Isaak, der, entgegen den Wochen vorher getroffenen Vereinbarungen, dem deutschen Heer die zugesicherten Lebensmittellieferungen verweigerte und von den Schmähbriefen des Herrschers, der den römisch-deutschen Kaiser beharrlich mit König titulierte, um ihn zusätzlich zu demütigen. So sei den Deutschen irgendwann nichts anderes übrig geblieben, als sich das mit Gewalt zu nehmen, was ihnen einst in friedlicher Absicht zugesichert worden war. Als byzantinische Ritter einschritten, kam es zu einer Schlacht, denn inzwischen hatte Kaiser Isaak seine Strategie geändert: Er hoffte, die deutschen Kreuzritter, die er längst als Plage bezeichnete, aufhalten zu können. Doch die Kämpfe Christen gegen Christen endeten zugunsten der Deutschen.

An dieser Stelle ergreift zum ersten Mal seit langem wieder Ritter Ludger das Wort. Er könne sich noch erinnern, wie Kameraden von ihm ein Kloster ausraubten und wie sie danach von ihrer schändlichen Tat prahlten.

„Mit glühendem Eifer berichteten sie von dem Abt, den sie mit dem Kopf voran in den Brunnen abseilten“, erzählt Ludger tonlos. „Mönche, die es wagten, sich ihnen zu widersetzen, verprügelten sie mit blanken Schwertern. Es grenzt an ein Wunder, dass keiner der wehrlosen Gottesmänner ernsthaft verletzt oder sogar getötet wurde.“

„Ich musste einschreiten und veranlasste, dass die geraubten Wertsachen wieder zurückgegeben wurden“, fährt der Greis nickend fort. „Obwohl sich das Verhältnis zu Isaak immer weiter verschlechterte, gelang es mir immerhin, dass er einen Vermittler empfing. Doch die Nahrungsmittellieferung blieb weiterhin aus, und es war mir nicht mehr möglich, die Ritter noch länger zu besänftigen.“

Jetzt schweigt der Alte und starrt gedankenversunken in die Ferne. Draußen tobt mittlerweile das Gewitter mit immer heftigeren Donnerschlägen und einem sintflutartigen Regen. In dem Schuppen riecht es muffig, und eine unangenehme Kühle hat sich breit gemacht. Frieder fröstelt, und er sieht, dass sich auch auf Gertrudes Armen Gänsehaut gebildet hat. Er legt der Rüdesheimerin seinen Mantel um und nimmt das dankbare Nicken mit einem Lächeln entgegen.

Als ein extrem lauter Donnerschlag ertönt, zucken fast alle zusammen. Der Ritter hebt langsam seinen Kopf, in seinen Augen glänzt es feucht. Seine Lippen bewegen sich kaum, als er von dem berichtet, was in Adrianopel geschah:

„In Adrianopel ließ der Kaiser das Winterquartier herrichten. Doch die Vorräte aus Konstantinopel blieben weiterhin aus. Da ließ der Kaiser die Plünderung anordnen. Mit einigen Dutzend Rittern gelangten wir unter der Führung des Herzogs von Schwaben in eine Stadt namens Dimotika. Doch die Bewohner waren so eigensinnig, uns die Vorräte zu verweigern. Bestimmt hätten wir uns nicht so verhalten, wenn sie uns einen Teil davon abgegeben hätten.“

Mit tränenerstickter Stimme berichtet der Ritter weiter. Was die anderen Pilger zu hören bekommen, jagt ihnen einen Schauer des Entsetzens über den Rücken. Voller Zorn blies der Herzog von Schwaben zum Angriff auf die kleine Stadt. Es war die neunte Stunde, als die deutschen Ritter einfielen und ein Gemetzel anrichteten. Wer sich ihnen entgegenstellte, der wurde erschlagen, erstochen oder enthauptet. Und es waren nicht nur die Männer, die sie niedermachten.

„Ich sah, wie meine Kameraden wehrlose Mütter und unschuldige Kinder töteten. Ein kleiner Junge sah mir mit seinen braunen Augen direkt in die Augen, kurz bevor ein vorbeireitender Kamerad ihm mit einem Streich den Kopf abschlug. Ich musste den Vater töten, sonst hätte er mir in blinder Wut ein Messer ins Herz gerammt. Auch gegen die Mutter musste ich mich erwehren. Ich weiß nicht, ob sie meinen Schwerthieb überlebt hat oder nicht. In einen wahren Rausch waren wir verfallen, und ich muss gestehen, dass auch ich in sinnloser Wut in den nächsten Stunden auf alles einschlug, was sich bewegte. Am Ende waren wir alle über und über mit Blut besudelt, und dieses Blut klebt noch immer an meinen Händen."

Mit tränenüberströmtem Gesicht schließt er den kleinen Knaben, den sie Hans genannt haben, in seine Arme. Nichts in den Augen des kleinen Jungen deutet darauf hin, ob er verstanden hat, was der Ritter soeben erzählte.

Jetzt ist klar, warum er sich so rührend um den Jungen kümmert, denkt sich der Frieder und presst seine Lippen zusammen. Er will einen Teil seiner Schuld, die er auf sich geladen hat, damit abtragen.

Ludger wendet sich verzweifelt an Georg. „Doch ich schwöre bei allem, was mir heilig ist. Ich habe keine wehrlosen Frauen und Kinder getötet. Aber ich habe getötet, und ich habe damals geschworen, dass ich für diese Schuld irgendwann büßen muss. Am Abend kamen wir endlich zur Besinnung und sammelten die Vorräte ein, um sie ins Lager zu bringen. Zehn Wochen lang konnten wir uns davon ernähren. Doch mit jedem Bissen, mit jedem Schluck Wein sah ich die Gesichter der ermordeten Menschen vor mir. Besonders der junge Knabe, der mir vor seinem Tod direkt in die Augen geschaut hat, verfolgt mich noch heute in meinen Träumen. Was wäre mit ihm, wenn wir nicht über die Bewohner hergefallen wären? Hätte er nicht auch eine Familie? Wäre er nicht ein glücklicher Vater?"

Erneut bricht er in Tränen aus, und es gelingt Georg erst nach einer Weile, den völlig aufgewühlten Ritter zu beruhigen. Jetzt ergreift wieder der Alte das Wort. Er wie auch der Baumlange haben Ludgers Schilderungen ohne jede Regung verfolgt.

„Im Februar 1190 nahm Kaiser Isaak wieder Verhandlungen mit mir auf. Er sah wohl ein, dass Konstantinopel bedroht war, wenn er sich weiterhin weigerte, mit dem deutschen Kaiser Kontakt aufzunehmen. In einem in der Hagia Sophia öffentlich verlesenen und von fünfhundert byzantinischen Klerikern beschworenen Vertrag wurde die weitere Marschroute unseres Kreuzfahrerheeres festgelegt, außerdem eine angemessene Entschädigung für inhaftierte deutsche Ritter. An Konstantinopel vorbei marschierten wir dann gen Gallipoli, eine an den Dardanellen gelegenen Hafenstadt, von wo aus wir übersetzen wollten."

Gespannt hören die anderen zu, was der Greis weiter berichtet. In nur zwei Überfahrten wurde das komplette Heer übergesetzt. Friedrich wollte nicht, dass das Heer in zu kleine Abteilungen zersplittert wurde. Er befürchtete, dass die Byzantiner die kleinen Gruppen angreifen könnten.

„Noch während die zweite Gruppe auf die Überfahrt wartete, ankerten venezianische Handelsschiffe vor Gallipoli. Sie hatten Lebensmittel für den Markt in Konstantinopel an Bord. Doch wir machten ihnen ein Angebot, das sie nicht ausschlagen konnten. Angesichts des vielen Geldes, mit dem wir lockten, verkauften sie gerne an uns. Dermaßen gut mit Proviant ausgestattet, machten wir uns auf den weiteren Weg nach Jerusalem."

Die atemlos lauschenden Pilger erfahren, dass Kaiser Friedrich Geißeln frei ließ, was den Kaiser von Konstantinopel gnädig stimmte und veranlasste, ihm landeskundliche Führer zur Verfügung zu stellen.

Jetzt ergreift wieder Rudolf das Wort. „Am 21. April lagerten wir vor der byzantinischen Stadt Philadelphia. Einige im Heer wollten die Stadt im Sturm nehmen, was unser gütiger Kaiser zunächst gestattete, es in seiner großen Weisheit schließlich aber untersagte. Doch einige wahnwitzige Griechen nahmen das zum Anlass, nun ihrerseits zum Angriff zu blasen. Doch sie hatten nicht damit gerechnet, gleichsam auf eherne und unverwundbare Standbilder – denn so mussten wir deutsche Ritter ihnen vorgekommen sein – zu treffen."

In den nächsten Tagen wanderte das Kreuzfahrerheer und die sie begleitenden Pilger, Geistlichen und Kleriker durch eine besonders wasserarme Region, die nur von wenigen Nomaden besiedelt wurde, berichtet der Ritter. Die griffen das Kreuzfahrerheer an, konnten aber nicht verhindern, dass der Tross weitermarschierte. Doch zahlreiche Pferde der Kreuzfahrer fanden bei der Schlacht gegen die Nomaden den Tod, andere verhungerten, weil sie nichts zu fressen fanden. Immer mehr Ritter mussten sich bald zu Fuß durch das unwegsame Gelände schleppen, das immer gebirgiger wurde.

„Nach einem kurzen Scharmützel nahmen wir zwei Gefangene, von denen einer getötet wurde, der andere sich als Führer anbot, nachdem ihm Schonung versprochen worden war", fährt jetzt der Baumlange fort. „Doch die falsche Natter führte das Heer in die Irre. Zahlreiche Ritter und auch Pferde blieben auf der Strecke, weil sie ohne Wasser elendig krepierten. Manche schlachteten ihr Pferd und tranken das

Blut. Wieder andere warfen ihr Kettenhemd fort, um sich auf diese Weise Erleichterung für den geschundenen Körper zu verschaffen. Und immer wieder kam es zu Übergriffen durch die Türken. Einmal wurde Herzog Manfred von Schwaben sogar verwundet. Viele Ritter wurden getötet, zahlreiche Lasttiere, die Geld, Kleider und Proviant transportierten, fielen in die Hände der Feinde. Auf einer Hochebene traf es den Minnesänger Friedrich von Hausen, der von den Heldentaten der deutschen Kreuzritter berichten wollte."

Auch in den nächsten Tagen kam es immer wieder zu Zusammenstößen mit den Türken. Am 14. Mai traf das Heer der Deutschen auf nicht weniger als vierzigtausend Türken, die wie Heuschrecken über das Land einfielen.

„Aber gegen sie erhoben wir in Christi Namen den Adler. Und obwohl wir kaum mehr als sechshundert Berittene waren, schlugen wir sie unter dem lebensspendenden Zeichen des Kreuzes in die Flucht."

Mit einer dem Alten kaum zuzutrauenden Behändigkeit springt dieser auf und wirft dem jungen Mönch einen langen Blick zu.

„Es war der heilige Georg, der uns geholfen hat. Ich selbst habe seine Lichtgestalt auf dem Schlachtfeld gesehen."

Der quicklebendige Georg unter ihnen kann sich ein Lächeln jetzt nicht verkneifen. Doch die folgenden Worte des angeblichen Kaisers lassen sein Gesicht augenblicklich wieder verdüstern.

„Am 17. Juni kamen wir in Ikonion an. Völlig ausgehungert und dem Tode nahe. Einzig die Vorräte dieser Stadt konnten uns retten, und so befahl ich den Sturm auf die Stadt. Meine Ritter töteten jeden Einwohner, und nur wegen der Hungersschwäche meiner Mannen blieb die Burg von Ikonion, in die sich der Sultan geflüchtet hatte, verschont. Doch unterdessen umzingelten uns erneut türkische Krieger, es waren mindestens zweihunderttausend. Und noch einmal siegten wir dank der Gnade unseres Herrn."

Jetzt wird auch innerhalb der Gruppe anerkennendes Gemurmel laut. Der Herr schien tatsächlich seine schützende Hand über die Kreuzfahrer gehalten zu haben.

Der Sultan von Ikonion garantierte den Deutschen daraufhin die sichere Weiterreise. Außerdem gestattete er ihnen, sich mit Pferden, Eseln, Futter und Vorräten einzudecken. Das Kreuzfahrerheer schlug den Weg nach Süden ein, um auf dem schnellsten Weg die Küstenstädte zu erreichen.

Die Stimme des Alten senkt sich, als er weitererzählt. „In der Nacht des 1. Juni 1190, wir lagerten gerade in Laranda, ereignete sich ein so schweres Erdbeben, dass wir schon dachten, die Türken seien erneut über uns hereingebrochen. Später warnten mich meine Ratgeber, dieses seltene Zeichen der Natur deute darauf hin, dass mit dem Kaiser etwas geschehen werde. Am 7. Juni empfing ich armenische Adlige, die uns wohlgesonnen waren, denn auch sie waren gläubige Christenmenschen. Einen Tag später erreichten wir schließlich den Fluss Saleph."

Jetzt schweigt der Greis. Er hält den Blicken stand, die ihn treffen. Es ist besonders Georg, dessen Zweifel noch immer nicht ausgeräumt sind. Der junge Mönch ist es auch, der nach einer ganzen Weile des Schweigens wieder das Wort ergreift.

„Ihr habt uns die letzten Tage und Wochen des Kaisers ..."

Er unterbricht sich.

„Ihr habt uns diese Tage und Wochen des Kreuzzuges sehr eindringlich geschildert. Und das in Worten, die nur jemand finden kann, der auch wirklich dabei war. Daher glaube ich, dass du, Ludger, dass du, Rudolf, und dass Ihr, werter Herr, beim Kreuzzug des Kaisers dabei wart. Doch dass Ihr, werter Herr, tatsächlich der Stauferkaiser Friedrich Barbarossa seid, davon bin ich nicht überzeugt."

Wieder macht sich Schweigen breit. Frieder späht durch die Ritzen der Schuppenwand. Das Gewitter hat sich verzogen. Zwischen kleinen Wolkenlücken scheint sogar wieder die Sonne. Es ist deutlich kühler geworden.

Auch Georg bemerkt, dass es keinen Grund mehr gibt, in der engen Hütte zu bleiben. Er klatscht in die Hände.

„Wir sollten weitermarschieren. Wenn alles gut geht, dürften wir in den Abendstunden Monschau erreicht haben, wo wir übernachten werden. Von da ist es nicht mehr weit bis nach Aachen."

Oppenheim

20. August 1196

Katharina kann nicht anders. Sie schluchzt hemmungslos. Auch dem Volker rinnen die Tränen die Wangen hinunter. Es ist kurz nach der Mittagszeit, als der Seitz bei ihnen erschienen ist. Mit knappen Worten teilte er Katharina und Volker mit, dass ihre Schwester Mechthild am Galgen sterben wird. Die Hinrichtung sei für den nächsten Morgen, bei Sonnenaufgang, angesetzt.

„Nicht nur, dass sie deine Schwester umbringen wollte", sagt der Dorfschultheiß jetzt ernst, als Volker mit heftigen Worten gegen das Urteil protestiert. „Sie hat getobt wie eine Wahnsinnige. Schaum stand ihr vor dem Mund. Und ständig hat sie etwas davon gefaselt, dass ihr Meister ihr diese ungeheuerliche Tat aufgetragen habe."

Ob der Volker wisse, wer damit gemeint sein könnte, fragt der Seitz und schaut dem Jungen dabei eindringlich in die Augen.

„Aber ich habe eine Ahnung", wirft die Katharina mit zitternder Stimme ein, als Volker nur mit den Achseln zuckt. „Sie hat sich ein paar Mal mit diesem Kaufmann getroffen. Ihr wisst doch, der für ein paar Tage beim Schmitt geschlafen hat und dann weiterzog."

Der Seitz runzelt die Stirn. „Du meinst diesen Konrad aus Basel. Er hat auf mich einen rechtschaffenen Eindruck gemacht. Was hat die Mechthild mit ihm zu schaffen gehabt?"

Als die Katharina schweigt und auch der Volker nur an die Wand der Hütte starrt, wird der Seitz energisch. „Sagt es mir, in Dreigottesnamen! Was war da los?"

„Die Mechthild hat ...", druckst der Volker zunächst. „Die Mechthild hat sich ab und zu mit dem Kerl getroffen. Und sie hat sich auch mit ihm eingelassen. Er muss ihr die verrücktesten Dinge versprochen haben, und auch etwas geschenkt hat er ihr."

„Was hat er ihr geschenkt? Verdammt, lass dir doch nicht alles aus der Nase ziehen, du dummer Kerl!"

Da berichtet der Volker dem Dorfschultheiß von dem Stein, den seine ältere Schwester seit dem Tag, als sich der seltsame Fremde in Oppenheim herumtrieb, trägt. Der Seitz nickt. Auch ihm sei der Stein aufgefallen. Die Mechthild habe ihn wie ein Schmuckstück um ihren Hals getragen. Doch habe er sich keine weiteren Gedanken gemacht, schließlich handele es sich ja nur um einen Stein, wie sie am Rheinufer, und nicht nur dort, tausendfach zu finden seien.

„Könnt ihr mir sagen, wieso die Mechthild, die ich seit ihrer Geburt kenne, so plötzlich den Verstand verlieren konnte, dass sie sogar ihre eigene Schwester erwürgen wollte?"

„Vielleicht hat er sie ja verhext", entgegnet die Katharina und hält sich im selben Moment erschrocken die Hand vor den Mund.

Der Seitz wirft ihr einen vernichtenden Blick zu. „Pass auf, was du sagst, Weib. Wenn ihr beide nicht wegen Mitwisserschaft einer verbotenen Hexerei ebenfalls am Galgen endet wollt, dann seht euch gefälligst vor."

Er wendet sich zum Gehen. „Euer Vater, den ich immer sehr geschätzt habe, wird sich wundern, wenn er von seiner Pilgerschaft zurückkommt. Wenn er überhaupt irgendwann wieder einmal in Oppenheim erscheinen sollte. Die Hütte verwahrlost, die Familie ein Scherbenhaufen und die Älteste am Galgen." Er stößt ein verächtliches Lachen aus. „Ihr solltet beten, dass euer Vater irgendwo in der Fremde einen friedlichen Tod gefunden hat. Das würde ihm so manches ersparen."

Der Schultheiß lässt die beiden Geschwister zurück, ohne sich darum zu kümmern, dass die Katharina erneut in verzweifeltes Weinen verfällt und dabei kaum noch Luft bekommt. Auch der Volker ist kreidebleich geworden. Spätestens jetzt weiß er, dass das alles kein Schabernack ist.

*

Erneut müssen die Stadtknechte den Galgen aufbauen und erneut gehen sie mit der bekannten Sorgfalt vor. Die Sonne versinkt gerade hinter den Weinbergen, da steht der Galgen, an dem diesmal nur ein Strick baumelt.

Am nächsten Morgen läuten Glocken und wieder scheint ganz Oppenheim auf den Beinen zu sein, um der Hinrichtung eines Menschen aus ihren Reihen beizuwohnen. Und wieder ist es jemand, von dem keiner geahnt hätte, dass es einmal so weit kommen würde.

„Ich habe die Mechthild gekannt, da hat sie noch in die Windeln gemacht", erzählt der Tischler Erwin, der sich als einer der ersten auf dem Marktplatz eingefunden hat. Die Bäckerin, an die die Worte gerichtet sind, nickt. Auch sie habe die Mechthild immer als eine geschätzt, die nie ein falsches Wort über andere verloren habe.

„Aber sie soll sich mit dem Fremden eingelassen haben", tuschelt die Frau des Tischlers, die ebenfalls schon vor Sonnenaufgang am Marktplatz stand. „Und nicht nur das. Verhext hat er sie. Erst hat er sie genommen und dann verhext. Wer weiß, ob sie nicht einen Wechselbalg im Bauch trägt. Hätte uns gerade noch gefehlt, dass bald so ein verteufelter Bankert auf den Gassen spielt."

Der Tischler schüttelt den Kopf. Er könne es sich immer noch nicht vorstellen, dass die Mechthild ihre eigene Schwester erwürgen wollte und eine richtige Hexe sein soll.

Hin und her fliegen die Worte, und schnell schält sich heraus, dass die meisten zur ältesten Tochter des Fischers Frieder halten. Nur wenige zeigen unverhohlen ihren Hass. Das Mitgefühl gilt aber auf alle Fälle dem Frieder, der noch immer auf Pilgerschaft ist, nichts ahnend, was in seinem Haus vorgeht.

Plötzlich werden die lebhaft geführten Gespräche unvermittelt leiser. Alle drehen sich um, denn in diesem Moment kommen Volker und Katharina in Begleitung ihres Knechts Wilhelm zum Marktplatz. Es ist den beiden Geschwistern anzusehen, dass sie die ganze Nacht nicht geschlafen haben. Katharina hat verquollene Augen, ihr Bruder ist leichenblass. Nur dem Wilhelm ist nicht anzusehen, was er denkt. Mit seinem rechten Arm stützt er die gebrochene Katharina und schaut den am Marktplatz Wartenden in die Augen. Augenblicklich senken die meisten ihre Köpfe. Mit demonstrativer Ruhe führt Wilhelm die beiden Kinder des Frieder bis an den Galgen heran. Beide Fäuste in die Seiten gestemmt, so steht der Knecht da – eine eindringliche Warnung an alle, es mit spitzen Bemerkungen oder gar Beleidigungen nicht zu übertreiben. Doch bis auf einige vorwitzige Knaben, die mit kleinen Steinen nach den dreien schmeißen, bleibt die Menge ruhig. Einige werfen den beiden Geschwistern sogar aufmunternde Blicke zu. Doch sie wissen, dass sie ihnen an diesem Morgen nicht weiterhelfen können.

Ein erneutes Tuscheln und Murmeln kommt auf, als nach einer Weile die in graues Leinen gekleidete Mechthild in Begleitung des Seitz, des Pfarrers, des Henkers und der beiden Stadtknechte zu ihrer Hinrichtungsstätte geführt wird. Die älteste Tochter des Frieder wirkt gefasst. Die starren Augen nach vorn gerichtet, würdigt sie die Menschen, die auf sie warten und ohne Aufforderung ein Spalier bilden, keines Blickes. Auch ihre Geschwister scheint sie nicht wahrzunehmen. Volker ist anzusehen, dass er etwas sagen will, aber keinen Ton herausbringt. Die Katharina reißt sich vom Wilhelm los und will sich schluchzend ihrer Schwester an den Hals werfen. Doch einer der Stadtknechte hält sie ohne große Mühe davon ab. Mit einer einzigen Handbewegung schleudert er die Katharina in den Staub der Gasse.

Und wie schon vor Tagen wiederholt sich die Prozedur. Der Seitz ergreift das Wort und gibt der Todgeweihten die Gelegenheit, sich ein letztes Mal zu äußern, ihre Sünden zu bereuen und den Menschen, denen sie Schaden zugefügt hat, um Verzeihung zu bitten. Doch statt etwas zu sagen, verfällt die Mechthild in hysterisches Lachen. Und während sie lacht, brechen ihre beiden Geschwister wieder in Tränen aus. Diesmal kann sich auch der Wilhelm nicht mehr zurückhalten; erschüttert wendet er sich ab.

Jetzt gibt der Schultheiß den beiden Stadtknechten ein Zeichen. Während der Pfarrer seine Gebete murmelt und die zum Tode Verurteilte mit geweihtem Wasser besprenkelt, worauf diese mit noch wilderem Geschrei reagiert, bringen die Stadtknechte die noch immer lachende Mechthild unter den Galgen. Dort steigt die ganz offensichtlich dem Wahnsinn Verfallene freiwillig auf das hohe Fass und lässt sich widerstandslos den dicken Knoten um den Hals legen.

„Ein letztes Mal fordere ich dich auf, Mechthild, Tochter des Fischers Frieder, deine Sünden zu bereuen", ruft der Seitz, dessen Stimme, wie immer bei größerer Aufregung, unnatürlich hoch klingt.

Doch erneut hat die Mechthild für den Schultheiß nur ein höhnisches Lachen übrig. Zu einer wilden Fratze verzerrt ist ihr Gesicht, dass die meisten der zum Hinrichtungsplatz gekommenen Oppenheimer erschüttert den Kopf wegdrehen.

Der Seitz atmet noch einmal tief durch, ehe er dem Henker schließlich mit einem Kopfnicken das Zeichen gibt.

In diesem Moment geschehen zwei Dinge gleichzeitig. Während der Henker mit Tritten versucht, das Fass, auf dem die Mechthild steht, umzustoßen, ertönt vom anderen Ende des Marktplatzes ein lautes Schreien.

„Nein! Lasst ab von eurem Tun!"

Wie auf ein Kommando drehen sich alle um. Verwunderte Rufe hallen über den Marktplatz, denn plötzlich ist der „wilde Mann" in der Stadt aufgetaucht. Während der Henker noch immer versucht, das Fass umzuwerfen, damit Mechthild endlich baumelt, bahnt sich der Sonderling mit energischen Handbewegungen seinen Weg durch die Menge.

„Sie darf nicht sterben", ruft er dabei laut. „Sie trifft keine Schuld!"

Jetzt stellt sich ihm der Seitz in den Weg.

„Was willst du hier?", ruft er verwundert, verärgert und angewidert zugleich aus. Die Unruhe, die der Sonderling mit seinem Auftauchen in den Hinrichtungsablauf gebracht hat, passt dem Schultheiß ganz und gar nicht.

Dem Henker ist es inzwischen gelungen, das Fass umzustoßen. Mit zappelnden Bewegungen sucht die Mechthild vergeblich nach Halt. Der Engelbert stößt augenblicklich den Schultheiß zur Seite, schnappt sich die Beine der Gehängten und verschafft ihr so etwas Luft.

„Sie darf nicht sterben", brüllt er dabei mit Leibeskräften.

Einige Oppenheimer, die ihn wieder wegreißen wollen, prallen zurück. Warum setzt sich dieser Kauz für eine offensichtlich Wahnsinnige und Verhexte ein? Doch den Henker kümmert dies nur wenig. Er verpasst dem nicht gerade schmächtigen Kerl aus den Wäldern Oppenheims einen Schlag, damit er die Gehängte, die das ganze Tun überhaupt nicht zu begreifen scheint, endlich wieder loslässt. Die beiden Stadtknechte können ihm nicht helfen, denn die sind damit beschäftigt, die Menge in Schach zu halten.

Inzwischen ist auch der Volker aus seiner Lethargie erwacht und greift nun seinerseits den Henker an. Und so müssen der Seitz, der sprachlose Pfarrer und die anderen mit ansehen, wie drei Männer um eine am Galgen baumelnde Frau rangeln. Doch dieses Gerangel bewirkt auch, dass der Engelbert die Beine der Mechthild loslässt und diese erneut in der Luft zappelt, während sich der Strick um ihren Hals immer enger zuzieht. Diesmal ist es der Volker, der – allerdings erst nach einer ganzen Weile – die Beine seiner Schwester schnappt. Doch diesmal scheint es zu spät zu sein, denn die Mechthild gibt inzwischen keinen Mucks mehr von sich, bewegt sich nicht einmal.

Als der Henker sich mit einem lauten Gebrüll auf den Volker stürzen will, hebt der Pfarrer die Hand. Mit zwei Schritten stellt er sich zwischen die um die Mechthild kämpfenden Männer. Noch einmal will der Henker, der sich mittlerweile vorkommen muss, wie einer, der auf das Übelste gefoppt wird, dem Volker seine Schwester entreißen, doch der Blick des Pfarrers lässt ihn einhalten.

„Ich schlage vor, dass wir uns erst anhören, was dieser Mann da uns zu sagen hat. Er wird einen Grund für sein Tun haben."

Er schaut den Seitz an, der nicht weiß, wie er reagieren soll. Als schließlich auch die Menge lauthals zustimmt, gibt er den beiden Stadtknechten ein Zeichen. Die erlösen die Mechthild von ihrem Strick und legen sie auf den Boden. Doch sie gibt noch immer kein Lebenszeichen von sich. Ganz nah muss der Volker mit seinem Ohr an die Nase der Schwester, um festzustellen, dass sie noch schnauft. Erleichtert schaut er die Katharina an, die sofort aufatmet.

„Jetzt red schon“, herrscht der Seitz den wilden Mann an, der noch immer völlig außer Atem ist.

Stockend fängt der Bärtige an zu berichten, und nach und nach setzt sich das Bild zusammen. Er habe gesehen, dass der Fremde die Hinrichtung der beiden unbescholtenen Männer mitverfolgt habe. Diebisch gefreut habe der Kerl sich und sei danach in das Nachbardorf Nierstein weitergezogen.

„Und dort hat er ebenfalls versucht, Unruhe zu stiften“, fährt der Einsiedler fort.

Doch die Niersteiner seien auf die Versprechen des Scharlatans – denn nichts anderes sei der Kerl gewesen – nicht hereingefallen.

Jetzt meldet sich der Seitz zu Wort. „Ein vornehmer Kaufmann aus Basel war er doch. Auf dem Weg nach Köln.“

In den Augen Engelberts spiegelt sich das Mitleid wider, das er in diesem Moment empfindet. „Kaufmann“, sagt er verächtlich und spuckt aus. „Ihr alle seid einem Scharlatan aufgesessen, einem, dem es Freude bereitet, die Menschen zu verführen und sie in die Irre zu leiten. Er hat euch Macht und Einfluss versprochen, wie es sonst nur die Könige und Kaiser haben. Ist es nicht so?“

Einige von denen, die zur Hinrichtung der Mechthild gekommen sind, schauen betreten auf den Boden.

„Und er hat einen hohen Preis verlangt. Ist es nicht so?“

Wieder betretenes Schweigen.

„Doch er hat sein Versprechen nur ganz wenigen zuteil werden lassen. Nur einigen, die sich vorkommen mussten, als seien sie etwas Besonderes. So auch der Mechthild. Ihr hat er einen Stein geschenkt, der angeblich von den Gesetzestafeln des Moses stammt. Die Mechthild hat einen solchen Stein, den er wahrscheinlich irgendwo am Rhein, in den Weinbergen oder sonst wo am Wegesrand gefunden hat, um den Hals getragen. Hab ich Recht?“

Der Seitz bleibt eine Antwort schuldig, doch auch sein Gesicht spricht Bände.

„Aber der Preis für die Macht, die der Scharlatan versprach, war hoch. Einen nahe stehenden Menschen umbringen musste derjenige, erst dann sollte der Stein seine Wirkung entfalten.“

Und weiter berichtet der Einsiedler. Er habe gesehen, wie der Scharlatan zurück aus Nierstein gekommen sei. Gerade rechtzeitig zur Hinrichtung der Mechthild, seinem dritten Opfer. Höhnisch gegrinst habe er, als er sah, wie die junge Frau zum Galgen geführt wurde. Und als sei seine Mission erfüllt, habe er die Hände zum Himmel erhoben und schallend gelacht. Wie dumm doch die Menschen seien, habe er dabei immer wieder gesagt.

Jetzt schweigt der Einsiedler, und auch sonst spricht keiner ein Wort.

*

Sie finden die Leiche des Mannes, der sich als Kaufmann namens Konrad ausgegeben hatte, unweit der oberen Stadtmauer. Der wilde Mann hatte ihnen berichtet, wie er den Scharlatan zur Rede stellen und ihn an die Oppenheimer ausliefern wollte. Darauf sei es erst zu einem Gerangel und dann zu einem kurzen Kampf gekommen. Der Fremde habe einen Dolch ziehen können. Doch der Einsiedler, erprobt im Jagen und Töten von wilden Tieren mit den bloßen Händen, habe ihm den Dolch entwenden und zustechen können. Danach sei er sofort zum Hinrichtungsplatz gelaufen. Daraufhin waren der Seitz zusammen mit dem Pfarrer, den beiden Stadtknechten und drei weiteren Männern zu der Stelle gerannt, wo die Leiche des Mannes in einer riesigen Blutlache lag.

An seinem Gürtel hängt ein kleines Säckchen. Als es der Seitz öffnet, fallen mehrere Steine heraus, alle befestigt an einfachen Schnüren.

„Damit wollte er die Menschen blenden", murmelt der Pfarrer und bekreuzigt sich. „Steine, wie man sie überall findet, pries er als Wunder bringende Stücke der von Moses angefertigten Gesetzestafeln an."

„Ihr glaubt mir also?", wirft der Einsiedler ein.

Der Seitz zieht lautstark die Luft durch seine Zähne. „Es gibt wohl keinen Grund, dir nicht zu glauben. Dennoch werde ich mich gleich nach Nierstein begeben, um mich von deiner Schilderung zu überzeugen. Gnade dir Gott, wenn die Niersteiner mir etwas anderes erzählen."

Danach weist er die beiden Stadtknechte an, den Leichnam des Fremden, der mit Sicherheit weder Konrad heißt noch aus Basel kommt, in die Stadt zu bringen und in einem besonders tiefen und kalten Keller aufzubewahren. Am nächsten Tag, wenn der Seitz aus Nierstein zurückgekehrt sein wollte, soll er außerhalb der westlichen Stadtmauer in einem einfachen Erdloch ohne Beisein des Pfarrers verscharrt werden.

„Was geschieht mit der Mechthild?"

Die Frage des Geistlichen lässt den Seitz zusammenzucken.

„Ich finde, sie hat Gnade verdient", spricht der Pfarrer für die älteste Tochter des Frieder, als er sieht, dass sich der Schultheiß schwer tut mit einer Entscheidung.

„Die Hinrichtung wird ausgesetzt", sagt der Seitz nach einer Weile, und der Pfarrer nickt erleichtert.

„Das haben wir dir ...", will er dem Einsiedler danken, doch der ist bereits verschwunden.

„Komischer Heiliger", murmelt einer der Stadtknechte.

„Aber ihm hat die Mechthild ihr Leben zu verdanken."

*

Am Abend dieses ereignisreichen Tages streicht die Katharina ihrer Schwester vorsichtig über die Stirn. Die Erleichterung darüber, dass die Mechthild nicht mehr gehängt werden soll, ist der Sorge über den Gesundheitszustand der jungen Frau gewichen. Zwar hat die Mechthild am frühen Nachmittag erstmals wieder die Augen aufgeschlagen, doch keinen vernünftigen Satz zustande gebracht. Nur ein unverständliches Lallen war ihr über die Lippen gekommen. Die Hildegard, die sofort in die Hütte des Fischers geeilt war, konnte nur ratlos mit den Schultern zucken, und auch der Bader Ratbert wusste kein Mittel gegen den seltsamen Zustand der jungen Frau.

Jetzt sitzen die beiden Geschwister der Mechthild zusammen mit dem Wilhelm an ihrem Schlaflager und fragen sich, ob es nicht besser gewesen wäre, wenn die Mechthild doch am Galgen gestorben wäre.

„Sie wird nicht mehr gesund. Ich kann es fühlen", flüstert die Katharina und kann ihre Tränen nur mühsam unterdrücken.

„Kannst du ihr denn verzeihen?", fragt der Knecht vorsichtig.

Katharina nickt heftig mit dem Kopf. „Ich habe ihr schon verziehen, als der Henker ihr die Schlinge um den Hals gelegt hat."

Kornelimünster bei Aachen

2. September 1196

Mit abwesendem Blick starrt Gernot auf das Blatt, das vor ihm liegt. Schon wieder ist ihm ein Fehler unterlaufen. Ein winzig kleiner nur, aber immerhin. Wer etwas vom Lesen und Schreiben versteht, wird es mit Sicherheit sehen. Nur wenn er Glück hat, wird es keiner der anderen merken, denkt er sich und reißt sich zusammen. Keiner im Scriptorium des Klosters Kornelimünster achtet auf ihn. In der Schreibstube arbeiten acht Mönche angestrengt an ihren Stehtischen. Jeder ist damit beschäftigt, irgendetwas abzuschreiben. Gernot ist damit beauftragt, das Reliquienverzeichnis der Pfalzkapelle abzuschreiben. Gernot macht sich nichts vor. Es handelt sich dabei um eine Aufgabe, die dem Ausführenden nicht viel abverlangt, zumindest kein angestrengtes Nachdenken.

So lange sich Gernot erinnern kann, hat er hier in der Schreibstube gearbeitet. Mittlerweile ist er achtundfünfzig Jahre alt. Zweiundvierzig Jahre davon hat er, der fünfte Sohn eines Landgrafen aus der Nähe von Maastricht, hier in dem ehrwürdigen Kloster in der Nähe von Aachen verbracht. Schon seit einiger Zeit spürt er, dass sein Körper nicht mehr so will, wie er es gerne hätte. Oft sitzt er auf dem Abort und kann seiner Blase gerade einmal ein paar Tropfen Urin abpressen. Und dann diese Schmerzen in den Gelenken. Besonders schlimm ist es mit seiner Schulter und den Fingern.

Ausgerechnet die Finger, die er Tag für Tag gebrauchen muss, um den Gänsekiel sorgsam über das hauchdünne Leder zu führen. Oft zittert seine Hand, weil er vor Schmerzen die Finger nicht mehr in Position halten kann. Am liebsten würde er in solchen Momenten den Gänsekiel und das Tintenfass aus dem Fenster des Scriptoriums schleudern, geradewegs in den Bach, der unten vorbeiführt und dessen Plätschern das einzige Geräusch ist, das von draußen in die Schreibstube dringt.

Neidisch blickt Gernot auf seinen unmittelbar neben ihm arbeitenden Konfrater Michael. Der junge Mönch lebt erst seit drei Jahren in dem Kloster und doch ist er schnell zum Liebling des Abtes geworden.

Michael ist ein außerordentlich kluger Mann, das muss auch Gernot anerkennen. Er lernt schnell, schreibt in außergewöhnlich schöner Schrift und zudem noch sehr flink, ohne dass ihm die geringsten Fehler passieren. Erst kürzlich hat ihn der Abt über die Maßen gelobt, was Michaels Ansehen in den Reihen der Mönche deutlich stiegen ließ.

Jetzt presst Gernot die Lippen zusammen und taucht den Gänsekiel langsam in das kleine Tintenfass, das vor ihm am Rand des Pults steht. Mit vorsichtigen Bewegungen führt er ihn über die Stelle, wo ihm der Fehler unterlaufen ist.

Jetzt darf seine rechte Hand nicht zittern. Sein Herz schlägt bis zum Hals, und endlich hat er es geschafft. Der Fehler ist korrigiert. Nur einer, der seiner Sehkraft noch voll mächtig ist und der die Stelle dicht an sein Auge hält, könnte es vielleicht bemerken.

Gernot atmet auf. Die restliche Zeit bis zum Abendgebet verläuft ohne Zwischenfälle. Als sich der alt gewordene Mönch später auf seine Schlafstatt legt, ist er wie gerädert. Doch es ist nicht nur der körperliche Niedergang, der ihm zu schaffen macht. Manchmal vergisst er die einfachsten Dinge, muss darüber nachdenken, wo er eben noch seinen Gänsekiel hingelegt hat. Immer öfter fragt er sich seit geraumer Zeit, was passieren wird, wenn er seine Augen für immer schließt.

In einer schlichten Zeremonie wird man ihn beerdigen und danach vergessen, gibt er sich dann immer selbst zu Antwort.

Keine unbedingt tröstliche Aussicht, muss sich Gernot eingestehen. Was hat er in seinem Leben schon erreicht? Die Antwort darauf kann er sich jedoch nicht mehr geben, denn im selben Moment ist er eingeschlafen.

Als er am nächsten Morgen zu seinem Schreibpult gehen will, hält ihn Michael am Ärmel fest. „Ich will dir etwas zeigen“, sagt der junge Konfrater freundlich, als ihn Gernot fragend anschaut.

Der weiß erst gar nicht, was Michael von ihm will, doch dann sieht er, was der junge Mann gemeint hat. Gernots Blick fällt auf das, woran Michael seit einigen Wochen schon arbeitet. Es ist das Wessobrunner Gebet, das, wie Gernot staunend erfahren hat, schon vierhundert Jahre alt sein soll. Doch Michael ist nicht nur damit beschäftigt, die Buchstaben und Worte nach und nach abzuschreiben. Gernot sieht einen von Michaels Hand gemalten Engel, und es ist das schönste Geschöpf, das der alte Mönch in seinem Leben gesehen hat. Sein junger Konfrater ist ein begnadeter Künstler.

„Wir haben es unserem großen Kaiser Karl zu verdanken, dass die niedergeschriebenen Worte auch hierzulande mit kleinen Bildern verziert werden“, sagt Michael und streicht vorsichtig mit seiner Fingerkuppe über das Bildnis.

„Ich will dir noch etwas zeigen“, flüstert der junge Mönch geheimnisvoll und holt unter seinem Pult weitere Blätter hervor.

Gernot sieht Rosetten- und Flechtbandornamente, Zacken und scharfbrüchige Gewandformen, Tierfiguren, Menschengestalten, Sterne, Sonnen und sogar ein Bildnis unseres Herrn. All das hat Michael in den unzähligen Stunden geschaffen, die auch er im Scriptorium verbringt, während er, Gernot, gerade einmal in der Lage ist, normale Buchstaben abzuschreiben.

„Du bist ohne Zweifel mit einer ganz besonderen Gabe gesegnet“, murmelt Gernot anerkennend, wenngleich er sich fragt, warum Michael all dies ausgerechnet ihm zeigt. „Der Abt wird noch mehr zufrieden mit dir sein. Er dankt jetzt schon bei jeder Gelegenheit dem Herrn, dass er deinen Weg zu uns hier ins Kloster geführt hat.“

Doch Michael winkt bescheiden ab. „Ich wollte dir damit eine kleine Freude bereiten. Du wirkst in jüngster Zeit so abwesend und bedrückt.“

Als Gernot darauf nicht antwortet, redet Michael unbekümmert weiter. Dass er Gernot seit Beginn seines Noviziats bewundert habe, sagt er zum Erstaunen des alten Mönchs. Gleich nach seiner Ankunft habe ihm der Cellerar erzählt, dass in dem alten Kloster vor dreißig Jahren eine wertvolle Reliquie entdeckt worden und der Entdecker kein anderer als Gernot gewesen sei.

Dieser muss nun unwillkürlich lächeln. In der Tat ereignete sich vor nunmehr drei Jahrzehnten etwas, was Gernot bis an sein Lebensende nicht vergessen würde. Er war damals ein stattlicher Mann mit vollem Haar und bei bester Gesundheit. An einem Abend Ende September 1165 war er damit beschäftigt, in der Werkstatt nach einem Messer zu suchen, um den Gänsekiel zu schärfen. Er hatte das Messer längst gefunden, als er seine Augen durch den Raum schweifen ließ. Es schien, als habe hier seit Jahrhunderten keiner mehr richtig aufgeräumt. Gernots Herz schlug damals schneller, denn seine Neugierde war geweckt, wofür er schon als Kind bei seiner Familie berüchtigt war.

Wie gerne öffnete er Schubladen und Truhen, kramte in alten Sachen, für die sich längst keiner mehr interessierte. Und so war es auch an diesem Septemberabend 1165. Das kleine Kästchen fiel ihm zunächst gar nicht auf. Erst als es nach einer ungeschickten Handbewegung – eigentlich griff er nach einem daneben stehenden Krug – von einem Regal herunterfiel, wurde Gernot darauf aufmerksam. Und schon als er es aufhob, spürte er, dass von diesem unscheinbaren Kästchen eine ganz besondere Kraft ausging.

Vorsichtig öffnete er die Schatulle. Sie war zu seiner Verwunderung nicht verriegelt, doch er musste alle Kraft anwenden, den Deckel hoch zu bekommen. Mit Sicherheit war sie schon lange Zeit nicht mehr geöffnet worden. Gernot musste damals mit seiner Kerze ganz nah an das Kästchen heran, um zu erkennen, was sich darin befand. Mit Staunen zog er einen Nagel heraus und hielt ihn gegen den Schein der Kerze. Fingerlang war der Nagel, und in Gernot stieg ein ganz bestimmter Verdacht hoch.

„Das Letzte, woran ich mich erinnern kann, war dieser grelle Lichtschein und eine Stimme, die in meinem Kopf hämmerte“, berichtet Gernot dem gespannt lauschenden Michael. „Diese Stimme teilte mir mit, was ich gefunden hatte.“

„Es war einer der Kreuzigungsnägel, die unserem Herrn durch seine beiden Hände getrieben wurden“, flüstert Michael.

Gernot nickt. „Es hat mich über Jahre verfolgt. Ständig kam diese Stimme wieder, und stets gab sie ein wenig mehr darüber preis, wie der Nagel in unser Kloster kam.“

„Meine Mitbrüder haben es mir erzählt, wie oft du in einen Zustand verfallen bist, in dem du nicht mehr ansprechbar warst. Stattdessen hat aus dir heraus eine Stimme zu den anderen gesprochen und ihnen berichtet, dass christliche Kreuzfahrer das Kästchen vor mehr als einhundert Jahren aus Jerusalem nach Deutschland brachten.“

„Ja, ein Ritter namens Runold, der in der Nähe von Jülich ein ansehnliches Gut besaß, führte den Nagel mit sich. Doch er kam nicht mehr bis nach Hause. Hier, in unserem Kloster, wo er nur übernachten wollte, um am nächsten Tag endlich nach Hause weiterzureiten, ereilte ihn sein Schicksal. Doch er konnte dem damaligen Abt nicht mehr berichten, welch unscheinbaren, aber wertvollen Schatz er mit sich führte. Seine wenigen Habseligkeiten wurden hier im Kloster aufbewahrt, gerieten dann jedoch in Vergessenheit, weil niemand danach fragte.“

Michael strahlt über das ganze Gesicht. „Und dir war es vergönnt, den Kreuzigungsnagel Jesu Christi nach so langer Zeit wiederzufinden.“

Jetzt wird es Gernot wehmütig ums Herz. Ja, er ist es gewesen, der die wertvolle Reliquie, die heute noch in dem alten Kloster angebetet wird, fand. „Es ist schon lange her, dass ich diese Geschichte jemandem erzählt habe.“

Michael schnippt mit den Fingern. „Ich habe gehört, dass bald eine Gruppe Pilger bei uns nächtigen wird. Ein junger Mönch hat nach Quartier gefragt und ist gerade auf dem Weg, seine Mitpilger zu holen. Warum erzählst du ihnen nicht von dem Wunder, das unserer Abtei einst zuteil wurde?"

Gernot will schon abwinken, doch dann spürt er, wie der alte Tatendrang ihn wieder erfasst. Ja, warum nicht? Der Abt wird bestimmt nichts dagegen haben. Einer muss sich schließlich um die Pilger kümmern.

Aachen

1. September 1196

Sie ziehen an einem verregneten Nachmittag in der alten Kaiserstadt ein. Und wie schon in Trier sind sie nicht die Einzigen. Schon vor Stunden sind sie auf ihrem Weg nicht mehr allein gewesen, immer stärker schwoll der Strom der Pilger an. Frieder kommt sich mittlerweile vor wie der winzige Teil einer gigantischen Prozession, die sich auf die Stadt zubewegt. Es müssen Hunderte Männer, Frauen und Kinder sein, die allein zu dieser Stunde in die Stadt drängen.

Und wieder sind es Arme und Reiche, Angesehene und Ausgestoßene, die sich Gott zu Ehren auf ein strapaziöses Abenteuer eingelassen haben. Frieder spürt leichten Neid, aber auch Belustigung in sich aufsteigen, als er sieht, dass einige auf Eseln nach Aachen reiten. Sie haben anscheinend genug Geld, um ihre Pilgerschaft auf dem Rücken eines Lasttieres antreten zu können, was mit Sicherheit ihre Kräfte geschont hat. Frieder sieht eine Gruppe von vielleicht zehn Kindern, das älteste höchstens vierzehn Jahre alt. Von wo mögen sich die Jungen und Mädchen bis nach Aachen durchgeschlagen haben? Die Kinder machen einen glücklichen Eindruck und schwatzen lebhaft.

Noch während ihres Aufenthalts in Monschau hat ihnen Georg einiges über die Kaiserstadt, in der im Jahr 814 Karl der Große starb, erzählt. Einiges wusste er selbst, anderes las er aus dem von Adalbert überlassenen Pilgerführer vor. Jetzt weiß Frieder, dass die von Karl dem Großen errichtete Pfalzkappelle Mittelpunkt des religiösen Lebens in der Stadt ist. In der Kapelle ist der erste Kaiser des Deutschen Reiches bestattet, hier sind seitdem die meisten der deutschen Könige gekrönt worden.

Es ist dem Karolinger zu verdanken, dass Aachen reich an Reliquien gesegnet ist, weshalb die Stadt nicht selten in einem Atemzug mit Rom, Konstantinopel und Jerusalem genannt wird. So wird unter anderem ein Stück des Kreuzes, an dem Jesus Christus seine letzten Stunden verbrachte, hier angebetet, außerdem das Schweißtuch, das Unterkleid seiner heiligsten und jungfräulichen Mutter Maria, eine Windel des kleinen Jesuskindes und schließlich ein Arm des Heiligen Simeon. Letzterer war dabei, als das kleine Jesuskind in den Tempel von Jerusalem kam. Simeon weissagte über das kleine Kind, dass es dereinst vielen zum Heil und vielen zum Zeichen des Widerspruchs werde.

Auf den letzten Meilen bis nach Aachen waren Georgs Pilger von einer ganz besonderen Freude und Erwartung beseelt. Es war Ludger, der die Stadt von einem kleinen Hügel aus zuerst sah. Mit sichtlichem Stolz nahm er die Anerkennung seiner Kameraden entgegen. Danach sanken alle auf die Knie, um dem Herrgott zu danken, dass er sie, trotz aller Widrigkeiten und Gefahren, wohlbehalten bis hierher geführt hatte. Das erfrischende Wasser eines Bachs, der am Fuße des Hügels eine kleine Mühle speiste, nutzten alle, um sich nach den entbehrungsreichen Wochen noch einmal zu reinigen. Schließlich wollte keiner vor Schmutz starrend in die ehrwürdige Pilgerstadt einziehen. Die Männer ließen sich außerdem ihre wild gewucherten Bärte und Haupthaare stutzen.

Wie schon in Trier fällt Frieder sofort die emsige Geschäftigkeit auf, die in den Straßen und auf den Plätzen herrscht. Auch hier wird an vielen kleinen Buden und Katen das verhökert, was der Pilger für seine beschwerliche Reise und für sein Seelenheil braucht. Neben sauber geschnitzten Pilgerstäben liegen Kruzifixe, und auch in Aachen preist einer ein paar Krümel Erde an, in denen das Kreuz Christi eingeschlagen gewesen sein soll.

Georg zwinkert dem Frieder mit dem rechten Auge zu, als er die lautstarken Worte des Mannes hört, an dessen Stand die heilige Erde angeboten wird.

Viel Zeit, sich aufzuhalten und sich an den Gebäuden der Stadt zu erfreuen, haben Georgs Pilger nicht. Der junge Mönch will so schnell wie möglich die Pfalzkapelle aufsuchen, um dort den Herrn zu lobpreisen.

Als Frieder die Pfalz sieht, stockt ihm der Atem. War bereits die Pfalz in Nieder-Ingelheim ein beeindruckendes Bauwerk, so stellt dieses hier alles in den Schatten. Der Fischer kann mehrere Gebäude ausmachen, die einzeln schon imposant sind. Durch Säulengänge und Wandelhallen sind sie miteinander verbunden. Der Frieder weiß aber auch, dass sie nur die Kapelle betreten werden.

Dort angekommen bleibt Georg an der zweiflügeligen Tür stehen, an der ohne Unterlass Pilger aus aller Herren Länder ein und aus gehen. Mit sichtlicher Heiterkeit erzählt er die Geschichte, die um diese Tür rankt und die er ebenfalls dem Pilgerführer Adalberts entnommen hat. Demnach haben die Aachener zu Karls Zeiten dem Herrscher versprochen, während seiner Abwesenheit die noch im Bau befindliche

Kapelle fertig zu stellen. Der Herrscher nahm das Angebot an und ging wie geplant auf Reisen. Als sich Wochen später seine Rückkehr ankündigte, war die Kirche allerdings noch immer eine Baustelle. In ihrer Not wandten sich die Aachener an einen seltsamen Kerl, der ihnen versprach, die Kapelle noch in der Nacht zu Ende zu bauen. Einzige Bedingung sei, dass sie ihm den ersten Besucher der Kapelle überlassen mussten. In ihrer Not gingen die Aachener auf den Handel ein und tatsächlich war die Kapelle am nächsten Morgen fertig.

Doch erst jetzt erkannten die Baumeister und Handwerker, dass sie sich mit dem Teufel eingelassen hatten. Und der erste Besucher der Kapelle würde der Kaiser sein, der bereits vor den Toren der Stadt gesichtet wurde. Den Kaiser dem Teufel zu überlassen – ein ungeheuerlicher Gedanke. Da hatte einer von ihnen eine Idee: In der Nacht wurde nämlich ein Wolf gefangen, und den brachte man unverzüglich in einem Käfig zur geöffneten Tür der Kapelle, wo man ihn frei ließ. Der Wolf suchte das Weite und lief wie erwartet in das Innere des Gotteshauses. Augenblicklich stürzte sich der Teufel auf das Tier, das allerdings, im Gegensatz zum Menschen, keine Seele besitzt. Als der Teufel, der die List nicht durchschaute, sich des Wolfs bemächtigte und ihm, statt der Seele das Herz entriss, erstarrten beide, Tier und Organ, zu Erz. Erst jetzt erkannte der Teufel, dass die Aachener ihn gefoppt hatten. Wütend rauschte er aus der Kapelle und warf mit einem mächtigen Knall, der noch am anderen Ende der Stadt zu hören war, die Tür hinter sich zu, die seitdem einen feinen Riss hat und Wolfstür heißt.

Die Pilger schmunzeln, als sie die Geschichte hören. Ist sie doch der Beweis, dass das Böse in Gestalt des Teufels doch nicht allmächtig ist. Mit ehrfürchtigem Staunen stellen sie fest, dass die Tür tatsächlich einen haarfeinen Riss hat. Er ist mit dem bloßen Augen kaum zu erkennen und lässt sich nur mit der Fingerkuppe erfühlen.

Nur kurze Zeit später ist der Frieder wie von einem Rausch erfüllt. Inbrünstig singt und betet er und dankt dabei dem Herrn, dass er ihn bis nach Aachen geführt und während der fast viermonatigen Pilgerschaft stets schützend seine Hand über ihn gehalten hat. Er dankt ihm, dass er ihn vor einem wilden Bären und gesetzlosen Mördern bewahrt und vor Krankheiten verschont hat und dass er nicht elendig verdursten musste. Gleichzeitig fühlt der Frieder einen nie gekannten Stolz. Er hat etwas geleistet, worauf er stolz sein kann und das ihn mit einer tiefen Befriedigung erfüllt.

Er schaut sich noch einmal seine Mitpilger an. Auch Georgs Gesichtszüge wirken sichtlich entspannt. Zum ersten Mal in seinem

Leben hat er Verantwortung für mehrere Menschenleben zeigen müssen und hat diese Aufgabe bestanden. Doch weiß er auch, dass Aachen nur eine von vielen Stationen auf seiner weiteren Pilgerschaft sein wird. Der Greis und sein Begleiter Rudolf lassen in diesem Moment nicht erkennen, was sie fühlen, während der Ritter seine Hand auf die schmale Schulter des kleinen Knaben gelegt hat. Erst die Verantwortung für den Jungen scheint seiner Pilgerschaft einen Sinn gegeben zu haben.

Frieders Blick fällt schließlich auf Gertrude. Mit Erstaunen sieht er, dass eine Träne ihre Wange hinunterkullert. Frieder kann sich denken, was in dem Kopf der Rüdesheimerin vorgeht. In Aachen wird die Gertrude sich entscheiden müssen, denn hier wird die Gruppe auseinander gehen. Der Oppenheimer weiß nicht, wie er seine Gefühle zur Gertrude einordnen soll. Oft hat er sich in den letzten Tagen gefragt, ob er sich um sie bemühen soll. Doch auf sein Entgegenkommen hat die Rüdesheimerin zwar stets freundlich, aber gleichzeitig auch distanziert reagiert. Immerhin scheint sie nichts mehr davon wissen zu wollen, das Kind wegzumachen. Frieder hofft zumindest, dass sie nicht noch einmal einen solch törichten Versuch wagen wird.

In der Pfalzkapelle legen alle auch ihre Gaben nieder, mit denen sie den Heiligen noch einmal dafür danken, dass sie ihr Unterfangen schützend begleitet haben. Frieder hat schon in Trier eine besonders schöne Kerze gekauft, die er seitdem wie einen Schatz gehütet hat. Ebenfalls eine Kerze legen die Rüdesheimerin und der Ritter nieder. Der Greis trennt sich von einem Ring, Georg von einem kleinen Kreuz.

Noch einmal stimmen die Pilger in der Kapelle einen mächtigen Choral an und Frieder spürt, dass er dem Herrn so nah wie noch nie in seinem Leben ist.

*

Die ganze Nacht verbringen sie in der Kapelle. Wenn sie nicht singen und beten, dann hören sie den anderen zu. Bei manchen Gruppen verstehen sie kein Wort, weil die Gebete und Gesänge in ausländischer Sprache erklingen. Doch da ist das Gefühl der Zusammengehörigkeit, das sich Frieder so nie vorgestellt hat. Sie alle, ob Deutsche oder Italiener, Skandinavier oder Polen vereint in diesem Augenblick der Glaube an den einen Gott. Da die fremdartigen Lieder zum Teil sehr heiter und beschwingt klingen, kommt in der Kapelle sogar so etwas wie ausgelassene Stimmung auf. Frieder staunt nicht schlecht, als eine glutäugige Frau mit langen, pechschwarzen Haaren dem Ludger schöne Augen macht. Der lässt sich nicht lange bitten und erwidert die Blicke. Es fehlt nicht viel, und die beiden hätten sich in eine der vielen dunklen Nischen der Kapelle zurückgezogen. Doch Georg setzt dem munteren Treiben ein Ende, indem er alle nach draußen bittet. Sie müssen noch ein Quartier für die nächsten Nächte finden.

Da die Stadt vor Pilgern aus allen Nähten platzt, müssen sie sich woanders eine Herberge suchen. Ein älterer Mann, der Georgs Hilflosigkeit bemerkt, gibt ihnen den Rat, außerhalb der Stadt nach einer Unterkunft zu suchen. Die Abtei Kornelimünster, eine knappe Wegstunde von Aachen entfernt, sei bekannt für ihre Gastfreundschaft.

Georg bedankt sich für den Rat, lässt sich den Weg erklären, und tatsächlich beziehen sie in den frühen Nachmittagsstunden ihr Lager in einem Raum, in dem noch weitere sieben Männer nächtigen. Die Gertrude, ob ihres Bauches von dem Mönch, der sie in Empfang genommen hat, misstrauisch beäugt, muss in einem kleineren Raum bei den Frauen schlafen.

Obwohl Frieder bereits tagsüber hundemüde war, findet er auch lange nach Sonnenuntergang keinen Schlaf. Unruhig wälzt er sich von einer Seite auf die andere und lauscht den Schlafgeräuschen der anderen. Der Regen hat inzwischen aufgehört, und so steht der Fischer noch einmal auf und geht hinaus in den Garten des Klosters. Dort lässt er sich auf einer steinernen Bank nieder und betrachtet den pechschwarzen, mittlerweile aufgeklarten Nachthimmel. Hunderte, wenn nicht gar Tausende von Sternen sind zu erkennen, und wenn der Frieder glaubt, er habe alle gesehen, findet er immer wieder ein neues Loch in dem gewaltigen Himmelszelt, das sich über die Menschen spannt.

„Wie mag es wohl dahinter ausschauen?“

Unvermittelt ist Ludger, der Ritter aus Schwetzingen, aufgetaucht. Er setzt sich neben Frieder auf die Bank und schaut ebenfalls nach oben.

„Was meint Ihr?“

„Ich meine, wie es hinter dem Himmelszelt aussieht. Bekanntlich sehen wir nur die Löcher, durch die das Licht zu uns herunterscheint. Sehr hell muss es dahinter sein, denn die Sterne funkeln sehr stark.“

„Vielleicht sehen wir durch sie einen winzig kleinen Teil des Himmels.“

„Kein schlechter Gedanke, Fischer aus Oppenheim.“

Jetzt schweigt der Frieder, denn er weiß nicht, was er mit einem edlen Ritter, der vor wenigen Jahren den Kaiser auf seinem Kreuzzug begleitet hat, reden soll. Allerdings traut er sich auch nicht, einfach aufzustehen und den Ludger hier allein zu lassen.

Nach einer Weile räuspert er sich. „Wie geht es dem kleinen Hans?"

„Der Junge ist sofort eingeschlafen. Ihr fragt Euch sicher, warum ich mich seiner angenommen habe. Einem herumstreunenden Knaben, von denen es in Städten wie Mainz, Trier und Aachen wahrscheinlich Hunderte gibt."

Als Frieder nur eine kurze Antwort gibt, erzählt ihm der Ritter, dass er einst einen Sohn hatte. Doch während seine vier Töchter prächtig gediehen (nur die fünfte starb wenige Tag nach der Geburt), kränkelte der Junge seit seinem ersten Lebenstag. Er starb wenige Tage vor seinem vierten Geburtstag, und seitdem muss der Ritter damit rechnen, dass nach seinem Tod, wann immer das sein wird, der Name seiner Familie aussterben und in Vergessenheit geraten wird.

„Keine Woche nach dem Tod meines Sohnes entschloss ich mich, am Kreuzzug unseres Kaisers teilzunehmen. Jahrelang hatte ich mich auf Turnieren mit anderen Rittern gemessen, habe dabei zahlreiche Siege errungen, wurde auch mehrmals verletzt. Einmal sogar hätte ich beinahe meinen Übermut mit dem Tod bezahlt. Doch ich will Euch etwas sagen, Frieder aus Oppenheim, erst die Geburt meines Sohnes hat mich zum Mann gemacht."

Er unterbricht seinen Redefluss, weil er sich erst wieder sammeln muss. Zu stark sind wohl die Erinnerungen, die erneut in ihm aufbrechen.

„Als ich in Dimotika dieses Morden miterlebte, wollte ich meinem Leben selbst ein Ende setzen. Und wollt Ihr wissen, warum ich es nicht getan habe?"

Er wartet die Antwort gar nicht erst ab und stößt ein verächtliches Lachen aus.

„Weil ich es nicht fertig gebracht habe. Wie oft hatte ich mein Schwert an dem Punkt meines Körpers angesetzt, wo sich mein Herz befindet. Ich musste mich nur auf den Boden fallen lassen und alles hätte ein Ende gehabt. Doch ich habe es nicht fertig gebracht. Aber ich wollte sühnen und entschloss mich daher, diese Pilgerschaft anzutreten. Bis ich alles geregelt hatte, vergingen noch einige Jahre. Mein Weib hat mich bis zuletzt angefleht, nicht zu gehen. Ich würde nicht mehr zurückkommen, hat sie gemeint. Den Rest, Frieder, kennt Ihr selbst. Doch jetzt habe ich genug erzählt. Jetzt seid Ihr an der Reihe. Was hat Euch dazu bewogen, Euch monatelang von Eurer Familie zu trennen. Ihr habt doch auch eine Familie, oder etwa nicht?"

Jetzt erzählt auch Frieder dem Ritter von seinem Schicksal, erzählt von seinen Töchtern, seinem Sohn Volker, dessen wundersame Rettung vor dem vermeintlichen Tod Grund seiner Pilgerschaft war. Als sich der Ritter wenig später von der Bank erhebt, dem Frieder auf die Schulter klopft und den Schlafsaal aufsucht, muss der Oppenheimer eines feststellen: Vor Gott sind wirklich alle Menschen gleich. Nie im Leben hätte er sich träumen lassen, einmal mit einem edlen Ritter auf einer Bank zu sitzen und die Lebensgeschichten auszutauschen. Jetzt steht auch der Frieder auf und geht zurück zu seiner Schlafstatt. Und endlich findet er die Ruhe, nach der er sich so gesehnt hat.

*

„Du redest wohl nicht viel?"

Als Gernot keine Antwort bekommt, zuckt er nur mit den Schultern. Der kleine Junge, der gerade in seiner Werkstatt aufgetaucht ist, macht zwar ein erwartungsvolles Gesicht, aber es ist kein Wort aus ihm herauszubringen. Gernot kann sich erinnern, dass der Bub bei der Pilgergruppe dabei war, die erst vor kurzem in der Abtei Quartier bezogen hat. Der alte Mönch versucht es noch einmal, doch der Knabe schaut ihn mit seinen großen braunen Augen nur stumm an.

„Du musst nichts sagen, wenn du nicht willst. Kannst von mir aus hier bleiben und mir zusehen. Darfst allerdings nichts anfassen. Das hier ist nichts für kleine Kinder."

Gernot hat sich an diesem Morgen von seinen Arbeiten in der Schreibstube befreien lassen. Dem Abt hat er gesagt, dass er die Werkstatt auf Vordermann bringen will. Er selbst weiß nicht so recht, was er hier anfangen soll.

Er hat erst einmal die Feuerstelle angefacht, denn an diesem 3. September ist es schon unangenehm kalt. Der Sommer hat ein ziemlich abruptes Ende gefunden. War es vor wenigen Tagen noch angenehm warm, hat mittlerweile eine empfindliche Kühle im Land Einzug gehalten. An diesem Morgen ist dem Gernot auch aufgefallen, dass sich das Laub an den Bäumen schon allmählich zu verfärben beginnt, was ebenfalls ungewöhnlich ist.

Er schaut sich in der Werkstatt um. Hier sind die Werkzeuge untergebracht, die die Mönche für ihr tägliches Leben brauchen. Hier wird geschmiedet und repariert. Normalerweise hat in der Werkstatt Konfrater Siegbert das Sagen, doch den plagt schon seit Wochen eine schwere Lungenentzündung, und es ist noch immer nicht abzusehen, ob und wann er endlich genesen sein wird, wenn er das Ende dieses Jahres überhaupt noch erleben wird.

Jetzt erst fällt Gernot die metallene Maske auf, die direkt neben der Esse liegt. Siegbert muss vor seiner Krankheit damit beschäftigt gewesen sein, eine Totenmaske herzustellen. Gernot weiß, dass die vornehmen und gut betuchten Herrschaften von ihrem Gesicht gern eine Maske herstellen lassen, die nach ihrem Tod den Nachkommen das Andenken an den Verstorbenen bewahrt. Neugierig nimmt Gernot die Maske in die Hand. Eigentlich scheint sie fertig zu sein, denn Gernot schaut auf das gütige Antlitz eines vielleicht dreißigjährigen Mannes. Warum die Maske noch immer hier liegt, dafür findet der Mönch keine Erklärung.

„Wer mag das wohl gewesen sein?“, fragt er und schaut den Wilhelm an, der ebenfalls neugierig nähergekommen ist.

„Vielleicht war es ein Graf, ein edler Ritter oder ein hoher Geistlicher. Wenn Siegbert wieder auf den Beinen ist, wird er es mir bestimmt erzählen.“

Auch als er sich selbst die Maske vor das Gesicht hält, bleibt der Junge stumm, wenngleich er freudig lächelt. Gernot gibt dem Hans, der wissbegierig die Arme ausgestreckt hat, die Maske und wendet sich wieder anderen Dingen zu. Doch ein Rufen lenkt ihn ab. Ein dicker Mönch ist in der Werkstatt erschienen und heißt den Gernot an, in die Schreibstube zu kommen. Konfrater Michael verlange nach ihm.

„Ich bin gleich wieder zurück“, sagt Gernot zu dem Jungen und streicht ihm über das Haar. Auch wenn der Bub nichts redet, so hat er ihn doch sofort in sein Herz geschlossen. „Und dass du mir ja nichts anrührst.“

Im Scriptorium angekommen, erwartet ihn Konfrater Michael mit einem herzlichen Lächeln. Sofort zeigt der junge Mönch Gernot die Seiten, die er geschrieben hat. Der erfahrene Geistliche sieht sorgsam geschriebene Buchstaben, wunderbar gemalte Kapitale und bunte Bilder von Heiligen. Er kommt nicht umhin, den jungen Konfrater zu bewundern. In diesem Stift reift tatsächlich ein außergewöhnliches Talent heran, das mit Sicherheit noch einige Arbeiten hinterlassen wird, die die Menschen in fernen Jahrhunderten noch bewundern werden, davon ist Gernot überzeugt.

Nach einer Weile wird er jedoch ungeduldig. Allzu lange will er den stummen Jungen nicht in der Werkstatt allein lassen. Er lobt den jungen Mönch und seine Arbeit über die Maßen und verabschiedet sich mit einem Vorwand von ihm.

Als er die Tür zur Werkstatt öffnet, schlägt ihm ein sonderbarer Geruch entgegen. Hans schaut ihn schuldbewusst an und will sich an ihm vorbei aus der Werkstatt stehlen. Doch der Mönch hält den Knaben am Schlafittchen fest.

„Du hast irgendwas angestellt! Hab ich Recht?", fragt er mit mildem Tadel in der Stimme, denn er kann auf den ersten Blick nichts Außergewöhnliches sehen.

Alles liegt und steht noch an seinem Platz, so scheint es zumindest. Erwartungsgemäß gibt der kleine Junge keine Antwort, doch Gernot kann es in dessen Gesicht ablesen. Dann bemerkt er das Tuch, von dem eine feine Rauchsäule aufsteigt. Mit einem Stirnrunzeln nimmt Gernot das Stück hellen Stoff in die Hand, um es mit einem Aufschrei sofort wieder fallen zu lassen. Mit einer Mischung aus Verwunderung und Ärger muss er feststellen, dass das Tuch die metallene Maske verdeckt hat, die wiederum unerwartet heiß ist. So heiß, dass sogar leichte Brandspuren auf dem Tuch zu sehen sind. Wäre er nur wenige Augenblicke später gekommen, wäre der Stoff völlig ruiniert gewesen.

„Was hast du denn da angestellt?", fragt der Mönch nun eindringlich, doch Wilhelm macht ein unschuldiges Gesicht. Zuerst deutet er auf die Maske, dann auf das Feuer in der Esse, dann wieder auf den Boden.

„Du hast die Maske ins Feuer und dann auf den Boden geworfen?", setzt der Mönch verwundert nach und fährt sich durch sein schütteres Haar. „Warum das denn, um alles in der Welt?"

Doch dann macht er eine versöhnliche Handbewegung. Es ist nichts passiert. Glücklicherweise kann die blecherne Maske, die der Bub, aus welchen Gründen auch immer, ins Feuer gelegt hat, nicht brennen. Um seinen Unfug zu verbergen, hat er die heiße Maske (wahrscheinlich hat er sie sofort nach dem Anfassen vor Schreck auf den Boden fallen lassen) mit dem Tuch bedeckt, damit es niemand bemerkt.

Gernot schaut dem Hans noch einmal eindringlich in die Augen und macht eine Bewegung mit dem Daumen. Der Junge spurt sofort und flitzt aus der Werkstatt. Mit einem Seufzen schaut sich Gernot das Tuch an. Erst nach einer Weile stutzt er.

Wenn man es nicht genauer wüsste ...

Noch einmal dreht und wendet er das Tuch, schüttelt den Kopf, hält es gegen das Licht und fängt mit einem Mal an zu lachen.

*

„Warum können wir die Reliquien nicht sehen, Frater Gernot?“

Die Enttäuschung ist dem Ritter im Gesicht geschrieben. Der Angesprochene lächelt fein. Sie sitzen an diesem Nachmittag alle zusammen im Klostergarten. Sogar die Gertrude, die in den vergangenen Tagen einen etwas fahrigen und nervösen Eindruck gemacht hat, ist dabei. Von Georg haben sie schon vor Tagen erfahren, dass Aachen reich an kostbaren Reliquien ist, die bereits Karl der Große hat zusammentragen lassen. Doch Gernot hat ihnen unmissverständlich klar gemacht, dass sich keiner die Reliquien anschauen, geschweige denn berühren darf.

Zunächst hat Gernot ihnen von dem Kreuzigungsnagel berichtet, den er vor vielen Jahrzehnten entdeckt hatte. Dann erzählte er ihnen von den vielen heiligen Schätzen, die in der Aachener Pfalzkapelle aufbewahrt werden.

„Es ist nur ganz wenigen Menschen vergönnt, sie zu sehen, sie sogar zu berühren. Ihr müsst nämlich wissen, dass immer dann, wenn sie ans Licht dieser Welt geholt werden, etwas von ihrer Kraft verloren geht. Es ist immer nur einer winzig kleiner Teil. Aber irgendwann würde die gesamte Kraft verloren sein. Und das darf nicht geschehen. Aber es ist natürlich jedem gestattet, ja jeder ist sogar aufgefordert, die Truhen, worin die Reliquien ruhen, anzubeten.“

Als er die enttäuschten Gesichter sieht, muss er noch einmal lächeln. „Glücklicherweise ist es mir vergönnt gewesen, vor vielen Jahren – damals war ich noch ein junger Mann – einen Mönch kennen gelernt zu haben, der mir einiges über die kostbaren Schätze berichten konnte.“

Sofort erhellen sich die Mienen seiner Gegenüber, die erfahren, dass sich zum Beispiel das Kleid der Gottesmutter Maria in Aachen befindet. Vor mehr als einem halben Jahrtausend wurde es in Galiläa gefunden, und zwar von zwei frommen Pilgern namens Candius und Galbius. Die entwendeten es einer jüdischen Jungfrau, indem sie einen Kasten anfertigen ließen, der genau dem entsprach, in dem die Jungfrau das Marienkleid aufbewahrte. Die Jüdin bemerkte es nicht, als ihr der leere Kasten untergeschoben und das kostbare Kleid somit entwendet wurde. Candius und Galbius begaben sich damit nach Konstantinopel, wo sie zu Ehren des Kleides eine Kapelle bauen ließen. Sie wollten nicht preisgeben, welchen Schatz sie in der Kapelle hüteten. Doch immer mehr Wunder geschahen ob der Kraft des Marienkleids und so mussten sie schließlich zugeben, was sie dort aufbewahrten. Es war die Konstantinische Kaiserin Pulcheria selbst, die die Herausgabe des Kleides erwirkte. Ihr Gemahl Marcian ließ dafür die Marienkirche erbauen, wo das Kleid viele hundert Jahre verehrt wurde. Es war Kaiser Karl dem Großen zu verdanken, dass das Marienkleid vor nunmehr zweihundert Jahren nach Aachen gebracht wurde.

„Mit dem Marienkleid kam auch die Windel des kleinen Jesuskindes nach Aachen“, berichtet Gernot weiter. „Und auch eine weitere Reliquie haben wir dem Bemühen unseres großen Kaisers zu verdanken.“

Gernot macht eine kurze Pause und merkt, dass ihn wieder alle gespannt anschauen. Jetzt fängt er mit geheimnisvollem Unterton an zu erzählen. Es handele sich dabei um das Enthauptungstuch Johannes des Täufers.

„Als aber der Geburtstag des Herodes gefeiert wurde, tanzte die Tochter der Herodias vor den Gästen“, zitierte Gernot die Worte des Evangelisten Matthäus. *„Und sie gefiel Herodes so sehr, dass er schwor, ihr alles zu geben, was sie sich wünschte. Da sagte sie auf Drängen ihrer Mutter: Lasst mir auf einer Schale den Kopf des Täufers Johannes herbringen. Der König wurde traurig; aber weil er einen Schwur geleistet hatte, noch dazu vor allen Gästen, befahl er, ihr den Kopf zu bringen. Und er ließ Johannes im Gefängnis enthaupten. Man brachte den Kopf auf einer Schale und gab ihm dem Mädchen und sie brachte ihn ihrer Mutter. Die Jünger des Johannes aber holten den Leichnam und begruben ihn. Dann gingen sie zu Jesus und berichteten ihm alles.“*

Viele hundert Jahre später, fährt Gernot in seinem Bericht weiter fort, fanden Pilger auf dem Ruinenfeld, wo einst der Palast des Herodes stand, das Grab des Enthaupteten und darin das Tuch, das ebenfalls auf Umwegen erst nach Konstantinopel und dann nach Aachen gelangte.

„Und schließlich haben wir unserem großen Kaiser eine weitere Reliquie zu verdanken: das Lendentuch Jesu. Es ist aus weißem Leinen gewebt, und noch immer sind darauf die Blutspritzer zu erkennen. So hat man es mir berichtet.“

Er unterbricht sich, als die junge Frau leise auflacht. Gernot erinnert sich, dass sie Gertrude heißt.

„Stimmt etwas nicht?“, fragt der alte Mönch stirnrunzelnd und leicht verärgert.

Die Gertrude schüttelt den Kopf. „Nein, nein, es ist sehr erfreulich, dass ihr in eurem Aachen so viele Reliquien habt. Aber ich finde es ein wenig schade, dass wir in Rüdesheim nicht auch einmal einen solchen Schatz gefunden haben.“

Gernot schaut peinlich berührt auf den Boden, während der Mann, der unmittelbar neben der Frau sitzt, tief einatmet. Auch der junge

Mönch tadelt die Gertrude mit einem scharfen Blick. Die zuckt unschuldig mit den Schultern.

Gernot klatscht kurz mit den Händen und steht auf. Die anderen folgen seinem Beispiel und erheben sich ebenfalls. „Ich denke, ich erzähle euch ein andermal mehr von den kostbaren Reliquienschätzen, die uns Menschen deutlich machen, dass die in der Bibel beschriebenen und von uns verkündeten Wunder auch tatsächlich geschehen sind. Sie sollten daher nicht mit frevelhaften oder spöttischen Worten in Zweifel gezogen werden."

„Ich glaube, das galt mir", entfährt es in diesem Moment der Rüdesheimerin, die dafür erneut tadelnde Blicke einstecken muss.

*

Die Sonne ist gerade hinter dem Horizont verschwunden, als Georg noch einmal in den Klostergarten geht. Die anderen haben sich bereits in ihre Schlafstätten zurückgezogen, und der junge Mönch will die abendliche Ruhe für sich allein genießen. Auf den ersten Blick erkennt er, dass der Garten hier in Kornelimünster vorzüglich gepflegt wird. Georg nimmt sich vor, am nächsten Tag den Abt zu fragen, wer sich um den Garten kümmert. Georg will mit seinem Konfrater über die Heilkraft der unterschiedlichen Kräuter diskutieren. Er ist überzeugt davon, dass die Pflege des Gartens einem erfahrenen Mönch obliegt.

Unwillkürlich muss er an seinen Klostergarten denken. Drei Monate sind vergangen, seitdem er das Kloster in Sponheim verlassen hat. Drei Monate, in denen er nicht eine einzige Zeile niedergeschrieben hat. Doch wie hätte er dem Auftrag seines Abtes Folge leisten sollen? Sicherlich, sie waren auf ihrem Weg mehrmals reisenden Kaufleuten begegnet. Doch was die zu berichten wussten, war nur spärlich. Der Kaiser sei darum bemüht, seinen erst einjährigen Sohn Friedrich von den deutschen Kurfürsten zum König wählen zu lassen. Das war alles, was Georg erfahren hatte.

Nicht ein einziges Mal hat er den Gänsekiel benutzt, den er vor seiner Abreise aus Sponheim eingesteckt hatte. Nicht ein einziges Mal hat er ihn in das kleine Gefäß mit Tinte eingetaucht. Ein leises Rascheln schreckt ihn aus seinen Gedanken. Überrascht räuspert er sich, als er im Halbdunkel die Silhouette des Greises erkennt.

„Ihr könnt wohl auch noch nicht schlafen, Bruder Georg?"

Der junge Mönch schüttelt den Kopf. „Ich wollte ein wenig allein mit mir selbst sein."

Der Alte macht eine entschuldigende Handbewegung. „Verzeiht mir, ich werde mich sofort wieder zurückziehen."

Georg, über so viel Höflichkeit ihm gegenüber überrascht, macht eine einladende Geste und deutet auf die Bank. „Bleibt bei mir, guter Mann."

Eine ganze Weile sitzen der junge Mönch und der steinalte Mann, der vorgibt, Kaiser Friedrich Barbarossa zu sein, nebeneinander auf der Bank. Nach einer Weile ist es erneut Georg, der sich räuspert. „Frieder, der Fischer aus Oppenheim, hat mir vorgestern gesagt, dass Ihr Hildegard von Bingen gekannt habt. Er erzählte mir, dass Ihr in Nieder-Ingelheim mit einer Frau namens Hildegard zusammengetroffen seid. Es kann sich dabei eigentlich nur um die große Klostergründerin handeln."

Der Alte nickt. „Du hast richtig kombiniert, Bruder Georg. In der Pfalz von Nieder-Ingelheim traf ich auf die eindrucksvolle Hildegard von Bingen. Wusstest du, dass Hildegard eine langjährige und sehr intensive Freundschaft zu Gertrud, der Schwester meines Onkels, König Konrad, verband? Vor einiger Zeit habe ich dem Rupertsberg einen Schutzbrief ausgestellt. Ich fühlte mich Hildegard einfach verbunden, obwohl es oft nicht leicht war, ihre prophetischen Mahnungen zu erdulden."

Der vermeintliche Kaiser lächelt still in sich hinein. „Ihre Familie, derer von Bermersheim, hätte wohl nicht im Traum daran gedacht, was aus ihrem zehnten, an einem heißen Sommertag des Jahres 1098 geborenen Kind einmal werden würde, zumal sie immer das blieb, was sie schon bei ihrer Geburt war: schwächlich und kränkelnd. Hildegards Vater, der alte Bermersheimer, tat gut daran, seine jüngste Tochter ins Kloster zu schicken. Dort schien sie am besten aufgehoben, schließlich hatte sie schon im zarten Alter von drei Jahren Erscheinungen, die sie später berühmt machen sollten."

Der junge Mönch beugt sich erwartungsvoll nach vorn. Er hat dem Greis nur ein Stichwort gegeben, und schon vergisst der die Welt um sich herum und fängt an zu erzählen. Georgs Absicht ist klar. Zwar will er einiges über die berühmte Hildegard von Bingen erfahren, deren Wirken natürlich auch bis in das Kloster von Sponheim gedrungen ist. Auf der anderen Seite will er den Mann, der vorgibt ein eigentlich verstorbener Kaiser zu sein, auf eine weitere Probe stellen.

„Hildegards Eltern schickten ihre Tochter in ein auf dem Disibodenberg gelegenes Benediktinerkloster, das kaum ein Tagesritt entfernt am Zusammenfluss der Glan in die Nahe erbaut wurde", fährt der Alte weiter fort. „Da war sie gerade einmal acht Jahre alt. Hildegard kam in Begleitung von zwei weiteren Mädchen, unter ihnen eine junge Frau namens Jutta, deren Bruder Meginhard 1120 bei Sponheim das Benediktinerkloster erbauen ließ, dem du, mein lieber Georg, beigetreten bist. Bald wuchs die Gemeinschaft auf dem Disibodenberg zu einer stattlichen Zahl an. 1147 waren es bereits zwanzig Frauen."

Und weiter erfährt Georg, dass sich Hildegard in diesem Jahr entschloss, den Disibodenberg zu verlassen, um auf dem Rupertsberg bei Bingen ein Frauenkloster zu gründen.

„Die Disibodenberger Abtei ließ die begnadete Seherin freilich nicht gern ziehen", fährt der Greis in seinen Schilderungen fort. „Später klagte mir die gute Hildegard, die ja jetzt Äbtissin war, ihr Leid über die ersten Jahre auf dem Rupertsberg. Trübsal sei über sie hereingebrochen und so manch bittere Träne habe sie vergossen. Auch hatte die Seherin erhebliche Selbstzweifel, was ihre Pflichten als Äbtissin betraf. Doch ihre Zweifel waren nicht berechtigt. Das Kloster Rupertsberg erblühte und galt schnell als Hort der Andacht, Heiligkeit und des Friedens."

Der angebliche Kaiser berichtet davon, dass täglich ganze Scharen von Gästen, Ratsuchenden und Pilgern auf dem Rupertsberg einkehrten. Sie alle wollten etwas von der Kraft spüren, die von diesem Ort und ihrer Äbtissin ausging. Auch sie hätten, als Georg noch nicht bei ihnen war, den Rupertsberg besucht. An dieser Station sei auch die Rüdesheimerin zu ihnen gestoßen.

„Ich lud Hildegard vor mehr als vierzig Jahren in die Pfalz nach Nieder-Ingelheim ein. Wie lange haben wir diskutiert, über ihre Visionen und meine Politik! In unerschütterlicher Treue stand sie zum Papst, den ich damals so vehement bekämpfte. Doch von dieser äußerlich eher unscheinbaren Frau ging etwas aus, dem auch ich mich nicht entziehen konnte, wenngleich mir meine Berater oft genug rieten, diese Prophetin und besonders ihre Visionen zu ignorieren. Ich stellte ihrem Kloster schließlich im April 1163 einen Schutzbrief aus, damit es frei und sicher auf alle Zeiten bestehen sollte."

Georg glaubt sich zu erinnern, wie er einmal in der Sponheimer Schreibstube aufgeschnappt hat, dass bei dem Kampf Barbarossas gegen Papst Alexander III., zu dem auch der Mainzer Erzbischof Konrad in ebenfalls unerschütterlicher Treue hielt, der Rupertsberg tatsächlich verschont geblieben ist. Auch habe Hildegard den verfolgten Juden Schutz geboten. Der kaiserliche Schutzbrief hat sie wohl ebenfalls vor Übergriffen bewahrt.

„Sie muss im hohen Alter mit Freuden vernommen haben, dass ich mich nach etlichen Kämpfen doch noch mit dem Papst ausgesöhnt habe. Hildegard starb in den frühen Morgenstunden des 17. September 1179. Die Nachricht ihres Ablebens erreichte mich zwei Wochen später in Hildesheim. Ich schätze mich glücklich, dass ich diese großartige Seherin kennen durfte, obwohl sie auch eine schwierige Frau war."

Jetzt schweigt der Greis, und auch der junge Mönch geht seinen Gedanken nach. Er ist beeindruckt von den Schilderungen über eine Frau, die für Georg immer nur eine ferne Lichtgestalt gewesen ist, um die sich die Legenden und Geschichten ranken.

„Und? Habe ich die Probe bestanden?"

Die Frage des Alten reißt Georg aus seinen Gedanken. Er fühlt sich ertappt. „Es ist Euch nicht entgangen, dass ich Euch auf die Probe stellen wollte, werter Herr. Wahrscheinlich war mein Versuch auch allzu plump. Doch ich habe damit zwei Fliegen mit einer Klappe geschlagen. Ich habe Euer Wissen auf die Probe gestellt und dabei einiges über die Frau erfahren, über die meine Konfratres in Sponheim voller Bewunderung sprechen."

Er sieht, wie sein Gesprächspartner nur mühsam ein Gähnen unterdrücken kann. „Aber ich möchte Euch nicht von Eurer Nachruhe abhalten, werter Herr."

„Du hast Recht, Bruder Georg. Der lange Tag fordert jetzt doch seinen Tribut."

Der Alte steht auf und verabschiedet sich mit einer Kopfbewegung. Er ist schon einige Schritte gegangen, als er sich noch einmal umdreht. „Und was ist mit der Probe? Habe ich sie bestanden?"

Georg verzieht das Gesicht zu einem etwas schiefen Lächeln. Doch bevor er etwas sagen kann, hebt der angebliche Kaiser die Hand. „Du brauchst nichts zu sagen, mein lieber Georg. Irgendwann werde ich auch dich überzeugen."

Der junge Mönch schaut dem seltsamen Mann noch eine Weile nach. Er kann das Gähnen nicht unterdrücken. Die Müdigkeit hat nun auch ihn übermannt. Georg macht sich ebenfalls auf den Weg in den Schlafsaal und sieht nicht, wie aus einer anderen Richtung der alte Mönch Gernot auf leisen Sohlen die Werkstatt aufsucht.

*

Als Gernot die Tür zur Werkstatt öffnet, klopft sein Herz bis zum Hals. Sollte er nicht doch lieber wieder umkehren? Sich wieder in seinen Strohsack legen und den aberwitzigen Plan vergessen? Er zögert, doch dann kehrt der alte Tatendrang zurück. Nein, er wird dem Abt in den nächsten Tagen erneut von dem Fund einer Reliquie berichten. Eine Reliquie, die das Kloster bis weit über die Grenzen von Aachen bekannt machen wird.

Doch vorher muss er dem Wunder noch ein klein wenig nachhelfen.

Mit schnellen Handbewegungen entfacht er in der Esse das Feuer. Während die Flammen langsam anfangen, sich durch das trockene Buchenholz zu züngeln, geht er zurück zur Tür und lauscht in die Dunkelheit. Alles ist ruhig. Außer den vereinzelten Lauten der Nachttiere ist nichts zu hören.

Endlich ist das Feuer so weit niedergebrannt, dass nur noch eine intensive Glut den Raum erwärmt. Jetzt beginnt der wichtigste Teil seines Vorhabens. Gernot schnappt sich die Totenmaske und legt sie mit der Vorderseite in die Glut.

Welch geniale Idee – und die hat er dem Knaben zu verdanken. Hätte der nicht aus Schabernack die Maske ebenfalls ins Feuer geworfen und danach das Tuch darüber gelegt, nie wäre er auf den Einfall gekommen. Durch die Hitze des Blechs, die bei dem Vorfall am Morgen wesentlich geringer gewesen sein musste, hatten sich Teile der Gesichtszüge der Maske leicht in das Tuch eingebrannt. Gernot hatte deutlich die Nase und den Mund gesehen, als er den Stoff gegen das Sonnenlicht hielt.

Wie ein Blitz aus heiterem Himmel kam ihm die Idee. Was der stumme Knabe unabsichtlich tat, wollte er noch einmal wiederholen. Allerdings mit mehr Sorgfalt, denn er wollte ein richtiges Antlitz auf das Tuch bannen – das Antlitz von Jesus Christus.

War nicht der geschundene Leichnam des Menschensohns in Tücher eingehüllt gewesen, als sie ihn in das Grab legten? War damit nicht auch sein Gesicht, gezeichnet von Schweiß und Blut, verhüllt worden? Dieses Tuch will er morgen Abend seinem Abt präsentieren.

Doch ist es nicht eine große Sünde, seine Mitbrüder und sämtliche Gläubigen, die dieses Tuch schließlich anbeten würden, so hinter das Licht zu führen?

Gernot starrt nachdenklich in die Glut, wo sich die metallene Maske schnell erhitzt hat.

Die Menschen brauchen immer etwas, woran sie glauben können, beruhigt er sich selbst. Und woran kann man seinen Glauben besser festmachen, als an etwas, das man sieht, das man anschauen und sogar berühren kann? Und die Menschen wollen an Wunder glauben. Wie oft sind in der Abtei schon Geschichten erzählt worden, von Kranken, die über Nacht geheilt wurden. Von Lahmen, die wieder gehen konnten. Ja sogar von Toten, die plötzlich wieder munter und fidel waren.

Gernot hat die Geschichte selbst gehört. Zehn Jahre sind mittlerweile vergangen, als ein Pilger atemlos berichtete, er habe in einem Brunnen außerhalb von Aachen den Körper eines jungen Mädchens gefunden. Zusammen mit anderen rechtschaffenen Männern habe er den kleinen Körper aus dem Brunnen geholt und auf die Erde gelegt. Ganz schwarz und verquollen sei die heraushängende Zunge gewesen, aufgedunsen Arme und Beine. Die Mutter des Mädchens sei herbeigeeilt und habe mit Schreien und Flennen den Tod der Tochter beklagt. Gott, Jesus Christus, seine Mutter Maria und sämtliche Heiligen habe sie angefleht, ihrer Tochter wieder Leben einzuhauchen. Und das Wunder geschah tatsächlich. Am nächsten Morgen war das Mädchen wieder lebendig, hatte rosige Haut und unversehrte Gesichtszüge. So berichtete es der Pilgersmann und alle, die dabei waren, bestätigten seine Worte.

Wie schon vor nunmehr vierzig Jahren wird es in diesen Tagen Gernot sein, der von einem neuen Wunder verkündet. Und für die notwendige Erklärung hat der alte Mönch bereits vorgesorgt. Eine alte Kiste, die wahrscheinlich seit einem halben Jahrhundert keiner mehr geöffnet hat und die vergessen hinter alten Fässern stand, wird er ihnen zeigen. Er wird ihnen erzählen, dass er sich ein wenig in der Werkstatt nützlich machen wollte und dabei auf die Kiste aufmerksam wurde. Er wird ihnen erzählen, wie ein grelles Licht ihn blendete, als er sie öffnen wollte, und wie er auf die Knie sank. Er wird ihnen von der Stimme erzählen, die ihm befahl, die Kiste zu öffnen. Er wird ihnen mit stockender, ja tränenerstickter Stimme erzählen, wie er voller Ehrfurcht das Tuch in seine Hände nahm, es auseinander faltete und dabei auf das gütige Antlitz des Herrn Jesus Christus schaute. Und er wird ihnen von dem Auftrag erzählen, es jedem zu verkünden, dass dies das Tuch sei, mit dem das Gesicht des Gekreuzigten Jesus Christus verhüllt war.

Je mehr Gernot sich in diese Vorstellung hineinsteigert, desto leichter fällt es ihm, es tatsächlich zu glauben. Als die Maske in der Esse bereits rot glüht, ist der alte Mönch selbst davon überzeugt, dass sich das alles so abgespielt hat.

Mit einer Zange holt Gernot vorsichtig die Maske aus dem Glutofen und legt sie auf den metallenen Amboss. Jetzt muss er warten, bis sie sich wieder ein wenig abgekühlt hat. Denn einen Lumpen mit dunklen Brandflecken oder gar Löchern kann er seinen Mitbrüdern nicht zeigen. Die Hitze darf nur so stark sein, dass sie das Antlitz des Fremden in das alte Tuch – es wurde viele Jahre zum Reinigen der klösterlichen Kelche verwendet und ist irgendwann in der Werkstatt gelandet – einbrennt.

Noch einmal geht Gernot mit klopfendem Herzen zur Tür und späht hinaus. Jetzt liegt das Kloster in der Dunkelheit einer mondlosen Nacht. Glücklicherweise hat die Werkstatt nur ein kleines Fenster und das ist auf der dem Kloster abgewandten Seite des Gebäudetraktes eingelassen, in dem auch die Ställe untergebracht sind. Keiner wird auf das nächtliche Treiben in der Werkstatt aufmerksam werden. Gernot kann sicher sein, dass seine tief schlafenden Mitbrüder und die ebenfalls schlummernden Gäste nichts von seinem Treiben bemerken.

Mit etwas Spucke befeuchtet Gernot seinen Finger und überprüft die Hitze der Maske. Sie ist noch immer sehr stark, hat aber deutlich nachgelassen. Jetzt will Gernot den Versuch wagen. Vorsichtig legt er das Tuch über die Maske und drückt es ein wenig fest. Sofort spürt er die starke Hitze; ein feiner Rauch zieht auf.

Das Herz des alten Mönchs klopft schneller, als er merkt, dass sein Vorhaben auf Anhieb zu gelingen scheint. Er achtet nicht auf den Schmerz, der durch seine Finger fährt, als er den Stoff vorsichtig auf die Maske drückt. Innerhalb weniger Augenblicke zeichnen sich auf dem Tuch Nase, Mund, Wangen, ja sogar die Augenhöhlen ab. Nur noch einen kurzen Moment ...

Jetzt nimmt Gernot das Tuch von der Maske weg und schaut sich das Ergebnis an. Ein Schauer jagt ihm über den Rücken, als er in das Gesicht des Fremden schaut.

Nein, durchfährt es ihn, es ist nicht das Gesicht eines Fremden, es ist das Antlitz von Jesus Christus, festgehalten für die Ewigkeit in einem Stück Stoff, bevor er zu seinem Vater hinauffuhr.

Die Tränen laufen dem alten Mönch die Wangen hinunter und sein Herz schlägt immer schneller. Er wird seinen Mitbrüdern das Grabtuch Jesu zeigen, und wenn er mehr als nur diese Maske gehabt hätte, wäre darauf sogar der gesamte Körper des Gottessohnes zu sehen.

Immer schneller schlägt das Herz des Mönchs, der plötzlich gewahr wird, dass sich das Innere der Werkstatt um ihn dreht. Er muss sich festhalten, damit er nicht stürzt. Das Tuch hat er längst fallen lassen. Stattdessen presst er seine Hand auf die linke Seite, wo sein Herz förmlich zu zerspringen droht.

Als er auf die Knie fällt, bemerkt er gerade noch, dass Hans in der Tür steht. Mit aufgerissenen Augen erkennt der Bub, der schon eine ganze Weile dort gestanden haben muss, dass etwas nicht stimmt, als Gernot hilflos umfällt und dabei die Esse umreißt.

„Rette das Tuch, mein Junge!“

Das sind die letzten Worte des alten Mönchs namens Gernot.

*

Georg wird von dem Schreien unsanft aus dem Schlaf gerissen. Er hat einen angenehmen Traum gehabt, von dem er sich nicht so einfach losreißen will. Doch das Schreien wird immer lauter.

„Feuer! In der Abtei brennt es!“

Jetzt ist Georg hellwach. Die Gefahren der vergangenen Wochen haben seine Sinne geschärft. Von einem Augenblick zum nächsten kann er sich umstellen. Er springt von seinem Nachtlager auf und erkennt, dass alle anderen bereits zum Ausgang gestürzt sind. Er sieht einen hellen Feuerschein und mutmaßt, dass weder die Kapelle noch das Haupthaus von dem Feuer betroffen ist. Es müssen die Ställe sein, die in diesem Moment im Feuer versinken. Er will schon erleichtert aufatmen (Ställe sind in wenigen Wochen wieder aufgebaut), als er Rudolfs Rufen vernimmt.

„Er ist in die brennende Werkstatt gelaufen. Wegen eines Kindes hat sich der Wahnsinnige mitten in die Feuersbrunst gewagt.“

Erst nach einer Weile dämmert es Georg, von wem die Rede ist. Mit Kind war Hans gemeint, der andere kann nur Ludger sein. Automatisch packt er mit an und hilft, die mit Wasser gefüllten Ledereimer durchzureichen.

„Was ist passiert?“, schreit Gernot den Frieder an, der ihm am nächsten steht. Das Feuer und auch die Mönche, die verzweifelt versuchen, ein Überspringen des Feuers auf die anderen Klostergebäude zu verhindern, verursachen einen Höllenlärm.

„Ich kann es dir nicht sagen“, schreit der Fischer zurück. „Ludger hat gemerkt, dass das Schlaflager von Hans leer ist und ist nach dem Jungen suchen gegangen. Er muss ihn auch gefunden haben, denn er hat ihm ein Tuch oder so was Ähnliches gegeben, das da drüben irgendwo liegt.“

Georg weiß nicht, was er davon halten soll. Was haben Hans und ein Tuch mit dem Feuer zu tun?

„Der Junge steht doch da drüben!“

„Ja, aber Ludger ist ein weiteres Mal in die Werkstatt gegangen. Es muss sich noch jemand darin aufhalten.“

Mit Sorge beobachtet Georg die Löscharbeiten. Längst sind auch einige Dörfler, erschreckt durch den hellen Schein der Flammen, zum Kloster geeilt und packen ebenfalls mit an. Es gelingt ihnen, die Hauptgebäude vor dem Feuer abzuschirmen. Auch sind wohl die meisten der Schafe, Hühner, Schweine und Kühe gerettet. Doch was ist mit Ludger? Als in diesem Augenblick das gesamte Vorderteil der Werkstatt einbricht, weiß Georg, dass sie ein weiteres Mitglied ihrer Pilgergruppe verloren haben.

*

Als die Sonne aufgeht, ist das gesamte Ausmaß der Feuerkatastrophe ersichtlich. Sämtliche Wirtschaftsgebäude des Klosters, errichtet aus leicht brennbarem Holz, sind niedergebrannt. In den Trümmern der Werkstatt finden sie zwei Leichen.

„Es ist Gernot, einer unserer Brüder, der schon seit vielen Jahrzehnten unter uns lebt“, murmelt der Abt erschüttert. „Ich frage mich, was er nächtens in der Werkstatt gewollt hat. Eigentlich war er im Scriptorium mit einfachen Abschriften beschäftigt. In seinem Alter wollten die Gelenke nicht mehr so, auch unterliefen ihm in der Vergangenheit häufig Flüchtigkeitsfehler.“

Georg ist noch immer völlig erschüttert. Er wird den Gedanken nicht los, als liege über seiner Pilgerschaft ein Fluch. Er muss sich zusammenreißen, um überhaupt einen klaren Gedanken fassen zu können.

„Leider ist derjenige, der alles beobachtet hat, stumm. Hans kann uns nichts sagen. Der Junge ist noch immer völlig verängstigt und zittert am ganzen Leib. Aber er hat gestern etwas aus den Flammen gerettet, was auch für Euch, ehrwürdiger Abt, sicherlich interessant sein dürfte.“

Georg greift unter seine Kutte und zieht das Tuch hervor, das er in der Nacht an sich genommen hat. Er reicht es dem Abt, der es verwundert anschaut.

„Auf dem Stoff sind Gesichtszüge erkennbar.“

Georg nickt. „Was glaubt Ihr, wie die Gesichtszüge in den Stoff gekommen sind?“

Der Abt zuckt mit den Schultern. „Ihr seht mich völlig ahnungslos, Bruder Georg.“

„Ich hege einen bestimmten Verdacht, denn ich habe in den Trümmern der Werkstatt noch etwas anderes gefunden.“

Er zeigt dem Abt die metallene Maske. Inzwischen sind auch andere Mönche und die Pilger aus Georgs Gruppe herangetreten. Atemlos lauschen sie dem Disput der beiden Geistlichen.

„Diese Maske hat Bruder Siegbert angefertigt. Sie zeigt das Gesicht eines begüterten Adligen. Der Graf lebt auf einem Gut bei Jülich. Was hat das alles zu bedeuten, Bruder Georg?"

Der junge Mönch hebt das Tuch hoch, damit alle das Antlitz sehen können. Danach legt er es vorsichtig über die Maske. Ein Raunen geht durch die Anwesenden. Die meisten erkennen sofort, dass die Gesichtszüge der Maske mit denen in dem Stoff exakt übereinstimmen. Nur der Abt macht ein ratloses Gesicht. „Und? Was wollt Ihr damit andeuten, Bruder Georg?"

„Ich glaube, dass sich heute Nacht Folgendes abgespielt hat: Bruder Gernot ist in die Werkstatt gegangen und hat die Esse befeuert. Reste der Holzkohle liegen noch immer daneben, und es ist kein verbranntes Holzgebälk, falls ihr das denken solltet, ehrwürdiger Abt. Also weiter. Bruder Gernot hat die Esse befeuert und mit der Glut die metallene Maske erhitzt. Dann hat er das Tuch darauf gelegt, worauf sich die Gesichtszüge jenes Adligen, der nur wenige Stunden entfernt von hier lebt, in den Stoff eingebrannt haben. Den Rest kann ich nur erahnen. Hans muss dabei gewesen sein, denn er hat sich in der Nacht von seinem Schlafplatz weggeschlichen, worauf Ludger, sein – ich will mal sagen – Beschützer, ihn suchen ging. Irgendwie muss das Feuer in der Werkstatt ausgebrochen sein. Der Rest ist uns allen bekannt."

Wieder entbrennt Gemurmel. Die Mönche bekreuzigen sich, weil allen Anschein nach einer aus ihren Reihen die Feuerkatastrophe ausgelöst hat, die auch das gesamte Kloster hätte zerstören können.

Der Greis spricht aus, was viele denken. „Doch was sollte das für einen Sinn haben, die Gesichtszüge eines normalen Menschen in ein Stück Stoff einzubrennen? Du hast einen ganz bestimmten Verdacht, Georg? Hab ich Recht?"

Als der junge Mönch nur nickt, atmet der Alte tief durch. „Auch ich kann mir denken, was in deinem Kopf vorgeht. Ich will, dass du deinen Verdacht aussprichst, Georg."

Der Mönch senkt kurz den Blick und schaut dann auf. „Ich glaube, dass Bruder Gernot heute Nacht damit beschäftigt war, eine Reliquie herzustellen. Wäre das Feuer nicht ausgebrochen, hätte Hans ihn bei seinem Tun nicht überrascht, hätte er Euch, ehrwürdiger Abt, und euch, ehrwürdige Mitbrüder, heute oder morgen oder übermorgen dieses Tuch gezeigt, das er auf wundersame Weise gefunden hat."

Diesmal sind es nur die Mönche, die aufgeregt durcheinander reden. Der Abt verschafft sich Ruhe und deutet auf das Tuch. „Und welches Antlitz, so glaubt Ihr, lieber Georg, sollen diese Gesichtszüge darstellen?“

Der junge Mönch antwortet erst nach einer Weile. „Das Antlitz von Jesus Christus.“

*

Es dauert eine ganze Weile, bis sich die Mönche wieder beruhigt haben, denn der Abt ist immer noch zu fassungslos, um etwas sagen zu können. Leichenblass ist er geworden und mehrmals bekreuzigt er sich.

„Das ist ein ungeheuerlicher Verdacht, den Ihr da ausgesprochen habt“, bringt er nur mühsam heraus.

Der junge Mönch entgegnet den vorwurfvollen Blicken, die ihn treffen, mit sachlicher Kühle. „Man braucht nur eins und eins zusammenzuzählen. Die metallene Maske, das Tuch, die befeuerte Esse, und das alles mitten in der Nacht, damit keiner etwas davon mitbekommt. Es hätte gut gehen können, doch irgendetwas ist passiert, was schließlich zwei Menschen das Leben gekostet hat.“

Jetzt hat sich der Abt wieder gesammelt. „Es könnte sich auch alles ganz anders abgespielt haben“, erregt er sich. Die Mutmaßung, dass unter seinen Brüdern ein Fälscher gewirkt habe und dass sein Tun das Kloster an den Rand des Untergangs gebracht hat, muss ihn wie ein Keulenschlag getroffen haben. „Vielleicht hat ja auch Euer so allseits geschätzter Ludger ...“

Weiter kommt er nicht, denn diesmal ist es der Alte, der ihn sofort zum Schweigen bringt. „Ihr redet von einem rechtschaffenen, tugendhaften Ritter, der mit seiner Pilgerschaft nur Eines wollte – für seine vermeintlichen Sünden büßen. Ihr redet von einem Helden, der mit dazu beigetragen hat, dass uns hinterhältige Strauchdiebe nicht die Kehlen durchgeschnitten haben. Ihr redet von einem herzensguten Mann, der sich eines kleinen, verwahrlosten und verwaisten Knabens angenommen hat. Euer Verdacht ist völlig absurd. Ich gehe mit Georgs Meinung absolut konform. In Eurer Mitte hat das schändliche Tun eines Fälschers einen rechtschaffenen Menschen umgebracht. Ihr werdet mit dieser Tatsache leben müssen.“

*

Sie verlassen Kornelimünster noch am selben Tag. Nachdem die Überreste von Ludger und Gernot bestattet worden waren, ordnete der Greis die Abreise an. Georg hatte nichts dagegen einzuwenden. Auch er wollte weg von dem Ort, an dem einer der Seinen sein Leben verloren hatte. Hans war noch immer völlig verstört und weinte während der Bestattung still in sich hinein.

Als sie schon auf dem Hohlweg sind, der von Kornelimünster nach Aachen führt, hält ein Rufen sie noch einmal auf. Georg sieht einen jungen Mönch auf sie zulaufen. Er glaubt sich zu erinnern, dass sein Name Michael ist und dass er Gernot nahe stand.

Georg und der Alte schauen den heraneilenden Mönch erwartungsvoll an. Der hält sich gar nicht lange mit Vorreden auf. „Ich will euch nur mitteilen, dass ich eure Vermutung teile“, sagt der junge Mönch mit leiser Stimme und schaut sich dabei immer wieder um. Mit Sicherheit hat er sich ohne das Wissen seines Abtes vom Kloster entfernt.

„Bruder Gernot hat mir zwei Tage vor dem Feuer erzählt, wie gerne er an den Moment zurückdenkt, als er den Kreuzigungsnagel fand. Mir kam es so vor, als wolle er noch einmal ein solches Wunder erleben und als sei er bereit, alles dafür zu geben.“

„Er hat sein Wunder mit ins Grab genommen“, entgegnet der Alte. „Leider auch einen der Unseren.“

Aachen

6. September 1196

Nein, Katharina soll ihn noch ein wenig schlafen lassen. Der Tag auf dem Rhein war so anstrengend gewesen, und er will noch ein wenig schlafen. Aber dieses Weib gibt einfach keine Ruhe, will den Frieder unbedingt wach haben.

Es dauert eine Weile, bis der Fischer merkt, dass er von seiner jüngsten Tochter nur geträumt hat und dass ihn statt ihrer ein anderer wachrütteln will. Langsam verschwindet der Traum und mit ihm das Bild seiner jüngsten Tochter, die ihm irgendetwas Dringendes mitteilen wollte. Der Frieder findet nur schwer in die Wirklichkeit zurück und erinnert sich erst nach einer Weile, dass er mit vielen anderen im Schlafsaal der Herberge und nicht auf seiner Schlafstatt in seiner Oppenheimer Hütte liegt. Nach dem Brand in Kornelimünster sind sie zurück nach Aachen gekehrt, wo sie in einer großen Herberge untergekommen sind. Die letzten Tage haben sie mit intensiven Gebeten verbracht, mit denen sie besonders dem verstorbenen Ritter Ludger und noch einmal der ebenfalls in einem Feuer umgekommenen Mainzer Witwe gedacht haben. Am Abend vor dieser Nacht haben sie schließlich ein wenig gefeiert, denn Georg will weiterziehen, und auch Frieder sieht die Zeit seines Aufbruchs zurück nach Oppenheim mittlerweile als gekommen.

An all das erinnert sich der Fischer noch einmal, während er den Schlaf, der ihn noch immer in seinen Klauen hält, abzustreifen versucht. Er blinzelt und sieht verwundert, dass der Alte neben ihm am Bett steht. Er macht einen ungeduldigen Eindruck.

„Wach auf, Frieder. Ich bitte dich, wach endlich auf."

Der Oppenheimer reißt mit einem Ruck die Augen auf und streckt sich. Der flüchtige Traum ist wie weggeblasen. Dafür fragt er sich, warum ausgerechnet der Alte ihn geweckt hat, besonders im Morgengrauen, noch vor dem ersten Krähen des Hahnes. War etwas mit Georg geschehen oder mit der Gertrude? Frieder schaut den Greis, der noch immer nicht von der Behauptung abgewichen ist, er sei Kaiser Friedrich Barbarossa, verständnislos an.

„Du musst mir helfen", flüstert sein Gegenüber fast flehentlich. „Ich hätte ja den Rudolf geweckt, doch der ist noch immer nicht ansprechbar und schläft seinen Rausch aus."

Frieder richtet sich auf und fährt sich durch sein Haar. Jetzt erst ist er richtig wach.

„Ich spüre, dass die Zeit gekommen ist, Frieder", fährt der Alte fort. „Ich muss zur Pfalzkapelle, und ich will, dass du mich begleitest."

Noch einmal gähnt der Frieder herzhaft und nickt. Er weiß, dass eine unerklärliche Kraft den Alten zur Kapelle der alten Kaiserpfalz zieht. Vielleicht findet er ja bald seine Ruhe, denkt der Frieder und deutet auf den Ausgang des Schlafsaals.

„Dann lasst uns gehen. Aber seien wir leise, damit wir die anderen nicht wecken."

Vorsichtig schleichen sich die beiden ungleichen Männer an den zum Teil laut schnarchenden Pilgern vorbei. Der am lautesten sägt, ist tatsächlich Rudolf, der Leibdiener des Alten. Vorwurfsvoll stößt der Greis den Baumlangen mit dem Fuß an, doch der rührt sich nicht einmal

Draußen an der frischen Luft atmet Frieder noch einmal tief durch. Er weiß, was die anderen von dem Greis halten. Während besonders der junge Mönch und die Gertrude ihrem Unglauben über die Schilderungen des Greises bei jeder Gelegenheit Luft machen, hält er sich mit Äußerungen und Mutmaßungen zurück. Vielleicht hat der Greis die Wahrheit gesagt, vielleicht auch nicht. Doch irgendetwas hält ihn davon ab, von ihm als „Friedrich" oder sogar „Kaiser" zu sprechen, ja sogar daran zu denken.

„Ich möchte dir danken, Frieder", flüstert sein Begleiter.

Der Oppenheimer gibt darauf keine Antwort, und so schlagen sie den Weg zur Kapelle ein, die nur wenige Augenblicke entfernt steht. In dieser Zeit zwischen Nacht und Morgen, wenn die Sterne schon langsam verlöschen und das Schwarz des Himmels zurückweicht, erhebt sich das eindrucksvolle Gotteshaus wie eine schwarze Burg inmitten der Stadt. Auf den Straßen sind kaum Menschen zu sehen, nur ein Bäcker schleppt einen Sack Getreide. Wahrscheinlich ist er auf dem Weg zu einer der vielen Mühlen am Rande der Stadt. Ein Bauernweib baut gerade ihren kleinen Stand auf, an dem sie später Gemüse, Eier und getrocknete Wurst verkaufen wird.

Frieder fragt sich, was der Greis wohl vorhat. Will er ein Gebet sprechen? Will er beichten? Doch dazu hatte er in den vergangenen Tagen ausreichend Zeit. Es muss etwas anderes sein, was den Alten zu dieser Unzeit umtreibt.

Unvermittelt beginnt der angebliche Kaiser an zu erzählen. „Erst errichteten die Römer hier zwei Thermen, auf deren Reste Pippin, der Vater des großen Kaisers Karl, ein Oratorium bauen ließ, das wiederum zum Ausgangspunkt dieser herrlichen Pfalzkapelle wurde, vor der wir jetzt stehen."

Auch Frieder ist beeindruckt von dem Gotteshaus, in dem der sagenhafte Herrscher begraben liegt. Er fragt sich, was für ein Mensch dieser legendäre Frankenkönig einmal gewesen war. Frieder stellt sich ihn als einen hoch gewachsenen Mann mit einem eisgrauen Bart vor.

„Werden wir das Grab Karls sehen?", fragt der Oppenheimer in einem ebenfalls gedämpften Tonfall. Die Tageszeit und die Nähe zu dem ehrwürdigen Gotteshaus gebietet es ihm, seine Stimme zu senken.

„Nein, wir können es nicht sehen. Es war bislang nur einem vergönnt, die letzte Ruhestätte des Frankenherrschers zu Gesicht zu bekommen."

Und dann erzählt der Alte dem Frieder eine unglaubliche Geschichte, die sich jedoch haargenau so zugetragen hat, wie er versichert.

Es war anno 1000, als Kaiser Otto, seines Zeichens der dritte dieses Namens, nach Aachen kam. Der junge Kaiser verehrte Karl den Großen und ließ nach dem Grab des toten Herrschers suchen. Nach einer Weile war den Suchenden das Glück hold, denn tatsächlich hatten sie eine Kammer entdeckt, die Otto auf der Stelle öffnen ließ. Gleißendes Licht schlug dem mächtigen Ottonen und seinen Begleitern entgegen und blendete ihre Augen. Als sie wieder sehen konnten, erkannten sie eine Gestalt, die auf einem Thron saß. Die Begleiter Ottos sanken augenblicklich auf die Knie, denn es war tatsächlich der Frankenherrscher, dessen Leichnam auch einhundertsechsundachtzig Jahre nach dem Tod noch immer nicht verwest war. In einer seiner von Handschuhen geschützten Hände hielt der Franke ein goldenes Zepter. Deutlich war zu erkennen gewesen, wie sich die Fingernägel des Kaisers durch das feine Leder der Handschuhe gebohrt hatten.

Jetzt ging auch Otto in die Knie und zusammen huldigten sie Karl dem Großen. Danach schnitt Otto III. seinem Vorgänger und Vorbild die Fingernägel und hüllte den Leichnam in frische Gewänder. Auch zog er vorsichtig einen Zahn aus dem Gebiss des Kaisers, den er seitdem als Reliquie verehrte und den Rest seines kurzen Lebens stets mit sich führte. Danach ließ er den Eingang zur Grabkammer wieder verschließen.

„In der Folgezeit ging das Wissen um die Lage des Grabes leider Gottes verloren", unterbricht der Alte an dieser Stelle seine Erzählung, die Frieder einen Schauer über den Rücken gejagt hat. Er kann sich kaum vorstellen, dass eine Leiche auch nach so langer Zeit noch immer nicht verwest war. Vor vielen Jahren hat der Frieder einmal in der

Uferböschung des Rheins die Leiche eines kleinen Kindes gefunden. Später erfuhr er, dass das Kind aus Dienheim stammte und höchstens eine Woche im Wasser gelegen haben musste. Und doch erkannten es seine Eltern nur an der kleinen Narbe am rechten Unterarm wieder, so entstellt war der Leichnam durch das kalte Rheinwasser. Und Karls Leichnam soll knapp zwei Jahrhunderte unbeschadet überstanden haben?

Wieder jagt dem Frieder ein Schauer über den Rücken. Er spürt, dass er vielleicht bald Zeuge eines Wunders sein wird. Unwillkürlich stellt er sich vor, dass er und der Alte das verschollene Grab und damit den Körper des legendären Kaisers wieder entdecken.

„Otto starb bereits am 24. Januar 1002 in Paterno", fährt der Alte wie im Selbstgespräch fort. „In seinem erst zweiundzwanzigsten Lebensjahr glitt der Letzte aus der Dynastie der Ottonen sanft vom Diesseits ins Jenseits."

Der staunend lauschende Frieder erfährt, dass in den folgenden Wochen der Leichnam des toten Kaisers über die Alpen zuerst nach Augsburg, von dort nach Köln und dann schließlich nach Aachen gebracht wurde. Es war Palmsonntag, als Ottos Leiche an der Kölner Schiffsanlegestelle ankam, begleitet von Adligen und Geistlichen aus dem ganzen Reich, erwartet von Hunderten Kölnern, die Otto die letzte Ehre erweisen wollten. Der tote Herrscher hatte an dem Tag in der alten Römerstadt Einzug gehalten, an dem unser Heiland Jesus Christus in Jerusalem Einzug hielt. Am Montag der Karwoche des Jahres 1002 wurde Otto im Severinsstift aufgebahrt, ein Tag später in St. Pantaleon, wo auch seine Mutter bestattet ist.

Durch ganz Köln ergoss sich eine Flut lauter Klagerufe über den Herrscher, der so jung sterben musste. Unter Tränen und in tiefster Demut verrichteten die Kölner ihre Gebete. Doch schon bald mussten sie Abschied nehmen von dem jung gestorbenen Ottonen, der am Karfreitag nach Aachen überführt wurde, wo er auf seinen ausdrücklichen Wunsch hin am Ostersonntag bestattet wurde.

„Der letzte Weg des jungen Kaisers verband sich mit dem freudigsten Fest, das wir Christen feiern."

Er will ebenfalls hier bestattet werden, schießt es in diesem Moment Frieder durch den Kopf. Er ist an diesem frühen Morgen nicht hierher gekommen, um das Grab Karls zu finden, sondern um zu sterben.

Als er in die Augen des Greises blickt, sieht er seine Befürchtungen bestätigt. Der angebliche Kaiser ist nicht mehr von dieser Welt.

„Wer seid Ihr?", bringt der Frieder nur krächzend heraus.

Doch statt einer Antwort öffnet sich die Wolfspforte genannte Tür. Ein kleinwüchsiger Pfaffe mit einem verschlagenen Blick streckt vorsichtig den Kopf heraus und schaut nach rechts und nach links.

„Wir haben Euch schon erwartet, Majestät."

Frieder runzelt die Stirn. Die Stiftsgeistlichen wissen Bescheid über das Kommen des Alten? Und sie redeten ihn mit Majestät an!

Mit kleinen Schritten geht der Alte langsam in das Innere der Kirche, und da der Pfaffe dem Frieder keine weitere Beachtung mehr schenkt, folgt der den beiden kurzerhand. Keiner hält ihn auf. Der Fischer hat düsteres Licht im Innern des geheimnisvollen Gotteshauses erwartet, umso erstaunter ist er, als ihn durchaus freundliche Helligkeit empfängt. Das liegt an dem gewaltigen Leuchter, der an einer starken, mindestens zwei Dutzend Ellen langen Kette hängt. Auch der Alte wirft einen Blick nach oben und nickt zufrieden.

„Wir Ihr seht, Majestät, hängt Euer prachtvolles Geschenk noch immer hier und erfüllt den Raum mit dem Licht seiner achtundvierzig Kerzen."

„Achtundvierzig Kerzen", murmelt der Greis, und Frieder kommt es vor, als sei seine stets so kraftvolle Stimme deutlich müder und leiser geworden. „Achtundvierzig für die zwölf Apostel, die zwölf Märtyrer, die zwölf Jungfrauen und die zwölf Bekenner."

Jetzt durchschüttelt ein Hustenanfall den Alten. Frieder greift augenblicklich nach seinem Arm und schaut den Stiftsgeistlichen sorgenvoll an. Der schnippt mit den Fingern und im selben Moment tauchen weitere Geistliche – vier an der Zahl – auf, von denen jeder eine kleine Kiste trägt. Dabei murmeln sie Gebete, die Frieder nicht verstehen kann, da sie auf Lateinisch gesprochen sind.

„Ich will noch einmal dort Platz nehmen, wo ich schon am 9. März 1152 saß", bringt der Alte gerade noch heraus, bevor ihn die Kräfte endgültig verlassen.

„Hilf mir", weist der Pfaffe, der ihnen die Tür geöffnet hat, mit herrischer Stimme den Frieder an.

Der weiß zwar nicht, was gemeint ist, doch zusammen greifen sie dem Alten unter die Arme und führen ihn langsam an ein seltsames Gebilde, das Frieder erst nach und nach als Stuhl mit gewaltigen Ausmaßen erkennt. Dieser Stuhl, gefertigt aus einem geheimnisvollen steinernen Material, so viel kann Frieder erkennen, steht auf einem ebenfalls steinernen Podest. Mehrere Stufen führen hinauf, und es ist klar, dass der Alte auf diesem Stuhl, der etwas ganz Besonderes sein muss, Platz nehmen will.

Er will noch einmal den Thron besteigen, denkt Frieder ehrfürchtig.

Es kostet einige Zeit und Anstrengungen, bis die beiden den Alten nach oben gebracht haben. Mit einem Ächzen lässt der sich auf der steinernen Platte des imposanten Stuhls nieder. Kaum Kraft hat der Alte jetzt noch, deshalb muss er mit seiner rechten Hand seinen Kopf abstützen. Sein Atem geht stoßweise. Welche Anstrengungen hat er unternommen, um hierher zu gelangen! Wenn er tatsächlich die Wahrheit gesagt hat, sind es sechs Jahre gewesen, die er brauchte, um von jenem Fluss mit dem seltsamen Namen hierher nach Aachen zu kommen. Doch jetzt scheint es, als verlassen ihn seine Kräfte auf immer. Frieder und der Pfaffe gehen die Treppen wieder hinunter. Der Oppenheimer weiß nicht, was er von dem Ganzen halten soll. Das Gemurmel der betenden Geistlichen irritiert ihn, der Geruch von Weihrauch, den er erst jetzt spürt, beginnt, seine Sinne zu vernebeln.

Wird er am Ende vielleicht noch einmal gekrönt?

Dieser Gedanke lässt den Fischer unweigerlich schmunzeln. Er stellt sich vor, wie aus den Kisten Krone, Zepter und Mantel herausgeholt werden.

„Es war ein milder Sonntag im März“, beginnt der Alte in diesem Moment schleppend zu sprechen. Es scheint, als habe es ihm wieder Kraft verliehen, dass er auf dem gewaltigen Thron Platz nehmen durfte. „In Begleitung des ehrwürdigen Kölner Erzbischofs bestieg ich diesen Thron, auf dem schon Karl der Große saß. Gesalbt und gekrönt wurde auch ich, Kaiser Friedrich aus dem Geschlecht derer von Hohenstaufen, an diesem heiligen Ort, den ich jetzt, am Ende eines langen Lebens noch einmal aufsuchen darf.“

Erneut schüttelt ein heftiger Hustenanfall den gebrechlichen Körper des Alten durch. Frieder will ihm augenblicklich helfen, doch der Pfaffe hält ihn zurück. „Nein, jetzt schließt sich der Kreis.“

Und zu den anderen Geistlichen gewandt, befiehlt er ihnen, dem Kaiser nun die Reliquien zu zeigen.

Während einer nach dem anderen die Kiste öffnet, die er die ganze Zeit getragen hat, kommt es Frieder vor, als drehe sich plötzlich die Welt um ihn. Der Geruch von Weihrauch hat ihn vollends umnebelt und zeigt nun seine berauschende Wirkung. Doch er wagt es nicht, nach draußen zu treten und frische Luft zu schnappen. Seine Beine kommen ihm schwer wie Blei vor, und nur mit großer Mühe kann er der Versuchung widerstehen, sich einfach auf den Boden zu setzen. Mit verschleiertem Blick sieht er, wie sich der Alte ein Tuch vorhält und sein Gesicht darin vergräbt.

Inzwischen ist der Schwindel einem schmerzenden Dröhnen gewichen. Frieder hat das Gefühl, als platze sein Schädel. Stöhnend presst er seine Hände an den Kopf. Er sieht gerade noch, wie der Greis mit einem Röcheln etwas wie ein Kleid an sich reißt, dann umgibt den Frieder schwarze Nacht.

*

„Ob er in der letzten Nacht auch zu viel getrunken hat?"

„Ach was! Ich habe noch nie erlebt, dass der Frieder den Wein oder das Bier in Unmengen in sich hineinschüttet. Ganz im Gegensatz zu Euch. Ihr ward gestern sternhagelvoll, lieber Rudolf."

„Ich weiß, und ich bereue es zutiefst. Das könnt Ihr mir glauben."

Kaum dringen diese Sätze ins Bewusstsein des Frieder. Erst als er spürt, dass ihm jemand die Wange tätschelt, kommt er langsam zu sich. Blinzelnd öffnet er die Augen und sieht, dass der Baumlange und der junge Georg vor ihm stehen. Ein Gefühl der Erleichterung durchfährt den Oppenheimer. Der Albtraum ist endlich vorbei.

Doch als er sich aufrichten will, bemerkt er, dass es kein Traum gewesen sein konnte. Denn er liegt nicht im Schlafsaal der Pilgerherberge, sondern noch immer auf einer Treppenstufe in der Pfalzkapelle. Auch sieht er jetzt den kleinwüchsigen Pfaffen, der ihn mit einem falschen Grinsen anschaut. Sofort fällt ihm das Geschehene wieder ein. Der Alte! Wo ist er? Verwirrt schaut sich der Frieder um, doch nirgends kann er den Greis finden.

Der Baumlange scheint die Gedanken des Oppenheimers zu erraten. „Er ist bei Sonnenaufgang entschlummert. Ohne Schmerzen, ohne Leid, hat einfach die Augen zugemacht."

„Das kann nicht sein", entfährt es dem Frieder. „Eben war er doch noch ..."

Die Verzweiflung steigt in ihm hoch. Wie gerne hätte er dem Alten, mag er nun ein Schwindler gewesen sein oder nicht, in seiner letzten Stunde die Hände gehalten. Wie gern hätte er ihm noch einmal zugehört. Doch dazu war es jetzt zu spät.

„Wäre ich doch bloß nicht ohnmächtig geworden."

Rudolf legt ihm sanft die Hände auf die Schulter. „Gib dir keine Schuld, Frieder. Du warst es, der ihm seinen letzten, seinen sehnlichsten Wunsch erfüllt hat. Jahrelang hat ihn nur ein Wunsch am Leben gehalten. Er wollte in der Aachener Pfalzkapelle sterben. Letzte Nacht muss er gespürt haben, dass seine Zeit gekommen war. Doch während ich meinen Rausch ausgeschlafen habe, hast du ihn hierher geführt. Seine letzten Worte galten dir und waren voller Dankbarkeit. In einer anderen Welt werden wir uns wiedersehen. Das soll ich dir von ihm ausrichten."

Frieder hätte nie geglaubt, dass er den Baumlangen, diesen so starken Ritter, der ihn vor dem Angriff eines Bären gerettet und der die mörderischen Strapazen eines Kreuzzuges überstanden hat, einmal weinen sehen würde. Und doch rinnen jetzt die Tränen über sein narbiges Gesicht.

„Er ruht in Frieden. Und er ist an dem Ort gestorben, nach dem er sich so sehr gesehnt hat", pflichtet Georg dem Ritter bei.

„Und er wird hier, in unmittelbarer Nähe der Kapelle beerdigt." Der Baumlange wirft dem Pfaffen einen harten Blick zu. „So haben wir es vereinbart."

„Natürlich Herr, so war es vereinbart, und daran werden wir uns auch halten", beeilt sich der verschlagene Geistliche zu versichern.

Frieder kann sich vorstellen, was die Vereinbarung untermauert. Mit Sicherheit hat der Baumlange am Tag zuvor den gierigen Pfaffen etliche Münzen in den Klingelbeutel geworfen.

Frieder richtet sich unsicher von dem Treppenabsatz, wo er die ganze Zeit gelegen hat, auf und stützt sein Gesicht auf den Händen ab.

„Ich bin immer noch ganz benommen."

Aus seinen geröteten Augen schaut er den Baumlangen an. „Rudolf, willst du uns jetzt nicht ..."

Weiter kommt er nicht, denn der Baumlange unterbricht ihn mit einer bestimmenden Handbewegung. „Ich hab keine Zeit, ich muss mich um etwas anderes kümmern", sagt er kurz angebunden und lässt die beiden Männer allein.

Georg schaut ihm gedankenverloren nach. „Ich weiß, was du ihn fragen wolltest. Aber ich glaube nicht, dass du ihm beikommst."

„Abwarten!"

Frieder versucht aufzustehen, was ihm jedoch kaum gelingt.

„So habe ich mich nach meinem schlimmsten Besäufnis nicht gefühlt", schüttelt er den Kopf. „Was ist denn bloß geschehen?"

Georg lächelt. „Ich weiß zwar nicht, was genau vorgefallen ist, aber ich denke, dass du dich in einen rauschähnlichen Zustand hineingesteigert hast. Die Wirkung dieses Kirchenraums, dazu der intensive Weihrauch."

Frieder runzelt ungläubig die Stirn. „Das klingt, als glaubst du, ich sei nicht mehr ganz bei Sinnen."

Georg lacht kurz und schüttelt den Kopf. „Nein, das nicht. Aber es gibt Überlieferungen von Pilgern, die in Jerusalem oder auch in Rom mystische Erscheinungen hatten. Leute, die gestern noch nüchtern dachten und sich durch nichts aus der Ruhe bringen ließen, glaubten urplötzlich, den Herrn, seine Mutter Maria oder sonst wen gesehen zu haben. Oder sie berichteten von seltsamen Feuern, die vom Himmel fielen, oder anderen Geschehnissen, für die es keine vernünftige Erklärung gibt."

„Und ich sah einen Engel vom Himmel hinabfahren, der hatte den Schlüssel zum Abgrund und eine große Kette in seiner Hand", fängt in diesem Moment der verschlagene Pfaffe unvermittelt sein Lamento an. „Und er ergriff den Drachen, die alte Schlange, das ist der Teufel und der Satan, und fesselte ihn für tausend Jahre, und warf ihn in den Abgrund und verschloss ihn und setzte ein Siegel oben drauf, damit er die Völker nicht mehr verführen sollte, bis vollendet würden die tausend Jahre. Danach muss er losgelassen werden eine kleine Zeit."

Georg nickt ihm geringschätzig zu. „Die Offenbarung des Johannes, Kapitel neun, ich kenne die Stelle."

Frieder kratzt sich am Hinterkopf. „Einen Engel oder sonst etwas habe ich nicht gesehen. Ich weiß nur noch, dass sie dem Alten vier Kisten brachten. In einer der Kisten muss so etwas wie ein Tuch, in einer anderen so etwas wie ein Kleid gewesen sein."

„Das waren unsere wertvollsten Reliquien."

Unverhofft ist ein weiterer Geistlicher an sie herangetreten, der im Gegensatz zu dem Kleinwüchsigen einen freundlichen und offenen Eindruck macht.

„Was du gesehen hast, war das Kleid Marias, das sie in der Heiligen Nacht getragen hat. In dem Tuch wurde das abgeschlagene Haupt Johannes des Täufers aufbewahrt. In den anderen Kisten sind das Lendentuch Christi und seine Windeln."

Jetzt kann sich Frieder ein Lachen nicht verkneifen. „Das wird mir langsam zu viel mit all diesen Reliquien. Ich brauch' jetzt eine ordentliche Mahlzeit und einen Becher mit kräftigem Bier, sonst könnt ihr mich gleich neben dem Alten beerdigen."

Jetzt müssen die anderen beiden lachen. Georg schnippt mit den Fingern. „Da weiß ich genau die richtige Schänke. Dort werden wir dich, mein lieber Frieder, schon wieder aufpäppeln."

Aachen

8. September 1196

Der Zeitpunkt des Abschiednehmens ist gekommen. Verlegen dreht Frieder an seinem Daumen. In diesem Moment zählen für ihn nur die angenehmen Stunden seiner Pilgerschaft. Vergessen sind Hunger und Durst, vergessen sind auch die Schmerzen, die er aushalten musste. Frieder sitzt auf einer Bank im Garten der Herberge und kann sich über das Wissen, dass er wahrscheinlich bald zu Hause sein wird, nicht so recht freuen.

Georg, der neben ihm auf der Bank sitzt, schaut ihn an. Neben ihm steht der kleine Hans, der ebenfalls ein bekümmertes Gesicht macht. Der Junge muss völlig verunsichert sein, denkt sich der Frieder. Kein Wunder bei dem, was sie allein in den vergangenen Tagen erlebt haben. Nach der Bestattung des Alten und einem Tag der Ruhe und der Andacht ist nun endgültig der Moment des Abschieds gekommen.

„Wie wirst du nach Hause kommen, zurück nach Oppenheim?"

„Ich schließe mich einer Gruppe Pilger an, die heute Mittag über Düren nach Köln aufbricht. Dort nehme ich das nächstbeste Schiff stromaufwärts. Glücklicherweise habe ich mit meinem Geld gut gewirtschaftet. Es dürfte für die Rückfahrt mindestens bis nach Mainz reichen. Von dort ist es, verglichen mit dem Weg, den ich bis dahin zurückgelegt haben werde, nur noch ein Katzensprung bis nach Oppenheim. Wenn alles glatt geht, bin ich in zwei Wochen wieder zu Hause und kann meine beiden Töchter und den Volker in den Arm nehmen."

„Gott wird seine schützende Hand über dich halten, Fischer aus Oppenheim. Davon bin ich überzeugt", lächelt der junge Mönch.

Eine Zeit lang herrscht Schweigen zwischen den beiden ungleichen Männern. „Wie geht es mit der Gertrude weiter?", will der Georg schließlich wissen. „Wo ist sie eigentlich? Seit gestern Abend hab ich sie nicht mehr gesehen."

Frieder zuckt mit den Schultern. „Was weiß ich. Sie will ihr Kind hier in Aachen zur Welt bringen. So zumindest hat sie es mir gestern gesagt. Die Niederkunft dürfte wohl im Februar sein. Mit Sicherheit wird sie das Neugeborene an der Pforte eines Klosters oder eines Pfarrhauses ablegen."

„Und die Gertrude selbst? Was will sie mit ihrem Leben machen?"

Erneut zuckt Frieder mit den Schultern. „Ich hab keine Ahnung, und ich sage dir Eines, Georg, ich will es auch nicht wissen. Eine Frau wie die Gertrude kommt überall durch. Irgendeinen Kerl findet sie immer, der sich um sie kümmert, solange sie nur ab und zu die Beine breit macht. Du brauchst dir um sie keine Gedanken zu machen. Sie wird sich schon durchschlagen."

Georg macht ein bekümmertes Gesicht. „Ich weiß, dass du enttäuscht bist, aber du kannst es nicht ändern. Die Rüdesheimerin muss ihren Weg gehen, auch wenn wir beide überzeugt sind, dass es der falsche ist. Ich habe gesehen, dass auch hier in Aachen schon ein Beginenhof gegründet wurde. Vielleicht lässt Gertrude sich davon überzeugen, dass sie dort am besten aufgehoben ist."

Von dem jungen Mönch lässt sich Georg erklären, was es mit den Beginenhöfen auf sich hat. Bei immer mehr Männerorden haben sich in den vergangenen Jahren und Jahrzehnten weibliche Abzweigungen gegründet. Die Beginen sind jedoch eine Frauengemeinschaft ohne Gelübde. In den Beginenhöfen (in Aachen handelt es sich nach Worten Georgs um ein verwahrlostes Gut, das über Jahrzehnte leer stand) kümmern sich die frommen Frauen – oft sind es Witwen, ehemalige Huren oder solche, die von ihren Männern verstoßen wurden – um Kranke, Waise und Verwahrloste.

Bei diesen Worten muss Frieder trocken auflachen. Die Gertrude kann er sich nun wirklich nicht als eine Begine vorstellen, als eine, die jeden Tag mehrmals betet und sich dabei noch um Waisenkinder kümmert, wo sie doch selbst ihre eigene Brut noch vor wenigen Wochen am liebsten getötet hätte.

Seine düsteren Gedanken werden unterbrochen, als Rudolf auf sie zukommt. Nach dem Tod und der Bestattung seines Herrn (wie versprochen im Schatten der Pfalzkapelle) schien der Baumlange zunächst nicht so recht zu wissen, was er mit sich anfangen soll. Jetzt macht er einen sehr entschlossenen Eindruck. Georg und Frieder stehen sofort auf und reichen dem Ritter die Hand. Das Erlebte der vergangenen Wochen hat aus den Männern unterschiedlichster Stände und Herkunft Freunde werden lassen. Sie werden einander nicht mehr vergessen.

„Ich werde Aachen gleich morgen früh verlassen", kommt Rudolf augenblicklich zur Sache und erzählt weiter. Eine Gruppe von fünf deutschen Rittern habe er hier getroffen, die sich nach ihrer Pilgerschaft dem Kreuzzug Heinrichs VI. anschließen wollen. Er wolle mit den fünf Rittern nach Italien ziehen, wo der Kreuzzug in sechs Wochen beginnen soll. Viel Zeit haben sie also nicht mehr.

„Noch einmal ein Kreuzzug?", fragt Georg mit mildem Vorwurf in der Stimme.

Der Baumlange zuckt mit den Schultern. „Mehr als zwanzig Jahre lang habe ich das Schwert getragen, fünfzehn Jahre habe ich dem Kaiser gedient. Ich kann nicht anders. Ich muss das Kettenhemd an meinem Körper, das Schwert an meinem Gürtel spüren. Viel zu lange habe ich dies alles schon entbehren müssen."

Er schaut seine beiden Gegenüber an und tätschelt dem Hans die Wangen. „Ich muss mich um ein Pferd und um meine Ausrüstung kümmern. Glücklicherweise hat mir mein Herr etwas Geld hinterlassen. Ich denke, dass ich hier in Aachen die richtige Ausrüstung finden werde, um mich dem Kreuzzug ebenfalls anschließen zu können. Ich erlaube mir, Ludgers Schwert an mich zu nehmen. Ich will sein Angedenken in Ehren halten. Die Männer erwarten, dass ich morgen bei Sonnenaufgang bereit bin."

Mehr ist nicht zu sagen. Es ist Rudolf anzusehen, dass er sich auf seine Aufgabe freut. Einer wie er braucht immer eine Aufgabe. Wenn die Geschichte des Alten der Tatsache entsprach, ob er nun tatsächlich der Kaiser war oder nicht, dann hatte er sich in den vergangenen Jahren ausschließlich um ihn gekümmert, hat ihn über Flüsse und Bäche getragen, ihn manchmal gefüttert wie ein kleines Kind und vor Feinden geschützt. Frieder kommt nicht umhin, den Baumlangen, den er zuletzt doch ins Herz geschlossen hat, zu umarmen. Georg muss angesichts des komischen Bildes, das die beiden abgeben, lauthals lachen und beruhigt sich erst nach einer Weile wieder.

Jetzt schaut der junge Mönch dem Rudolf fest in die Augen. „Bevor du gehst, will dich noch etwas fragen. War dein Herr wirklich Kaiser Friedrich Barbarossa?"

Unwillkürlich hält Frieder den Atem an. Seit dem Tod des Alten hat keiner mehr darüber geredet.

Der Baumlange atmet tief durch und weicht dem Blick des Mönchs nicht aus. „Er hat es zumindest geglaubt, bis zuletzt."

Auch damit ist alles gesagt. Der Greis hat sein Geheimnis mit ins Grab genommen. Mit knappen Worten verabschiedet sich der Baumlange von seinen Weggefährten.

„Wie geht es bei dir weiter, Georg?", setzt Frieder das Gespräch fort. „Und was geschieht mit unserem kleinen Freund hier? Du kannst ihn doch nicht einfach seinem Schicksal überlassen!"

„Mach dir um den Hans keine Sorgen. Ich bleibe noch ein paar Tage in Aachen und ziehe dann weiter, zunächst bis nach Santiago de Compostela, wie ich es gelobt habe. Und der Junge begleitet mich. Oder?"

Der Knabe nickt begeistert, nur der Frieder kann sich der Begeisterung nicht anschließen.

„Verdammt, Georg, warum können wir nicht alle zusammenbleiben?", bricht es jetzt aus dem Fischer heraus.

„Eine Pilgergruppe ist eine Schicksalsgemeinschaft auf Zeit, Frieder", erklärt der junge Mönch ruhig. „Du hast deine Familie und dein Zuhause in Oppenheim, ich habe meine Bestimmung, die mich in die Welt hinausführt. Auch Hans wird mich nicht ewig begleiten. Irgendwann wird er mich verlassen und sein eigenes Leben führen."

Er verzieht das Gesicht, als sei ihm etwas Unangenehmes eingefallen. „Ich muss gestehen, dass ich einem Teil dieser Bestimmung noch immer nicht nachgekommen bin. Keine einzige Zeile habe ich niedergeschrieben, obwohl es mir mein Abt aufgetragen hat. Das muss ich unbedingt nachholen."

Frieder macht eine verächtliche Handbewegung. „Wieso fühlst du dich überhaupt noch an die Weisung dieses Menschen gebunden?"

„Er mag Schändliches getan haben, und doch ist er mein Abt, vor dem ich vielleicht irgendwann Rechenschaft ablegen muss. Schließlich ist es nicht ausgeschlossen, dass ich irgendwann wieder in mein Kloster zurückkehre. Auch Adalbert dürfte wieder, so hoffe ich zumindest, in sein Wormser Kloster heimgekehrt sein. Auch er musste seinem Abt Rechenschaft darüber ablegen, was er in den vergangenen Monaten getan hat. Und wenn ich nicht vor meinem Abt Rechenschaft ablegen muss, so dann irgendwann vor meinem Schöpfer."

„Du könntest die Geschichte des Alten niederschreiben. Wer weiß, vielleicht hat uns ja wirklich die ganze Zeit der Kaiser begleitet."

„Ach, Frieder! Hältst du mich wirklich für so naiv. Das vermeintliche Grabtuch Jesu, hergestellt tausendzweihundert Jahre nach Christi Tod, hat es doch eindrucksvoll gezeigt. Es wird immer Menschen geben, die andere blenden und ihnen etwas vorgaukeln. Dem Alten halte ich zugute, dass er vielleicht nur sich selbst etwas vorgemacht hat. Wäre der Überfall nicht passiert, hätte er vielleicht bis zu seinem Tod sein vermeintliches Geheimnis uns gegenüber verschwiegen."

„Aber vielleicht war er doch Kaiser Friedrich Barbarossa."

„Vielleicht, Frieder, vielleicht."

Auch zwischen dem Mönch und dem Fischer gibt es jetzt nichts mehr zu sagen. Die beiden Männer verabschieden sich mit einem

Händedruck. Den Hans schließt der Frieder ganz fest in seine Arme. Es tut ihm weh, sich von dem Knaben verabschieden zu müssen.

Wenig später sucht Frieder im Schlafsaal seine Siebensachen zusammen. Jetzt ist er allein und muss sich erst wieder an neue Gesichter gewöhnen. Die Gruppe, die bald in Richtung Köln marschieren wird, hat sich bereits im Garten der Herberge versammelt. Es sind drei Männer, zwei Frauen und ein Halbwüchsiger von vielleicht fünfzehn Jahren. Sie nicken Frieder zu, als er sich zu ihnen gesellt.

„Wir ziehen gleich los", sagt einer von ihnen mit fester Stimme, und Frieder akzeptiert den stämmigen Mann sofort als Anführer der Gruppe, in der kein Geistlicher dabei ist. Aber wenn Frieder eines in den vergangenen vier Monaten gelernt hat, dann dies, dass die Zusammensetzung einer Pilgergruppe niemals von Dauer ist.

*

Es ist ein trüber Mittag, als die Gruppe das Kloster verlässt. Frieders Herz beginnt zu klopfen. Jetzt fängt sein Heimweg an, nicht minder gefahrlos, aber mit einem anderen Ziel vor Augen. Mit jedem Schritt, den er macht, kommt er Oppenheim und damit seiner Familie und seiner kleinen Hütte ganz in der Nähe der Stadtmauer ein klein wenig näher. Und schon beginnen die vertrauten Personen, die ihn in den vergangenen Monaten begleitet haben, in seiner Erinnerung zu verblassen, auch wenn er sie, da ist sich Frieder sicher, bis an sein Lebensende nicht vergessen wird.

„Frieder, verdammt noch mal, warte auf mich!"

Die vertraute Stimme der Rüdesheimerin lässt den Oppenheimer lächeln. Wenigstens verabschieden will sie sich von ihm. Er dreht sich um und sieht die Gertrude aus der Herberge kommen. Deutlich zeichnet sich ihr Bauch ab; in vier Monaten dürfte es mit der Niederkunft so weit sein. Die Rüdesheimerin baut sich burschikos vor dem Fischer auf. „Bild dir bloß nichts ein, Frieder, wenn ich dir sage, dass ich mit euch gehe. Spätestens bei Rüdesheim bist du mich los."

Der Oppenheimer macht ein unschuldiges Gesicht. „Na, klar. Ich hab gern angenehme Reisegesellschaft."

Der Anführer der Pilgergruppe runzelt die Stirn. Noch eine mehr in der Gruppe, und auch noch eine Schwangere. Doch seine Worte lassen keinen Zweifel an dem guten Willen. „Dass mir jeder Rücksicht auf die Frau nimmt", ordnet er mit lauter Stimme an. „Sie trägt ein Kind unter ihrem Herzen."

Rüdesheim

15. September 1196

Der Mäuseturm! Nie hätte Gertrude gedacht, dass sie ihn noch einmal wiedersehen würde. Jetzt war es vielleicht noch eine Stunde, dann würde der Lastkahn am Rüdesheimer Ufer anlegen.

Oh ja, sie will zurückkehren nach Rüdesheim, das hat sie sich fest vorgenommen. Jedem will sie ihren schon rundlich gewordenen Bauch zeigen, in dem ein Menschenbündel heranwächst, von dem sie selbst nicht weiß, wer der Vater ist. Einer, der in Betracht kommt, lebt nicht mehr, doch mit Sicherheit die anderen drei Kerle, wenn sie in den vergangenen Monaten nicht der Schlag getroffen hat. Die Gertrude freut sich schon auf ihre Gesichter. Und auf ihre Angst. Denn alle drei sind verheiratet und haben bereits etliche Bälger zu ernähren.

Wie es mit ihr weitergehen soll, darüber macht sich die Rüdesheimerin keine Gedanken. Bestimmt kann sie im Pfarrhaus dem Pfarrer Egbert für eine Schlafecke und etwas Essen zur Hand gehen. Einer Schwangeren, die gerade von der Pilgerschaft kommt und ihre Verfehlungen bereut hat, wird der fromme Mann mit Sicherheit nicht die Tür vor dem Gesicht zuknallen.

Und die Weiber des Dorfes können ihr allemal gestohlen bleiben. Sie hat für ihre Sünden gebüßt. Jetzt will sie nur eines: Ihr Kind soll bei ihr aufwachsen. Sie will sehen, wie es größer wird, wie es sich entwickelt. Und die anderen im Dorf sollen daran teilhaben. Mit Beschämung denkt sie an die Tage zurück, als sie es am liebsten in ihrem eigenen Leib getötet hätte. Niemals würde sie es weggeben. Als Georg sie damals zu dem Aachener Beginenhof brachte, war es, als habe eine geheimnisvolle Macht ihr urplötzlich die Augen geöffnet. Georg staunte nicht schlecht, als sie sich mit einem schnellen Kuss auf die Wange des Mönchs verabschiedete, um Frieder, dem sie sich anschließen wollte, nicht zu verpassen.

Die kommenden Tage verliefen ohne besondere Vorkommnisse. Sie erreichten am übernächsten Morgen Düren und wenige Tage später Köln, eine imposante Stadt, direkt am Rhein gelegen. Doch sie hatten keine Zeit, sich an den Kirchen und Klöstern der alten Römerstadt zu erfreuen. Frieder drängte darauf, das nächste Schiff zu nehmen, das bereits am späten Mittag ablegte. Doch dieses Schiff fuhr nur bis

Koblenz, das auf der halben Strecke bis nach Rüdesheim lag. In Koblenz übernachteten sie in einer einfachen Herberge. Am nächsten Tag bestiegen sie den großen Lastkahn, der beide an ihre Ziele bringen sollte – die Gertrude nach Rüdesheim und den Frieder zunächst nach Mainz.

In den vergangenen Tagen hatte Gertrude immer öfter ihr Ungeborenes gespürt. Zunächst war sie erschrocken gewesen, als sich plötzlich etwas in ihr bewegte. Zu sehr hatte sie die Erinnerungen an ihre früheren Schwangerschaften verdrängt. Inzwischen weiß sie genau, wann ihr Kind schläft und wann es wach ist. Und sie ist überzeugt davon: Dieses Kind wird einmal zu einem stattlichen Mann heranreifen oder zu einer wunderschönen Frau. Ihr Leben hat endlich wieder einen Sinn bekommen.

Der Schiffsführer steuert in diesem Moment die Stelle an, an der sie vor vier Monaten Rüdesheim verließ. Nur flüchtig denkt sie daran, wie bei der abenteuerlichen Überfahrt ans andere Rheinufer damals drei Männer ihr Leben verloren. Sie hatten es sich selbst zuzuschreiben.

Gertrudes Leib zittert, als sie tief einatmet. Mit Sicherheit ist sie ein anderer Mensch geworden, vielleicht sogar ein besserer. Auf alle Fälle wird sie in Zukunft ihr Leben selbst bestimmen und sich genau überlegen, mit wem sie sich einlässt.

Ihr Blick fällt auf den Frieder, der mit verkniffenen Lippen auf das näher kommende Ufer starrt. Er vermeidet es, die Gertrude anzusehen. Die weiß genau, warum sich der Fischer so verhält. Mit Sicherheit hat er sich in den letzten Tagen Hoffnung auf eine gemeinsame Zukunft gemacht, doch die kann ihm die Gertrude nicht erfüllen. Sie will es auch gar nicht. Eigentlich hat sie sich dem Frieder nur angeschlossen, weil sie wusste, dass sie ihm vertrauen kann. Er hat auf sie aufgepasst, wenngleich die Rückreise wesentlich gefahrloser vonstatten ging. Nur einmal mussten sie länger pausieren, weil einem Mitglied der Gruppe ein Zahn gezogen werden musste.

Und so fällt der Abschied kurz und ein wenig kühl aus. Nur ein Kaufmann verlässt mit der Gertrude den Kahn, und der Kapitän will die günstigen Winde nutzen. Kaum sind beide an Land, werden wieder die Segel gesetzt. Die nächste Station wird Mainz sein.

*

Frieder sieht, wie die Gertrude vorsichtig vom Schiff geht und sich nicht noch einmal zu ihm umdreht. Ein Gefühl der Enttäuschung steigt in ihm hoch. Er fühlt sich verletzt und zurückgestoßen. Seitdem sie vor drei Tagen endlich Köln (ebenfalls eine große, an kostbaren Reliquien reiche Stadt, durchaus vergleichbar mit Mainz) erreicht hatten, waren er und die Rüdesheimerin sich näher gekommen. Als sie in Koblenz übernachteten, hatte sich die Gertrude beim Schlafen an ihn geschmiegt, was er gern geduldet hatte. Und in der vorletzten Nacht, als auf dem Schiff alle anderen schliefen, hat sie sich ihm sogar in einer stillen Ecke hingegeben. Zunächst hat der Frieder Skrupel gehabt, weil er befürchtete, damit dem ungeborenen Leben in Gertrudes Bauch zu schaden. Doch die Rüdesheimerin hatte in dieser Nacht fast schon wieder etwas Animalisches an sich, und so war Frieders Zögern nur von kurzer Dauer gewesen.

Seitdem glaubte er, die Gertrude bliebe bei ihm und folge ihm mit nach Oppenheim. Doch schon bei Bacharach, einem winzigen Fischernest vier Stunden von Rüdesheim entfernt, hat sie ihm unmissverständlich klargemacht, dass sie in ihr Heimatdorf zurückkehren werde. Frieder hat ihren Stimmungsumschwung nicht verstanden, aber auch nicht versucht, sie umzustimmen. Die letzten Stunden verbrachte er wortkarg an ihrer Seite, im Stillen, aber vergebens hoffend, dass es sich die Gertrude doch noch einmal überlegen würde.

Als das Schiff die nächste Rheinbiegung (der Fluss schlängelt sich hier durch hohe Schieferberge, in den Weinbergen an den steilen Hängen wird in wenigen Wochen die Lese beginnen) erreicht hat, kann Frieder nur mühsam die Tränen unterdrücken. Längst mag er die Gertrude mehr, als er sich eingestehen will, auch wenn sie ein Lotterweib sein mag. Doch er weiß, dass er sie nie mehr wiedersehen wird. Mühsam hebt er seine Hand und winkt der Gertrude noch einmal zu, die den Gruß nicht sieht. Jetzt ist er endgültig allein mit sich selbst, und nach nichts sehnt er sich mehr als nach seiner Familie.

Die nächsten Stunden spricht er kein Wort, obwohl es auf dem Schiff geschäftig zugeht. Mit ihm halten sich mindestens zwei Dutzend Menschen an Bord auf, darunter Händler und Bauern. In einem provisorischen Verschlag meckern Ziegen, in mehreren kleinen Ställen flattern aufgeregt Hühner und Tauben. Außerdem hat der Kahn unzählige Säcke geladen. Frieder vermutet, dass sich darin Getreide befindet.

Einer der Mitreisenden, ein glatzköpfiger Mittdreißiger, erzählt schon seit Koblenz eine lustige Geschichte nach der anderen. Meist schütteln sich die anderen vor Lachen, hauen sich nicht selten vor Vergnügen auf die Schenkel. Spätestens jetzt hat Frieders Pilgerschaft ihr Ende gefunden. Keiner spricht mehr von Gott oder irgendwelchen

Heiligen. Statt Gebete und Psalme dringen manchmal saftige Flüche oder obszöne Worte in sein Ohr. Und die Lieder, die auch angestimmt werden, verkünden nichts von Gottes Liebe. Von irgendwo taucht ein großer Krug Wein auf, und spätestens auf Höhe von Ingelheim herrscht auf dem Schiff eine ausgelassene Stimmung. Nur dem Frieder ist nicht nach Lachen zumute. Eine ältliche Frau gesellt sich zu ihm, die ihn sofort an die Mainzer Witwe erinnert, obwohl sie ihr überhaupt nicht ähnlich sieht. Die Frau stellt sich als Jutta vor; sie komme aus einer Stadt, die Karlsruhe genannt wird und viel weiter südlich ebenfalls am Rhein liegt. Ihrem Mann gehöre das Schiff, erzählt sie weiter und fragt den Frieder nach dem Grund seiner traurigen Stimmung.

Der Oppenheimer gibt ihr bereitwillig Auskunft und erzählt von seiner Pilgerschaft, erst zögernd und dann immer lebhafter. Er erzählt so lange, bis sich am linken Ufer die Hütten des Dorfes Biebrich abzeichnen.

„Wir sind in spätestens einer Stunde in Mainz“, sagt Jutta. „Ich würde dir gern noch weiter zuhören, aber ich muss jetzt meinem Mann zur Hand gehen.“

Frieder nickt und schaut der Frau nach. Und in diesem Moment steigt die Sehnsucht wieder in ihm hoch. Die Sehnsucht nach einer Frau, die auf ihn wartet, wenn er nach Hause kommt. Die Sehnsucht nach einem Menschen, an den er sich halten kann, wenn ihm das Schicksal wieder einmal übel mitspielen sollte.

Sollte er wieder freien? Es ist das erste Mal, dass er sich mit dieser Frage auseinander setzt. Heiratswillige Frauen gibt es in Oppenheim einige, und die eine oder andere gefällt ihm sogar. Doch was würden seine beiden Töchter sagen, wenn er wieder eine Frau in die Hütte bringen würde? Sein Sohn Volker hätte bestimmt nichts dagegen. Davon ist er überzeugt. Katharina würde mit Sicherheit anfangen zu beten, ihre Schwester Mechthild nur stumm den Kopf schütteln.

Ein lautes Rufen lenkt ihn ab. Der Kahn hat endlich das Mainzer Ufer erreicht. Es ist spät am Abend, die Sonne ist längst schon untergegangen, als das Schiff den Anker wirft und der Kapitän die Planken auslegen lässt. In Mainz wird der Lastkahn, das hat der Frieder von der Jutta erfahren, zwei oder drei Tage liegen, also muss er sich nach einer anderen Möglichkeit der Weiterfahrt am nächsten Tag umsehen. Er lässt sich von drei Weibern, die untätig am Ufer stehen, den Weg zum nächsten Gasthaus erklären und kehrt wenig später müde in die geräumige Stube ein. Die Männer, die hier trinken, schauen ihn ein wenig verwundert an. Einen mit einem Pilgerstab in der Hand, einem

Pilgerhut auf dem Kopf und einen schweren Mantel um die Schulter gelegt, haben sie in der Schänke wohl noch nie gesehen. Doch keiner macht eine dumme Bemerkung, nur der Wirt schaut den Frieder fragend an. Er habe noch einen Strohsack in einer Kammer frei, in der bereits zwei Kaufleute nächtigen. Den kann der Frieder haben, sagt er kurz angebunden. Der bestellt sich erst einmal gebratenen Fisch mit zwei Scheiben frischem Brot und einen großen Humpen Bier. Schweigend hört er den Gästen bei deren Unterhaltung zu. Die Gespräche drehen sich um die Beschäftigung, der die Männer nachgehen, ab und zu auch um deren Ehefrauen, Söhne oder Töchter. Als einer der Männer dem Frieder zuprostet, gelingt dem sogar ein schwaches Lächeln. Schon an der Art, wie die Menschen miteinander reden und scherzen, erkennt er: endlich ist er wieder zu Hause.

Mit seinem eintönigen Rufen verkündet der Nachtwächter Mitternacht. In der Stube wird es ruhiger. Frieder geht zufrieden und satt (der Fisch hat ausgezeichnet geschmeckt) in seine Kammer, in der die beiden Kaufleute bereits leise vor sich hin schnarchen. Der Oppenheimer muss lächeln. Wie hat es ihn am Anfang seiner Pilgerschaft gestört, mit wildfremden Menschen zusammen in einem Raum zu schlafen. Längst hat er sich daran gewöhnt. Er legt sich auf den muffigen Strohsack, spürt eine wohlige Müdigkeit in seinen Gliedern und schläft nach einer Weile ein.

Am nächsten Morgen steht die Sonne an einem strahlendblauen Himmel. Eine kühle, aber außerordentlich angenehme Luft empfängt den Frieder, als er vor das Gasthaus tritt. Mit einem kurzen Blick überprüft der Fischer sein Geld. Er hat vorausschauend gewirtschaftet, obwohl er unterwegs die Gertrude mehr als einmal ausgehalten hat. Doch dafür hat sie ihm einige Dienste erwiesen, für die er normalerweise anderswo nicht gerade wenig Geld hätte bezahlen müssen. Er muss sich also nicht grämen.

Er blickt sich um. Mainz gefällt ihm. Er hofft, dass es ihm in seinem Leben noch einmal vergönnt sein wird, wieder hierher zu kommen, denn in diesem Moment möchte er nur endlich zurück nach Oppenheim. Er will schon den Weg zu den Anlegestellen der Schiffe einschlagen, doch dann ändert er seine Pläne. Er fühlt sich frisch und ausgeruht, außerdem scheint er eine Kraft getankt zu haben, die er noch nie zuvor in seinem Leben gefühlt hat. Also entscheidet er sich, den Rest des Wegs bis nach Oppenheim zu Fuß zu gehen. Er muss nur dem Leinpfand entlang des Rheins folgen. Nach Weisenau, Laubenheim und Bodenheim, drei kleine Dörfer, direkt am Rhein gelegen, ist es nicht weit. Und danach ist es bis nach Oppenheim praktisch nur noch ein Katzensprung. Seine Füße werden auch diesen kurzen Marsch heil überstehen.

*

Oppenheim! Schon seit einer Weile kann er die Kirche sehen, der er kaum merklich immer näher kommt. Doch jetzt hat er es endlich geschafft. Frieder bleibt stehen und schaut sich die Stadt an. Jetzt fällt ihm auf, wie winzig das inmitten der Weinberge und Wälder eingebettete Oppenheim im Vergleich zu Mainz, Köln, Trier und Aachen ist. Seine Gedanken überschlagen sich, und noch einmal muss er an das denken, was er in den vergangenen Monaten erlebt hat: an seinen Abschied am 13. Mai, an die dicken Blasen an seinen Füßen, an den Angriff durch den Bär und den Überfall der Raubritter. Auch die Menschen, die ihn begleitet haben, kommen ihm wieder in den Sinn: Georg und Adalbert, die Gertrude aus Rüdesheim, die Mainzer Witwe, Ludger, Hans und Rudolf und natürlich der alte Greis. Jetzt schießen ihm die Tränen in die Augen, und er wehrt sich nicht dagegen. Von dieser Pilgerschaft wird er zehren bis an sein Lebensende.

Erst nach einer Weile hat er sich beruhigt und kann wieder lächeln. Denn die Worte des Schultheiß fallen ihm ein, dass sie ihm schon bei Nierstein einen Empfang bereiten wollten, der dem eines Kaisers würdig wäre. Doch keiner ist gekommen, um den Fischer willkommen zu heißen. Es verdrießt ihn nicht. Wie sollten sie wissen, dass er gerade heute nach Hause kommt.

Jetzt bemerkt er auch, dass er an einem Wegekreuz stehen geblieben ist. Er zögert einen Moment, doch dann fällt er vor dem Kreuz auf die Knie und dankt dem Herrn, dass er ihn gesund hat nach Hause zurückkehren lassen.

Ja, er war wieder zu Hause!

Oppenheim

18. November 1196

Frieder spürt, dass er wach ist, doch er will seine Augen nicht öffnen. Längst wieder vertraute Geräusche dringen in sein Ohr, doch er will sie einfach nicht hören, er will nur weiterschlafen, am liebsten für immer die Augen schließen. Vor mehr als drei Wochen haben sie Mechthild zu Grabe getragen, und der Schmerz über den Verlust seiner Tochter lähmt den Frieder noch immer.

Er hatte damals das Stadttor kaum passiert, da spürte er sofort, dass etwas nicht stimmte. Sicherlich, die Menschen, denen er begegnete, waren sichtlich erfreut, den Frieder nach so langer Zeit wiederzusehen. Freundlich schlugen sie ihm auf die Schulter, und sogar der Schultheiß hieß ihn herzlich willkommen. Doch da lag etwas in ihren Blicken, das ihn misstrauisch machte. Und endlich an seiner Hütte angekommen, wusste er auch, warum ihn alle so bedeutungsvoll angeblickt hatten. Mechthild lag wie tot auf ihrem Strohsack. Sie lebte, und doch war sie tot. Sie war tot, und doch lebte sie noch. Sie atmete, ihr Herz schlug, doch in ihren Augen war nichts zu erkennen, das verriet, ob sie überhaupt etwas von ihrer Umgebung wahrnahm, dass beispielsweise ihr Vater nach vielen Monaten gesund wieder zurückgekommen war.

Mechthild musste wie ein kleines Kind gefüttert und gepflegt werden. Sogar die alten Windeln hatte Katharina wieder hervorgekramt. Jetzt sind sie wieder vonnöten. Das erinnerte den Frieder vom ersten Moment an den alten Landgrafen von Rhaunen, der ebenfalls teilnahmslos und der Welt schon entrückt die letzten Monate seines Lebens verbracht hatte. Doch im Gegensatz zu ihm war bei Mechthild der Grund klar und eindeutig. Nachdem Volker ihm endlich alles erzählt hatte, war der Frieder wortlos aufgestanden und an den Rhein gerannt. Und wie schon einmal kotzte er alles aus sich heraus. Doch es brachte ihm keine Erleichterung. Seine eigene Tochter als vermeintliche Hexe, als eine von einem Scharlatan Verführte, die ihre Schwester erwürgen wollte und im letzten Moment vom Galgen gerettet wurde. Es war, als verliere er den Boden unter den Füßen, und die Kraft, die er aus der Pilgerschaft geschöpft hatte, war mit einem Mal wie weggeblasen. Es hätte nicht viel gefehlt und er hätte am selben Tag seine hilflose Tochter im Brunnen ertränkt. Es war der Katharina zu verdanken, die sich ihm hemmungslos weinend um die Beine warf und für ihre Schwester um Verzeihung bat. Keinen einzigen Blick mehr hatte er seitdem für die Mechthild übrig, doch als sie sie an einem regnerischen Oktobertag – fast genau vier Jahre nach dem Tod seiner Gesine – beerdigten, fühlte er wieder diesen Schmerz, den er nur zu gut kannte. Den Schmerz, der einen überfällt, wenn ein lieb gewordener Mensch aus dem Leben gerissen wird.

Abgefunden hat sich Frieder mittlerweile damit, dass sie einen Knecht namens Wilhelm im Haus haben. Der Frieder weiß nur zu gut, sie haben es dem Wilhelm zu verdanken, dass sie alle nicht schon längst verhungert sind. Normalerweise hätte Frieder den Kerl vor die Tür gesetzt. Doch der Knecht ist längst unentbehrlich geworden. Auch hat Katharina ein Auge auf ihn geworfen, also ließ Frieder ihn gewähren.

Jetzt erhebt sich der Fischer mühsam von seinem Strohlager. Nur kurz begrüßt er seine Kinder und den Wilhelm, nur widerwillig stochert er in seinem Brei herum. Als Volker und Wilhelm später zum Rhein gehen, bleibt er zu Hause. Während sich Katharina um die Hühner kümmert, sitzt er teilnahmslos auf der Brunneneinfassung. Längst hat er bereut, dass er auf Pilgerschaft gegangen ist. Wäre er in Oppenheim geblieben, wäre das alles, wovon ihm der Volker erzählt hat, nicht passiert. Davon ist er felsenfest überzeugt. Mit einem Tritt in den Hintern hätte er den Verführer seiner Tochter weggejagt und damit wahrscheinlich zwei weiteren Oppenheimern das Leben gerettet. Wenn, ja wenn er nicht ...

„Ein Huhn ist ausgebüxt“, hört er die Katharina sagen. „Läuft drüben beim Reichert rum. Wollen wir es zusammen einfangen?“

Erst nach einer Weile schüttelt er den Kopf. Es interessiert ihn nicht, ob ein Huhn weggelaufen ist oder gleich die ganze Welt untergeht. Es interessiert ihn einfach nicht. Wenn doch Georg nur hier gewesen wäre, denkt er verzweifelt. Der junge Mönch, der so viel von Krankheiten und den richtigen Mitteln dagegen weiß, hätte seiner Tochter bestimmt helfen können. Doch Georg war weit weg, und in Oppenheim gibt es keinen, der seiner Tochter helfen konnte.

Oft hat er in den vergangenen Tagen darüber nachgedacht, Oppenheim zu verlassen und sich in einem anderen Dorf, vielleicht sogar in Mainz, niederzulassen. Doch für einen Neuanfang fühlt er sich zu alt. Außerdem sind in Oppenheim alle ganz krank vor Schuldgefühlen gegenüber dem Fischer und seiner Familie. Vor drei Tagen hat der Schultheiß den Frieder sogar um Verzeihung gebeten und seine Hand ausgestreckt. Der Frieder hat sich daran erinnert, was Adalbert und später der junge Mönch ihn gelehrt haben. Der Mensch muss verzeihen können.

„Wo aber Vergebung der Sünden ist, da geschieht kein Opfer mehr für die Sünde, heißt es im Brief an die Hebräer“, murmelt Frieder vor sich hin.

„Was hast du gesagt, Vater?“

Doch der Frieder antwortet nicht.

Als wenige Stunden später Volker und Wilhelm vom Fischfang nach Hause zum Essen kommen, hat sich Frieders Stimmung nicht aufgehellt. Ohne einen Ton zu sagen, stochert er auch jetzt nur in dem herum, was die Katharina gebraten hat. Die Tochter macht sich Sorgen um den Vater. Für sie grenzt es fast an ein Wunder, dass er nach mehr als vier Monaten wohlbehalten von der Pilgerschaft endlich nach Hause gekommen ist. Deutlich schlanker und sehniger ist der Frieder geworden, hagerer im Gesicht, was ihm jedoch gut steht. Überhaupt sah er blendend aus, als er urplötzlich im Türrahmen stand. Doch Grund zum Feiern gab es freilich nicht, und doch hätte Katharina gern einiges über die Pilgerschaft erfahren. Viel erzählt hat der Vater nicht, nur in knappen Worten davon, dass ihn einmal in einem Wald ein junger Bär angefallen hat. Die noch geröteten Narben im Gesicht und auf der Schulter sind deutlich zu sehen.

Sie sind mit dem Essen gerade fertig, als der Reichert nach ihnen ruft. Katharina denkt, dass sich schon wieder eines ihrer Hühner verlaufen hat.

„Da ist jemand draußen, will zum Frieder“, sagt der Reichert in seiner gewohnt knappen Art.

Kaum ist er wieder verschwunden, da steht eine Frau vor der Tür. Sie stammt, das sieht Katharina sofort, auf keinen Fall aus Oppenheim, ist etwa Mitte zwanzig und hochschwanger.

„Hallo, Frieder“, sagt die Fremde. „Bin ich bei euch willkommen?“

Bevor die anderen etwas sagen können, ist der Frieder, der die Fremde erst angeschaut hat, als sei sie ein Geist, aufgesprungen und legt der Frau schützend die Arme um die Schulter. Es ist dem Vater anzusehen, wie glücklich er über das unverhoffte Erscheinen der Frau ist. Katharina ahnt, dass die Fremde mit dem Frieder auf Pilgerschaft war und dass die beiden etwas verbindet.

Ob das Kind vielleicht vom Frieder ist, fährt es Katharina durch den Kopf, die nicht unbedingt glücklich über diese Vorstellung ist. Doch sie sieht auch, wie verwandelt der Vater von einem Augenblick zum nächsten ist.

In den folgenden Stunden erfahren Frieders Kinder und der Wilhelm alles über die Pilgerschaft und die Frau, die Gertrude heißt und aus Rüdesheim kommt. Dass das Kind nicht von Frieder gezeugt wurde, nimmt Katharina mit Erleichterung zur Kenntnis. Gar nicht mehr aufhören will der Vater mit seinen Erzählungen, und so reden er und die Gertrude weiter bis in die Nacht hinein. Spätestens jetzt ist sich die Katharina sicher, dass der Vater seinen Lebensmut wiedergefunden hat. Ein Familienmitglied haben sie verloren, aber zwei neue dazu bekommen.

Prolog

Gertrude bleibt bei Frieder und seiner Familie in Oppenheim. Am 6. Februar 1197 bringt sie einen gesunden Jungen zur Welt, den sie auf den Namen Georg taufen lässt. Wenige Wochen vor der Niederkunft heiraten die beiden und bleiben bis zum Tod Frieders am 11. August 1218 zusammen. Katharina und der Knecht Wilhelm heiraten am 11. Mai 1197. Am 13. Juni 1198 bringt Katharina ein Mädchen zur Welt, das den Namen Mechthild bekommt. In den kommenden sieben Jahren folgen zwei weitere Töchter und zwei Söhne.

Der Grundherr Raimund kehrt am 15. Dezember 1196 nach Oppenheim zurück. Bis zu seinem Tod am 26. September 1206 verbindet ihn eine tiefe Freundschaft mit Frieder. Die Protektion durch den Grundherrn Raimund macht den Fischer zu einem angesehenen Bürger der Stadt.

Rudolf, genannt der „Baumlange", erreicht Anfang Dezember 1196 Italien. Doch der geplante Beginn des Kreuzzuges verschiebt sich immer wieder, da Kaiser Heinrich einen Aufstand sizilianischer Barone niederschlagen muss. Im Sommer 1197 bricht eine Gruppe Kreuzfahrer, unter ihnen auch Rudolf, ins Heilige Land auf. Rudolf stirbt am 21. September 1197 durch den Biss einer Schlange, Kaiser Heinrich VI. stirbt am 27. September 1197 in Messina, wahrscheinlich an Malaria.

Georg und Hans erreichen Santiago de Compostela am 4. Dezember 1196. Eine schwere Lungenentzündung, die den Jungen befällt, zwingt sie, bis zum Frühling 1197 dort zu bleiben. Am 28. April 1197 brechen sie mit einem Schiff in Richtung Jerusalem auf, das beide am 19. Juni 1197 erreichen. Dort macht Georg die Bekanntschaft mit dem arabischen Gelehrten Niketas, der die medizinischen Kenntnisse und Talente des jungen Mönchs erkennt und fördert. Georg lebt und wirkt in einem Krankenhaus in Jerusalem. In seine Heimat kehrt er nie mehr zurück. Hans bleibt noch sieben Jahre bei dem Mönch und lernt das Handwerk des Töpfers. Als junger Mann zieht er 1204 weiter und gründet in einem Dorf in der Nähe von Damaskus eine Familie. Seine Sprache hat er bis zu seinem Tod im Jahr 1263 nicht mehr wiedergefunden.

Georg stirbt am 23. Juli 1241 im Alter von 65 Jahren an Herzversagen. Über die politischen Ereignisse dieser Zeit hat er in all den Jahren keine einzige Zeile notiert. Jedoch werden ihm wertvolle Erkenntnisse der Humanmedizin zugeschrieben, die an die nachfolgenden Generationen überliefert werden. Der von Adalbert geschriebene Pilgerführer befindet sich noch heute in den Archiven des Vatikans.

Frater Bardo, Abt des Klosters Sponheim, wird am Morgen des 29. März 1198 nackt und stranguliert in seiner Zelle vorgefunden. Die Umstände seines Todes werden nie aufgeklärt.

Anhang

Zeittafel

Um 1122:	Friedrich I., genannt Barbarossa, wird als Sohn des Herzogs von Schwaben geboren.
1147:	Friedrich zieht beim Kreuzzug seines Onkels, König Konrad III., mit.
13. 4. 1149:	Frieder wird als erster Sohn einer Fischerfamilie in Oppenheim geboren.
15. 2. 1152:	Konrad III. stirbt.
4. 3. 1152:	Friedrich wird zum König gewählt.
März 1153:	Vertrag zwischen Friedrich Barbarossa und Papst Eugen III., in dem sich der König verpflichtet, die Rechte des Papstes zu schützen. Im Gegenzug verspricht der Papst, den Staufer zum Kaiser zu krönen.
Oktober 1154:	Erster Italienfeldzug Barbarossas.
18. 6. 1155:	Friedrich wird von Papst Hadrian IV. zum Kaiser gekrönt.
Juni 1158:	Zweiter Italienfeldzug.
11. 3. 1170:	Gertrude, Tochter des Rüdesheimer Winzers Reibold, wird geboren.
19. 4. 1174:	Mechthild, Tochter des Frieder, wird geboren.
27. 11. 1175:	Georg, zweiter Sohn des Landgrafen von Rhaunen, wird geboren.
13. 9. 1178:	Katharina, Tochter des Frieder, wird geboren.
27. 11. 1183:	Volker, Sohn des Frieder, wird geboren.

Schauplätze dieses Romans

(in chronologischer Reihenfolge)

Oppenheim

Die Gemeinde Oppenheim liegt auf halbem Weg zwischen Worms und Mainz. Bereits die Römer siedelten in diesem Gebiet. Erstmals urkundlich erwähnt wurde die Ortschaft 765. Im Jahr 1225 wurde Oppenheim zur freien Reichsstadt erhoben. Eine stetige wirtschaftliche Blüte ließ Oppenheim zu einer der führenden deutschen Reichsstädte aufsteigen. Heute zählt die Stadt ungefähr 7500 Einwohner. Der Weinanbau spielt noch immer eine wesentliche Rolle in der Stadt, in der auch das Deutsche Weinmuseum beheimatet ist. Die Silhouette Oppenheims ist geprägt von der historischen Altstadt mit seiner markanten Katharinenkirche, die zu den bedeutendsten gotischen Bauwerken zwischen Köln und Straßburg zählt. Sehenswert ist auch ein unterirdisches Kellersystem, das bis zu fünf Stockwerke in die Tiefe reicht.

Mainz

Die heutige Landeshauptstadt von Rheinland-Pfalz geht auf die Römer zurück, die um 38 v. Chr. den Rhein erreichten und auf dem Kästrich, einem oberhalb der heutigen Altstadt gelegenen Hügel, ein Legionslager errichteten. 745 erhielt der heilige Bonifatius das Bistum Mainz, das unter seinem Nachfolger Erzbistum (bis 1802) wurde. Unter Erzbischof Willigis (975–1011) wurde mit dem Bau des Doms begonnen. Der Mainzer Erzbischof war automatisch Erzkanzler des Reiches und damit Rangerster der sieben Kurfürsten. Mitte des 15. Jahrhunderts erfand Johannes Gutenberg den Buchdruck, in den 1830er-Jahren formierte sich die organisierte Fastnacht. Im Zweiten Weltkrieg wurde Mainz zu 80 Prozent zerstört und bekam nach der Kapitulation die rechtsrheinischen Vororte abgetrennt. Mainz hat heute rund 190000 Einwohner, ist Universitätsstadt und Sitz der Sendeanstalt des ZDF.

Nieder-Ingelheim

Die ehemals selbstständige Gemeinde ist heute ein Stadtteil der 1939 gegründeten Stadt Ingelheim, die sich aus insgesamt fünf Ortschaften zusammensetzt. Ende des 8. Jahrhunderts suchte sich Kaiser Karl der Große Nieder-Ingelheim als Sitz einer neuen Pfalz aus, an der seit 788 gebaut wurde. Nieder-Ingelheim war in darauf folgenden Jahrhunderten mehrmals Schauplatz wichtiger politischer Zusammenkünfte. Nach der Abdankung Heinrichs IV. verlor die Pfalz, die 1375 von Kaiser Karl IV. verpfändet wurde, immer mehr als Bedeutung und wurde später als Steinbruch für die umliegende Bebauung zweckentfremdet. Heute sind in Nieder-Ingelheim nur noch vergleichsweise spärliche Reste der Pfalz zu sehen, die von der Stadtverwaltung aber mehr und mehr zu einer Touristenattraktion ausgebaut wird. Sehenswert in Nieder-Ingelheim sind auch das so genannte Saalgebiet rund um die Pfalzreste sowie die Saalkirche und die Remigius-Kirche.

Rüdesheim

In Rüdesheim wird seit rund 2000 Jahren Weinanbau betrieben. Die Römer bevorzugten den attraktiven Standort im Rheingau für den Bau prächtiger Villen. Während der Frankenzeit entwickelte sich eine weit verzweigte Familie fränkischer Gaugrafen, die sich die „Edlen von Rüdesheim“ nannten und bis 1279 herrschten. Mit dem Einsetzen des 30-jährigen Krieges 1618 bis ins Jahr 1815 wurde Rüdesheim immer wieder verwüstet. Danach konnte Rüdesheim sein Einflussgebiet, das zeitweise bis nach Bacharach reichte, wieder ausbauen. Kommunalpolitisch wurde Rüdesheim 1867 Kreisstadt des Rheingau-Kreises. Erst als dieser in seinen Grenzen seit fränkischer Zeit unveränderte Rheingau 1977 durch eine Gebietsreform zum Rheingau-Taunus-Kreis erweitert wurde, zog die Kreisverwaltung von Rüdesheim weg nach Bad Schwalbach. Touristisch zählt Rüdesheim seit vielen Jahrzehnten zu den „Hochburgen“ der so genannten Rheinromantik.

Bingen/Binger Loch

Bereits die Römer errichteten auf einer kleinen Rheininsel am Binger Loch einen Turm, der der Sicherheit der Schifffahrt Nutzen brachte, aber auch zur Verteidigung gegen das germanische Feindland diente. Im 5. Jahrhundert ging der Turm als Königsbesitz an die fränkischen Herrscher, verfiel dann aber zur Ruine. Nach 968 ließ Erzbischof

Hatto II. auf der Insel zu seinem Schutz die Ruine zu einer kleinen Wasserburg wiederaufbauen. Erst ab 1298 kam der Turm wieder zu Bedeutung, indem er in das Zollsystem von Burg Ehrenfels integriert wurde. Heute ist das Binger Loch längst von seinen hochstehenden Felsen befreit und bedeutet keine Gefahr mehr für die Schifffahrt.

Kloster Rupertsberg

Vom Kloster Rupertsberg, das die heilige Hildegard von Bingen zwischen 1147 und 1151 bei Bingen gründete, sind heute nur noch fünf Arkaden übrig, die Teil des Ausstellungshauses eines Industrieunternehmens sind. Die Klosteranlage kann nur annähernd beschrieben werden. Den Mittelpunkt der Anlage bildete die Klosterkirche, die 1152 durch Erzbischof Heinrich von Mainz geweiht wurde. Der zur Nahe hin gelegene Ostchor besaß eine halbrunde Apsis. Flankiert wurde das Hauptschiff von zwei breiten Türmen. Die Kirche besaß kein Querschiff, die Apsiden der Seitenschiffe waren in den Türmen untergebracht. Urkunden erwähnen eine gewölbeartige Gruft – den Aufbewahrungsort der Reliquien des Klosterheiligen Rupertus und seiner Mutter Berta. Diese Gruft wurde auch zur Grabstätte der heiligen Hildegard. Bis zur Zerstörung durch die Schweden im Jahr 1632 war der Rupertsberg eine Versorgungsanstalt für die Töchter des Adels. Der zerstörte Rupertsberg wurde nie wieder aufgebaut.

Kloster Sponheim

1124 stifteten Graf Meginhard von Nellenburg und seine Ehefrau Mechthild das Benediktinerkloster Sponheim. Von 1483–1506 war ein bedeutender humanistischer Gelehrter – Johannes Trithemius – Abt von Sponheim. Von ihm stammt eine umfassende Chronik des Klosters. Im Zuge der Reformation wurde das Kloster 1565 durch den Landesherren Friedrich III. von Kurpfalz säkularisiert, eine Neugründung erfolgte während des Pfälzer Erbfolgekrieges (1688–1697) unter französischer Besatzung. 1802 wurde die Abtei Sponheim durch den französischen Staat aufgehoben und aller Besitz zugunsten der Staatskasse versteigert. Der heutige Zustand geht auf Erneuerungsarbeiten zwischen 1868–1870 und 1962–1969 zurück. Als bedeutendster romanischer Bau des Nahe-Hunsrück-Raumes steht die Klosterkirche mit den Resten der Klosteranlagen unter Denkmalschutz. Seit 1921 wird der Titel eines „Abtes von Sponheim“ durch den Papst ehrenhalber verliehen.

Rhaunen

Beim Zusammenfluss von Idarbach und Raunelbach liegt in einem waldreichen Tal die erstmals im 8. Jahrhundert erwähnte Ortschaft Rhaunen. Später wurde Rhaunen Hauptort des nach ihm benannten, 17 Dörfer umfassenden wildgräflichen Hochgerichts. Aus diesem gelangten 1330 drei Orte zusammen mit der Schmidtburg an den Erzbischof Balduin von Trier, der im gleichen Zug den Wildgrafen ein Viertel des Rhaunener Hochgerichts entriss. Diese Territorialverhältnisse blieben bis zum Ende des alten Reiches bestehen. In französischer Zeit wurde Rhaunen Zentrum eines Kantons im Arrondissement Birkenfeld, danach Amtssitz des preußischen Kreises Bernkastel. Seit der Gebietsreform ist es Sitz einer Verbandsgemeindeverwaltung im Landkreis Birkenfeld. In der Otto-Conradt-Straße 5 hat sich das Barockgebäude des wildgräflichen, später gräflich-salmischen Oberamtshauses erhalten.

Bernkastel

Archäologische Funde bezeugen, dass die Moselregion um das heutige Bernkastel-Kues bereits 3000 v. Chr. besiedelt war. 50 v. Chr. besiedelten die Römer das Moseltal. Später ließen sie in der Gegend der heutigen Stadt ein Castell errichten, von dem der Name Berncastell abgeleitet wurde. Die erste urkundliche Erwähnung erfolgte 1033. Der Weinanbau fand erstmals 1228 urkundliche Erwähnung, 1291 folgte die Verleihung der Stadtrechte durch König Rudolf von Habsburg. 1815 teilte der Wiener Kongress die Stadt Preußen zu. Zwischen 1872 und 1984 wurde eine Brücke gebaut, die Bernkastel mit Kues verband. 1905 wurde Kues nach Bernkastel eingemeindet, die Stadt heißt seitdem Bernkastel-Kues.

Trier

Als Julius Cäsar zwischen 58 und 50 v. Chr. Gallien eroberte, unterwarf er dabei auch die Treverer, einen Keltenstamm germanischer Abstammung, der zwischen Rhein und Maas siedelte. 16 v. Chr. gründeten die Römer unter Kaiser Augustus in der Nähe des Stammesheiligtums der Treverer ihr „Augusta Treverorum". 293 n. Chr. ernannte Kaiser Diokletian die Stadt zur römischen Kaiserresidenz und Hauptstadt des weströmischen Reiches. Im 5. Jahrhundert wurde Trier von den Franken eingenommen, bei der karolingischen Reichsteilung von

870 wurde die Stadt dem ostfränkisch-deutschen Reich zugewiesen. Im 12. Jahrhundert waren die Trierer Erzbischöfe gleichzeitig Kurfürsten. Sie machten Trier zur Hauptstadt ihres Kurstaates, die bis zu dessen Auflösung 1806 Höhen und Tiefen erlebte. Danach gehörte Trier kurz zu Frankreich, ab 1815 zu Preußen und seit der Gründung der Bundesrepublik Deutschland 1949 zum Bundesland Rheinland-Pfalz. Heute hat die im Mittelpunkt des Weinanbaugebietes Mosel-Saar-Ruwer gelegene Bischofs- und Universitätsstadt rund 100.000 Einwohner und bietet seinen Besuchern eine ganze Reihe antiker Stätten aus der Römerzeit.

Zisterzienserabtei Himmerod

Himmerod ist die erste Bernhardsgründung in Deutschland, zu der am Benediktstag 1134 der heilige Bernhard den Abt Randulf und eine Gruppe Mönche aussandte. Aus dieser Zeit sind noch Säulenreste des ersten romanischen Klosters erhalten, die eine Vorstellung von den Ausmaßen der Anlage geben. Himmerod wurde im 12. Jahrhundert das „Kloster der Heiligen" genannt, da 74 Namen seiner Mönche im Heiligenverzeichnis des Ordens zu finden sind. Das Kloster gründete seinerseits Heisterbach bei Bonn, von wo aus Marienstatt gegründet wurde, das wiederum 1922 die kirchenrechtliche Wiederbegründung der ehrwürdigen Stätte übernahm. Trappisten aus Banjaluka ließen sich hier nieder und stellten die alten Gebäude wieder her, außerdem den Kreuzgang des Orvaler Zisterzienserbruders Gabriel Simon im Stil nachlebender Gotik.

Prüm

Der Luftkurort Prüm, gegründet 721 als Reichsabtei, gehört zum Deutsch-Belgischen Naturpark. Die Stadt liegt in einem Bergland, das zwischen 430 und 590 m hoch ist. Das Stadtbild ist geprägt von einer ehemaligen Benediktinerabtei aus dem 18. Jahrhundert.
Wegen seiner waldreichen Umgebung mit gut ausgebauten Wanderwegen trägt Prüm auch den Beinamen „Waldstadt". Im Frühmittelalter verbannte Karl der Große im Jahr 793 seinen ältesten Sohn Pippin, genannt „der Bucklige", in die Abtei von Prüm. Kaiser Lothar I., Enkel Karls des Großen, wurde 855 in Prüm bestattet. 1222 wurde die Stadt zum Fürstentum erhoben, 1576 dem Kurfürstenstaat Trier einverleibt. Im Zweiten Weltkrieg wurde Prüm zu 80 Prozent zerstört, die Explosion eines Munitionsbunkers 1949 brachte weitere Zerstörungen.

Monschau

Die heutige Stadt Monschau besteht erst seit dem seit dem 1. Januar 1972. Sie ist aus den ehemals selbstständigen Gemeinden Höfen, Imgenbroich, Kalterherberg, Konzen, Mützenich, Rohren und Monschau selbst gebildet worden. Der Name der späteren Stadt Monschau wird erstmals 1198 erwähnt. Die Burg ist – wenn auch der Hallerturm auf der gegenüberliegenden Höhe als Vorwerk vermutlich schon früher errichtet wurde – die Urzelle der Stadt. Die Tuchindustrie bringt die Stadt im 16. Jahrhundert zu hoher Blüte, wovon stolze Tuchmacherpaläste, prächtige Bürgerhäuser mit großem Wohlstand und herrliche Kirchen heute noch zeugen. 1918 wird durch einen kaiserlichen Erlass der jahrhundertealte Name „Montjoie" in Monschau geändert.

Aachen

765 tauchte in einer Urkunde Aachen erstmals als „Aquis Villa" auf. 788 begann der spätere Kaiser Karl der Große mit dem Bau der Pfalzkapelle, dem heutigen Dom. Die Stadt wurde zu Karls Lieblingsaufenthalt im Reich und damit zu dessen kulturellem Zentrum. Nach der Beisetzung Karls des Großen (814 in der Pfalzkapelle) blieb Aachen über 700 Jahre lang Krönungsstätte deutscher Könige. Mit Ferdinand I. wurde 1531 letztmals in Aachen ein Herrscher gekrönt. Von 1918 bis 1929 gehörte die Stadt zu Belgien, 1930 wurde das Bistum Aachen gegründet, 1950 wurde im „Krönungssaal" des Aachener Rathauses erstmals der „Internationale Karlspreis" verliehen.

Benediktinerabtei Kornelimünster

Benedikt von Aniane (750–821) gründete um 814 das Kloster Kornelimünster. Als Berater Kaiser Ludwigs des Frommen hat Benedikt von Aniane die Ordensregel seines Namensvorgängers Benedikt von Nursia im Frankenreich als maßgebende Regel für das Mönchsleben durchgesetzt. Das Kloster war zunächst als „Erlöserkloster an der Inde" bekannt. Ab dem 12. Jahrhundert hat die Verehrung des Papstes Kornelius (gestorben 253) zur Patronats- und Namensänderung „Kornelimünster" geführt. Heute ist der offizielle Titel „Abtei der Heiligen Abt Benedikt von Aniane und Papst Kornelius". 1802 wurde das Kloster Kornelimünster – wie alle Klöster im Rheinland – durch Kaiser Napoleon aufgelöst. 1906 kamen die Benediktiner nach Kornelimünster zurück. Die Kirche des Klosters wurde erst nach dem Zweiten Weltkrieg (1951–1956) errichtet. Das „neue Kloster“ konnte die Rechtsnachfolge der alten Reichsabtei nicht fortsetzen. Insofern handelt es sich rechtlich um eine wirkliche Neugründung. Die Abtei hat aber die Titel- und Ehrennachfolge der Reichsabtei. Gemeinsam ist der alten und der neuen Abtei auch das Wappen.

Ralph Keim
DIE WEINSTUBE AM DOM
(Roman)

272 Seiten, Paperback,
22 × 14 cm, 12,40 Euro.
ISBN 90-5433-181-X

Philipp, der zwölfjährige Sohn des Wirts der „Weinstube am Dom" in Mainz hat Ärger mit seinen Klassenkameraden. Sie haben ihn ausgelacht, weil er behauptet hat, die Schänke seines Vaters sei schon mehr als 300 Jahre alt. Bei seinem Großvater will er sich Trost holen und erfährt Erstaunliches: Der Großvater – früher selbst Wirt der Weinstube – fand einst Belege dafür, dass das alte Gemäuer auf eine noch viel längere Geschichte zurückschaut!

Und dann erzählt er seinem Enkel, was die Weinstube im Laufe ihres langen, ereignisreichen Lebens alles gesehen und erlebt haben mag: Kaiser und Könige, die prunkvoll Einzug in Mainz hielten, einen Mann – Gutenberg –, dessen geniale Erfindung die Welt veränderte, Elend und Seuchen im Dreißigjährigen Krieg. Auch Revolution und Besatzung hat die Weinstube erlebt – und fast wäre sie selbst im Zweiten Weltkrieg zerstört worden.

Doch der Großvater erzählt nicht nur, er hat auch ein besonderes Geschenk für seinen Enkel – eine Kostbarkeit, die einst im Keller des alten Gemäuers gefunden wurde ...

Günter Krieger
DRACHENSTURM
(Historischer Roman)

224 Seiten, Paperback,
22 × 14 cm, 11 Euro.
ISBN 90-5433-158-5

Am Ende des 9. Jahrhunderts fallen die Wikinger mordend und plündernd in das marode Karolingerreich ein. Vor allem das Rheinland und die Eifel werden aufs Fürchterlichste verwüstet.

Uta, eine junge Frau mit seherischen Gaben, befindet sich auf der Flucht vor den Wikingern. In Mainz, so erfährt sie, soll sich der Mörder ihres Vaters aufhalten ...

Pressespiegel:
„*Spannendes Mittelalter ... Einmal mehr ist es dem Autor gelungen, eine dramatische Geschichte zu erzählen und den Leser auf eine spannende Reise in die Lebenswelt des frühen Mittelalters mitzunehmen.*“
Aachener Zeitung

„*Kriegers Bücher sind lebendige, weil menschliche Schicksale zeichnende Darstellungen eines Mittelalters, das dem modernen Menschen der globalisierten Welt einen mythisch-romantischen Kontrast liefert.*“
(EM-Verlag)

Auf Anfrage senden wir Ihnen gerne unser aktuelles Verlagsprogramm zu. Anruf oder Nachricht genügt.
Wir freuen uns über jede Anregung und Kritik

GEV (Grenz-Echo Verlag)
Guido Bertemes
Marktplatz 8
B - 4700 Eupen
Tel. 003287/59 13 03
Fax 003287/74 38 20
www.gev.be
buchverlag@grenzecho.be